현산어보를 찾아서 5

현 산 어 보 를 찾 아 서 5
거인이 잠든 곳

1판 1쇄 펴낸날 2003년 11월 25일
1판 6쇄 펴낸날 2018년 1월 12일

지은이 이태원
그린이 박선민
펴낸이 정종호
펴낸곳 (주)청어람미디어

편집 윤정원
디자인 조혁준 기민주
마케팅 김상기
제작관리 정수진
인쇄·제본 한영문화사

등록 1998년 12월 8일 제22-1469호
주소 03908 서울시 마포구 월드컵북로 375, 402호(상암동)
전화 02)3143-4006~8
팩스 02)3143-4003
이메일 chungaram@naver.com
블로그 chungarammedia.com

ISBN 978-89-89722-20-9 03810
978-89-89722-15-2 (전5권)

현산어보를 찾아서 5

거인이 잠든 곳

이태원 지음

청어람미디어

왜 『현산어보』인가

그동안 이우성, 임형택, 정민 등에 의해 『자산어보兹山魚譜』의 '자兹'를 '현'으로 읽어야 한다는 주장이 꾸준히 제기되어 왔다. 정약전은 책의 서문에서 "흑산이라는 이름은 어둡고 처량하여 매우 두려운 느낌을 주었으므로 집안 사람들은 편지를 쓸 때 항상 黑山을 兹山이라 쓰곤 했다. 兹은 黑과 같은 뜻이다"라고 하며 兹山이란 이름의 유래를 밝힌 바 있다. 비록 '兹'을 '자'로 읽는 것이 일반적이긴 하지만, '兹'이 '黑'을 대신한 글자라면 『설문해자說文解字』나 『사원辭源』 등의 자전에 나와 있듯이 '검을 현玄' 두 개를 포개 쓴 글자의 경우, 검다는 뜻으로 쓸 때는 '현'으로 읽어야 한다는 것이 현산어보설을 주장하는 이들의 논리였다. 나는 이들의 주장이 옳다는 근거를 하나 더 제시하면서 '자산어보'를 '현산어보'로 고쳐 읽기를 감히 제안한다.

정약전이 말한 집안 사람은 다름 아닌 다산 정약용이었다. 정약용은 〈9일 보은산 정상에 올라 우이도를 바라보며九日登寶恩山絶頂望牛耳島〉라는 시에 "黑山이라는 이름이 듣기만 해도 으스스하여 내 차마 그렇게 부르지 못하고 서신을 쓸 때마다 '玆山'으로 고쳐 썼는데 '玆'이란 검다는 뜻이다"라는 주석을 붙여놓았다. 정약용이나 정약전이 '玆'을 '자'로 읽었는지 '현'으로 읽었는지에 대해서는 그들의 발음을 직접 들어보기 전에는 알 수 없는 일이다. 설사 '玆'의 정확한 발음이 '현'이라 해도 그들이 '자'라고 읽었다고 한다면 그뿐이기 때문이다.

그런데 신안군 우이도에서 구해본 『유암총서柳菴叢書』라는 책에서 이 문제를 해결해줄 만한 결정적인 단서를 발견했다. 이 책의 저자 유암은 우이도에 거주하면서 정약전의 저서 『표해시말』과 『송정사의』를 자신의 문집에 필사해놓았고, 정약용이나 그의 제자 이청과도 친밀한 관계를 유지했던 것으로 추정되는 인물이다. 정약전이나 정약용이 흑산도를 실제로 어떻게 불렀는지 알려줄 수 있는 사람이란 뜻이다. 『유암총서』 중 「운곡선설」 항목을 보면 "금년 겨울 현주玄洲에서 공부를 하게 되었는데"라는 대목이 나오며, 이 글의 말미에서는 "현주서실玄洲書室에서 이 글을 쓴다"라고 하여 글을 쓴 장소를 밝혀놓고 있다. 현주는 흑산도를 의미한다.* 흑산을 현주라고 부른다면 玆山도 당연히 현산이라고 읽어야 할 것이다. 玆山이란 말을 처음 쓴 사람이 정약용이고, 그의 제자 이청이 절친한 친구였다는 점을 생각해볼 때, 유암이 흑산을 현주로 옮긴 것은 정약용이 흑산을 玆山이라고 부른 것과 결코 무관하지 않을 것이다. 아마도 유암은 이청으로부터 흑산도를 현산이라고 부른다는 말을 전해듣고 현주라는 말을 사용하게 되었으리라. '玆山魚譜'는 '현산어보'였던 것이다.

* 예전에는 우이도를 흑산도나 소흑산도라고 부르기도 했다.

차례

거 인 이 잠 든 곳

부 록

도초도에서

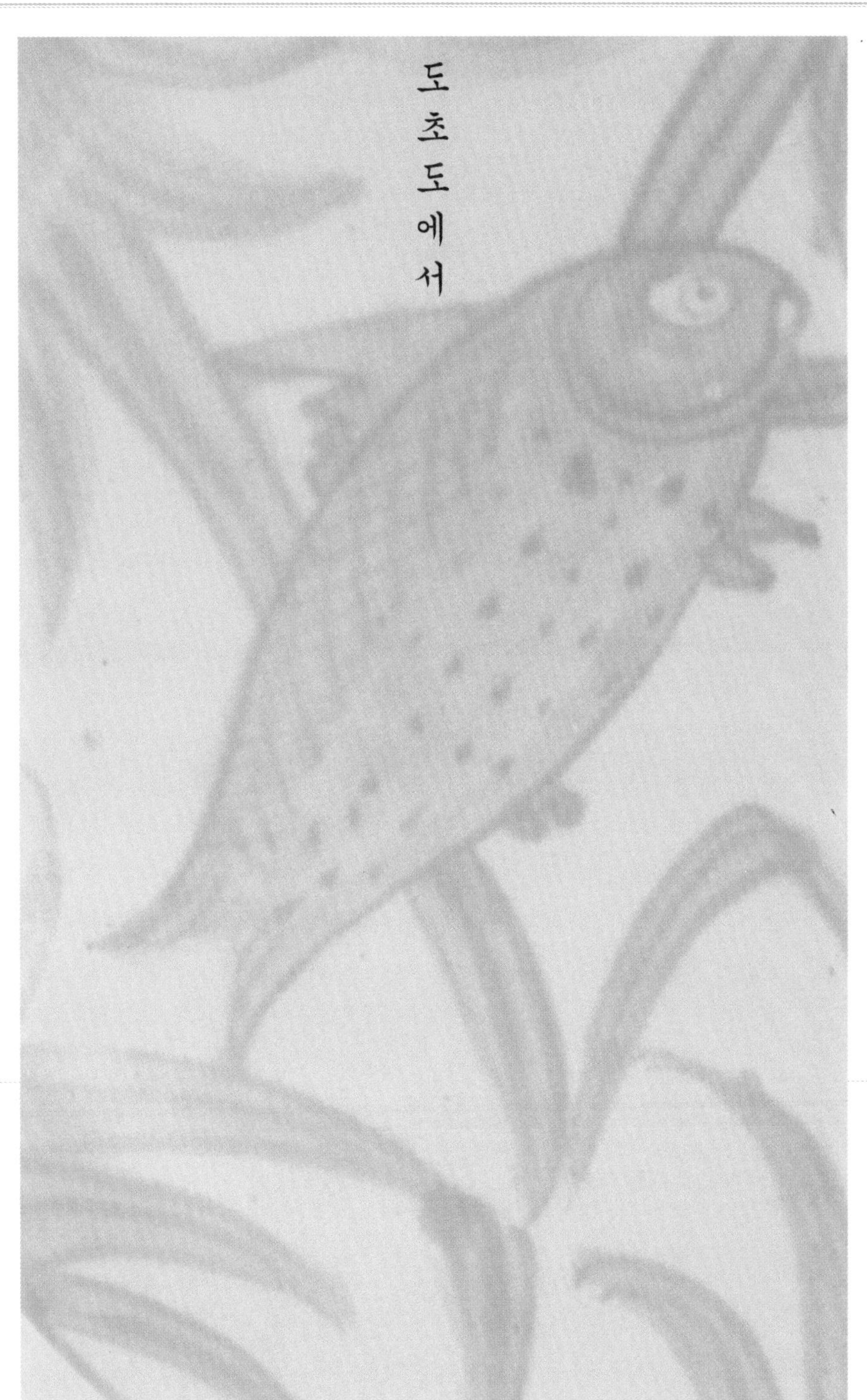

해배를 기다리며

도초도로 가는 뱃길은 그리 험하지 않았다. 물결은 언제 그랬냐는 듯 잔잔하게 가라앉아 있었고, 배에 탄 사람들도 모두들 가만히 생각에 잠겨 있는 듯했다. 다시 정약전에 대한 상념에 빠져들었다.

우이도에서 머물던 정약전은 어떤 이유에선지 대흑산도로 거처를 옮겼고 그곳에서 유배생활의 대부분을 보내게 된다. 그러나 정약용이 해배될지도 모른다는 소식이 들려오자 그는 다시 우이도행을 결심한다. 동생에게 험한 뱃길을 겪게 하고 싶지 않았기 때문이었다. 그러나 해배는 차일피일 미루어졌고, 결국 정약전의 죽음으로 이들 형제는 영원한 이별을 맞게 된다.

서용보와 반대파들의 모략이 아니었더라면 이들이 재회의 기쁨을 나눌 수 있었을 것이기에 안타까움이 더한다.* 가족친지들의 백방에 걸친 노력으로 갑술년(1814) 여름, 마침내 의금부에서 정약용을 해배하라는 명령서가 떨어졌다. 정약용도 이 이야기를 전해듣고 기쁜 마음으로 형을 만나려 했던 것이다. 그러나 강준흠 등은 이미 내려온 해배 공문을 보내지 못하도

* 정약용은 암행어사로 활동하던 시절, 당시 경기도 관찰사로 재직하고 있던 서용보의 부정을 고발하여 원한을 사게 되었는데, 서용보는 이 일을 두고두고 잊지 않았다. 자신이 직접 나서거나 다른 이에게 압력을 넣어가면서까지 정약전과 정약용의 해배를 막으려 했다.

록 의금부에 압력을 넣는다.

강준흠이 상소하여 의금부에서 해배 공문을 보내지 못하게 하였다. 작은 형님이 우이도에서 나를 기다린 지 3년이나 되었으나 약용이 끝내 찾아오지 않자 마침내 아우를 만나보지 못하는 한을 가슴에 품은 채 돌아가시고 말았다. 돌아가신 후에도 또 3년이 지나서야 겨우 율정의 길목을 거쳐 돌아올 수 있었으니 나쁜 놈들이 악업을 쌓은 것이 이와 같았다.

결국 해배 공문이 내려온 것은 무인년(1818)이 되어서였다.

무인년(1818) 여름 응교 이태순이 상소하여 "이미 정계가 되었는데도 의금부에서 해배 공문을 보내지 않는 것은 국조 이래 지금까지 없었던 일입니다. 이로부터 파생될 폐단이 얼마나 많을지 헤아릴 수가 없습니다"라고 하니 정승 남공철이 의금부의 여러 신하들을 꾸짖었다. 판의금 김희순이 공문을 보내어 마침내 풀려나게 되었으니 가경 무인년(1818) 9월 보름날의 일이었다.

결국 불합리하게 지체된 3년이라는 시간이 두 형제의 감격에 겨운 재회를 가로막았던 것이다. 그토록 서로를 아끼고 사랑했던 형제였기에 두 사람의 안타까운 운명은 200년의 세월이 흐른 지금에도 가슴을 아리게 한다.

가무락조개와 가리맛조개

도초도에 도착했을 때는 이미 흑산도로 가는 배편이 끊긴 후였다. 하는 수 없이 근처의 여관에 여장을 풀고 다음날 첫배를 기다리기로 했다. 마냥 기다리기가 무료해서 산책 삼아 밖으로 나왔다. 해안선을 따라 동쪽으로 뻗은 길을 무작정 걸었다. 길 왼편으로는 널따란 갯벌이 펼쳐져 있었는데, 모래가 거의 섞이지 않은 질척질척한 뻘이었다.

갯가에 밀려나온 생물이라도 찾아보려는 요량으로 둑 아래쪽으로 내려갔다. 가장 먼저 눈에 띈 것은 가무락조개였다. 가무락조개라는 이름은 껍질이 검게 보인다는 데서 유래한 것이다. 어시장에서 모시조개라고 파는 것도 대개는 이 가무락조개를 말한다. 모시조개는 껍질 표면에 모시처럼 세밀한 무늬가 새겨져 있다고 해서 붙여진 이름이다. 그런데 정약전이 말한 대롱조개가 바로 이 가무락조개일 가능성이 있다.

[누문합縷文蛤 속명 대롱조개帶籠雕開]

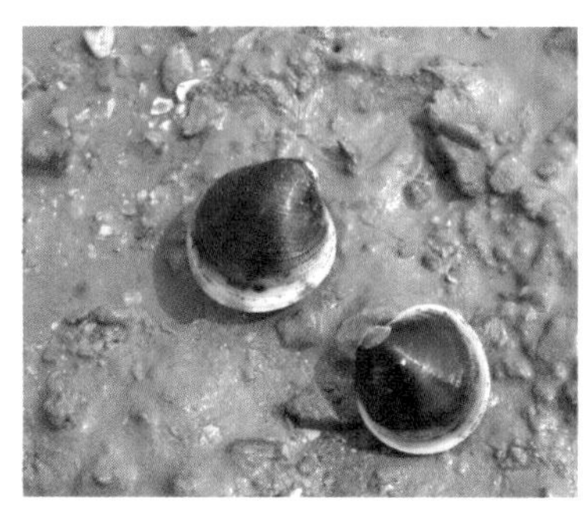

◉ **가무락조개** 큰 놈은 지름이 서너 치 정도이다. 껍질은 두껍다. 비단실과 같은 가로무늬가 몸 전체에 빽빽하게 깔려 있다.

큰 놈은 지름이 서너 치 정도이다. 껍질은 두껍다. 비단실과 같은 가로무늬가 몸 전체에 빽빽하게 깔려 있다. 맛은 달콤하나 약간 비리다.

가무락조개를 누문합으로 놓은 가장 큰 이유는 일부 지역에서 이 조개를 대롱조개라고 부르고 있다는 사실 때문이었다. 그러나 3~4치에 이르는 크기와 두꺼운 껍질, 명주실과 같은 무늬 등 그 밖의 특징들도 정약전이 본문에서 묘사한 바와 잘 일치하고 있었다.*

뻘에 사는 대표적인 조개류의 하나인 가리맛조개도 보였다. 하얗게 변색된 껍질이 곳곳에 흩어져 있었다. 이 밖에도 반지락, 꼬막, 피조개, 동죽, 떡

◉ 가무락조개 *Cyclina sinensis* (Gmelin)

* 신지도의 송문석 씨는 가무락조개의 맛이 조금 이상하여 잘 먹지 않는다고 했는데, 이 또한 정약전이 조개의 맛이 비리다고 한 것과 연관시켜 볼 수 있을 것 같다.

조개, 개조개, 댕가리, 갯비틀이고둥, 울타리고둥, 갈색띠매물고둥 등의 껍질을 발견할 수 있었다. 이 중 댕가리와 갯비틀이고둥은 정약전이 고둥 항목에서 예봉라로 소개한 종으로 생각된다.

끝 부분이 매우 뾰족하다.

흰띠와 검은띠가
교대로 늘어서 있다.

껍질은 길쭉한 원뿔 모양이다.

입구가 작다.

[예봉라銳峯螺]

크기는 7~8푼에 불과하다. 꼬리 쪽 봉우리는 몹시 날카롭고 뾰족하며 머리 쪽 가슴은 협소하다. 빛깔은 보라색이거나 회색이다.

예봉이라면 봉우리가 뾰족하다는 뜻이다. 껍질 모양이 뾰족하면서 흔한 종이라면 댕가리나 갯비틀이고둥 등 갯고둥과 고둥을 말하는 것이 틀림없다. 해변에서 깔때기 모양의 종이에 가득 담아 주면 꼬리를 깨고 쏙 빨아먹던 바로 그 고둥이다.

◉ 댕가리 *Batillaria cumingii* (Crosse)

도초도의 갯벌, 흑산도의 갯벌

드넓게 펼쳐진 갯벌 표면은 게가 파 놓은 구멍들로 가득했다. 칠게의 구멍이 가장 많았지만 그 밖에 뻘을 좋아하는 농게나 세스랑게, 펄털콩게 등도 함께 서식하고 있을 것이다. 흑산도와 우이도에서는 이런 종류의 게들을 전혀 찾아볼 수 없었다.

"깊은 데 가면 뻘인디 뻘에 사는 기는 없어라."

흑산도에서도 우이도에서도 대답은 한결같았다. 물 속 깊이 들어가면 뻘이 있는데, 물이 크게 빠지지 않으면 드러나지도 않고, 드러난다고 하더라도 뻘에 사는 게들은 없다는 것이었다. 직접 찾아가기 전까지는 흑산도에서 농게를 볼 수 있으리라 생각했다. 산들바람이 불어오는 갯벌에서 벌어지는 화려한 군무, 큼직한 붉은빛 집게발을 한껏 치켜올리고 이리저리 흔들어대며 자신의 세력권을 과시하는 모습들을 상상했다. 그러나 뜻밖에도 흑산도에는 농게가 살아갈 만한 뻘밭이 없었다. 흑산도가 아니라면 우이도에서라도 뻘밭은 나와야 했다. 『현산어보』에 농해(농게)라는 이름이 분명히 등장

◉ **도초도의 갯벌** 드넓게 펼쳐진 갯벌 표면은 게가 파 놓은 구멍들로 가득했다. 칠게의 구멍이 가장 많았지만 그 밖에 뻘을 좋아하는 농게나 세스랑게, 펄털콩게 등도 함께 서식하고 있을 것이다.

하기 때문이다. 그러나 우이도에서도 역시 뻘밭을 찾아볼 수 없었다. 농게 외에도 『현산어보』에 등장하는 생물들 중 몇몇 종은 뻘에서 살아가는 것들이다. 대체 어떻게 된 일일까?

예로부터 가까운 섬들 사이에서는 사람들의 왕래가 빈번했고, 결혼이나 이주를 통해 거처를 아주 옮기는 경우도 적지 않았다. 사리 마을에 사는 사람들 중에도 도초도나 비금도처럼 뻘밭이 발달한 곳에서 건너온 이들이 있었을 것이다. 혹시 이렇게 외지에서 온 사람들이 자신의 고향에서 본 생물들에 대한 정보를 전해주었던 것은 아닐까? 더욱이 우이도의 예에서 알 수 있듯 옛사람들은 주변의 섬들을 같은 생활영역으로 보는 경향이 있었다. 정약전이 흑산도 주변 해역의 뻘밭 생물들을 『현산어보』에 포함시켰다 하더라도 그리 놀랄 만한 일은 아닌 것이다.

지금과 옛날의 흑산도 모습이 달랐을 가능성도 생각해 볼 수 있다. 온실효과는 산림파괴나 과다한 화석연료의 사용 등에 의해 대기 중의 이산화탄소 농도가 높아져서 일어나는 현상이다. 증가한 이산화탄소는 온실의 유리처럼 지구 주위를 둘러싸고 적외선의 방출을 막아 기온의 상승을 일으킨다. 지구온난화로 인해 발생하는 피해 중 가장 극적인 것으로 해수면의 상승을 들 수 있다. 지구의 온도가 상승하면 극지방의 빙하가 녹고, 그 결과 해수면이 높아진다. 해수면의 상승이 미치는 영향은 생각보다 심각하다. 해안지대는 완만한 경사를 이루는 경우가 많으므로 1~2센티미터의 해수면 변화로도 넓은 지역을 침수시킬 수 있다. 세계 인류의 대부분은 해안 부근에 몰려

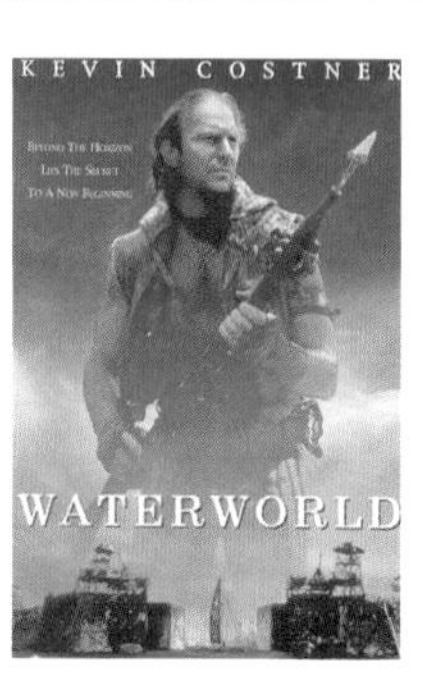

◉ **영화 〈워터월드〉** 캐빈 코스트너 주연의 영화 〈워터월드〉는 지구온난화로 빙하가 녹아 지구 대부분이 물에 잠긴 후를 배경으로 하고 있다.

살고 있으므로 해수면 상승은 치명적인 결과를 초래하게 될 것이다. 그런데 해수면이 높아져가고 있다는 말은 옛날의 해수면이 지금보다 낮았다는 말도 된다. 그렇다면 과거의 흑산도가 지금보다 더 바깥으로 확장된 해안선을 가지고 있었다는 추측도 가능하지 않을까?

이태진은 15세기부터 전세계적으로 시작된 뚜렷한 저기온 상태, 즉 소빙기에 대한 연구로 학계의 주목을 받은 바 있다.* 소빙기에는 빙하가 확장하고 해수면이 저하되는 현상이 나타나게 되는데, 재미있는 것은 정약전이 살았던 시기가 바로 이 소빙기에 속한다는 사실이다. 그렇다면 당시의 해수면이 지금보다 낮았고 해안선도 멀리까지 물러나 있었으리라는 추측이 가능해진다. 흑산도 주민들은 뻘이 없냐는 질문에 한결같이 바다 쪽으로 깊이 들어가야 뻘이 나오며 사리 때 물이 많이 빠지면 뻘이 수면 위로 드러나기도 한다고 대답했다. 해수면이 낮았던 과거에는 현재 물 속에 잠겨 있는 뻘층이 상당부분 수면 위로 노출된 상태였을 것이다. 바다생물들은 육지생물들에 비해 이동성이 크다. 유생시기에는 조류를 타고, 다 자란 후에는 헤엄을 쳐서 먼 거리를 쉽게 이동할 수 있다. 만약 과거의 흑산도에 조그만 규모의 뻘층이라도 형성되어 있었다면 뻘밭 생물들이 정착하는 데 큰 어려움이 없었을 것이다. 실제로 흑산도 진리에서 몇 평 안 되지만 뻘이 발달한 지형을 발견할 수 있었다. 뻘밭 위에는 칠게**의 구멍이 지천으로 널려 있었다.***

* 이태진은 소빙기의 이상 저기온 현상이 잦은 비나 눈, 우박 등의 기상 현상과 한재 · 수재 · 충재 · 기근 · 전염병 등의 자연재해를 일으켰다고 주장하며, 이러한 주장에 대한 근거로 『조선왕조실록』에 나타난 여러 기록들을 들었다. 『조선왕조실록』에는 15세기 말부터 18세기 초에 걸쳐 운석형 유성의 다량 낙하 등 이상 천체현상이 집중되었다는 사실이 잘 나타나 있다. 그의 결론은 운석이 폭발할 때 발생한 먼지가 하늘로 올라가서 태양광선을 가렸고, 이로 인해 기온 강하가 초래되었으리라는 것인데, 아마도 거대 운석이 충돌한 후 발생한 먼지가 지구의 기온을 급격히 떨어뜨려 공룡의 멸종을 불렀다는 이론이나 대량의 먼지를 뿜어내는 화산 폭발이 기온을 강하시킨다는 사실에서 착안한 내용인 것 같다.

** 칠게는 대표적인 뻘밭 생물이다.

*** 이영일 씨는 흑산도 옆 대둔도에 뻘 지형이 발달한 곳이 많다는 이야기를 들려주었다. 아직 확인하지는 못했지만 만약 이곳에서 뻘밭 생물들이 발견된다면 모든 수수께끼가 한꺼번에 풀리게 될 것이다.

어떤 것이 농게인가

농게 수놈은 한쪽 집게발이 유난히 크게 발달해 있다.* 어찌 보면 기형적이기까지 한 이 집게발은 자신의 세력권을 방어하고 암놈을 유혹하는 데 쓰이는데, 수천 수만 마리의 대군이 한꺼번에 다리를 흔들어댈 때면 일대 장관을 이룬다. 『현산어보』에서는 농게를 농해라는 이름으로 소개하고 있다.

[농해籠蟹 속명을 그대로 따름]

큰 놈은 지름이 세 치 정도이다. 빛깔은 검푸르고 윤택하며 다리는 붉다. 몸은 둥글고 농籠처럼 생겼다. 모래나 진흙을 파서 굴을 만들고 흙이 없으면 돌틈에 숨는다.

이청의 주 이시진은 팽기蟛蜞와 닮았고 바다에서 살며, 밀물이 되면 굴에서 나와 조수를 바라보는 것을 망조望潮라고 했다. 그러나 지금 바다에 서식하는 작은 게들은 모두 조수가 밀려오면 굴에서 나온다. 조수를 바라보는 게가 따로 있는 것은 아니다.

◉ **농게의 집게발** 농게 수놈은 한쪽 집게발이 유난히 크게 발달해 있다. 어찌 보면 기형적이기까지 한 이 집게발은 자신의 세력권을 방어하고 암놈을 유혹하는 데 쓰이는데, 수천 수만 마리의 대군이 한꺼번에 다리를 흔들어댈 때면 일대 장관을 이룬다.

* 나머지 한쪽 집게발은 먹이를 긁어먹기 좋게 끝이 숟가락 모양으로 변형되어 있는데, 암놈의 경우 양쪽 집게발 모두가 이런 형태로 되어 있다. 수놈이 먹이활동을 포기해가면서까지 한쪽 집게발을 키운 것은 번식을 위한 경쟁이 얼마나 치열한 것인지를 잘 보여준다.

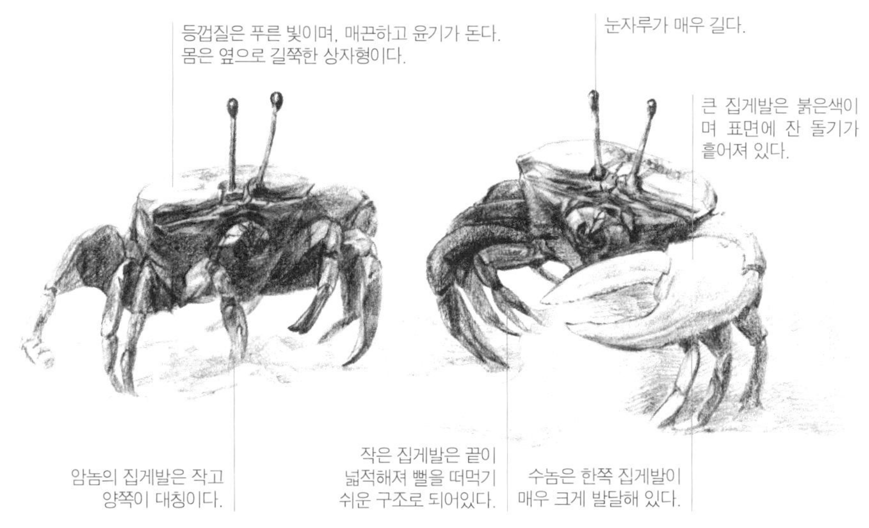

농게의 몸은 길이보다 너비가 긴 상자 모양을 하고 있다. 정약전이 농게를 농에 비유한 것도 이 때문이다. 농게는 조간대 상부의 뻘밭에 구멍을 파고 사는데, 때로는 구멍의 깊이가 80센티미터에 달하는 경우도 있을 정도로 굴 파는 솜씨가 뛰어나다. 밀물 때는 구멍 속에 숨어 있다가 썰물이 되면 밖으로 기어 나와 먹이 활동을 시작한다.

이시진은 『본초강목』에서 밀물이 되면 굴에서 나와 조수를 맞는 게가 망조라고 밝혔다. 그러나 이청은 조수를 맞는 게가 따로 있는 것이 아니라 바다에 서식하는 작은 게들은 모두 밀물 때 조수를 맞는다고 하여 그의 주장을 비판했다.* 이청이 태어난 강진 앞바다는 뻘팥이 잘 발달해 있다. 어릴

◉ **농게** *Uca arcuata* (De Haan)

* '바다에 서식하는 작은 게'는 달랑게, 엽낭게, 농게 등 구멍을 파고 사는 게들을 가리킨 것으로 보인다.

때부터 게가 굴을 파고 조수에 따라 들락거리는 모습을 관찰하며 자랐기에 이처럼 자신 있게 망조에 대한 자신의 의견을 밝힐 수 있었던 것이리라.

그러나 이시진을 비판하던 이청도 게들이 밀물을 반기지 않는다는 사실은 알지 못했다. 사실 게들은 오히려 밀물이 밀려들지 않기를 기도하고 싶은 심정일 것이다. 꽃게나 민꽃게 같은 종류는 헤엄치는 능력이 발달해서 조수를 따라다니며 먹이를 구할 수 있지만, 구멍을 파고 사는 게들은 물 속에서 전혀 무기력한 모습을 보인다. 뿐만 아니라 이들에게 밀물은 천적의 무자비한 습격을 의미하기도 한다. 게들은 미리 굴을 손질하고 입구를 단단히 막음으로써 천적들의 습격에 대비한다. 밀물이 밀려들 때 게들이 부산하게 움직이는 것은 조수를 환영하는 모습이 아니라 생존을 위한 절박한 몸부림이었던 것이다.*

그런데 본문을 읽다보면 한 가지 이상한 점이 발견된다. 어찌된 셈인지 눈을 씻고 살펴봐도 농게의 가장 큰 특징인 커다란 집게발에 대한 설명을 찾을 수가 없다. 오히려 이러한 농게의 특징은 화해 항목에서 더욱 잘 드러나 있다.

[화해花蟹 속명을 그대로 따름]

크기가 농해와 같다. 등이 높아 농籠처럼 보인다. 왼쪽 집게발은 유달리 크고 붉으며, 오른쪽 집게발은 아주 작고 검다. 몸 전체에 반점이 흩어져 있는 모습이 대모와 흡사하다. 맛은 담박하다. 갯벌〔鹵泥〕에서 산다.

* 그러나 조금만 달리 생각해 보면 게들이 밀물을 환영해야 할 이유가 분명히 존재한다는 사실을 알 수 있다. 대자연의 섭리는 한없이 깊고 오묘하다. 천적과 함께 찾아온 바닷물은 하루에 두 번씩 잊지 않고 밀려와 모래벌을 기름지게 하고 미세한 플랑크톤을 번식시켜 게들에게 끊이지 않는 성찬을 제공해 준다.

이청의 주 소송은 "집게발 하나가 크고 하나는 작은 놈을 옹일擁劒 또는 걸보桀步라고 부른다. 항상 큰 집게발로 싸우고 작은 집게발로는 먹이를 구한다. 집화執火(횃불을 든 놈)라고도 하는데 이는 그 집게발이 붉기 때문에 붙여진 이름이다"라고 했다. 이것은 지금 우리가 화해라고 부르는 것과 같은 종류이다.

화해라는 이름이 속명을 따라 붙여졌다면 아마도 당시 사람들은 이 게를 꽃게라고 불렀을 것이다. 꽃게라면 우리가 찜이나 탕으로 먹는 커다란 게를 말한다. 그러나 본문에서는 이 게의 한쪽 집게발이 크고 붉으며, 대모와 같은 등껍질을 가지고 있다고 했다. 이러한 조건들을 만족하는 종이라면 아무리 생각해도 농게밖에 떠오르지 않는다. 화해라는 이름도 농게의 붉은 집게발이 꽃처럼 화사하다는 뜻에서 붙여졌다고 보면 의미가 통한다.

그런데 화해를 농게로 본다면 위에 나온 농해는 또 무엇이란 말인가. 농해와 화해의 항목을 더하면 완벽하게 농게를 설명할 수 있을 것 같은데 아쉽게도 정약전은 둘을 다른 종으로 보고 따로 나누어 놓았다. 어차피 농게가 흑산도에서 찾아보기 힘든 종이라는 점을 생각한다면 정약전이 착각을 일으켰을 가능성도 고려해봐야 할 것 같다. 주변사람들로부터 게에 대한 정보를 수집할 때 상대편의 말을 잘못 이해하여 두 가지 이름으로 불리던 같은 게를 다른 종으로 착각한 것은 아닐까?

해석을 더욱 힘들게 하는 것은 『현산어보』에 농게의 특징과 잘 들어맞는 종이 또 하나 등장한다는 사실이다.

춤추는 게

[화랑해花郞蟹 속명을 그대로 따름]

크기는 농해와 같다. 몸은 누렇고 짤막하다. 눈은 가늘고 길다. 왼쪽 집게발이 특별히 크지만 둔하여 사람을 물 줄 모른다. 나아갈 때 집게발을 편 모양이 춤추는 사람과 같아서 이런 이름이 붙었다.*

사리 마을 사람들에게 화랑게라는 이름에 대해서 물었더니 아무도 그런 이름을 들어본 적이 없다고 했다. 그러나 당골래기라는 이름에 대해서는 모두가 고개를 끄덕였다.**

"당골래기는 등껍질에 보라색 비슷한 줄무늬가 있는디 잡지도 않고 먹지도 않어라."

도감으로 확인한 결과 박도순 씨는 방파제의 돌틈에서 흔히 볼 수 있는 바위게를 당골래기라고 지목했다. 그러나 본문의 설명에 비추어보면 바위게는 화랑해의 후보로 턱없이 부족하다. 바위게의 몸은 납작하고 거의 정사

◉ **당골래기** 박도순 씨는 방파제의 돌틈에서 흔히 볼 수 있는 바위게를 당골래기라고 지목했다.

* [원주] 흔히 춤추는 이를 화랑花郞이라고 부른다.

** 화랑이라고 하면 관창이나 원술랑처럼 칼을 차고 말을 달리던 젊은 무사들을 떠올리는 사람이 많을 것이다. 그러나 원래 화랑은 무당을 의미하는 말이었고, 실제로 하는 일도 그에 가까운 것이었다. 전라도 지방에서는 무당을 흔히 당골래라고 부른다. 결국 당골래기는 화랑해와 같은 뜻이 되는 것이다.

각형에 가까우므로 짤막하고 농처럼 생겼다는 농해의 체형과는 한참 거리가 멀다. 한쪽 집게발이 크고 눈자루가 길다고 한 것도 바위게의 특징과 일치하지 않는다. 바위게는 양쪽 집게발의 크기가 같고, 눈자루도 짤막한 편이다. 또한 정약전은 화랑해의 색깔이 누렇다고 표현했지만 바위게는 울긋불긋하게 화려한 색채를 띠고 있다.*

본문에서 설명한 특징들은 오히려 농게와 잘 들어맞는다. 크기와 짤막한 체형, 유난히 커다란 한쪽 집게발은 농게의 특징과 정확히 일치하고 있다. 그러나 농게를 화랑해로 놓더라도 몸빛깔이 누렇다고 한 것은 여전히 문제점으로 남는다. 농게는 비교적 화려한 빛깔을 띠고 있기 때문이다. 바위게도 아니고 농게도 아니라면 화랑해의 정체는 과연 무엇이란 말인가. 사실 화랑해 항목을 처음 볼 때부터 머릿속에 그리고 있던 종이 하나 있었다. 그것은 농게와 같은 달랑게과에 속하는 칠게였다.

칠게는 여러 가지 면에서 화랑해의 후보로 손색이 없다. 우선 몸이 짤막하고, 눈자루가 길게 튀어나와 있다. 등껍질은 작은 돌기와 털로 덮여 있는데, 항상 진흙이 묻어 있어 누렇게 보일 때가 많다. 정약전은 칠게의 집게발이 크지만 둔해서 사람을 물 줄 모른다고 했다. 실제로 칠게의 집게발은 집는 힘이 약해서 적을 방어하기에는 그리 적합하지 않으며, 그 대신 끝이 숟가락처럼 변형되어 있어 진흙을 잘 떠먹을 수 있게 되어 있다. 번식기가 되면 칠게의 수놈은 집게발을 자신의 영역권을 지키는 데 사용한다. 양쪽 집게발을 앞으로 죽죽 내밀며 힘을 과시하거나 다른 수놈과 집게발을 맞잡고

* 화랑해나 당골래기라는 이름은 바위게가 무당이 입는 옷처럼 화려한 빛깔을 띠고 있다는 뜻에서 유래한 것일지도 모른다. 무당벌레나 무당개구리의 예에서 확인할 수 있듯 화려한 무늬와 색깔을 가진 생물에 무당이란 이름을 붙여주는 것은 비교적 흔한 일이다.

힘겨루기를 하는 모습은 싸움이라기보다는 춤추는 행동을 연상케 하는데, 춤추는 게 화랑해라는 이름도 여기에서 유래한 것으로 보인다.

한 가지 문제는 정약전이 화랑해의 한쪽 발이 크다고 말한 점이다. 농게와 달리 칠게는 양쪽 집게발의 크기가 같기 때문이다. 신지도에서 송문석 씨와 이야기를 나누다가 이 문제에 대한 실마리를 찾을 수 있었다.

"농게는 없어라. 발 빨간 거는 없어요. 뱀게라는 것 말고는. 뱀게는 땅 우에 돌아다니는데 그거는 발이 빨개요. 똘창게가 젤로 많지라. 밀기도 있고. 똘창게는 누렇고 밀기는 검은 무늬가 있어. 밀기 보고 참게라 그라기도 하지라. 순번기는 뱀게 하고 비슷한데 얕은 데 구멍 뚫고 살어. 그리고 화랑게라는 것도 있어라."

똘창게는 서해안에서 보편적으로 사용되는 이름이다. 무늬발게, 납작게, 풀게 등 조간대에서 살아가는 조그만 게들을 통틀어서 똘창게라고 부르는데, 송문석 씨는 이 중 무늬발게를 밀기라는 이름으로 따로 구분해서 부르고 있었다. 뱀게는 흑산도에서와 마찬가지로 도둑게를 뜻하는 이름이고, 순번기는 방게를 가리키는 이름으로 추측된다. 그리고 마지막에 덧붙인 한 마디에 화랑게가 끼어 있었다.

"화랑게가 어떤 게인가요? 혹시 눈이 좀 길쭉한 것 아닙니까?"

"눈이 좀 길제. 똘창게는 돌 밑에 있는데 화랑게는 뻘밭에 있어라. 뻘 있는 데 구멍 파고 살지라. 똘창게보다 좀 크고 수컷은 한쪽 발이 커요."

칠게였다. 송문석 씨는 기다란 눈자루와 뻘에 구멍을 파고 사는 습성을

◉ **춤추는 게** 크기는 농해와 같다. 몸은 누렇고 짤막하다. 눈은 가늘고 길다. 왼쪽 집게발이 특별히 크지만 둔하여 사람을 물 줄 모른다. 나아갈 때 집게발을 편 모양이 춤추는 사람과 같아서 이런 이름이 붙었다.

정확히 묘사하고 있었다. 더욱 놀라운 사실은 수놈의 한쪽 발이 크다고 말한 것이었다. 다시 한번 확인하자 송문석 씨는 뒷말을 흐렸다.

"한쪽 발이 크다구요? 다른 쪽보다 훨씬 큽니까?"

"그렇진 않고… 한쪽이 약간 크고. 크기 차이도 별로 안 나. 큰 것도 있고 작은 것도 있어라. 큰 것이 수놈이라 그라더만."

송문석 씨의 말로부터 한쪽 발이 크다는 표현에 오류가 생기기 쉽다는 사실을 확인할 수 있었다. 비슷한 오류가 무해 항목에서도 나타나는데, 양쪽 집게발의 크기가 같은 민꽃게에 대해 정약전은 왼쪽 집게발이 더 크다고 기록해 놓았다. 도대체 왜 이런 착각들이 일어나게 된 것일까? 어쩌면 정약전은 실제로 양쪽 집게발의 크기가 다른 개체를 관찰한 것인지도 모른다. 게

◉ **칠게** *Macrophthalmus japonicus* (De Haan)

는 위험이 닥치면 스스로 다리를 끊어버리는 습성이 있다. 한쪽 집게발이 떨어졌다가 재생하는 중이라면 원래 양쪽 집게발의 크기가 똑같은 종류라도 분명히 다른 크기의 집게발을 갖게 될 것이다. 게는 항상 다양한 포식자들의 위협에 시달리며 살아간다. 다리가 떨어져 나갔거나 재생되고 있는 개체를 만나는 것은 그리 드문 일이 아니다. 그렇다면 정약전이 우연히 이런 개체들을 발견하고 깊은 인상을 받은 나머지 특정 종의 게가 비대칭의 집게발을 가진다고 착각했을 가능성도 충분하지 않을까? 실제로 한쪽 다리가 훨씬 큰 농게가 존재하는 만큼 다리의 크기를 혼동하기란 더욱 쉬운 일이었을 것이다.

이청은 정약전과는 따로 '고해'라는 종류를 기록하고 있는데 이것도 칠게의 다른 이름일 가능성이 있다.

[고해鼓蟹 속명 동동궤鼕鼕跪]
크기는 화해와 같다. 몸은 짧고 빛깔은 조금 희다.
(원문에 빠져 있으므로 지금 보충함)

이청은 고해의 몸이 짧다고 표현했다. 몸이 짧다는 말은 너비에 비해 길이가 훨씬 짧아 몸이 길다는 뜻으로 해석할 수 있다. 역시 칠게의 체형과 잘 들어맞는다.

그런데 사는 곳이며 생긴 모양이 칠게와 매우 비슷한 종이 하나 더 있다.

같은 달랑게과에 속하는 길게라는 종이다. 길게라는 이름은 등껍질 길이에 비해 너비가 훨씬 넓다고 해서 붙여진 것이므로 몸이 짧다는 정약전의 표현과 잘 어울린다. 더욱이 길게는 흑산도에서 쉽게 관찰할 수 있는 종이기도 하다. 만약 동동게라는 방언을 확인할 수 있다면 고해의 정체는 더욱 확실해질 것이다.

여관방으로 돌아와 소금기로 푸석거리는 몸을 씻고 자리에 누웠다. 전화로 일기예보를 들어보니 날씨가 심상치 않다. 서남해 전 해상에 걸쳐 또다시 폭풍주의보가 발령될 가능성이 많다는 것이다. 걱정한다고 어떻게 될 일도 아니고 해서 간단히 자료 정리를 해놓은 다음 편안한 마음으로 잠자리에 들었다.

◉ 몸이 길어 길게 사는 곳이며 생긴 모양이 칠게와 매우 비슷한 종이 하나 더 있다. 같은 달랑게과에 속하는 길게라는 종이다. 길게라는 이름은 등껍질 길이에 비해 너비가 훨씬 넓다고 해서 붙여진 것이므로 몸이 짧다는 정약전의 표현과 잘 어울린다.

시간이 멈춘 마을

아침에 부둣가로 나가보니 배가 뜨지 않는다고 했다. 역시 폭풍주의보였다. 도초도와 비금도 사이의 좁은 수로는 강한 바람과 거센 조류로 인해 하얀 거품을 일으키며 부글부글 끓어오르고 있었다. 기상청에서는 주의보가 이틀 후에나 해제될 것으로 예보했다. 꼼짝없이 발이 묶이게 된 것이다. 흑산도에서의 일정을 조절할 수밖에 없었다.

빵과 우유로 아침을 간단히 때우고 섬을 둘러보기 위해 길을 나섰다. 여관 건물 뒤쪽의 골목길에 들어서자 옛 기억을 되살리게 하는 장면이 펼쳐졌다. 시간이 멈춘 마을이었다. 좁은 골목길을 따라 옛날 이발소, 옛날 중국집, 옛날 옷가게 등 70년대 분위기를 자아내는 건물들이 다닥다닥 늘어서 있었다. 섬마을의 시계는 육지보다 느리게 돌아가는 모양이다. 어

◉ **도초도의 염전(위)** 가장 먼저 눈에 들어온 것은 끝 간 데 없이 펼쳐진 염전의 바다였다. 바둑판 모양으로 늘어선 질서정연한 구획들과 땅에 닿을 듯 나지막한 소금 창고의 지붕이 한껏 이국적인 풍경을 자아내고 있었다.
◉ **도초도의 초가(아래)** 도초도의 초가는 전시용으로 만들어 놓은 모형이나 박제가 아니다. 빨간 고추를 말리는 앞마당, 누런 호박이 복스럽게 올라앉은 지붕, 말린 생선이 잔뜩 매달린 처마 등만 봐도 알 수 있듯 사람 사는 냄새가 물씬 풍겨나는 주민들의 어엿한 생활 공간이다.

린 시절 딱지를 들고 뛰놀던 골목길을 회상하며 길을 걸었다.

버스를 타지 않고 그냥 걸어서 갈 수 있는 데까지 가보기로 했다. 가장 먼저 눈에 들어온 것은 끝 간 데 없이 펼쳐진 염전의 바다였다. 바둑판 모양으로 늘어선 질서정연한 구획들과 땅에 닿을 듯 나지막한 소금창고의 지붕이 한껏 이국적인 풍경을 자아내고 있었다. 나문재가 성기게 돋아난 염전 옆 수로에는 풀망둑의 사체가 곳곳에 널브러져 있었다. 바닷물을 끌어올릴 때 함께 딸려왔다가 염분 농도가 높아지자 견디지 못하고 죽은 모양이다. 소금기에 절여진 탓인지 거의 부패되지 않은 모습이 더욱 안쓰러워 보였다.

도초도는 섬 자체를 민속사박물관이라고 부를 수 있을 정도로 옛 정취를 그대로 간직한 섬이다. 선조들의 숨결이 남아 있는 초가, 장승, 초분을 곳곳에서 만날 수 있고 집안에서는 고무래, 채반, 곰배, 절굿공이, 덕석, 멍석, 동고리, 멍에, 써레, 물지게, 풍로, 달구지를 쉽게 찾아볼 수 있다. 나는 이 중에서도 초분을 꼭 만나보고 싶었다. 우리 나라에서는 예로부터 사람이 죽었을 때 관을 땅 속에 묻지 않고 일정 기간 지상에 두었다가 육탈된 후 뼈를 추려내어 다시 매장하는 장제가 전해오는데, 그 중에서도 특히 땅 위에 관을 올려놓고 그 위를 볏짚이엉으로 두텁게 덮어 비바람과 짐승의 해를 막을 수 있게 한 것을 초분이라고 부른다.

여행을 준비하던 중 우연히 도초도에 초분이 남아 있다는 정보를 입수하게 되었다.* 기회가 된다면 이를 꼭 확인해 보고 싶었는데, 마침 주의보가 내려 발이 묶이는 바람에 내심 다행이라는 생각까지 하고 있던 차였다. 그

* 몇 십 년 전까지만 하더라도 서남해안 지방에서 초분을 발견하기란 그리 어려운 일이 아니었다. 그러나 시대가 변해감에 따라 초분을 쓰는 풍속은 점차 자취를 감추었고, 지금은 일부 섬 지방에서만 간신히 그 명맥을 유지하고 있을 따름이다. 초분이 사라져가고 있는 이유는 간단하다. 일반 무덤에 비해 만드는 절차가 까다롭고 만들고 난 후에도 신경을 써야 할 일이 많기 때문이다. 초분을 만들기 위해서는 우선 관을 올려놓을 수 있게 돌밭을 골라야 한다. 돌밭을 고르고 난 후에는 그 위에 관을 안치하고 볏짚을 쌓아올리는데, 볏짚이 바람에 날리지 않도록 새끼줄로 꽁꽁 얽어매고 돌멩이를 매달거나 말뚝을 박는 등 세심한 주의를 기울여야 한다. 때로는 짐승들의 접근을 막기 위해 초분 주위에 돌담을 쌓기도 한다. 볏짚은 해마다 새로 손질하고 갈아주어야 하며, 태풍이 지나가기라도 하면 일거리는 더욱 늘어난다. 시체가 썩어갈 때는 악취가 풍기고, 육탈이 끝난 후에는 다시 땅을 파고 봉분을 올려야 하니 초분을 만들고 관리하기란 여간 수고로운 일이 아니다.

러나 초분이 어디에 있는지 정확한 위치도 알지 못한 채 길을 나선 것부터 가 문제였다. 결국 발품만 실컷 팔았을 뿐 초분은 구경도 하지 못하고 숙소로 돌아올 수밖에 없었다.

내가 특별히 초분에 관심을 기울이게 된 이유는 무덤양식 자체가 흥미롭기도 했지만 정약전이 초분에 묻혔던 것은 아닐까 하는 생각 때문이었다. 다음은 『송정사의』에 나오는 내용의 일부를 옮긴 것이다.

> 백성들이 관 하나를 만드는 데 드는 목재의 값이 400~500냥에 이른다. 그러나 이것도 읍내에서나 가능한 일이지 가난한 마을에서는 상을 당하고도 10일이 넘도록 염만 해놓고 재목을 구하지 못하므로 백성들의 태반은 초장草葬을 한다.

초장은 곧 초분을 의미한다. 『송정사의』가 우이도에서 저술되었다는 점을 상기하면 정약전이 살았던 당시에도 초분이 성행했으며,* 그가 죽은 후 초분에 묻혔으리라는 추정도 가능해진다. 정약전은 초분을 쓰는 이유가 관을 마련하지 못해서라고 밝혔지만, 사람들이 토장을 하지 않고 초분을 썼던 데에는 또 다른 이유가 있었다. 우선 초분을 쓰는 이들은 부모 친지가 죽었을 때 주검을 바로 땅 속에 파묻는 것을 너무 매정하다고 느꼈다. 심지어 날송장을 곧바로 땅에 파묻는 것을 매정하고 야박한 장례라 하여 '박장'이라고 부르기까지 했다. 이보다는 초분을 써서 살과 물이 다 빠진 깨끗한 뼈를 땅

◉ **풀로 만든 무덤** 우리 나라에서는 예로부터 사람이 죽었을 때 관을 땅 속에 묻지 않고 일정 기간 지상에 두었다가 육탈된 후 뼈를 추려내어 다시 매장하는 장제가 전해오는데, 그 중에서도 특히 땅 위에 관을 올려놓고 그 위를 볏짚이엉으로 두텁게 덮어 비바람과 짐승의 해를 막을 수 있게 한 것을 초분이라고 부른다.

* 현지에서도 사진과 주민들의 말을 통해 이를 확인할 수 있었다.

속에 모시는 것이 올바른 예의요 전통이라고 생각했던 것이다. 이 밖에도 초상이 난 시기가 길일이 아니거나 상주가 바다로 나간 사이 갑자기 상을 당한 경우, 후에 다시 이장을 해야 할 필요가 있는 경우에도 임시묘로 초분을 썼는데, 정약전의 예가 바로 마지막 경우에 해당한다. 정약전은 섬사람들로부터 큰 존경을 받아왔던 데다 어차피 언젠가는 육지로 이장시켜야 했으므로 당시로서는 초분을 쓰는 것이 가장 합당한 선택이었을 것이다.

문채옥 씨는 정약전이 묻혀 있던 묘가 초분이 아니었을 것이라는 주장을 폈다.

"초분인지는 잘 모르겠지만 아마 아닐 거여. 우(리)들은 묘소를 땅에서 파갔다 그란다고."

파갔다는 말이 꼭 땅을 파헤쳤다는 것을 의미하지는 않는다. 시신을 이장할 때 흔히 이런 표현을 쓰기 때문이다. 그러나 무덤을 파내어 이장한 것이 사실이라면 또 다른 가능성을 생각해볼 수 있다. 우이도에서는 토장이나 초분 외에 구토롱이라는 장제가 전해져 온다. 구토롱은 초분과 거의 같은 방식으로 만들어지지만 관 위에 짚이엉 대신 흙을 덮는다는 점이 다르다.* 따라서 겉에서 보면 일반 무덤과 다름없이 봉분 형태를 갖게 되며, 이장할 때 묘를 파갔다는 표현과도 잘 들어맞게 된다.**

돌아올 때는 버스를 탔다. 노트를 꺼내어 황동규의 〈풍장〉을 읽으며 쓸쓸했을 정약전의 죽음을 되새겨 본다.

* 일반 토장과는 땅을 파지 않는다는 점이 다르다.

** 구토롱은 초분보다 만들거나 관리하기가 쉬운 데다 비바람이나 들짐승의 피해를 막을 수도 있으므로 시신을 오랫동안 가매장할 때 많이 쓰였다. 기약 없이 육지로 이장될 날만을 기다려야 했던 정약전의 경우 구토롱은 가장 적합한 선택이었을 것이다.

풍장風葬 1

내 세상 뜨면 풍장시켜다오
섭섭하지 않게
옷을 입은 채로 전자시계 가는 채로
손목에 달아 놓고
아주 춥지는 않게
가죽가방에 넣어 전세 택시에 싣고
군산에 가서
검색이 심하면
곰소쯤에 가서
통통배에 옮겨 실어다오

가방 속에서 다리 오그리고
그러나 편안히 누워 있다가
선유도 지나 무인도 지나 통통소리 지나
배가 육지에 허리 대는 기척에
잠시 정신을 잃고
가방 벗기우고 옷 벗기우고

무인도의 늦가을 차가운 햇빛 속에
구두와 양말도 벗기우고
손목시계 부서질 때
남몰래 시간을 떨어뜨리고
바람 속에 익은 붉은 열매에서 툭툭 튕기는 씨들을
무연히 안 보이듯 바라보며
살을 말리게 해다오
어금니에 박혀 녹스는 백금 조각도
바람 속에 빛나게 해다오

바람 이불처럼 덮고
화장도 해탈도 없이

흑산 고래의 전설

공포의 흑산 뱃길

새벽 일기예보를 들어보니 폭풍주의보가 해제되었다고 한다. 다음날쯤이나 풀릴 것이라고 했는데 다행히 하루 앞당겨진 것이다. 선착장으로 나가보니 밤새 들끓던 바닷물이 언제 그랬냐는 듯 기세를 누그러뜨리고 있었다. 그렇지만 날씨가 꾸무럭해지는 꼴이 당장이라도 눈발이 흩날릴 것 같다. 아침을 대충 때우고 나와 일찌감치 선착장 대기실에 자리를 잡고 앉았다. 그런데 또 문제가 생겼다. 흑산도에서 아침배가 뜨지 않았다는 것이다. 네 시쯤이나 되어야 배가 도착한다고 했다. 선착장 앞 가게에 짐을 맡겨놓고 부둣가를 서성이는 것 외에는 달리 할 일이 없었다.

선착장 쪽으로 걸어가다가 성대로만 수십 상자를 가득 채운 트럭을 발견했다. 이렇게 많은 성대를 한꺼번에 보기도 처음이다. 몸이 붉게 변하고 오그라든 것이 살아 있을 때의 화려한 모습은 간데없다. 생기를 잃어가는 흐린 눈이 왠지 슬퍼 보인다. 새벽부터 물고기를 잡으러 나갔던 주낙, 통발어선들이 하나둘 선착장으로 들어오기 시작했다. 배에 탄 사람들은 하나같이 부부들이었다. 여자를 보기만 해도 재수가 없다며 출어를 포기하던 시절도 있었는데 이제는 상황이 전혀 딴판으로 변한 것이다. 여권신장 때문만은 아니다. 어촌에서는 일할 사람을 구하기가 힘들다. 일손이 부족한 만큼 품삯은 올라가는데 뭉칫돈을 선뜻 내놓을 만큼 생활이 풍족한 집안은 그리 많지 않다. 잡힌 어종은 간재미와 붕장어가 대부분이었다. 막 도착해서 물고기를 내리던 중년 사내는 꽤 많이 잡은 것 같은데도 연신 불만스런 표정을 지었다. 멀리까지 나갔는데도 우럭을 구경도 못했다는 것이다. 이곳에서는 우럭을 높이 치는 모양이다. 선창가 횟집 주인들이 커다란 대야와 들통, 손수레를 끌고 와서 간재미와 붕장어를 골라 간다. 뒤이어 들어온 배에서는 팔뚝만 한 쥐노래미와 우럭을 많이 잡아와 희희낙락하는 모습이다. 목을 잘 잡았거나 꽤 멀리까지 출어했던 것이리라.

이것저것 구경하고 있는 사이 배시간이 다 되었다. 도초도와 비금도 사이에 멈춘 쾌속선까지 조그만 보트를 타고 이동했다. 선실로 들어가 보니 겨울인데도 관광객들이 꽤 많았다. 그러나 객실 안에는 벌써부터 긴장감이 감돌고 있었다. 파도가 높이 일 테니 자리를 뒤쪽으로 옮기자는 소리가 들려왔다. 아니나 다를까 도초도와 비금도 사이의 해협을 빠져나와 난바다로 들어서면서부터 배는 심하게 요동치기 시작했고 선실내 곳곳에서 탄성과 비명소리가 터져나왔다.

"배가 흔들리면 어떡하나. 남자라면 자기 꺼 잡기라도 하지."

"아싸라비아! 바이킹이 따로 없네."

처음엔 웃고 떠들던 사람들도 시간이 지날수록 표정이 달라지기 시작했다. 높이 솟구친 배가 깊이 패인 파도의 골 사이로 떨어질 때마다 항문 주위에서 명치 끝까지가 찌릿찌릿하게 저려온다. 승무원들이 배멀미를 하는 사람들에게 비닐봉지를 나누어주며 바삐 돌아다니고 있었다.

"웬만해선 뒤집어지지 않아요."

승무원이 안심시키느라 한 말이 사람들을 더욱 소름끼치게 한다. 승객들이 불안해하자 다시 한 마디를 덧붙인다.

"지금 파도가 2~3미터 정도 됩니다. 괜찮아요. 전에 4~5미터 되어도 이상 없더라구요."

대학 3학년 때 이처럼 엄청난 파도를 실제로 경험해본 적이 있다. 울릉도 수학여행 때였다. 밤기차를 타고 묵호항에 도착해 보니 바다가 난리도 아니었다. 벌써 며칠째 폭풍주의보가 내려 배가 뜨지 못하는 상황이었다. 몇 시간 후 주의보가 해제되자마자 배를 탔지만 거센 파도 때문에 40분여를 달리다 다시 항구로 되돌아와야 했다. 어쩔 수 없이 근처 민박집에서 하루를 묵고 다음날 다시 배에 올랐다. 전날보다는 덜했지만 여전히 바람이 거셌다. 산더미같이 몰려오는 파도에 대형 여객선이 가랑잎처럼 흔들렸다. 세 시간 가까이 걸리는 뱃길에 끊임없이 상하운동을 반복하다보면 멀미를 피할 재간이 없다. 평소 배멀미를 하지 않던 나였지만 어느새 머리가 띵해져 왔다. 멀미약을 먹지 않은 것이 후회가 되었다. 여객선터미널에서 파는 멀미약은 거의 수면제에 가깝다. 멀미약을 먹고 정신없이 자다보면 어느새 바다를 건너게 되는 것이다. 비싼 배값 내고 바다 구경도 못하는 바보짓이 어딨냐고 부려대던 호기는 간데없고, 지독한 두통에 시달리며 꾸역꾸역 올라오는 쓰디쓴 담즙을 되삼키다 보니 차라리 바보가 되는 편이 낫겠다는 생각이 절로 들었다. 옆자리에 앉은 동기 녀석은 약을 먹고도 멀미를 심하게 했다. 배가 출발하자마자 멀미를 시작하더니 거의 정신을 차리지 못할 정도로 게워댔다. 한참을 그러다가 갑자기 퀭해진 눈으로 토사물이 가득 든 비닐봉지를 뒤지며 뭔가를 찾기 시작했다. 왜 그러냐고 물어봐도 대답이 없었다. 얼마 후 녀석은 마침내 만족스러운 미소를 지으며 손가락으로 뭔가를 집어 올렸다. 멀미약이었다. 녀석은 아무렇지도 않다는 듯 멀미약을 입으로 털어 넣고는 다시 눈을 감았다. 징한 놈이었다. 그때에 비하면 훨씬 나은 편인데도 배 여행에 서툰 사람들은 하나둘씩 쓰러지기 시작했다. 앞자리에 앉아 있던 여자 손님들은 승무원의 부축을 받아 비틀거리며 흔들림이 덜한 배 중앙으로 옮겨졌다. 어떤 아주머니는 아예 바닥에 엎드려 죽은 듯 들통에 머리를 틀어박고 있다.

조각배를 타고 바다를 건너던 예전에는 지금보다 상황이 훨씬 심각했을 것이다. 1617년 바다를 건너 일본을 방문했던 이경직의 말을 들어보자.

> 풍세가 극히 사나워 눈 덮인 산과 같은 파도가 하늘에 불끈 솟고, 은으로 된 집과 같은 파도가 공중에 걸렸다. 올라갈 때는 하늘에 오르는 것 같았고 내려갈 때는 땅속으로 들어가는 것 같았다. 배 안의 사람이 엎어지

고 자빠져 구토하지 않는 이가 없었는데, 이런 지경을 당하게 되면 아무리 좋은 의원이나 신묘한 약이 있다 한들 무슨 소용이랴.

정약전도 이런 고난과 위험을 감수하면서 흑산행 뱃길을 달렸을 것이다.

창 밖을 내다보니 어느새 바닷물에 뻘 기운이 없어지고 물빛이 초록빛으로 맑아져 있었다. 하늘에 잔뜩 눌러 붙은 시커먼 먹장구름들만 아니라면 바다는 예의 그 짙푸른 빛깔을 자랑하고 있을 터였다. 갑자기 짙은 안개가 밀려들더니 주위가 온통 희뿌옇게 흐려졌다. 언뜻언뜻 내비치는 물마루 외에는 아무것도 보이지 않았다. 뱃길에 겪게 되는 위험은 높은 파도만이 아니었다. 흑산 바다의 일기는 예측하기가 힘들다. 특히 겨울이 다가오면 날씨의 변덕은 더욱 심해진다. 옛날 조그만 어선이 이런 풍랑과 안개를 만났다면 곧바로 생사의 갈림길에 놓이게 되었을 것이다. 주위가 더욱 깜깜해졌다. 물빛은 어느새 짙은 청록색으로 변해 있었다. 갑자기 뱃머리 쪽에서 희미한 그림자가 안개를 뚫고 나타났다. 흑산 바다에 흩어져 있는 섬들 중 하나일 것이다. 장대 같은 비가 쏟아지며 섬은 다시 안개에 묻혀버렸다. 그리고 얼마나 지났을까. 승무원이 흑산도에 거의 도착했다고 말하는 순간 멀리 검은 그림자가 비치기 시작했다. 흑산도였다.

두렵지만 머물고 싶은 섬

흑산도는 파도에 단련된 뱃사람들에게도 먼 섬이었다. 최부는 『표해록』에서 흑산도를 마치 세상의 끝이라도 되는 것처럼 묘사하고 있다.

> 한낮이 되어서야 비가 좀 멎었다. 동풍이 크게 일어 배가 다시 기우뚱거리면서 정신없이 떠가는 동안 어느덧 배는 서해로 흘러들고 있었다. 이때 초공(키를 부리는 사람)이 손으로 동북쪽을 가리키기에 고개를 돌려보니 탄환 한 개만 한 섬이 아득하게 떠올랐다. 내가 "어떤 섬이냐?"라고 묻자 초공이 "저 섬은 흑산도인 듯합니다. 저 섬을 지나면 아무리 가도 섬 하나 보이지 않고 바다와 하늘이 맞닿은 듯 넓고 아득하여 끝이 없는 대해뿐입니다"라고 했다. 이 말에 우리 일행은 모두 어찌할 바를 몰라 깊은 수심에 젖어들었다.

항상 이런 날씨만 계속되었던 것은 아니겠지만 정약전이 우이도에서 흑산도로 거처를 옮길 때도 큰 위험을 감수해야 했을 것이다. 험난한 뱃길에도 불구하고 그가 대흑산도를 선택한 이유는 무엇일까? 『유암총서』에는 당시 우이도의 생활환경이 좋지 않아 흑산도로 옮기게 되었다는 사연이 기록되어 있다. 정약전보다 후대에 유배생활을 한 최익현의 말을 들어봐도 우이도보다는 흑산도에서의 생활환경이 좀 더 나았다는 사실을 알 수 있다. 최익현은 우이도에서 최악의 시기를 보냈다. 엄청난 흉년이 닥친 데다 지병인 각기병까지 도져 몸과 마음이 지칠 대로 지친 상태였다. 이때 그가 기분전환으로 선택한 것이 흑산도 유람이었다.

다음은 최익현이 흑산도로 건너갈 때 배 위에서 지은 시다. 정약전이 대흑산도로 향해 떠날 때의 모습도 이와 유사했으리라 여겨진다. 때는 가을이었다.

좋은 세상에는 버릴 것이 없는데
먼 곳에서 이 몸만이 늙었구나
쇠약한 몸 억지로 일으켜
옷 떨치고 바다에 나갔노라
노를 저으니 물 밑이 푸르고
돛을 다니 나그네 맘 서러워라
고개를 돌이키니 산은 점점 멀어지고
이대로 오랑캐 땅으로 흘러가버리는 건 아닌지

조각배 가는 것을 위험하다 말라
아득한 풍경 조용하기만 하다네
사랑스러운 명산이 나를 맞는 것 같아
짐짓 가랑비로 내 얼굴을 씻어주네
세상길은 험하고 험해
가는 곳마다 시비가 많네
가을바람 불어와 배가 날아갈 듯하니
오늘에야 병든 얼굴 웃어 볼거나

세속에서의 평가와는 달리 최익현의 눈에 비친 흑산도의 첫인상은 꽤 괜찮았던 것 같다.

그곳의 잔잔한 물은 맑고 아름다우며 나지막한 산이 주위를 감싸고 있어 '흑黑' 자를 붙이기에는 너무나 억울했습니다. 또한 그쪽 사람 몇몇이 신고를 다하여 거처할 곳을 마련해 놓고 머물러 있기를 바라는 뜻이 간절하였으니 더위가 가시고 날씨가 서늘해져 가을의 회포가 마음을 서글프게 하면 다시 한 번 찾아와 그대로 겨울을 지내볼까 합니다.

그리고 얼마 지나지 않아 최익현은 흑산도로 거처를 옮기게 된다.

세 번째로 배를 타고 거처를 옮겼는데 다행히 큰 탈은 없었다. 거처를 옮긴 것은 특별한 뜻이 있어서가 아니다. 주인집의 형편이 좋지 않았고 이웃에도 잠시나마 몸을 의탁할 만한 곳이 없는 데다 또 그 짐승같이 완악하고 사나운 무리들을 도리로써 책망할 수도 없었기에 마침내 소매를 떨치고 흑산도로 건너온 것이다.

워낙 지독한 흉년인지라 우이도의 민심이 극도로 나빠져 있었던 모양이다. 우이도에 비해 큰 섬 흑산도의 상황은 다소 나았던 것이 분명하다. 정약전이 흑산도에서 유배생활을 보내기로 결심한 것도 같은 이유 때문이 아니었을까?

창대를 찾아서 1

어스름하게 땅거미가 내려앉을 무렵 배가 예리 선착장에 닿았다. 힘든 여행에 지친 관광객들은 홍도까지 갈 엄두를 내지 못하고 대부분 흑산도에 내렸다. 흑산도의 민박집들은 때 아닌 호황을 누리게 되었다. 손님을 부르는 민박집 주인들의 외침을 뒤로하고 우리민박 장일남 씨 집으로 전화를 걸었다. 몇 번을 걸었는데도 받지 않아 짐을 내려놓고 잠시 기다리기로 했다. 굳이 우리민박에 묵으려고 한 것은 세심한 관찰력과 진리탐구에 대한 열정으로 『현산어보』 완성에 결정적인 역할을 한 인물, 장창대를 찾기 위해서였다.

『현산어보』 서문에 기록된 창대의 신상명세는 빈약하기 짝이 없다. 신분이나 나이, 살았던 곳에 이르기까지 확실한 것은 아무것도 나와 있지 않다. 나는 본문에 나오는 창대의 활약상에 감동한 나머지 그가 어떤 내력을 가진 사람인지 꼭 알아내고 싶었다. 창대를 찾아내기 위해서는 우선 창대의 성姓인 '장張' 씨에 주목해야 했다. 관계 자료를 조사한 결과 흑산이나 인근 도서에 인동 장씨가 널리 거주하고 있다는 사실을 알아냈고, 여행 안내서를 뒤적이다가 우연히 죽항리에서 민박업을 하는 장일남 씨의 전화번호를 발견했다. 운이 좋다면 인동 장씨의 족보에서 장덕순이나 장창대라는 이름을 찾아낼 수 있으리라 기대하며 장일남 씨 집에 묵기로 결정하게 된 것이다.

20분쯤 시간이 흐른 후에 다시 전화를 걸었더니 장일남 씨 부인이 전화를 받았다. 위치 설명을 들은 다음 밖으로 나왔다. 집을 찾기는 어렵지 않았다. 여객선터미널에서 보건소 쪽으로 걸어가다 보니 바로 우리민박이라는 간판이 눈에 들어왔다. 묵을 방을 정하고 짐을 풀어놓은 후에 안방 문을 두드렸다. 장일남 씨에게 찾아오게 된 경위를 설명하고 혹시 집에 족보가 있는지 물었다.

"없는데요. 아 저쪽에는 있을라나…"

장일남 씨는 고맙게도 족보의 소재지를 알아내기 위해 여기저기에 전화를 걸어주었다. 몇 차례의 통화 끝에 약간은 실망한 듯한 표정으로 말을 꺼냈다.

"여기는 없고요. 저기 오리에 장복연 씨를 찾아가면 아마 있을 것 같답니다. 그 분이 여기저기 찾아다니면서 족보를 연구하고 그랬다네요."

장복연 씨의 전화번호를 적어두었다.

고래판장의 기억

"옛날에 여기서 고래가 많이 잡혔다고 들었습니다."

"예에, 옛날에는 고래 많이 잡았지라. 1980년대 초쯤인가 고래잡이 통제되기 전에 27~30미터 되는 고래가 잡힌 적도 있어라. 어판장에 끌어올려 놓은 것 보니 엄청나더라고요."

"어판장이요? 고래 해체장이라고 있었다면서요."

"아, 옛날에는 저기 해군부대자리 가산토건사 있는데 거기 판장(고래 해체장)이 있었는데 거기 없어지고 나서 어판장에다 그냥 끌어올렸지라."

장일남 씨에게 고래에 대한 질문을 던진 것은 예전에 본 한 장의 사진 때문이었다. 예리항에 끌어올려진 커다란 참고래 두 마리를 찍은 것이었는데 사진 아래에는 1983년 제5 진양호와 제3 어승호가 어청도 서방 해역에서 잡았다는 설명이 붙어 있었다. 장일남 씨가 보았다는 고래도 이 고래들을 말한 것일지도 모르겠다.

고래잡이라고 하면 흔히 동해의 장생포항을 떠올리지만 흑산도도 예로부터 고래잡이의 중심지로 명성을 떨치던 곳이었다. 우리 나라에 나타나는 고래들은 흑산도와 오호츠크해 사이를 해마다 남북으로 왕복 회유하며 성장하는데 오호츠크해가 먹이를 먹고 몸을 불리는 섭식장이라면 흑산도 근해는 번식장이라고 할 수 있다. 포경선들은 번식을 위해 떼로 몰려온 고래들을 수없이 사냥하여 이곳의 고래판장으로 끌어올렸다. 다음은 박도순 씨의 회고담이다.

"예리에는 고래판장이라는 곳이 있었지라. 거기서 작발하고, 아 고래고기 자르는 걸 작발한다고 해요. 부위별로 해체하는 작업을 했제. 옛날에는 예리에 고래뼈로 탑같이 세워 놓았던 곳이 많았어라. 그때만 해도 고래가 흔했으니께. 보통 자로 이야기하는데 고래는 백 자, 백 오십 자 되는 것이 있다더만. 배 옆에 묶어오더라고."

『현산어보』에도 고래가 등장한다.

경어鯨魚

[경어鯨魚 속명 고래어高來魚]

빛깔은 새까맣고 비늘이 없다. 길이는 10여 장丈인 것도 있고, 20~30여 장에 이르는 것도 있다. 흑산 바다에도 흔히 나타난다.

(원문에 빠져 있으므로 지금 보충함)

이청의 주 『옥편』에는 고래가 물고기의 왕이라고 나와 있다. 최표崔杓의 『고금주古今

◉ 경어 빛깔은 새까맣고 비늘이 없다. 길이는 10여 장丈인 것도 있고, 20~30여 장에 이르는 것도 있다. 흑산 바다에도 흔히 나타난다.

註』에서는 "고래의 수놈[鯨]은 길이가 천 리에 달하고 작은 놈도 수십 장丈이나 된다. 암놈은 예鯢라고 하는데, 큰 놈은 역시 길이가 천 리에 달한다. 눈은 명월주明月珠가 된다"라고 했다. 우리 나라의 서남해에도 고래가 있다. 그러나 길이가 천 리나 되는 놈에 대해서는 들어본 적이 없다. 최표의 설은 과장된 것이 틀림없다. 일본사람들은 고래회를 매우 좋아하는데, 화살에 독을 바른 다음 이를 쏘아서 잡는다고 한다. 지금도 가끔 몸에 화살이 박힌 고래가 표착하는 일이 있는데, 이는 화살을 맞고 도망쳤던 놈이 죽어서 떠내려온 것이다. 또한 두 고래가 서로 싸우다가 한 마리가 죽어서 바닷가에 떠밀려오는 경우도 있다. 고래고기를 삶아서 기름을 내면 그 양이 10여 독[瓮]에 이른다. 눈으로는 잔[杯]을 만들고 수염으로는 자[尺]를 만들며, 등뼈를 잘라 절굿공이로 쓸 수도 있다. 이렇게 쓰임새가 많은데도 고금의 본초서에 그에 대한 기록이 없으니 참으로 이상한 일이다.

흑산도 근해가 고래의 중요한 회유로였다는 사실을 잘 보여주는 글이다.*

* 고래 항목은 전적으로 이청이 쓴 것이다. 그런데 본문을 보면 흥미로운 대목이 하나 등장한다. '(고래가) 흑산 바다에도 흔히 나타난다' 라는 말은 이청이 『현산어보』를 보완하는 작업을 할 때 흑산도에 서식하는 생물들을 대상으로 삼았음을 보여주는 중요한 증거가 된다. 이청은 고래 항목 외에도 여러 차례에 걸쳐 흑산도에서 나는 생물들에 대해 언급하고 있는데, 이는 그가 『현산어보』를 보완하기 위해 직접 흑산도를 찾았을 가능성을 암시한다.

지상 최대의 동물

근대적인 포경업이 등장하기 전 우리 나라 사람들이 살아 있는 고래에 대해 느꼈던 감정은 거의 공포에 가까운 것이었다. 『표해록』의 저자 최부는 바다를 표류하다 고래와 만난 경험을 다음과 같이 묘사하고 있다. 1488년 음력 1월 6일에 일어난 일이었다.*

날씨가 흐리고 바람이 불었으나 파도는 약간 누그러들었다. 구질회 등을 독려하여 장대로 돛대를, 봉옥을 이었던 돗자리로 돛을, 남아 있던 돛대의 밑기둥으로 닻을 만드는 등 임시 조치를 취하고 바람을 따라 서쪽으로 향했다. 문득 물결 속에서 움직이는 물체를 하나 발견했다. 정확한 크기는 알 수 없었지만 물 위로 떠오른 것을 보니 몸집이 커다란 집채와 같았다. 놈이 내뿜은 포말이 하늘 높이 솟구쳐 오르고, 몸을 한 번 움직일 때마다 물결은 미친 듯이 일렁였다. 우리는 이 광경을 보고 혼비백산하지 않을 수 없었다. 초공이 손을 들어 일행에게 떠들지 말라고 주의를 주었

* 이 글은 우리 나라의 고래 관계 문헌 중 본격적인 관찰기록으로서는 최초의 것이 아닌가 생각된다.

다. 그리고 배가 한참을 달린 후에야 비로소 말문을 열었다. "저것은 고래입니다. 큰 고래는 배를 삼키고, 작은 놈도 배를 엎어버릴 수 있습니다. 방금 우리는 그놈과 마주치지 않아 살아날 수 있었으니 천만다행입니다."

이보다 약 300년 후인 1770년 음력 12월 25일 장한철의 목격담은 더욱 생생하다.

선원 한 사람이 갑자기 놀라 허둥대며 "저, 저, 저 동쪽 물결 속에 말입죠. 무엇이 우뚝 솟아 떠 있는뎁쇼. 저, 저게 무얼깝쇼?"라고 묻는다. 그 말을 듣고 가만히 내려다보니 과연 무슨 동물인지 머리와 꼬리는 물 속에 쳐박은 채 등마루만 반쯤 내어놓고 물 위에 떠 있는데, 길이가 족히 서른 발은 넘어 보였다. 사공이 보더니 갑자기 손을 휘저으며 뱃사람들로 하여금 떠들지 못하게 하고는 "저게 바로 고래구나, 고래. 큰 놈은 배를 삼키고, 작다 해도 능히 배를 뒤엎을 텐데… 저놈하고 부딪히는 날이면 볼장 다 보겠네. 아이구, 이를 어떡하나"라며 안절부절 말도 제대로 맺지 못했다. 고래는 조그만 배 따위야 아랑곳하지 않는다는 듯 몸을 크게 뒤척였다. 주변의 물결이 하늘 높이 치솟고, 등에서 뿜어올린 물보라가 비처럼 쏟아져 내렸다. 고래는 다시 한 번 훌쩍 몸을 날리고는 서쪽으로 멀어져 갔다. 고래가 우리 배 옆을 지나가는 동안 물결이 덩달아 날뛰는 통에 돛대가 넘어갈 듯 휘청거렸다. 선원들은 모두 얼굴이 흙빛이 된 채 갑판에

꿇어 엎드려 관음보살만 부지런히 읊어댔다. 이윽고 고래의 모습이 완전히 사라져버리고 나자 물결은 다시 잠들 듯 고요해졌고, 배도 더 이상 흔들리지 않았다.

최부와 장한철은 한결같이 고래를 사나운 바다의 괴물로 묘사하고 있다. 사실 고래는 지극히 온순한 동물이며, 배를 삼키거나 전복시킨다는 이야기도 전혀 근거 없는 낭설에 불과하다. 그러나 조각배를 타고 대양을 표류하던 이들의 눈에는 거대한 몸집을 가진 고래가 위협적인 존재로 비쳐질 수밖에 없었을 것이다.

두려움은 언제나 대상을 실제보다 과장되어 보이게 한다. 집채만 하다느니 길이가 서른 발이 넘는다느니 하는 표현도 이 때문에 생겨난 것이 분명하다. 또한 몇 사람의 입만 거쳐도 소문은 눈덩이처럼 불어나기 마련이다. 30장(60미터)짜리 고래가 등장하고, 몸길이가 천 리에 달하는 초대형 고래가 활개를 치게 된 것은 자연스러운 수순이었다.

고래란 바다에 사는 물고기의 일종이다. 작은 것은 수십 장 정도이고, 큰 것은 몸길이가 천리에 달한다. 한 번에 수만 마리의 새끼를 낳는다. 언제나 5, 6월에 해안으로 몰려와 새끼를 낳으며 7, 8월이 되면 그 새끼를 거느리고 대해로 돌아간다. 뇌성과 같은 소리를 내지르며 파도를 헤치고 다닌다. 포말을 뿜어내어 비를 내리게 하기도 한다. 바다의 생물들은 모

◉ **사나운 바다의 괴물** 사실 고래는 지극히 온순한 동물이며, 배를 삼키거나 전복시킨다는 이야기도 전혀 근거 없는 낭설에 불과하다. 그러나 조각배를 타고 대양을 표류하던 이들의 눈에는 거대한 몸집을 가진 고래가 위협적인 존재로 비쳐질 수밖에 없었을 것이다.

두 고래를 두려워하여 언제나 숨고 도망치기에 바쁘다. 고래의 암컷을 특별히 '예' 라고 부르는데, 큰 것은 역시 길이가 천 리에 달한다.

그러나 이보다 더욱 황당한 것은 '조수를 일으키는 고래' 에 대한 이야기다. 고대인들은 바다에 커다란 고래가 사는데, 이 고래가 물을 한껏 들이키면 썰물이 되고 물을 다시 내뱉으면 밀물이 된다고 생각했다.*

고래의 크기에 대한 속설들은 모두 과장된 입소문 때문에 생겨나게 되었지만 그렇게 비난할 만한 성질의 것은 아니라고 본다. 실존하는 고래 자체가 워낙 거대한 생물이다 보니** 옛사람들로서는 그보다 더 큰 고래가 존재한다 하더라도 전혀 이상하다는 생각이 들지 않았을 것이기 때문이다.***

* 사실 고래의 크기가 조수를 일으킬 정도라면 몸을 바다에 담글 수조차 없을 것이다.

** 지금까지 길이가 측정된 고래 중에서 가장 컸던 것은 1926년 사우스 셔틀랜드 군도에서 잡힌 대왕고래의 암놈으로 주둥이로부터 꼬리지느러미 분기점까지의 길이가 무려 32.2미터나 되었다고 한다. 이 크기는 30마리의 코끼리, 1,600명의 사람 무게와 맞먹는 것이다. 거대한 몸집에 걸맞게 생식기의 크기도 대단해서 완전히 발기한 고래 수놈의 음경은 직경 50센티미터, 길이 3미터에 달한다고 한다.

*** 우리들 자신도 수가 억億을 넘어 조兆, 경京 등의 천문학적인 단위로 접어들면 그 크기에 대한 감각을 상실하게 된다.

고래에 먹혀 대머리가 된 사나이

고래의 엄청난 크기는 갖가지 억측과 재미있는 전설을 낳았다. 고래 등을 섬으로 알고 상륙했다가 고래가 움직이는 바람에 혼비백산했다는 이야기, 고래의 뱃속에 삼켜졌다가 살아난 피노키오와 요나의 이야기는 그 중 대표적인 것들이다. 우리 나라에서도 고래에 대한 이야기가 적지 않게 전해온다. 고래는 선조들에게 몸체가 크고 힘이 센 동물의 대표격으로 인식되었던 것 같다. 커다란 저택을 고래 등에 비유하고, 강한 자들의 싸움에 끼어 약자가 피해를 볼 때 '고래싸움에 새우 등 터진다'라는 표현을 쓴다. 고래 뱃속에 들어가 그 내장을 베어 먹고 나왔다는 이야기나 고래 등에 붙은 전복을 따온 해녀가 다시 물 속으로 들어갔더니 바위가 통째로 없어져 깜짝 놀랐다는 이야기 또한 고래의 커다란 몸체를 과장한 데서 나온 것들이다. 설화에서도 고래는 큰 동물, 또는 은혜를 베푸는 동물로 나타난다. 호남 해안지방에서는 한 어부가 풍파에 조난을 당했는데 고래의 도움을 받아 살아났으므로 그 어부의 자손들은 대

◉ **피노키오와 요나** 고래의 엄청난 크기는 갖가지 억측과 재미있는 전설을 낳았다. 고래 등을 섬으로 알고 상륙했다가 고래가 움직이는 바람에 혼비백산했다는 이야기, 고래의 뱃속에 삼켜졌다가 살아난 피노키오와 요나의 이야기는 그 중 대표적인 것들이다.

를 이어 고래고기를 먹지 않았다는 이야기가 전해온다. 박도순 씨도 이와 비슷한 이야기를 들려주었다.

"살아 있다면 백 한 이삼십 살 되겄네. 배가 조난당했다가 고래 등 타고 사리까지 온 사람이 있지라. 온 동네 사람들이 알아요. 큰 고래 등에 업혀서 왔다고."

울산 주전동 해안에서 전승되는 이야기는 지명의 유래를 설명하고 있다는 점에서 독특하다.

> 거대한 몸집의 고래가 고기잡이 나온 사람을 뱃속으로 삼켰다. 어부는 죽을 힘을 다해 칼로 뱃장을 찢어 탈출했다. 죽은 고래를 육지로 끌고 왔는데 초가삼간 다섯 채 크기였다. 이 고래를 팔아 논을 샀는데 그것이 고래논이다.

『오주연문장전산고』의 〈산부계곽변증설産婦鷄藿辨證說〉에는 다음과 같은 기사가 실려 있다.

> 한 사내가 물 속에서 헤엄치다가 갓 새끼를 낳은 고래에 먹혀 그 뱃속으로 들어가게 되었다. 고래의 뱃속에는 미역이 가득했는데, 주변 장부의 나쁜 혈액이 모두 물로 변해가고 있었다. 가까스로 고래의 뱃속을 탈출한 그가 미역이 산후에 좋은 음식이란 사실을 세상 사람들에게 전하니 비로

소 미역의 좋은 효과가 널리 알려지게 되었다.

미역장수가 들었으면 좋아할 만한 이야기다. 그러나 뭐니뭐니 해도 고래 이야기의 압권은 역시 『성호사설』에 나오는 배를 삼킨 물고기 '탄주어'에 대한 이야기다.

당형이 이르기를 "옛날에는 물고기 중에 배를 삼킬 만한 큰 놈이 있다는 말을 듣고도 믿지 않았네. 내가 동해로 이사한 후에 대머리 사내를 하나 만나서 그가 대머리가 된 까닭을 물었더니 그는 이렇게 대답했네. '언젠가 세 사람이 함께 배를 타고 바다에 나가 고기를 잡던 때의 일입니다. 갑자기 앞이 깜깜해지면서 천지를 분별할 수 없게 되었는데 얼마 후에야 그곳이 고래의 뱃속이라는 것을 짐작할 수 있었습니다. 칼날로 고래의 창자를 이리저리 그었더니 고래도 배길 수가 없었던 모양인지 우리들을 도로 토해냈는데, 함께 있던 세 사람 중에서 한 사람은 생사를 알 수 없었고 저랑 또 한 사람만이 간신히 고래 뱃속을 빠져 나왔습니다. 바로 그때 그만 제 머리가 다 삭아서 벗겨져 버렸고, 그 후로는 머리카락이 자라질 않습니다.' 이 말을 듣고 나서야 비로소 배를 삼키는 물고기가 있다는 이야기가 허언이 아님을 알았다네"라고 했다.

고래의 뱃속에 삼켜졌다가 살아 나온다는 것은 사실 전혀 불가능한 일이다. 고래의 뱃속에 들어가면 당장 위에서 분비되는 강산성의 소화액이 피부를 녹이기 시작할 것이다. 또한 고래의 소화관 속에는 숨쉴 만한 공기가 전혀 없으므로 1분도 못 되어 질식하게 될 것이다. 능청스럽게 이야기를 꾸며대는 대머리 사내도 사내지만 말도 안 되는 이야기에 진지한 표정으로 귀를 기울이고 있었을 이익의 모습을 생각하니 절로 웃음이 난다.

고래라는 이름의 유래

『난호어목지』에는 고ᄅᆡ라는 이름이 등장한다. 이만영은 『재물보才物譜』에서 '고ᄅᆡ'를 바다 속의 큰 물고기라고 설명하고, 별명을 노어老魚, 암고래를 따로 예鯢라고 부른다는 사실 등을 기록했다. 문득 고래라는 이름의 유래가 궁금해진다. 『동언고략東言攷略』에서는 그 이름의 유래를 다음과 같이 풀이하고 있다.

> 경鯨을 고ᄅᆡ라 ᄒᆞᆷ은 고뢰叩牢ㅣ니, 포뢰蒲牢ᄂᆞᆫ 해중海中에 대수大獸ㅣ니, 오직 경鯨이 고叩ᄒᆞᆫ 즉則 대명大鳴ᄒᆞᄂᆞᆫ 고故로 고뢰叩牢ㅣ라 ᄒᆞ니라.

고래라는 이름이 '뢰(포뢰)'를 '고叩(두드려서 소리를 내다)'하여 크게 울게 하는 짐승이란 뜻에서 생겨났다는 것이 설명의 개요다. 포뢰는 뱀의 몸에 잉어의 비늘, 사슴의 뿔, 토끼의 눈, 소의 귀, 뱀의 이마, 매의 발톱, 범의 발바닥을 가졌다는 상상 속의 동물이다. 중국의 『용왕경龍王經』에는 "용

왕의 아홉 왕자 중 포뢰가 특히 울기를 좋아한다"라는 내용이 나온다. 그리고 『후한서』에는 포뢰와 고래의 관계를 암시하는 대목이 실려 있다.

> 바다에는 고래가 있고 바닷가에는 포뢰가 있다. 포뢰는 고래를 무서워하여 보기만 하면 우는데, 그 울음소리가 꼭 종소리와 같다.

고래의 어원을 설명하는 데 포뢰를 끌어들인 이유가 명확하게 드러나는 순간이다.

고래를 보기만 해도 겁이 나 종소리를 내며 울어대던 포뢰는 결국 범종 위에 올라앉는 운명을 겪게 된다. 범종의 꼭대기에는 종을 천장에 매달 때 쓰는 용 모양의 고리, 즉 용뉴龍鈕가 달려 있다. 그런데 이 용뉴가 바로 포뢰를 형상화한 것이다. 종이 포뢰처럼 잘 울어주길 바라는 불심의 발로였다. 때로는 범종을 칠 때 사용하는 막대인 당목을 고래 형상으로 만들어 놓기도 한다.* 고래 모양의 당목으로 종을 치면 종 위에 얹혀 있는 포뢰가 두려워하여 더욱 큰 소리로 울게 되리라는 것이 옛사람들의 소박한 생각이었다.

◉ **범종 꼭대기의 용뉴** 범종의 꼭대기에는 종을 천장에 매달 때 쓰는 용 모양의 고리, 즉 용뉴龍鈕가 달려 있다. 그런데 이 용뉴가 바로 포뢰를 형상화한 것이다.

* 전라남도 승주군에 있는 선암사 범종 당목(범종을 치는 막대)을 자세히 들여다보면 그 생김새가 물고기, 즉 고래를 닮았다는 사실을 알 수 있다.

이청이 본 고래는?

생물학자들은 고래를 돌고래나 향유고래처럼 입안에 이빨이 나 있는 이빨고래 무리와 이빨 대신 2~3미터 길이의 수염을 가지는 수염고래 무리로 크게 나눈다.* 수염고래류는 이빨고래류에 비해 몸집이 훨씬 큰 편이다. 이들은 커다란 덩치에도 불구하고 주로 새우나 작은 물고기들을 잡아먹는데, 이때 중요한 역할을 하는 것이 바로 입천장에 빽빽하게 돋아난 수염이다. 수염고래류는 수염을 마치 체와 같은 방식으로 사용한다. 일단 먹이와 바닷물을 한꺼번에 입속으로 들이킨 다음 수염을 통해 물을 밖으로 걸러내고 입속에 남은 먹이만을 모아 소화관으로 넘기는 것이다. 이빨고래류는 기다란 수염 대신 날카로운 이빨을 가지고 있다. 수염고래류보다 덩치는 작지만** 이들 대부분은 날카롭고 뾰족한 이빨로 물고기나 오징어, 바다포유류를 닥치는 대로 잡아먹는 용맹한 사냥꾼이다. 큰 무리를 짓는 일이 없는 수염고래류와는 달리 떼를 지어 몰려다니면서 먹이를 사냥하는 경우가 많다는 점도 이빨고래류의 중요한 특징 중 하나다. 수염고래류와 이빨고래류는 콧구

* 장생포 사람들은 아주 큰 고래를 참고래, 중간치를 밍크고래, 작은 놈을 돌고래로 각각 나누어 부른다. 그러나 이는 단순히 크기에 따라 구분한 것일 뿐 진화나 계통적인 의미는 전혀 들어 있지 않다.

** 향유고래는 이빨고래류 중 최대형으로 길이 18미터 정도까지 자란다.

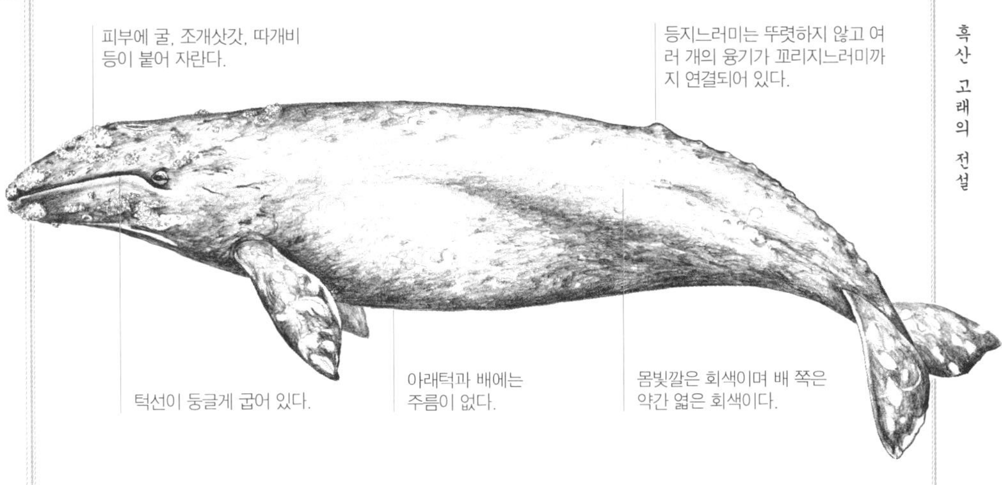

멍의 형태도 다르다. 수염고래류의 콧구멍이 2개인 데 반해 이빨고래류는 구멍이 하나밖에 뚫려 있지 않다.

이청이 알고 있었던 고래는 크기와 수염의 존재로 보아 수염고래류가 틀림없다. 수염고래류 중에서 우리 나라 연안에 많이 서식하던 종이라면 단연 귀신고래가 떠오른다. 귀신고래는 헤엄치는 속도가 느리고 해변 가까이 접근하는 습성이 있어* 사람들의 눈에 띄는 일도 잦았으리라 생각된다. 1910년 경 미국의 앤드류스 박사는 방어진, 장생포, 흑산도 등지를 돌며 귀신고래의 생활사를 연구하여 한국 연안의 귀신고래들이 겨울철 흑산도에 모여들어 새끼를 낳는다는 요지의 논문을 발표했다. 흑산도 근해가 번식지였다면 이청이나 흑산사람들이 귀신고래를 관찰했을 가능성도 그만큼 높아진

◉ **귀신고래** *Eschrichtius robustus*

◉ **귀신고래의 몸에 붙은 부착생물** 귀신고래의 피부에는 굴껍질이나 조개삿갓, 따개비 등이 붙어 있어 희끄무레하게 보이는 경우가 많다.

* 울산 사람들은 해안 가까이 접근하여 돌 사이를 지나다닌다고 해서 귀신고래를 돌고래라고 부르기도 한다. 귀신고래가 해변 가까이 접근하는 이유는 머리로 뻘바닥을 헤쳐 진흙 속에 서식하는 조개류와 갑각류를 잡아먹는 식성 때문인 것으로 추측된다.

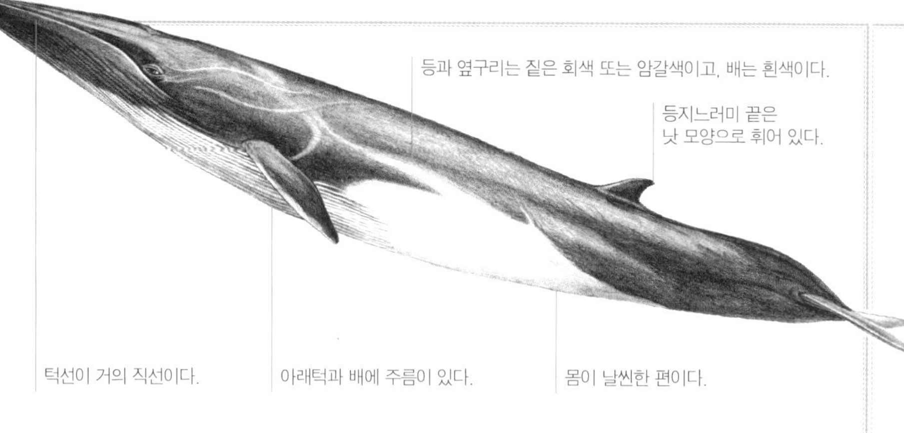

다. 한 가지 문제가 되는 것은 귀신고래의 몸빛깔이다. 이청은 고래의 몸빛깔이 새까맣다고 밝혔다. 그러나 귀신고래의 몸빛깔은 그레이훼일(Gray whale)이란 이름에서도 알 수 있듯 전체적으로 회색을 띠고 있으며, 피부 곳곳에 굴껍질이나 조개삿갓, 따개비 등이 붙어 있어 희끄무레하게 보이는 경우가 많기 때문이다.

여러 가지 측면에서 참고래는 귀신고래의 훌륭한 대안이 된다. 참고래는 몸이 검은빛을 띠고 있을 뿐만 아니라 과거 우리 나라 연해에서 가장 많이 잡혔던 고래이기도 하다. 흑산도 근해에서 포획된 기록도 많이 남아 있으며, 주민들 역시 흑산도에서 가장 많이 잡혔던 고래로 장수고래, 즉 참고래를 꼽았다. 또한 참고래는 귀신고래와 마찬가지로 비교적 연안 가까운 곳까지 접근하는 습성이 있다. 크기, 몸빛깔, 분포, 관찰의 용이성에 이르기까지 참고래는 고래 항목의 주인공으로 손색이 없다.*

◉ **참고래** *Balaenoptera physalus*

* 그러나 해안으로 떠밀려 온 경우가 아니라면 옛사람들이 바다에서 고래의 종류를 동정한다는 것은 사실상 불가능에 가까운 일이었을 것이다. 아마도 과거 흑산 근해에서 볼 수 있었던 다양한 종류의 고래들이 고래 항목의 주인공이 될 수 있을 것으로 생각된다.

물을 뿜는 고래

아리스토텔레스는 기원전 4세기에 이미 고래를 포유류로 분류했다. 그러나 플리니우스는 다시 고래가 물고기의 일종이라고 주장했고, 그의 주장은 이후 1,600년에 걸친 오랜 세월 동안 별다른 의심 없이 유럽 지식인들에게 받아들여져 왔다. 그리고 18세기가 되어서야 옛 철학자의 주장이 다시 힘을 얻게 된다. 스웨덴의 박물학자 린네가 1758년에 펴낸 자신의 저서 『자연의 체계』 개정 10판에서 마침내 고래를 포유류로 재분류한 것이다.

우리 옛 기록을 살펴보면 고래는 한결같이 물고기로 분류되어 있다. 고래가 이처럼 물고기의 일종으로 잘못 알려져 온 까닭은 사는 곳이 물 속인 데다 그 모양마저 물고기와 비슷했기 때문이다. 그러나 고래의 조상은 원래 육지에 살던 생물이었다. 지금으로부터 6,500만 년 전 옛 지중해의 얕은 바닷가에 개나 고양이 정도 크기의 몸체를 가진 '메소닉스*'라는 동물이 살고 있었는데, 이 메소닉스가 물 속 생활에 적응하여 지금의 고래로 진화했다는 것이 진화학자들의 주장이다.**

◉ 고래의 조상 메소닉스

* 메소닉스는 소, 양, 사슴, 낙타, 돼지, 하마의 조상이기도 하며 생김새도 보통의 네발짐승과 비슷했다.

** 고래는 물 속에서 살아가기 위해 몸의 형태를 극단적으로 바꾸었다. 몸체는 유선형으로 발달했으며, 귓바퀴 등 외부로 돌출된 부분들은 거의 퇴화했다. 포유류의 중요한 특징 중 하나인 털도 없어져 매끈한 모습을 하고 있다. 앞발은 물 속에서 몸을 띄우기 쉽게 가슴지느러미 모양으로 변했으며, 몸의 뒷부분은 강한 추진력을 일으킬 수 있도록 수평으로 펴진 꼬리지느러미로 변형되었다. 고래는 이런 과정을 거쳐 물고기와 비슷한 외형을 갖추고 물 속에서 살아가게 된 것이다.

정약전은 고래의 일종인 상괭이의 젖과 생식기, 출산방식이 사람과 비슷하다는 점을 지적했다. 그러나 이청은 일반 고래에 대해서 비늘이 없다는 것 외에 어떤 포유류적 특징도 언급하지 못했다. 고래를 자세히 관찰할 기회가 거의 없었기에 제대로 된 기록을 남기지 못한 것이리라. 그러나 요즘 사람들에게는 고래가 포유동물이란 사실은 상식이 된 지 이미 오래다. 고래는 폐호흡을 하고 자궁 속에서 태아를 키우며, 출산한 새끼에게는 아랫배에 달린 한 쌍의 젖꼭지로 젖을 먹인다. 물고기처럼 생긴 가슴지느러미 속에는 앞발의 흔적인 뼈들이 그대로 남아 있으며, 주위환경에 따라 체온이 변하는 물고기들과는 달리 수온에 관계없이 항상 일정한 체온을 유지한다. 이러한 모든 점들이 고래가 포유동물의 일종임을 분명히 보여준다.

허파로 호흡하는 포유동물인 고래가 물 속에서 살아가기 위해서는 뛰어난 잠수능력이 필수적이다. 실제로 고래는 다른 해양포유류들과는 비교도 되지 않을 정도로 놀라운 잠수실력을 자랑한다. 특히 향유고래는 3,000미터 이상의 수심까지 거뜬히 잠수하며, 한 시간 이상을 물 속에서 머무르기도 한다.* 잠수 기구 없이 기껏해야 1~2분 정도밖에 잠수하지 못하는 사람에 비해 고래가 이처럼 오랫동안 잠수할 수 있는 비결은 물 속 생활에 잘 적응한 신체구조와 생리적 특성에 있다. 사람은 보통의 얕은 호흡으로 폐 속의 공기를 10~15% 정도밖에 교환하지 못하지만 고래는 한 번의 호흡으로 80~90%를 새 공기로 바꿀 수 있다. 고래는 근육 속에 육상 포유동물에 비해 8~9배나 많은 미오글로빈**을 함유하고 있다. 이는 허파나 혈액뿐만 아니

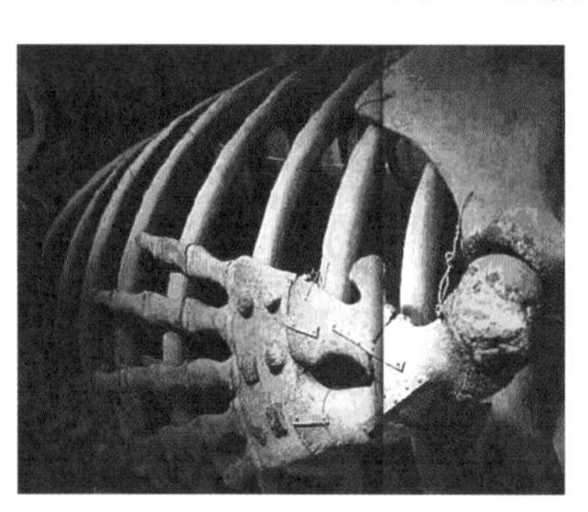

◉ 고래의 골격

* 향유고래가 이처럼 깊은 곳까지 잠수하는 이유는 주된 먹이인 대왕오징어가 심해에서 살고 있기 때문으로 알려져 있다. 대왕오징어는 길이가 18미터에 이르고 눈의 직경만 30센티미터에 달할 정도로 거대한 몸집을 자랑한다. 충분히 노력을 투자할 만한 사냥감이라는 뜻이다.

** 미오글로빈은 근육세포 속에 들어 있는 헤모글로빈과 비슷한 분자인데, 산소와 결합하는 힘이 매우 강하다.

라 근육에도 많은 양의 산소를 저장할 수 있다는 것을 뜻한다. 물 속 깊이 잠수함에 따라 물질대사와 심장박동을 억제하여 산소요구량을 줄이는 능력도 뛰어난 잠수실력의 비결이다.

오랜 잠수를 마친 고래는 수면 위로 올라오자마자 머리 꼭대기에 있는 콧구멍을 통해 참았던 숨을 힘차게 내쉰다.* 이러한 행동을 분기噴氣라고 하는데, 분기는 글자 그대로 공기〔氣〕를 내뿜는〔噴〕 것을 뜻한다.** 분기현상의 본질은 다음과 같다. 고래가 참았던 숨을 내쉴 때 허파 속의 공기는 매우 빠른 속도로 팽창하게 된다. 급격한 부피팽창은 온도의 하강을 일으키고, 공기 중의 수증기를 응결시키는 결과를 낳게 된다. 이러한 과정은 구름이나 안개가 만들어질 때와 똑같은 방식으로 진행되며, 대기온도가 낮을 때 더욱 잘 일어난다.*** 그리고 응결된 수증기는 희뿌옇게 변해 물보라처럼 보이게 되는데, 이것이 바로 물을 뿜는 고래의 비밀이다.

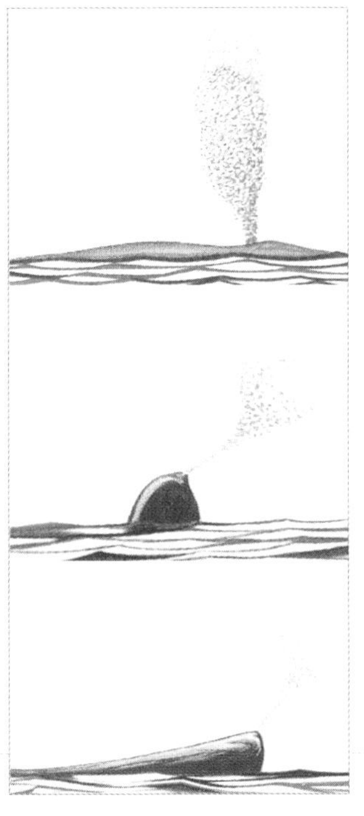

◉ **고래의 분기** 분기는 고래의 종류에 따라 각기 다른 형태로 나타난다. 예를 들면 참고래(맨위)의 경우 분기가 4~6미터 정도까지 수직방향으로 길게 솟구쳐 오르는데 반해 향유고래(두 번째와 세 번째)는 분기의 방향이 왼쪽으로 치우치며 높이도 2~3미터를 넘지 못한다. 숙련된 고래잡이는 이 분기의 형태만 보고도 고래의 종류를 정확히 판별해낼 수 있다.

* 육상생물의 콧구멍은 냄새를 잘 맡기 위해 주둥이 끝에 위치해 있지만 수중생활을 하는 고래의 콧구멍은 머리 위쪽에 뚫려 있으며, 여닫을 수 있는 특수한 구조로 되어 있다.

** 공기를 내뿜을 때 콧구멍 주변에 있던 물이 함께 튀어올라가는 경우도 있지만 고래가 물을 뿜어낸다는 표현은 분명히 잘못된 것이다. 콧구멍으로 물을 뿜어낼 수야 없지 않은가.

*** 따뜻한 열대 바다보다 공기가 차가운 남극 등의 바다에서 고래의 분기가 더 잘 나타난다는 사실은 이 같은 추론을 강력하게 뒷받침한다.

고래의 삶과 죽음

고래가 살아가는 모습은 최근에 이르기까지도 두터운 베일에 싸여 있었다. 자원으로서의 경제적 가치는 높았지만 그에 걸맞는 생태연구가 행해진 적은 거의 없었고, 일반인들도 고래를 커다란 덩치를 가진 동물 이상으로는 생각하지 않았다. 그러나 몇몇 열성적인 과학자들의 연구결과는 고래에 대한 일반인들의 인식을 완전히 바꾸어 놓았다. 둔하고 멍청하게만 보였던 고래가 실제로는 뛰어난 지능을 가지고 있으며, 인간처럼 언어를 사용하고 복잡한 사회를 구성하기도 한다는 사실이 새롭게 밝혀진 것이다.

특히 혹등고래의 물고기 사냥에 대한 연구는 제인 구달이 침팬지가 도구를 사용한다는 사실을 처음 발표했을 때 이상의 충격을 사람들에게 안겨주었다. 혹등고래는 그물을 사용해서 물고기를 잡는다. 그것도 힘들여 운반할 필요가 없고 다 쓰고 난 후에 폐그물 공해도 일으키지 않는다는 점에서 사람이 만든 것보다

◉ **혹등고래의 공기그물** 물고기 떼를 발견한 혹등고래는 아래쪽으로 이동한 다음 커다란 원을 그리면서 입으로부터 공기방울을 뿜어내기 시작한다. 공기방울은 둥그스름한 기포막을 이루며 수면을 향해 서서히 떠오르는데, 기포그물에 쫓긴 물고기 떼는 오도가도 못하고 수면 위 좁은 면적에 갇혀버리게 된다. 이제 커다란 입을 벌려 한꺼번에 삼켜버리는 일만 남았다.

훨씬 우수한 그물이다. 물고기 떼를 발견한 혹등고래는 아래쪽으로 이동한 다음 커다란 원을 그리면서 입으로부터 공기방울을 뿜어내기 시작한다. 공기방울은 둥그스름한 기포막을 이루며 수면을 향해 서서히 떠오르는데, 기포그물에 쫓긴 물고기 떼는 오도가도 못하고 수면 위 좁은 면적에 갇혀버리게 된다. 이제 커다란 입을 벌려 한꺼번에 삼켜버리는 일만 남았다. 물고기들의 심리를 잘 이용한 교묘하기 이를 데 없는 전략이다. 더욱 놀라운 것은 커다란 물고기 떼를 만났을 때는 여러 마리가 힘을 합쳐 몇 배나 되는 크기의 기포그물을 만들기도 한다는 사실이다. 이와 같은 작업은 개체 상호간의 긴밀한 협조와 의사소통을 필요로 한다. 고래의 뛰어난 사회성이나 음파를 이용한 의사소통 능력*은 이처럼 힘을 합쳐 먹이를 사냥하는 과정에서 길러진 것인지도 모르겠다.

고래의 죽음도 신비롭기는 매한가지다. 이들이 얼마나 오래 사는지, 어디에서 어떻게 죽음을 맞이하는지에 대해서는 지금까지도 알려진 바가 거의 없다. 상황이 이렇다 보니 우리 선조들 중 고래가 죽는 원인에 대해 진지하게 고민한 사람들이 있었다는 사실이 더욱 놀랍게 느껴진다. 이청은 고래가 죽어서 떠밀려오는 이유를 사람의 화살을 맞았거나 고래끼리 싸우다 죽었기 때문으로 풀이했다. 서유구는 고래가 죽는 이유를 다음의 세 가지로 요약했다.

첫째, 고래는 음력 5~6월에 새끼를 낳는데, 산문産門이 닫히기 전에 다

* 고래는 손과 발이 없는 대신 음파를 자유자재로 사용하여 여러 가지 일들을 해낸다. 박쥐처럼 초음파를 내보낸 다음 그 반향을 감지하여 지형지물을 파악하거나 먹이의 위치를 확인하며, 강력한 음파를 쏘아 먹이를 기절시키기도 한다. 그러나 무엇보다도 뛰어난 것은 음파를 이용해서 동료들간에 대화를 나누는 능력이다. 고래는 꽤 발달한 언어능력을 가진 것으로 생각되며, 이를 통해 서로간에 감정과 의사를 소통하고, 협력해서 사냥을 하거나 적에 대항한다.

른 물고기들이 그 속으로 들어가는 경우가 있다. 이들이 위와 장을 물어뜯으면 결국 고래가 견디지 못하고 죽게 된다. 둘째, 어호魚虎라는 동물이 있는데, 이빨과 등지느러미가 창이나 칼처럼 날카롭게 생겼다. 언제나 수십 마리가 무리를 지어 고래를 습격하는데, 볼을 들이받아 입을 열게 한 다음 그 속으로 머리를 집어넣고 혓뿌리를 물어뜯어 숨통을 끊는다. 셋째, 조수를 따라 얕은 곳으로 나왔다가 조수가 빠져나가면 몸집이 너무 커서 방향을 바꾸지 못하므로 그대로 머물러 있다가 죽음을 맞게 된다.

서유구의 첫 번째 설명을 제외하고는 모두 설득력이 있는 주장들이다.

이청은 고래가 죽는 이유로 고래끼리의 싸움을 들었다.* 이는 서유구가 말한 어호와도 관련지을 수 있는데, 어호는 더 생각해 볼 것도 없이 범고래를 말한 것이 분명하다. 범고래는 다른 고래를 잡아먹는 것으로 유명하며, 고래자원이 지금보다 훨씬 풍부했던 예전에는 범고래의 습격을 받아 해변에 표착하는 고래도 꽤 많았으리라 짐작된다.

조수를 따라왔다가 빠져나가지 못하고 죽는다는 것도 충분히 현실성이 있는 추정이다. 요즘에도 가끔 이런 일이 일어나는데, 다음은 2002년 8월 1일자 한겨레신문에 난 기사를 옮긴 것이다.

미국 동부 해안에 고래들이 몰려와 떼죽음했다. 지난 29일 흑고래 55마리가 매사추세츠주 데니스의 채핀 해안에 떠밀려온 데 이어 30일 다시 44

◉ **죽어서 떠밀려온 고래** 이청은 고래가 죽어서 떠밀려오는 이유를 사람의 화살에 맞았거나 고래끼리 싸우다 죽었기 때문으로 풀이했다.

* 사람의 화살에 맞아 죽는 것은 자연적인 현상이 아니므로 논의의 대상에서 제외한다.

마리가 채핀에서 40킬로미터 떨어진 이스트햄 해안에 떠밀려 왔다. 해양 구조대원들과 현지 주민, 휴양객들은 29일 36마리를 바다로 돌려보냈지만 대부분 다음날 다시 해안으로 돌아와 10여 마리가 숨을 거뒀다. 전문가들은 나머지 상당수도 살아남기 힘들 것으로 보고 있다.

이런 일이 외국에서만 일어나는 것은 아니다. 다음은 1998년 3월 2일 KBS 9시 뉴스에 보도된 내용을 그대로 옮긴 것이다.

오늘 서해안의 한 작은 섬에서는 파도에 떠밀려 들어온 부상당한 돌고래를 살려내기 위한 구조작전이 벌어졌습니다. 섬주민과 또 해경 특수구조대가 이 돌고래를 살리기 위해서 온갖 노력을 다 기울였지만 안타깝게도 이 돌고래는 뭍에 올라온 지 7시간 만에 죽었습니다.

고래가 죽음을 무릅쓰고 해변으로 몰려드는 이유는 무엇일까? 서유구는 고래의 좌초를 밀물과 함께 들어왔다가 썰물이 되면서 갇혀버린 것으로 해석했다. 그러나 앞서 소개한 기사에서도 확인할 수 있듯 많은 경우 고래는 실수가 아니라 스스로 죽음을 선택하는 것처럼 보인다. 오랫동안 고래의 좌초 현상을 연구해온 과학자들은 군함이나 대형 선박의 수중 음파 탐지기가 고래의 청각기능을 교란

◉ **고래의 떼죽음** 서유구는 고래의 좌초를 밀물과 함께 들어왔다가 썰물이 되면서 갇혀버린 것으로 해석했다.

했으리라는 설, 지자기의 이상으로 인해 방향감각을 상실하게 되었으리라는 설, 기생충이 고래의 청각기관을 손상시켜 위치나 방향감각을 잃게 만들었으리라는 설 등을 내놓은 바 있다. 그러나 아직은 어떤 이론도 고래의 좌초를 명확하게 설명해줄 만한 단계에는 이르지 못한 것 같다.

일단 좌초하여 땅 위로 올라온 고래는 원래 멀쩡한 상태였다 하더라도 얼마 견디지 못하고 죽음을 맞게 된다. 가장 큰 사인은 호흡 곤란이다. 부력이 작용하는 물 속과 달리 땅 위에서는 자신의 몸무게를 감당할 수가 없으므로 결국 질식을 일으키게 되는 것이다. 몸 표면 전체에서 일어나는 수분 손실도 물 속 생활에 익숙한 고래에게는 견디기 힘든 시련일 것이다. 그런데도 고래가 끊임없이 해변으로 몰려오는 까닭은 어쩌면 먼 과거 육지에서 살았던 시절을 그리워하기 때문이 아닐까?

바위벽에서 헤엄치는 고래들

고래는 오래 전부터 우리 선조들에게 익숙한 존재였다. 전국 각지의 패총이나 고대 유적지에서 고래뼈가 출토되었고, 공주군 석장리에서는 고래 모양이 뚜렷이 새겨진 구석기 집터가 발굴되기도 했다. 이뿐만이 아니다. 여러 문헌에서 표착한 고래로부터 고기와 기름을 취했다는 기록을 찾아볼 수 있으며, 이청도 본문에서 고래 고기를 삶아 기름을 짜내고, 신체의 각 부분을 이용해서 생활용구를 만든다는 사실을 밝히고 있다. 이러한 전통은 지금까지도 이어져 내려오고 있다. 우이도의 박화진 씨는 커다란 고래가 모래사장에 떠내려와 동네 사람들과 나눠먹은 경험담을 얘기했고, 재원도 출신인 함성주 씨는 고래 기름으로 등잔을 켜던 시절을 회상했다.

"제 기억이 가물가물한 것을 보면 세 살 때쯤이지 않은가 싶은데요. 엄청나게 큰 고래가 밀린 적이 있었습니다. 물론 죽은 놈이었지요. 동네 사람들이 톱이며 도끼로 잘라가던 기억이 나네요. 우리는 그때 고래 뱃속에 들어가서 놀았지요. 옛날에는 고래 기름으로 등잔도 켜고 그랬는데."

이상의 내용들을 종합해 볼 때, 우리 선조들이 고래에 꽤 깊은 관심을 보였으며 고래에서 얻은 산물을 실생활에 활용하기도 했다는 사실을 확인할 수 있다. 그런데 이들은 가끔 죽어서 떠내려오는 고래를 단지 '주워 먹는' 선에만 그쳤던 것일까?

변변한 기술도, 선박도 없었던 시절 거대한 고래를 사냥한다는 것은 얼핏 생각하기에도 무리인 것처럼 보인다. 그러나 울산의 반구대 암각화는 이러한 선입관을 뿌리째 뒤흔들어 놓는다. 반구대 절벽 아랫부분의 편평한 바윗면에는 사람과 동물의 모습에서부터 사냥과 고기잡이를 하는 장면에 이르기까지 수많은 그림들이 새겨져 있다. 그런데 재미있는 것은 이 그림들 중 고래와 관련된 장면들이 다수를 차지하고 있다는 사실이다. 암각화에는 참고래, 긴수염고래, 귀신고래, 향유고래, 범고래, 큰부리고래, 돌고래류 등 다양한 종류의 고래들이 등장한다.* 이는 당시 사람들에게 고래가 일일이

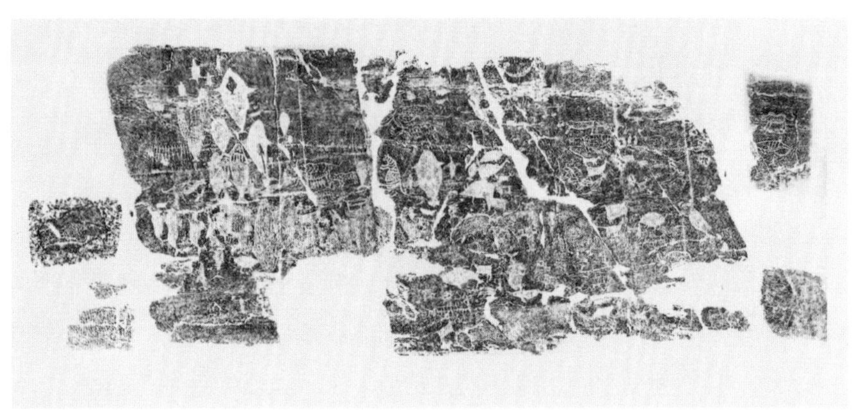

◉ 반구대 암각화

* 전체적인 몸의 윤곽, 몸 표면에 나 있는 주름과 무늬의 형태, 새끼를 업는 습성, 분기의 모습, 그 밖의 특징적인 자세 등을 살핌으로써 고래의 종류를 구별할 수 있다.

종류를 구분할 필요가 있을 만큼 중요하고도 친숙한 동물이었다는 사실을 보여준다. 그림의 내용도 각양각색이다. 고래가 힘차게 요동치는 모습이 있는가 하면, 어미가 새끼를 업고 있는 모습, 물을 뿜거나 해초 아래에서 노니는 모습도 보인다. 그러나 가장 시선을 끄는 것은 역시 고래 사냥을 묘사한 부분이다. 심장 부위에 작살이 꽂혀 괴로워하고 있는 고래의 모습이나 배를 탄 사람들이 뒤집어진 고래를 끌고 가는 모습은 눈앞에서 실제로 펼쳐지는 장면인 듯 생생하기 그지없다. 원시시대의 미술이 사냥과 무관하지 않고 반구대가 고래잡이로 유명한 장생포 인근에 위치하고 있다는 사실을 생각해 보면 우리 민족이 오래 전부터 고래를 사냥하여 식량자원으로 이용해 왔으리라는 추측도 충분히 가능하지 않을까?

사실 고래잡이의 기원은 석기시대까지 거슬러 올라간다. 일본의 이시카와현〔石川縣〕 신석기시대 유적지에서 5,000년 가량 된 돌고래뼈가 돌창, 돌화살촉, 돌그물추 등과 함께 발견된 일이 있다. 출토된 뼈의 양이 상당한 것으로 보아 상당히 조직적인 방식으로 고래 사냥이 행해졌음을 짐작할 수 있는데, 일부 고고학자들은 당시의 고래잡이가 해변 가까이 접근한 고래를 후미진 곳으로 몰아넣어 퇴로를 차단한 다음 돌창 같은 것으로 마구 찔러서 잡는 방식으로 이루어졌으리라 추정하고 있다. 우리 나라의 통영 연대도 패총도 고래뼈가 발굴된 곳으로 유명하다. 이곳 역시 뼈의 주인은 돌고래가 대부분이었으며, 사냥 방식도 이시카와현의 경우와 비슷했을 것으로 짐작된다.

이청은 본문에서 일본 사람들이 독약을 바른 화살을 쏘아 고래를 잡는다

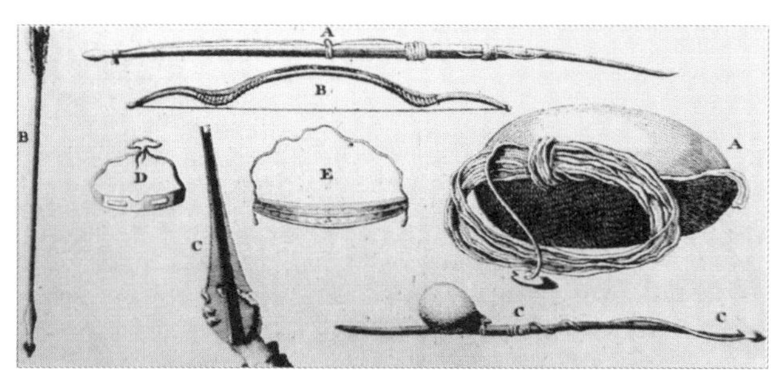

◉ 에스키모의 고래 사냥 도구

고 밝혔다. 실제로 일본의 원주민인 아이누족은 매우 오래 전부터 유독식물로부터 뽑아낸 독을 작살에 발라 던지는 방법으로 고래를 사냥해왔다. 캄챠카 반도나 쿠릴 열도, 알루우션 열도에서도 바꽃 속 식물의 독을 바른 창으로 고래를 잡았다고 한다. 그러나 이 방법의 단점은 죽은 고래가 어디로 떠밀릴지 알 수 없다는 것이다. 해변으로 밀리면 다행이지만 먼바다로 밀려버리면 공연히 헛고생만 한 셈이 된다.[*] 북아메리카 인디언들의 방법은 보다 선진적인 것이었다. 고래 등에 뛰어오른 다음 마개로 숨구멍을 틀어막아 질식시켜서 잡는 식의 다소 무모한 방법도 있었지만, 대개는 한쪽 끝에 물개 가죽으로 만든 공기주머니를 매단 작살을 내리꽂는 방식으로 고래를 사냥했다. 작살을 맞은 고래는 가만히 기다리기만 해도 공기주머니를 끌고 다니느라 체력을 소진한 끝에 죽음을 맞게 되며,[**] 공기주머니가 부표 역할을 하므로 애써 사냥한 고래를 놓쳐버릴 위험도 훨씬 줄어든다. 특히 누트커 인디언들은 초대형 작살과 공기주머니를 사용해서 대왕고래, 귀신고래, 향유고래, 긴수염고래, 돌고래, 참고래, 범고래까지 거뜬히 잡아낼 수 있었다고 한다.

우리 선조들도 오래 전부터 이와 비슷한 방법으로 고래를 잡아왔을 것이다.[***] 그런데 이상하게도 선사시대부터 이미 고래를 잡고 있었던 우리 나라에서 그 이후로는 고래잡이에 대한 기록을 거의 찾아보기가 힘들다. 『삼국사기』 등에는 고래의 좌초기록이 많이 등장한다. 그 중에는 백 척이나 되는 고래가 좌초했고 그 고기를 먹은 사람들이 모두 죽었다는 기록도 있다.

* 아이누족은 독에 여우나 다른 육상동물의 쓸개를 조금 타 넣었다고 한다. 이렇게 하면 작살에 찔린 고래가 해변 쪽으로 밀려온다고 믿었기 때문이다. 어떻게 보면 이러한 의식이 존재한다는 사실 자체가 그만큼 고래가 해변으로 떠밀릴 확률이 많지 않았음을 암시하는 것이기도 하다.

** 때로는 기다리는 시간을 줄이기 위해 고래를 쫓아다니면서 계속 작살을 던져대기도 했다.

*** 반구대 암각화에서 작살과 공기주머니의 존재를 확인할 수 있다.

그러나 이것은 의도적인 사냥이 아니라 떠내려온 고래에 대한 기록일 뿐이다. 『고려사』에도 원에서 다루가치를 보내어 고래기름을 수탈해갔다는 기록이 나오지만 이것 역시 기름을 사냥한 고래에서 뽑았다고 보기는 힘들다. 우리 나라의 사서史書 중 고래잡이에 대해 언급한 것으로는 아마도 『연산군일기』가 유일할 것 같다. 1505년 연산군은 전라도 각 군현에 고래를 생포해 바치라는 명령을 내렸는데,* 당시 부안현감이었던 원근례元近禮가 이러한 임무를 자청하고 나섰다. 이참에 임금의 신뢰를 얻어 한몫 단단히 잡아보려는 생각이었으리라. 그러나 원근례의 노력은 결국 실패로 돌아가고 만다. 수개월 동안 이 섬 저 섬을 헤매며 고래를 잡으러 다녔지만 결국 한 마리의 고래도 생포하지 못한 것이다. 당시 우리 나라의 고래잡이 기술이 상당히 낙후되어 있었음을 보여주는 좋은 사례라고 하겠다.

과연 고래잡이의 전통은 이렇게 우리 나라에서 완전히 사라져버리고 만 것일까? 니콜라스 위트센은 『북과 동타르타리아』라는 자신의 저서에 17세기 경 하멜과 함께 우리 나라에 표류한 이보켄과의 인터뷰 기록을 실어 놓았는데, 그 내용이 자못 흥미롭다.

> 가까운 북동쪽 바다에는 고래가 굉장히 많기 때문에 사람들은 이를 잡기 위해 바다로 나간다. 그러나 멀리까지 출어하지는 않는다. 그들은 일본제 작살과 비슷한 모양을 한 매우 긴 작살로 고래를 잡을 줄 안다.

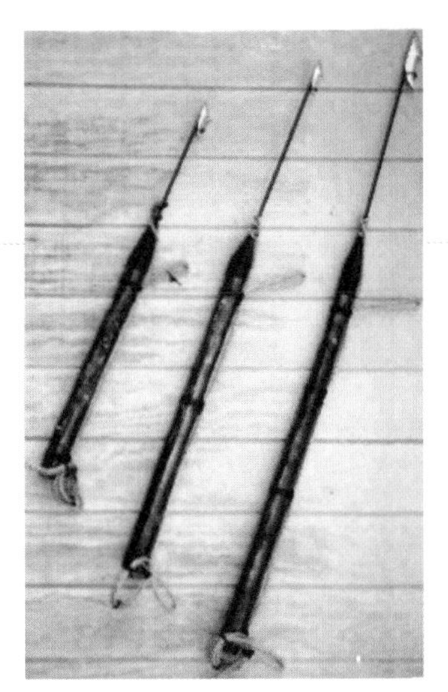

◉ **17~18세기 네덜란드인이 고래잡이에 사용하던 작살** 이보켄은 그 작살을 조선제나 일본제와 분명하게 구별했는데, 네덜란드제 작살의 길이는 조선제나 일본제에 비해 약 3분의 1밖에 되지 않기 때문이었다.

* 연산군은 이보다 앞선 1500년에도 경기감사에게 바다거북, 상괭이, 물범을 각각 두 마리씩 산 채로 잡아오라는 명령을 내린 바 있다.

그는 그 작살을 조선제나 일본제와 분명하게 구별했는데, 네덜란드제 작살의 길이는 조선제나 일본제에 비해 약 3분의 1밖에 되지 않기 때문이었다.

위 내용이 사실이라면 우리 나라에서도 미약하게나마 고래잡이의 전통이 이어지고 있었다는 말이 된다. 19세기 후반 우리 나라를 방문하고 『은자의 나라 한국』이라는 책을 저술한 그리피스의 증언 역시 이 같은 사실을 뒷받침한다. 그리피스는 함경도를 여행하다가 다음과 같은 기록을 남겼다.

그들은 이따금 해안에서 고래를 잡는다. 얕은 수역에서는 고래를 해안으로 몰아 좌초시켜서 잡는다.

보다 확실한 증거도 있다. 박구병은 『한반도 연해 포경사』에서 장생포 지방의 노인들로부터 외국 포경선이 들어오기 오래 전부터 우리 나라에서도 참고래를 잡아왔다는 이야기를 전해들은 일이 있다고 밝혔다. 여러 척의 소형 배들이 고래를 일정한 곳으로 몬 다음 창으로 찔러서 잡았다는 것이다. 우리 나라 사람의 입에서 나온 증언이라는 점이 신빙성을 더한다.

◉ **일본인들의 고래 사냥** 일본인들은 그물과 작살을 사용해서 고래를 잡는 독특한 방식의 포경법을 개발했다.

민중 수탈의 상징

니콜라스 이하 몇몇 사람들이 남긴 기록을 통해 우리 나라에서도 고래잡이가 행해졌을 가능성을 확인할 수 있지만, 국내 고문헌에서 고래잡이에 대한 기록을 거의 찾아볼 수 없다는 사실은 설사 고래잡이가 있었다고 하더라도 극히 미미한 수준에 머물렀음을 시사한다. 고래자원이 많고 고래잡이의 기술도 있었다면 왜 이웃나라 일본처럼 고래잡이가 계속해서 발달하지 못한 것일까? 어쩌면 그 이유를 다른 곳에서 찾아야 할지도 모르겠다.

비할 데 없이 높은 가치에도 불구하고 오랫동안 고래는 우리 나라 민중들에게 부가 아니라 고통을 몰고 오는 동물이었다.* 고래가 잡혔다는 소문이 돌면 당장 지배층의 가혹한 수탈이 시작되었기 때문이다. 고래에 관련된 수탈기록은 꽤 많은 문헌에서 등장한다. 『삼국사기』 고구려편 민중왕 조에는 동해 사람 고주리高朱利가 고래 눈알을 바쳤는데 밤에도 빛이 나더라는 이야기가 실려 있으며,** 서천왕 조에도 이와 비슷한 기사가 나온다. 『고려사』에는 원나라가 사신을 보내어 고래기름을 수탈해갔다는 등의 보다 구체적

* 심지어 고래를 '고래苦來'라고 풀이하는 사람들도 있을 정도였다.

** 중국의 고문헌에서도 고래 눈알이 빛을 내어 밤을 밝혀주므로 왕실, 귀족의 보물로 간직했다는 기록들을 찾아볼 수 있지만, 고주리가 바친 것이 진짜 고래 눈알인지는 불분명하다. 고래 눈알이 실제로 밤에 빛을 내리라고는 생각되지 않기 때문이다.

인 내용들이 기록되어 있다. 조선시대에 접어들면서부터는 나라의 수탈과 민중들의 고통이 어느 정도였는지를 직접 증언하는 기록들이 나타나기 시작한다. 서유구는 『임원경제지』에서 "고래가 죽어서 떠내려오면 관에서는 많은 사람들을 징발하여 칼과 도끼로 수염, 가죽, 살을 잘라내게 한다. 이렇게 잘라 놓은 것들을 말이나 지게를 사용해서 실어 나르는 데만도 여러 날이 소요된다. 큰 고래 한 마리의 값어치가 천 금에 이르지만 그 이익은 모두 관의 차지가 되며, 백성들은 노역에 시달리기만 하고 얻는 것이 없으니 아무도 고래잡는 법을 배우려 하지 않는다"라고 밝혔으며, 이규경도 『오주연문장전산고』에서 이와 비슷한 의견을 내놓은 바 있다.

> 우리 나라 연안에는 가끔 죽은 고래가 떠밀려오는 일이 있는데, 기름이 많이 나므로 그로부터 얻는 이득이 엄청나다. 그러나 관에서 이익을 독차지하고 도리어 민폐만 끼치므로 사람들은 자신의 마을에 고래가 떠내려오면 여럿이 힘을 모아 바다에 도로 밀어 넣어 버린다.

고래잡이뿐만 아니라 다른 어업들에 대해서도 상황은 마찬가지였다. 비숍은 1897년에 발행된 『한국과 그 이웃나라들』에서 "조선의 어부들은 어떤 구실을 붙여서 또는 아무 구실 없이도 틀림없이 빼앗기고 말 돈을 애써 벌려고 하지 않는다"라고 한탄하며, 이를 "빈곤의 보호를 받으려 한다"라고 표현한 바 있다. 가진 것이 없으면 빼앗길 것도 없다는 생각으로 어업에 힘을 기울이지 않는다는 뜻이었다. '빈곤의 보호'는 어업에만 그치지 않았다. 정약용의 다음 시는 이러한 상황을 잘 보여준다.

그대 보지 않았던가 궁복산 가득한 황칠나무
금빛 액 맑고 고와 반짝반짝 윤이 나네
껍질 벗겨 즙 받기를 옻칠 받듯 하는데
아름드리 나무라야 겨우 한 잔 넘칠 정도
상자에다 칠을 하면 옻칠 정도가 아니어서
잘 익은 치자로는 어림도 없다 하네
글씨 쓰는 경황지에는 더더욱 좋아서
납지고 양각이고 고개를 숙인다네
황칠나무 명성이 온 천하에 자자해서
박물지에도 왕왕 그 이름이 올라 있네
공물로 지정되어 해마다 실려가고
아전들 농간도 막을 길 없어
주민들 이 나무를 악목이라 칭하고는
밤마다 몰래 와서 도끼로 찍었다네
지난 봄 임금께서 공납 면제하였더니
영릉복유* 되었다니 이 얼마나 상서인가
바람 불고 비 맞으면 등걸에서 싹이 돋고

* 유종원柳宗元의 『영릉복유혈기零陵復乳穴記』에 나오는 내용이다. 영릉은 본래 종유석이 많이 나기로 유명한 곳이다. 종유석을 공물로 바치던 이곳 주민들은 고된 노동에도 불구하고 정당한 보상을 받지 못하는 데 불만을 품고 종유석이 더 이상 나지 않는다고 거짓 보고를 올리기로 담합한다. 몇 년 후 새로운 관리가 부임하여 선정을 베풀자 주민들은 그제서야 마음을 풀고 다시 종유석이 생겨났다며 너스레를 떨었다고 한다.

가지가지 죽죽 뻗어 푸르름 어우러지리

무리한 공납요구와 아전들의 농간을 견디지 못한 백성들이 귀한 나무를 악목이라고 부르며 도끼로 베어버렸다는 것이다. 정약용은 이 밖에도 유자 공납을 피하기 위해 나무에 구멍을 뚫고 호초를 넣어 말라죽게 했다는 등의 사례를 『목민심서』를 통해 이야기한 바 있다. 한마디로 부패하고 불합리한 사회제도가 농업과 어업의 발달을 가로막았던 것이다.

이제야 모든 수수께끼가 풀리는 듯하다. 고래에 대해서도 똑같은 일이 벌어졌던 것이다. 수탈당할 것을 알면서 애써 고래를 잡으려는 사람은 없었다. 고래의 생산량이 늘어나면 또 다른 공납의 굴레를 둘러쓰게 될지도 몰랐다. 사람들은 괜한 노역에 시달릴 것을 염려하여 해변에 죽어 떠내려온 고래도 고을 밖으로 내다버려야 했다. 이렇게 해서 우리 나라의 고래잡이는 전통적인 기술을 잃고 쇠퇴일로를 걷게 된다.*

고래잡이의 전통은 이렇게 소실되고 말았지만 여전히 고래는 우리 나라를 찾았다. 그러나 주인 없는 고래들은 모두 일본을 비롯한 외국 포경선들의 차지가 될 수밖에 없었다. 다음은 『하멜표류기』에 실린 내용의 일부를 옮긴 것이다.

> 북쪽만 제외하면 이 나라는 섬이라고 해도 좋을 정도입니다. 왜냐하면 이 나라의 동북쪽에도 넓은 바다가 있기 때문입니다. 이 바다에서는 매년

* 이에 비해 일본에서는 고래잡이의 전통이 지속되었을 뿐만 아니라 그물과 작살을 활용하여 커다란 고래를 잡는 기술까지 개발되었다. 일본에서 고래잡이의 전통이 계승 · 발전될 수 있었던 것은 일본사회가 고래잡이를 통해 창출된 부를 재분배할 수 있는 구조를 갖추고 있었기 때문이었다. 옛부터 전해오는 '1포浦에서 고래 한 마리를 잡으면 7향鄕이 넉넉해진다' 라는 속담은 고래에서 나온 이익이 마을뿐만 아니라 주변 지역사회에 이르기까지 원만하게 분배되고 있었음을 보여준다.

네덜란드인이나 다른 유럽인들의 작살에 찔린 고래가 몇 마리씩 발견됩니다.

외국의 포경선들이 우리 나라 해역을 제멋대로 누비며 고래를 사냥하는 동안* 우리의 정부와 백성들은 그들이 잡다 놓친 고래 몇 마리를 두고 첨예한 갈등을 벌이고 있었다. 안타깝고도 한심한 일이었다.

◉ 19세기 말 일본의 해안 포경기지에서 행해졌던 고래의 해체과정

* 이청은 화살에 찔린 채 발견되는 고래가 있다고 하여 당시 외국 포경선의 활동무대가 흑산도 연해에까지 미쳤다는 사실을 증언하고 있다.

고래왕국의 마지막 신화 모비딕

정약전이 살았던 17세기경의 고래잡이는 큰 배를 타고 가다가 고래를 만나면 작은 보트를 내려 가까이 접근한 다음 긴 밧줄이 달린 작살로 찔러서 잡는 방식으로 이루어졌다.* 그러나 이런 방식의 고래잡이를 위해서는 상당한 위험을 감수해야 했다. 고래가 워낙 거대한 덩치를 가진 동물이다 보니 사소한 몸짓 하나에도 조그만 보트쯤은 간단히 전복되기 일쑤였기 때문이다. 고래를 잡아오는 귀향길은 늘 즐겁고 유쾌한 것이었겠지만, 고래를 쫓다 죽어간 사람들도 부지기수였다. 허먼 멜빌은 그의 대표작 『백경白鯨』(1851)에서 고래와 인간과의 생사를 건 혈투를 긴박감 넘치는 필치로 생생하게 묘사하고 있다.

그들은 증오심이 가득찬 눈빛으로 고래를 노려보고 있었다. 이들의 운명을 자신이 쥐고 있다는 듯 고래가 머리를 좌우로 흔들어대면서 돌진해왔다. 고래는 반원형으로 펼쳐진 백색의 포말을 앞쪽으로 밀어내고 있었

◉ **큰 고래와 작은 보트** 고래가 워낙 거대한 덩치를 가진 동물이다 보니 사소한 몸짓 하나에도 조그만 보트쯤은 간단히 전복되기 일쑤였다.

* 일격에 치명상을 입힐 수는 없지만 호흡을 위해 수면 위로 떠오를 때마다 계속해서 작살을 던져대면 결국 고래는 과다한 출혈로 인해 목숨을 잃게 된다.

다. 고래의 눈에서는 최후의 심판과 처절한 복수 따위의 감정이 들끓고 있었다. 사람의 힘으로는 어떻게 해볼 도리가 없었다. 마침내 고래가 하얀 성벽과 같은 머리로 배의 우현을 들이받았다. 사람은 물론이거니와 선체와 돛 등 모든 것이 충격을 받고 휘청거렸다. 사람들이 나뒹굴었다. 돛대 위에 올라가 있던 작살잡이 또한 고래가 배를 들이받을 때마다 정신을 차릴 수 없을 만큼 좌우로 요동했다. 마침내 선체에도 구멍이 나고 말았다. 그곳으로 밀려들어오는 바닷물의 쿵쾅거리는 소리가 협곡을 흐르는 격류와도 같이 울려 퍼졌다.

보트도, 그 선원들도, 떠 있는 노도, 창대도, 모두를 사로잡아 생명이 있건 없건 하나의 소용돌이 속에 모조리 휩쓸어 빙글빙글 돌리면서 피쿼드호에 속한 것이라곤 나뭇조각 하나도 남기지 않고 시계에서 삼켜 버리고 말았다.

『백경』의 주인공 모비딕이 흰색의 거대한 향유고래라는 것쯤은 웬만한 사람들이라면 다 알고 있을 것이다. 멜빌의 전직이 고래잡이였다는 것도 관심 있는 이들에게는 상식에 가까운 이야기다. 그러나 『백경』의 모델이 된 고래가 실재했다는 사실을 아는 사람은 그리 많지 않은 것 같다. 그 고래의 이름은 모샤딕이었다.*

1840년 한 포경선의 승무원이 혼자서 헤엄치고 있는 22미터 길이의 거대한 향유고

◉ **영화 〈백경〉** 허먼 멜빌은 그의 대표작 『백경白鯨』(1851)에서 고래와 인간과의 생사를 건 혈투를 긴박감 넘치는 필치로 생생하게 묘사하고 있다.

* 모샤딕이라는 이름은 이 고래가 칠레 근해의 모샤라는 섬에서 인간과 벌였던 처절한 사투를 기념하는 뜻에서 붙여진 것이다.

래 한 마리를 발견했다. 곧 두 척의 보트가 바다에 내려졌고, 추격이 시작되었다. 그런데 전혀 뜻밖의 상황이 벌어졌다. 도망갈 줄 알았던 고래가 오히려 보트를 공격하여 한 척을 물어서 부수고, 물에 빠진 동료를 건지려고 접근한 다른 보트마저 거대한 몸으로 짓눌러 박살내고 말았던 것이다. 이 무시무시한 공격에서 살아남은 생존자들은 고래의 이마에 흰색의 칼자국이 있었다고 증언했다. 모샤딕이었다. 사건은 이것으로 끝나지 않았다. 모샤딕은 계속해서 포경선을 공격했다. 고래를 잡아 끌고 가는 배를 부수고 고래잡이를 방해하는 일은 1859년 스웨덴의 포경선이 19개의 작살이 꽂혀 이미 만신창이가 된 모샤딕의 숨통을 완전히 끊어놓을 때까지 끊임없이 반복되었다.

당시는 향유고래의 뇌유가 최고급 기름으로 여겨져 가치가 폭등하고 있을 때였다. 향유고래 사냥은 끝없이 과열되었고 포경업계는 사상 유례없는 호황을 누렸다. 그러나 포경업계의 번영은 수백 마리씩 떼를 지어 헤엄치던 향유고래 무리에게는 대학살을 의미했다. 바다는 이들이 흘린 피로 시뻘겋게 물들어갔다. 모샤딕은 동료들의 죽음을 참을 수 없었던 것이 아닐까? 그가 지나치다 싶을 만큼 공격적인 태도를 보인 것도 동족을 죽인 포경업자들에 대한 분노의 표현이 아니었을까?

어쨌든 인간들에게 악명 높던 모샤딕은 그렇게 죽고 말았다. 그러나 모샤딕이 진정으로 동료애를 가지고 있었다면 오히려 일찍 죽은 것이 다행이었는지도 모른다. 이후에 진행될 살육전에 비하면 이제까지의 고래잡이는 어

◉ **향유고래 사냥** 당시는 향유고래의 뇌유가 최고급 기름으로 여겨져 가치가 폭등하고 있을 때였다. 향유고래 사냥은 끝없이 과열되었고 포경업계는 사상 유래 없는 호황을 누렸다. 그러나 포경업계의 번영은 수백 마리씩 떼를 지어 헤엄치던 향유고래 무리에게는 대학살을 의미했다.

린애 장난에 불과했기 때문이다. 1864년 노르웨이의 포윈 선장은 포를 이용하여 사정거리 50미터 이내의 고래를 공격할 수 있는 작살을 고안해 냈다. 이 혁신적인 방법은 고래 사냥에 일대 혁명을 불러왔다. 이 작살이 고래의 살에 박히면 작살 끝이 별 모양으로 펼쳐진다. 그와 동시에 황산을 채운 작은 유리병이 깨지면서 화약에 불이 붙고 그것이 폭발함으로써 고래가 즉사하게 된다. 결국 이 작은 발명은 고래잡이의 수공업시대를 마감하고 산업화시대를 열게 했다. 곧이어 고래가 죽어서 물 속에 가라앉는 것을 막기 위해 고래의 뱃속에 관을 집어넣고 압축공기를 불어넣는 방법이 개발되었고, 20세기에 접어들면서부터는 작살의 파괴력이 더욱 높아졌으며, 황산이 든 유리병이 시한장치로 대체되었고, 전기작살까지 만들어졌다. 배가 대형화되고 속도도 빨라졌다. 그리고 결정적으로 음파탐지기의 등장은 고래의 숨을 장소를 완전히 앗아가 버렸다.

◉ **포경기술의 발달** 모샤딕이 진정으로 동료애를 가지고 있었다면 오히려 일찍 죽은 것이 다행이었는지도 모른다. 이후에 진행될 살육전에 비하면 이제까지의 고래잡이는 어린애 장난에 불과했기 때문이다.

포경업의 흥망

이제 고래라는 종족의 멸망은 불을 보듯 뻔한 것이었고 실제로 상황은 종말을 향해 치달아가고 있었다. 전세계적으로 고래의 수가 급감하기 시작했다. 중요한 포경국들은 자국 연안의 고래자원이 줄어들자 다른 나라의 영해를 침범하면서까지 고래잡이에 열을 올렸다. 그 중에는 우리 나라 연안을 노리는 선단도 있었다. 우리가 낡은 정치체계의 굴레 속에서 헤매고 있는 동안 외국의 포경선들은 우리 나라 바다를 제멋대로 돌아다니며 마구잡이로 고래를 사냥했다. 러시아 포경선은 1830년경부터 동해를 횡행하며 항구를 무단출입하기 시작하더니 결국 조정에 압력을 넣어 마양도, 장전, 장생포 세 군데에 포경기지까지 구축했다. 영국 포경선, 일본 포경선도 경쟁적으로 달려들었다. 특히 일본은 러일전쟁에서 승리한 이후 우리 나라 연안의 고래잡이에 대해 배타적인 독점권을 행사하기 시작했다. 러시아가 점유하고 있던 포경기지 외에도 고래가 회유하는 전 해역에 걸쳐 포경업의 전초기지를 마련했고, 그 중의 한 곳이 바로 이 흑산도였다. 결국 이청이 보았던 우리 나

◉ **포경업의 시대** 중요한 포경국들은 자국 연안의 고래자원이 줄어들자 다른 나라의 영해를 침범하면서까지 고래잡이에 열을 올렸다.

라의 고래들은 국권과 더불어 완전히 일본의 손아귀로 넘어가고 말았다. 그 결과 한반도 연안의 고래자원은 급격히 줄어들기 시작했다.

19세기 말 경 우리 나라에서도 근대적인 의미의 포경업이 등장했지만 일본의 침략과 함께 국내자본에 의한 포경업은 거의 사라지고 만다. 해방 이후 일본 포경선에서 일하던 사람들은 퇴직금으로 물려받은 포경선으로 다시 고래잡이를 시작했다. 해마다 수백 마리의 고래가 잡혀 들어왔다. 고래의 지방층에서 짜낸 기름은 화장품, 화약, 비누, 초, 마아가린 등 일상용품의 재료로 쓰이거나 공업용 윤활유로 활용되었고, 내장은 간유나 호르몬제로, 뼈와 가죽은 각종 공예품의 원료로 사용되었다. 또한 고래고기는 양이 많은 데다 맛이 좋아서 매우 인기가 높았다. 부산, 목포 등 연안지방에서는 고래고기집들이 호황을 누렸고, 특히 국내 최대의 포경업 전진기지였던 장생포의 음식점들은 고래고기를 찾는 사람들로 미어터질 지경이었다. 포경업자들은 신이 났고, 포경선의 포수는 한 달에 백만 원 이상의 높은 급료를 받아 뭍사람들에게 선망의 대상이 되었다. 심지어 '장생포 포수, 울산 군수하고도 안 바꾼다'라는 말이 나올 정도였으니 그 인기의 정도를 알 만하다. 그러나 호황은 오래가지 않았다. 연이은 남획으로 인해 고래의 수가 급감하기 시작했고, 1986년 상업포경 금지조치가 내려지면서 포경업은 결정적인 타격을 입게 된다.* 결국 고래고기집들은 하나둘 문을 닫기 시작했고 흥청거렸던 장생포도 언제 그랬냐는 듯 급격한 쇠락의 길을 걷게 된다.

◉ **상업포경에 대한 논란** 상업포경 금지조치가 시행된 지 20년이 다 되어 가지만 포경 지지국과 반대국 사이의 논쟁은 지금도 계속되고 있다.

* 당시 상업포경 금지조치 가결에 참여한 국가들의 대부분이 고래의 멸종에 결정적인 역할을 해왔다는 점을 생각해 볼 때 뒤늦게 뛰어든 우리 나라의 포경업자들로서는 날벼락을 맞은 셈이었다.

상업포경 금지조치가 시행된 지 20년이 다 되어 가지만 포경 지지국과 반대국 사이의 논쟁은 지금도 계속되고 있다. 싸움의 양대 중심축은 단연 미국과 일본이다. 미국 측에서는 아직도 고래가 멸종 위기에 있다고 생각한다. 그리고 일본이 연구를 빙자하여 마구 고래를 잡는다고 맹렬하게 비난하며, 만약 이를 그만두지 않을 경우 경제제재를 가하겠다는 위협까지 서슴지 않는다. 이에 반해 일본 측에서는 자신들이 고래를 잡는 것은 순수한 연구활동이며, 고래의 이동과 먹이섭취 양상 및 오염 수준을 파악하기 위한 '과학조사포경'일 뿐이라고 항변한다. 또한 고래의 멸종위기는 과장된 것으로 몇몇 종을 제외하고는 오히려 수가 늘어나는 것이 문제라고 주장하기도 한다. 고래가 지나치게 늘어난 결과 고등어, 정어리, 꽁치 등 사람이 먹을 생선들까지 다 먹어치우고 있으니 포경 규모를 확대해서라도 그 수를 조절할 필요가 있다는 것이 그들의 논지다.

우리 나라에서도 최근 고래자원이 늘어나면서 근해의 오징어나 고기 떼를 대량으로 잡아먹어 어획고에 막대한 피해를 입히고 있다는 주장이 일고 있다. 최근 몇 년간 경북 동해안 일대에서는 그물에 걸려 죽은 고래 수백 마리가 위판처리되었다.* 고래의 개체수가 늘어나고 있다는 것은 분명한 사실인 것 같다. 어민들은 고래 떼**가 나타나면서 물고기 떼가 흩어져 어획고가 부쩍 줄어들었다고 하소연하고 있으며, 심지어 고래 떼가 나타나면 그날 조업을 포기해야 할 정도라고 울상을 짓는 사람들도 적지 않은 형편이다. 이에 국립수산진흥원은 매년 몇 차례씩 고래 자원 조사를 실시하여 개

* 그물에 걸려든 고래는 마리당 2,000만 원 이상의 고가로 거래된다. 포항시 장기면 신창리에서 한 어민의 가자미 그물에 잡힌 길이 6미터 30센티미터의 밍크고래는 3,900만 원에 팔렸다. 이 정도면 그야말로 '대박'이다. '요새는 심봤다 안 하고 고래봤다 한다더라' 라는 말도 심심찮게 들려온다. 국제포경규제협약에 의하면 고의로 고래를 잡을 수는 없지만 죽은 채로 그물에 걸려든 고래는 경찰과 검찰의 조사를 거쳐 발견한 사람이 마음대로 처분할 수 있게 되어 있다. 물론 이러한 과정 없이 함부로 거래를 했다가는 엄중한 처벌을 받게 된다. 그러나 이익이 크다 보면 법의 맹점을 교묘하게 이용하는 사람들도 생겨나기 마련이다. 그물에 산 고래가 걸려들었어도 돌려보내지 않고 그대로 방치하여 죽게 만든 다음 처음부터 죽은 고래가 걸려든 것처럼 속여서 내다 파는 일이 심심찮게 발생하고 있다. 고래자원을 보호하려는 의지가 있다면 산 고래에 대한 보상규정도 반드시 마련해야 할 것이다.

** 동해안에 나타나는 고래는 주로 1~4미터 내외의 돌고래와 밍크고래 등으로 연안에서 1~2시간 거리의 해상에서도 쉽게 볼 수 있는데, 적게는 30~40여 마리, 많게는 100여 마리씩 무리를 지어 먹이를 찾아다닌다고 한다.

체수가 충분하다고 판단되면 국제포경위원회에 상업포경 허가를 요구하겠다는 방침을 발표한 바 있다.

사람들은 스스로를 만물의 영장이라고 부르며 자연을 지배하려 한다. 어장을 지키기 위해 고래를 줄이려는 것도 같은 맥락으로 이해할 수 있다. 그러나 사람이 애써 간섭하지 않더라도 생태계에는 별다른 문제가 생기지 않을 것이다. 고래의 개체수가 늘어나면 고래를 잡아먹는 범고래의 개체수도 늘어날 테고 바다는 나름대로의 균형을 되찾게 될 것이다. 사실 생태계의 균형을 파괴하는 것은 고래가 아니라 인간이다. 인간은 과도하게 증가해 버린 인구를 부양하기 위해 바다의 산물을 지나치게 독점할 뿐만 아니라* 온갖 종류의 폐기물을 쏟아내어 바다의 생명력 자체를 약화시키고 있다. 물론 바다를 이용하지 않고 그대로 내버려두어서는 너무나 비대해져 버린 인간 사회를 도저히 부양할 수 없을 것이다. 바다의 생물자원을 정확히 파악하고 최대한 지속 가능한 개발을 추구하는 것은 어쩔 수 없는 선택일지도 모른다. 그러나 우리가 자신이 지구의 주인이라는 오만을 버리지 않는다면, 주변 생물들이 영원히 함께 살아가야 할 동반자라는 사실을 깨닫지 못한다면 생태적 재앙은 피할 수 없는 덫이 되어 우리를 기다릴 것이다.

* 고래가 물고기들을 다 잡아먹는다고 투덜대기 전에 우리가 고래의 먹이를 몽땅 차지하려 욕심을 부리는 것이 아닌가 생각해 볼 일이다.

고래를 기다리며

호주의 모든 섬은 고래관광으로 인기 있는 곳이다. 거대한 혹등고래 떼가 매년 이곳을 지나 남극으로 이동하기 때문에 이를 구경하기 위해 세계 각지에서 많은 관광객들이 모여든다. 뉴질랜드의 카이코라 해변은 『백경』의 주인공인 향유고래의 서식지로 유명하다. 해변에서 얼마 떨어지지 않은 곳에서도 어렵지 않게 이들을 만날 수 있다. 보스턴 사람들은 고래를 '보스턴에서 가장 덩치 큰 이웃'이라고 부른다. 배를 타고 앞바다로 나가면 고래들이 떼를 지어 헤엄쳐 다니는 장면이 일상처럼 펼쳐진다. 관광객들은 고래를 코앞에서 구경하다가 물벼락 세례를 맞기도 한다. 이웃 대만에서도 고래관광이 인기를 끌고 있으며, 대표적인 포경국이었던 일본, 노르웨이, 아이슬란드 등도 고래관광의 경제적 가치에 눈독을 들이기 시작했다. 고래를 보호하면서 돈까지 벌 수 있다면 이보다 더 좋은 선택은 없을 것이다. 세상은 바야흐로 고래잡이의 시대에서 고래관광의 시대로 접어드는 듯한 느낌이다.

그리 오래지 않은 과거, 한반도 연해에도 고래자원이 풍부하던 시절이 있

◉ **고래관광** 그리 오래지 않은 과거, 한반도 연해에도 고래자원이 풍부하던 시절이 있었다. 자원만 잘 관리되었더라면 지금쯤 우리 나라가 세계적인 고래관광국으로 이름을 떨치고 있을지도 모른다는 생각에 아쉬움이 더한다.

었다. 자원만 잘 관리되었더라면 지금쯤 우리 나라가 세계적인 고래관광국으로 이름을 떨치고 있을지도 모른다는 생각에 아쉬움이 더한다. 우리는 사람들의 관심을 끌 만한 스타급 비밀병기도 갖추고 있었다. 우리 나라에 많이 회유한다고 해서 Korean gray whale이라고까지 불리던 귀신고래가 바로 그 주인공이다.* 귀신고래는 다른 고래들과는 달리 해변 가까운 곳을 크게 벗어나는 일이 없어서 조금만 배를 타고 나가도 쉽게 만날 수 있으며, 성질이 온순하여 사람이 가까이 접근하거나 손으로 만져도 전혀 경계하지 않는다. 게다가 커다란 덩치에 걸맞지 않게 수면 위로 펄쩍 뛰어오르거나 물장구를 치며 몸을 모로 회전시키는 재주를 보여주기까지 하니 그야말로 최고의 엔터테이너라고 부를 만하다. 귀신고래의 재롱을 보기 위해 전 세계의 관광객들이 우리 나라로 몰려드는 광경을 상상해 보자. 생각만 해도 가슴이 뭉클해지는 장면이 아닐 수 없다. 그러나 이것은 말 그대로 즐거운 상상일 뿐 현실 속에서는 전혀 불가능한 일이다. 이제 동서남해 어디에서도 귀신고래를 만날 수는 없다.

1920년대 초반까지만 하더라도 상당히 많이 잡히던 귀신고래는 지나친 남획의 결과 1933년을 기점으로 우리 나라 연안에서 거의 사라지게 된다.** 19세기 말 일본인이 포획을 시작한 이후 40여 년만의 일이었다. 1948년 국제포경위원회가 귀신고래에 대한 전면적인 포경금지를 선포했지만 이미 때늦은 조치였다. 귀신고래는 멸종 직전에 와 있었고, 한번 줄어든 개체수는 좀처럼 회복되지 않았다. 운명의 1964년, 5마리가 잡힌 것을 끝으로 귀신고

* 반구대 암각화에 그려진 고래의 상당수는 귀신고래로 추측되며, 지금도 울산의 귀신고래 회유 해면은 천연기념물 제126호로 지정되어 보호받고 있다. 19세기 말 일본선단에 잡힌 고래의 태반을 귀신고래가 차지했다는 사실만 봐도 그 개체수가 얼마나 많았는지 능히 짐작할 수 있다.

** 귀신고래가 이처럼 빨리 사라지게 된 것은 몸동작이 둔한 데다 사람을 두려워하지 않고 해변 가까운 곳까지 접근하는 습성 때문이었다. 고래관광에서 인기를 끌 만한 특성들이 포경업자들 앞에서는 오히려 약점으로 작용했던 것이다. 가족들간의 애정이 지나치게 깊다는 점도 귀신고래의 멸종을 부추기는 요인이 되었다. 귀신고래는 일부일처제로 부부간의 금슬이 좋을 뿐만 아니라 새끼에 대한 애정과 보살핌도 각별하다. 포경업자들은 귀신고래의 가족을 발견하면 우선 암놈이나 새끼를 공격했다. 암놈이 죽으면 새끼와 수놈이, 새끼가 죽으면 암놈과 수놈이 자리를 떠나지 않고 머물러 있으리라는 사실을 잘 알고 있었기 때문이다. 결국 귀신고래는 가족 단위로 죽음을 맞으며 이 땅에서 사라져갔다.

래는 완전히 자취를 감추게 된다. 그렇게 귀신고래는 우리 곁을 떠났다. 이제 와서 후회해 봐야 소용없지만 일본에게 나라를 빼앗기지 않았더라면, 해방 이후 얼마간이라도 개체수가 남아 있을 때 보다 적극적으로 보호 노력을 기울였더라면 하는 아쉬움이 가시질 않는다.

그런데 최근 들어 귀신고래가 다시 나타났다는 소식이 조금씩 들려오고 있다. 아직 우리 나라 해역에서 발견되었다는 보고는 없지만 북서태평양 연안에서 좌초 또는 유영하는 모습이 여러 차례 관찰되었고, 사할린 연안에서 69마리의 대군이 떼를 지어 몰려다니는 모습이 촬영되기도 했다. 귀신고래가 물을 뿜고 재주를 넘는 모습을 언제쯤이나 볼 수 있을까. 안도현의 시를 읊조리며 귀신고래가 우리 곁으로 다시 돌아올 그 날을 기다려 본다.

고래를 기다리며
나 장생포 바다에 있었지요
누군가 고래는 이제 돌아오지 않는다 했지요
설혹 돌아온다고 해도 눈에는 보이지 않는다고요.
나는 서러워져서 방파제 끝에 앉아
바다만 바라보았지요

◉ **귀신고래** 귀신고래가 물을 뿜고 재주를 넘는 모습을 언제쯤이나 볼 수 있을까.

기다리는 것은 오지 않는다는 것을
알면서도 기다리고, 기다리다 지치는 게 삶이라고
알면서도 기다렸지요
고래를 기다리는 동안
해변의 젖꼭지를 빠는 파도를 보았지요
숨을 한 번 내쉴 때마다
어깨를 들썩이는 그 바다가 바로
한 마리 고래일지도 모른다고 생각했지요

사라진 흑산파시

바람소리를 들어보니 날씨가 또 심상치 않다. TV에서도 연이어 '올 겨울 들어 가장 추운 날씨', '서울 영하 12.3도 매서운 한파', '대관령 영하 37도' 따위의 기사들이 흘러나오고 있었다. 혼자 앉아 있기도 적적하고 해서 밖으로 나섰다. 어느새 비는 진눈깨비로 변해 있었다. 하루의 조업을 마친 배들이 포구에 빼곡히 들어차 있고 그 사이로 갈매기들이 끼룩거리며 날아다닌다. 예리항 주변은 음식점과 함께 주점, 다방, 클럽, 여관 등이 즐비하게 늘어서 있어 웬만한 도시의 유흥가를 방불케 했다. 그러나 수천 척의 조깃배들이 모여들어 불야성을 이루고 주막마다 질펀한 술판이 벌어지던 옛 시절에 비하면 이 정도는 오히려 한산하다고 해야 할 것이다. 예리는 흑산파시의 중심지였다.

파시波市는 풍어기에 바다 위에서 열리는 일종의 어시장이다. 파시를 맞아 예리항 부두에 몰리는 어선은 많을 때는 2천여 척에 달했는데 그 모습이 장관이었다고 한다. 어선들이 방파제 안으로 빽빽이 들어서면 갑판을 타고 바

◉ **예리 야경** 예리항 주변은 음식점과 함께 주점, 다방, 클럽, 여관 등이 즐비하게 늘어서 있어 웬만한 도시의 유흥가를 방불케 했다.

다를 건너다닐 수 있었으며, 밤이 되어 수천여 척의 배들이 한꺼번에 불을 밝히면 해상에 큰 도시가 생긴 것처럼 보였다. 뱃사람들이 내지르는 소리, 배를 건너다니면서 고깃값을 흥정하는 소리에 이를 구경하러 나온 사람들의 소란까지 더해져 예리항은 완전히 난장판이 되었다. 그러나 행복한 난장판이었다. 이 통에 한몫 챙겨 보려는 상인들은 생필품과 어구 등을 경쟁적으로 사들였고, 각종 물건을 파는 떠돌이 행상들도 떼거지로 모여들었다. 술집이나 식당, 숙박업소들도 파시가 열리는 날만을 손꼽아 기다렸다. 파시가 성황을 이룰 때는 길거리를 돌아다니는 개도 만 원짜리 한두 장은 물고 다닌다고 할 정도로 돈이 흔했다. 파시는 섬 전체의 행사였고 섬 주민들의 가장 중요한 소득원이었다.

파시가 형성되기 위해서는 우선 조업지역에서 가까운 곳에 위치해야 하며 주변 어장도 풍부해야 한다. 또한 파시는 열흘 가까이 열리고 많은 배들이 찾아들기 때문에 선착장 시설이 잘 갖춰져 있어야 한다. 잡은 물고기를 내다 팔 수 있는 시장도 너무 멀어서는 안 된다. 이러한 조건들을 모두 만족시켰던 곳이 바로 흑산도 예리항이었다. 흑산파시는 어기에 따라 년 3회 정도 열렸다. 제1기는 1~4월에 걸친 중선파시와 2~5월에 걸친 포경파시로 속칭 조기파시, 고래파시라고 불렸다. 조기잡이 어선들은 3월경에 몰려들었다가 고기가 북상함에 따라 비금도 송치, 자은도 소월포, 임자도 전장포를 거쳐 전북 위도까지 새로운 파시를 벌이며 북상한 뒤 겨울 동안 잠깐 쉬고 다시 흑산도로 몰려

◉ **흑산파시** 파시를 맞아 예리항 부두에 몰리는 어선은 많을 때는 2천여 척에 달했는데 그 모습이 장관이었다고 한다. 어선들이 방파제 안으로 빽빽이 들어서면 갑판을 타고 바다를 건너다닐 수 있었으며, 밤이 되어 수천여 척의 배들이 한꺼번에 불을 밝히면 해상에 큰 도시가 생긴 것처럼 보였다.

드는 순환을 반복했다. 포경파시는 일제시대에 번성했지만 포경업이 금지되면서 완전히 맥이 끊기고 말았다. 제2기는 6월부터 10월까지이며, 가라지와 고등어를 주로 잡았기에 고등어파시라고도 불렸다. 마지막 제3기는 10월부터 12월에 이르는 중선파시였다.

파시가 열리고 일시에 많은 사람들이 몰리면 돈이 돌기 마련이었다. 상인들이 모여들고 생필품 값이 하늘 높은 줄 모르고 뛰어 올랐다. 술집 주인들은 만선으로 뭉칫돈을 손에 쥐어 흥이 오른 뱃사람들의 주머니를 노리느라 호객행위에 정신이 없었다. 이때 술집에서 만들어진 문화로 '산다이'라는 것이 있었다. 산다이는 산대놀이의 산대와 같은 뿌리에서 나온 말로 추측되는데 강강수월래, 판소리 사랑가, 홍도야 울지 마라, 처녀뱃사공, 목포의 눈물 등 유명한 노래의 가사를 제멋대로 바꾸어 부르는 것을 말한다. 원색적인 가사와 곡조에 악기소리까지 어우러지면 금세 질탕한 술판이 벌어졌다. 그리고 그 술판의 주인공은 언제나 화려하게 몸단장을 한 '아가씨'들이었다. 오랜 노동으로 지친 사내들은 아가씨들을 통해 위안을 얻었겠지만 흑산도 아가씨들의 가슴속은 이미자의 노래 가사처럼 새까맣게 타 들어가고 있었으리라.

남몰래 서러운 세월은 가고
물결은 천 번 만 번 밀려드는데
못 견디게 그리운 아득한

◉ **흑산도 아가씨 노래비** 술판의 주인공은 언제나 화려하게 몸단장을 한 '아가씨'들이었다. 오랜 노동으로 지친 사내들은 아가씨들을 통해 위안을 얻었겠지만 흑산도 아가씨들의 가슴속은 이미자의 노래 가사처럼 새까맣게 타 들어가고 있었으리라.

저 육지를 바라보다
검게 타버린 검게 타버린 흑산도 아가씨
한없이 외로운 달빛을 안고
흘러온 나그넨가 귀향살인가
애타도록 보고픈 머나먼
그 서울을 그리다가
검게 타버린 검게 타버린 흑산도 아가씨

그러나 지금은 파시도, 흑산도 아가씨도, 산다이도 모두 자취를 감추고 말았다. 바다가 오염되고 어족자원이 고갈되면서 이를 찾는 고깃배들도 모이지 않게 된 것이다. 냉동기술이 발달하여 잡아 올린 물고기를 육지까지 신선한 상태로 운반할 수 있게 되었다는 것도 흑산파시를 사라지게 한 중요한 요인이었다. 이제 파시는 그 존재가치를 상실하고 나이든 사람들의 기억 속에서만 흔적으로 남아 있게 될 것이다.

아침 산책

어부들의 친구

아침부터 요란하게 울어대는 바닷새의 울음소리에 잠을 깼다. 괭이갈매기였다. 옷을 대충 주워 입고 선창가로 걸어 나갔다. 아직도 머릿속에는 밤새 꿈꾸었던 옛 파시의 영상들이 가물거리고 있었다. 통통거리는 배 기관소리와 뒤섞여 갈매기들이 떠다니고 있었다. 거의 날갯짓을 하지 않고도 미묘한 기류의 흐름을 이용하여 높거나 낮게 혹은 원을 그리면서 자유자재로 비상한다. 갈매기의 정지비행은 정말 압권이다. 세찬 바람이 몰아치는데도 큰 날개를 비스듬히 기울여 바람을 타고 공중의 한 점에 붙박인 듯 몸을 고정시킨다.

방파제에 걸터앉아 노트북을 꺼냈다. 갈매기에 대한 시들을 정리해놓은 파일을 열었다. 갈매기는 강촌이나 해변의 한가로운 풍경을 노래함에 있어 빠질 수 없는 소재였다. 조선 후기의 시인이자, 거문고와 퉁소의 명인 김성기金聖器는 강물과 노래와 갈매기를 노래했다.

◉ **선창가 갈매기** 아침부터 요란하게 울어대는 바닷새의 울음소리에 잠을 깼다. 괭이갈매기였다. 옷을 대충 주워 입고 선창가로 걸어 나갔다. 아직도 머릿속에는 밤새 꿈꾸었던 옛 파시의 영상들이 가물거리고 있었다. 통통거리는 배 기관소리와 뒤섞여 갈매기들이 떠다니고 있었다.

이 몸이 할 일 없어 서호西湖를 찾아가니
백사청강白沙淸江에 나드나니 백구白鷗로다
어디서 어가일곡漁歌一曲이 이내 흥을 돕나니.

우리의 전통시가 중에는 특히 백구, 즉 흰갈매기가 자주 등장한다. '백구야 펄펄 나지 마라 너 잡을 내 아니로다'로 시작되는 〈백구사〉는 가객들은 물론, 일반 사람들까지 즐겨 불렀던 가사로 아름답고 평화로운 강호 풍경을 노래하고 있으며 지금 민요로 불려지는 백구타령 역시 백구를 끌어들여 자연과 벗하는 한가로운 정서를 표현하고 있다. 시조 가운데도 백구를 읊은 것이 부지기수다. 백구는 글자 그대로 해석하자면 흰갈매기가 되겠지만 실제로는 갈매기를 부르는 일반명으로 보는 것이 옳다. 대부분의 갈매기는 전체적으로 흰빛을 띠고 있기 때문이다.

갈매기는 그림 속에서도 종종 그 모습을 드러낸다. 동양화에서는 바다나 강을 그릴 때, 사립 쓰고 낚싯대를 든 어옹과 갈매기를 함께 등장시키는 일이 많으며, 해변을 묘사한 아이들의 그림 속에서도 3자를 눕혀 놓은 듯한 갈매기 그림을 쉽게 찾아볼 수 있다.

계용묵의 〈탐라점경초耽羅點景抄〉에서는 약간의 쓸쓸함이 묻어난다.

하날이 길면 어찌다 해풍에 풍기어 날음에 자유를 잃고 비칠비칠 소리도 없이 어디로 가는지 바다 위를 거슬러 날고 있는 갈매기가 한두 마리 눈에 뜨이기는 하나 이 바다, 이 풍경에 쓸쓸한 존재가 아닐 수 없다.

광활한 하늘을 떠돌며 애처롭게 울어대는 갈매기의 심상은 어떤 이에게는 지독한 슬픔이기도 했다. 김광섭은 〈우수憂愁〉에서 갈매기에 자신의 고뇌를 이입하고 있다.

어둠을 스쳐 멀리서는 갈매기 우는 소리
귓가에 와서 가슴의 상처를 허비고 사라지나니
아 밤바다에 외치고 가는 시의 새여
그대의 길은 어둠에 차서 향방 없거늘
비애悲哀의 시인 고뇌苦惱를 안고
또한 그대로 더불어 밤의 대양大洋으로 가랴.

정약전의 슬픔과 비탄은 김광섭에 못지않았을 것이다. 하지만 그의 글에서는 조그만 감정의 흔적도 보이지 않는다. 냉정하고 절제된 묘사에서 더욱 큰 안타까움을 느끼게 된다.

[해구海鷗]
흰 놈의 모양과 빛깔은 강에서 사는 것이나 바다에서 사는 것이 모두 같다. 노란 놈은 몸이 약간 크고 흰색인데 노랗게 윤기가 돈다. 사람들이 걸구乞句라고 부르는 검은

놈은 등 위가 담흑색이다. 밤에는 물가의 바위 위에서 잠자고 닭이 울면 따라 우는데 그 소리가 노랫소리를 닮았다. 새벽녘이 될 때까지 쉬지 않고 울다가 날이 밝아올 무렵이면 물가로 달려 나간다.

갈매기의 울음소리는 닭 대신 통통거리는 배의 기관소리와 어울려 새벽 공기를 채우고 있었다.

정약전이 본 갈매기

"갈매기도 여러 가지 종류가 있어라. 까만 것도 있고 하얀 것도 있고, 부리가 빼죽한 것도 있고, 뭉퉁한 것도 있제."

박도순 씨의 말처럼 갈매기의 종류에는 여러 가지가 있다. 한국에는 갈매기속과 제비갈매기속의 2속 11종이 분포한다. 이 중에서 정약전이 관찰한 종은 어떤 것일까? 정약전은 본문에서 세 종류의 갈매기를 이야기하고 있다. 강과 바다에서 함께 볼 수 있는 흰 놈, 흰 놈보다 덩치가 크고 흰색과 노란색이 섞인 노란 놈, 등 위가 까만색이며 고양이 울음소리를 내며 날아다니는 놈이 그것이다.

흰 놈은 상대적으로 크기가 작으므로 소형 갈매기로 보면 될 것 같다. 소형 갈매기 중에서도 우리 나라 어디에서나 쉽게 볼 수 있는 종이라면 가장 먼저 붉은부리갈매기가 떠오른다. 붉은부리갈매기는 몸집이 비교적 작은 편이며, 해안이나 강 하구는 물론이고 내륙 깊숙한 곳까지도 올라갈 정도로 넓은 서식범위를 자랑한다.*

* 붉은부리갈매기는 계절에 따라 빛깔이 변하는 특성이 있다. 겨울에는 전체적으로 흰빛을 띠지만 여름이 되면 머리 부분이 검게 변한다. 또한 봄의 번식기에는 가슴의 깃털이 분홍빛으로 변하기도 한다. 그러나 전체적으로 흰색을 띠고 있으므로 흰 놈이라고 부르기에는 별 무리가 없다.

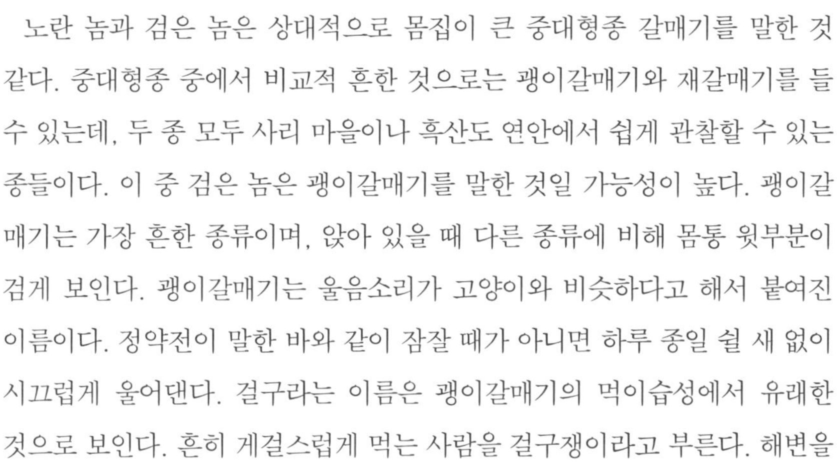

노란 놈과 검은 놈은 상대적으로 몸집이 큰 중대형종 갈매기를 말한 것 같다. 중대형종 중에서 비교적 흔한 것으로는 괭이갈매기와 재갈매기를 들 수 있는데, 두 종 모두 사리 마을이나 흑산도 연안에서 쉽게 관찰할 수 있는 종들이다. 이 중 검은 놈은 괭이갈매기를 말한 것일 가능성이 높다. 괭이갈매기는 가장 흔한 종류이며, 앉아 있을 때 다른 종류에 비해 몸통 윗부분이 검게 보인다. 괭이갈매기는 울음소리가 고양이와 비슷하다고 해서 붙여진 이름이다. 정약전이 말한 바와 같이 잠잘 때가 아니면 하루 종일 쉴 새 없이 시끄럽게 울어댄다. 걸구라는 이름은 괭이갈매기의 먹이습성에서 유래한 것으로 보인다. 흔히 게걸스럽게 먹는 사람을 걸구쟁이라고 부른다. 해변을

◉ 붉은부리갈매기 *Larus ridibundus* Linnaeus

날아다니면서 해초나 쓰레기에서부터 불가사리와 쥐에 이르기까지 먹지 못하는 것이 없을 뿐만 아니라 멀리 고깃배가 보이기만 해도 시끄럽게 울어대며 날아와 먹이를 보채는 괭이갈매기의 모습은 걸구라고 불리기에 손색이 없다.

몸집이 크고 노란 놈은 어떤 종인지 정확히 추측하기가 힘들다. 앞에서 말한 재갈매기를 후보로 놓을 수도 있지만 과연 옛사람들이 재갈매기와 괭이갈매기를 다른 종으로 보았을까 하는 생각에 이르면 고개를 갸웃거릴 수밖에 없다. 일반인이 이 두 종류를 구분하기란 결코 쉬운 일이 아니기 때문이다.* 그렇다면

© 김현태

◉ 괭이갈매기 *Larus crassirostris* Vieillot

◉ 괭이갈매기(위)와 재갈매기(아래) 사리 마을에서도 괭이갈매기와 재갈매기를 흔히 볼 수 있다.

* 재갈매기는 몸집이 다소 크고, 꼬리 끝에 검은 줄무늬가 없으며, 다리가 노란색이 아니라 분홍색이라는 점 등으로 괭이갈매기와 구분할 수 있다.

오히려 괭이갈매기와 재갈매기가 덩치 큰 노란 놈이고, 다른 놈이 걸구일 가능성을 생각해 봐야 하지 않을까? 갈매기 떼가 모여 있는 곳을 보면 언제나 새하얗고 깨끗한 깃털을 가진 개체들 사이에 지저분한 검은빛으로 얼룩진 개체들이 섞여 있는 모습을 관찰할 수 있다. 사실 이들은 별개의 종류가 아니라 같은 갈매기의 어린 새끼들이다. 갈매기류의 어린놈은 몸이 거무스레한 빛깔을 띠는 경우가 많고, 부리와 다리마저 짙은 암색으로 되어 있어 흔히 부모와 다른 종으로 오인되곤 한다. 정약전도 이런 착각을 일으켰던 것이 아닐까? 재갈매기나 괭이갈매기의 어린놈을 걸구로 본다면 빛깔이 검다거나 크기가 작다는 말도 쉽게 이해할 수 있게 된다.

◉ **갈매기 유조** 갈매기 떼가 모여 있는 곳을 보면 언제나 새하얗고 깨끗한 깃털을 가진 개체들 사이에 지저분한 검은빛으로 얼룩진 개체들이 섞여 있는 모습을 관찰할 수 있다. 사실 이들은 별개의 종류가 아니라 같은 갈매기의 어린 새끼들이다.

앞날을 예측하는 새

갈매기는 사람들에게 친숙한 물새였던 만큼 매우 다양한 이름으로 불려왔다. 구鷗, 백구, 해구, 수효水鴞, 예鷖, 갈며기, 갈마구, 갈마기, 갈막이 등이 모두 갈매기를 가리키는 이름들이다. 갈매기 계통의 이름은 물을 뜻하는 '갈'과 맹금류의 일종인 '매'를 합성해서 만든 것으로 보인다.* 물가에서 사는 수리부엉이란 뜻의 수효**와 비슷한 조어법이다. 갈매기를 주인공으로 한 속담도 드물지 않다. '창공의 백구'라는 말은 하늘에 떠 있는 갈매기처럼 자신과 아무런 상관도 없다는 것을 뜻하며, 만선을 하고 돌아온 선주들 집을 돌아다니며 거저 고기를 얻어 가는 염치없는 사람을 두고 '갈매기는 솥 짊어지고 다닌다'라는 표현을 쓴다. 고기잡이배가 그물을 끌어올릴 때 잽싸게 물고기를 채가는 갈매기의 습성 때문에 생겨난 말이리라. '갈매기도 제 집은 있다'라는 말은 바다를 날아다니는 갈매기에게도 제 집이 있는데, 어찌 사람에게 살 집이 없겠냐는 뜻을 함축하는 표현이다. 때로는 갈매기가 일정한 거주처가 없는 동물로 인식되기도 했다. 〈흑산도 갈매기〉에

* 갈매기는 매만큼이나 사나운 새로 알려져 있으며, 갈매기의 제주방언이 ᄀᆞᆯ매라는 사실도 이 같은 추측을 뒷받침한다.

** 효鴞는 수리부엉이를 뜻한다.

서 문순태는 갈매기의 속성을 한 창녀의 모습에 대비시키고 있다. 조개잡이 어부인 종배는 화투판에서 판돈을 훔치다 도둑으로 몰린 술집 여자를 구해 준다. 술잔을 기울이며 이야기를 나누던 중 연민은 애틋한 감정으로 발전하고 결국 종배는 여자에게 고향으로 내려가 함께 살자는 말까지 꺼내게 된다. 그러나 그녀는 소주를 사오겠다며 술값을 받아 챙긴 후 종적을 감추어 버린다. 종배는 수소문 끝에 다른 술판에 끼어 희희낙락하고 있는 그녀의 모습을 찾아내고 다시 한 번 자신과 함께 갈 것을 권유한다. 여자는 그의 재촉을 매몰차게 거절하며 한 마디를 내뱉는다.

"갈매기는 바다에 살아야지요. 아저씬 산에서 조기를 잡으시겠어요?"

여자는 결국 따라오지 않았고 종배는 주머니 속에 있던 돈까지 다 도둑맞았다는 사실을 알게 된다.

지금까지 언급한 내용들을 보면 갈매기에 대해서는 나쁜 말 일색인 것 같지만 사실 옛 사람들은 갈매기를 영민하고 앞일을 예언할 수 있는 뛰어난 새로 여기기도 했다. 다음은 『열자列子』 황제黃帝 편에 나오는 이야기다.

어느 해변 마을에 갈매기를 좋아하는 사람이 살고 있었다. 그는 날마다 바닷가에 나가 갈매기와 놀았는데, 날아오는 갈매기들이 200마리가 넘었다. 하루는 아버지가 그 소문을 듣고 자신도 놀 수 있게 갈매기를 한 마리 잡아와 줄 것을 부탁했다. 다음날 그가 갈매기를 잡기 위해 바

ⓒ 김현태

◉ **사람의 마음을 읽는 새** 하루는 아버지가 그 소문을 듣고 자신도 놀 수 있게 갈매기를 한 마리 잡아와 줄 것을 부탁했다. 다음날 그가 갈매기를 잡기 위해 바닷가로 나갔을 때 갈매기들은 공중에서 맴돌기만 할 뿐 한 마리도 아래로 내려오지 않았다.

닷가로 나갔을 때 갈매기들은 공중에서 맴돌기만 할 뿐 한 마리도 아래로 내려오지 않았다.

갈매기가 사람의 마음을 읽을 줄 안다면 마음이 맑은 사람에게만 날아들 것이 분명하다. 많은 선비들이 갈매기와 함께하는 삶을 동경한 이유도 이런 생각 때문이 아니었을까? 조선조의 유명한 재상이었던 황희와 한명회도 이런 사람들 중의 하나였다. 황희는 반구정伴鷗亭을 짓고, 한명회는 압구정狎鷗亭을 지어 갈매기를 벗하여 살고자 했다.* 이들이 과연 갈매기의 벗이 되었는지는 알 수 없지만 지금의 현실은 갈매기의 선택을 잘 보여주고 있는 듯하다. 청백리의 상징이었던 황희의 반구정은 지금도 갈매기를 벗하고 굳건히 서 있는 반면 부귀영화를 탐했던 한명회의 압구정은 건물이 있었던 흔적조차 없이 압구정동이라는 이름만을 남기고 있을 뿐이다.

옛 사람들은 갈매기가 사람의 마음을 읽을 뿐만 아니라 일기를 예측하는 능력까지 가지고 있다고 생각했다.** 『남월지』에서는 갈매기의 일기 예측 능력을 다음과 같이 묘사하고 있다.

> 갈매기 일명 해구는 바다에서 살아간다. 조수의 왕래를 좇아 늘 옮겨다니며, 삼월풍三月風이 불기 시작하면 도서로 돌아온다. 제법 풍운을 알아 해구가 떼로 날아올 때면 꼭 바람이 인다.

* 반구정이나 압구정은 모두 갈매기와 친하게 지내고 싶다는 소망을 담은 이름들이다.

** 대자연에 온몸을 내맡기고 살아가야 하는 이들에게는 일기를 예측하는 능력이 필요불가결한 것이었으리라.

당나라의 시성 두보杜甫도 갈매기의 이러한 능력에 대해 깊은 인상을 받았던 모양이다.

강포江浦에서 한구寒鷗는 장난을 친다.
그것은 그들의 무타無他의 만족,
번쩍이는 옥우玉羽는
봄을 점철하는 마음의 깃이여,
암운暗雲이 날릴 땐 모름지기 내려앉는
그리고 바람이 불 땐 표풍飄風에 맡기는
기미를 아는 저 무리들
청영淸影을 날마다 물 속에 그리네.

우리 나라 사람들도 마찬가지였다. '갈매기가 무리 지어 높이 날면 비바람이 불고 일기가 불순할 징조다', '갈매기가 낮게 날면 비가 온다', '갈매기가 목욕을 하면 비가 온다', '갈매기가 낮게 날면 어장을 걷어라', '갈매기가 먼바다 위를 날면 날씨가 고요해진다' 따위의 속담에는 갈매기를 보고 기상을 예측하려 했던 선조들의 지혜가 담겨 있다. 나는 갈매기의 기상 예측 능력을 직접 경험한 적이 있다. 경남 욕지도의 한 포구에서 낚시를 하고 있을 때의 일이었다. 갑자기 어디선가 갈매기 떼가 날아와서는 약속이라도 한 듯 모두 방파제 위에 날개를 접고 내려앉았다. 어머니는 이것을 보더니 날씨가 나빠질 징조라고 했다. 과연 얼마 후 시커먼 먹장구름이 몰려왔고, 곧이어 장대 같은 빗줄기가 쏟아지기 시작했다. 우리는 갈매기가 하나 둘 다시 날아오르고 나서야 낚싯대를 들고 텐트 밖으로 나설 수 있었다.

갈매기는 오랜 항해에 지친 뱃사람들에게 육지가 가까웠음을 알려주는 반가운 새이기도 했다. 조선시대 최부가 쓴 『표해록』에서도 이 같은 사실을 확인할 수 있다.

문득 갈매기 떼가 날아가는 모습이 보였다. 선원 한 사람이 이를 보고 기뻐하며 "물새는 낮이면 바다에서 노닐다가 밤이 되면 섬으로 돌아가 잠을 잔다는 말을 들은 적이 있습니다. 망망대해에서 표류하다가 다행히 이 새를 보게 되니 이제 육지가 멀지 않음을 알겠습니다"라고 말했다. 나는 이 말에 대해 "갈매기에도 여러 종류가 있어서 어떤 종류는 바다가 아니라 강이나 호숫가에서 부침하기도 한다네. 만약 저 갈매기가 우리 나라에 있는 갈매기와 같은 종류라 하더라도 본래 갈매기는 큰바다에서 노닐다가 삼월풍이 불어오면 섬으로 돌아간다고 했는데, 지금은 정월이라 아직 큰바다에 머물 때이니 육지가 가깝다고 말할 수는 없지 않겠는가?"라고 반박했다. 그런데 내 말이 채 끝나기도 전에 가마우지 두서너 쌍이 날아가고 있는 모습이 보였다. 나도 약간 의심이 되면서 정말로 육지가 가까워진 것이 아닌가 하는 생각이 들기 시작했다. 이윽고 한낮이 되어 남쪽을 바라보니, 구름이 뭉게뭉게 피어오르고 산의 형태가 희미하게 비치는 것 같았다.

갈매기는 먹성이 좋기로 유명하다. 항구나 해안의 폐기물, 강가에 버려진 생선 찌꺼기, 모랫벌의 갯지렁이, 해초와 같은 식물성 먹이를 마다하지 않을 뿐만 아니라 다른 새들의 알이나 새끼를 훔쳐 먹는 데도 경지에 이르렀다. 때로는 내륙으로 날아가 농경지의 작물에 모이는 벌레나 메뚜기 등을 잡아먹기도 한다. 1847년 북아메리카 솔트레이크호 부근의 백인 정착지에 메뚜기의 대군이 습격해온 일이 있었다. 애써 가꾼 밀밭이 한순간에 사라지고 말 위기일발의 순간이었다. 이때 밀밭을 구한 것은 다름 아닌 갈매기 떼였다. 인근 호수에 사는 캘리포니아갈매기 떼가 메뚜기 떼를 며칠 사이에 모조리 잡아먹어 버렸던 것이다. 그 후 이 지역 사람들은 갈매기의 업적을 기려 기념비를 세우기까지 했다고 한다.

그러나 뭐니뭐니 해도 갈매기가 가장 좋아하는 먹이는 역시 물고기다. 언제나 하늘을 맴돌면서 인간의 몇 배에 이를 만큼 뛰어난 시력으로 물고기 떼가 있는 곳을 정확하게 찾아낸다. '갈매기 떼 있는 곳에 고기 떼 있다'라는 속담이 말해주듯 어부들은 오래 전부터 갈매기를 어군탐지기로 활용해 왔다. 갈매기 떼가 노니는 곳에 그물을 치면 어김없이 만선의 기쁨을 누릴 수 있었다.* 일본의 어부들도 물고기 떼 위에 갈매기나 물새들이 엄청난 무리를 이루고 있는 것을 '새의 산(鳥山:とりやま)'이라고 부르며 낚시나 그물질의 지표로 삼았다고 한다.

ⓒ 김현태

◉ **먹성 좋은 갈매기** 갈매기는 먹성이 좋기로 유명하다. 항구나 해안의 폐기물, 강가에 버려진 해산동물, 모랫벌의 갯지렁이, 해초와 같은 식물성 먹이를 마다하지 않을 뿐만 아니라 다른 새들의 알이나 새끼를 훔쳐 먹는 데도 경지에 이르렀다.

* 갈매기의 입장에서도 그리 손해 보는 장사는 아니다. 그물을 끌어올리다 보면 상처를 입거나 죽는 물고기가 생기기 마련인데, 이런 것들은 대부분 갈매기의 차지가 된다.

고인돌 앞에서

사리행 버스의 출발시간은 12시였다. 시간이 많이 남아 배낭기미 해수욕장까지 둘러보고 오기로 했다. 첫 번째 고갯마루에 오르자 길 오른편으로 고인돌* 한 무리가 나타났다. 아득한 옛날 이 땅에 살았던 선조들의 흔적이다.** 고인돌을 세우기 위해서는 많은 노동력이 필요하다. 흑산도에 고인돌이 존재한다는 것은 이곳에 제법 큰 규모의 공동체 사회가 있었다는 사실을 암시한다. 바다가 바라보이는 이 언덕에 고인돌을 세운 사람들은 과연 누구였을까?

고인돌의 유래에 대해서는 갖가지 이론들이 많다. 요동 등을 거쳐 북방에서 전래되었다는 북방전래설, 인도나 동남아 등지에서 벼농사 기술과 함께 바다를 통해 전래되었다는 남방전래설, 우리 나라가 세계 최대의 고인돌 보유국이라는 점에 주목한 자연발생설 등 여러 가지 가설들이 결론을 맺지 못한 채 대립하고 있다. 나는 이 중에서 남방전래설을 주목하고 싶다. 고인돌의 분포를 살펴보면 유라시아에서부터 인도 남부, 수마트라, 자바, 대만까

* 관광안내서에는 하나같이 지석묘支石墓라고 표기되어 있지만 역시 고인돌이란 이름이 더욱 정감 있게 들린다. 돌을 괴어 놓았다는 뜻의 고인돌. 예스럽기도 하고 귀엽기도 하다.

** 고인돌은 유럽, 동남아시아, 중국, 일본 등 세계 곳곳에서 발견된다. 그러나 그 규모나 수, 다양성 면에서 우리 나라의 고인돌은 단연 최고 수준이다. 전국 각지에 흩어져 있는 고인돌의 수는 어림잡아 35,000여 기에 이르는데, 이는 전 세계에 있는 고인돌 수의 40%에 해당한다.

지 띠처럼 이어져 있다는 사실을 알 수 있다. 그런데 고인돌이 가장 많은 우리 나라의 서해안 지방이 바로 그 연장선상에 위치하고 있다. 남한강 일대의 고인돌에서는 인도인과 유사한 형태의 유골이 발견되기도 했다. 농경문화와의 관련성도 예사롭지 않다. 고인돌의 대부분은 하천 가까이에 물길의 흐름을 따라 세워져 있으며, 논농사가 가능한 평야지대에 집중적으로 분포하고 있다. 벼농사 재배 지역인 동남아시아와 인도에 퍼져 있는 난생설화가 한반도에도 존재하는데, 그 분포지역은 고인돌의 분포 지역과 거의 일치한다. 그러나 남방전래설이 설득력을 얻기 위해서는 한 가지 꼭 해결되어야 할 문제가 있다. 변변한 기술조차 없던 선사시대 사람들이 어떻게 바다를 건널 수 있었을까 하는 의문이다. 몇몇 학자들은 간단한 배로도 충분히 바다를 건널 수 있다는 사실을 증명하기 위해 직접 실험에 뛰어들었다. 이들은 8,000여 년 전의 선박 유적이 발견된 남중국 절강성 해안에서 뗏목을 띄워 해류를 타고 서해안을 횡단하려는 계획을 세우고 이를 실행에 옮겼다. 놀랍게도 결과는 성공적이었다. 1997년 여름, 23일간의 긴 항해를 마치고 뗏목은 인천항에 무사히 도착했다. 옛 사람들이 일찍부터 황해를 중심으로 재화와 물산을 교류해 왔다는 사실이 증명되는 순간이었다. 또 한 가지 흥미로운 점은 탐사대가 황해 횡단항로의 중간 기착지로 선택한 곳이 바로 흑산도였다는 사실이다. 농사지을 땅이 별로 없는 흑산도에 고인돌이 세워지게 된 것도 이곳이 문화 전파의 길목에 위치하고 있었기 때문이 아닐까?

흔히 고인돌이라고 하면 커다란 권력을 가진 지배자의 존재를 상상하게

◉ **진리 고인돌** 흑산도의 고인돌은 전형적인 남방식 고인돌이다. 커다란 올림돌에 비해 받침돌은 아주 조그맣다. 북방식 고인돌은 길게 세운 받침돌 위에 거대한 판석을 올린 것으로 남방식과 확연히 구별된다.

된다. 그러나 흑산도의 고인돌은 크기가 작고 부장품도 토기 몇 조각에 불과해서 도저히 권력자의 무덤으로는 생각되지 않는다. 대체 어떻게 된 일일까? 최근 들어 고인돌이 커다란 권력을 가진 지배자의 무덤이라는 한정된 시각에 조금씩 변화가 일고 있다. 흑산도의 경우처럼 별다른 유골이나 부장품이 없는 고인돌이 발견되기 시작하면서 고인돌이 권력과 관계없는 여성이나 어린이의 무덤으로도 사용되었다는 주장, 무덤 외에 제단의 역할까지 겸하고 있었다는 주장 등이 활발하게 제시되고 있다. 어쩌면 흑산도의 고인돌도 개인의 무덤이라기보다는 공동의식을 위한 제단이나 주민들에게 정신적인 구심점으로서의 역할을 수행하던 곳이었을는지도 모르겠다는 생각이 든다. 이곳과 지형이 비슷한 배낭기미 쪽 언덕에는 서낭당이 세워져 있다. 비록 시대는 다르지만 바다를 향해 뭔가를 기원하는 곳이라는 점에서 묘한 동질감이 느껴진다.

진리로 넘어가는 고갯길은 좋은 산책로였다. 왼쪽 칠락산 기슭에서는 솔숲 사이로 시원한 산들바람이 불어오고 오른쪽 해변에 우거진 동백나무숲에서는 동백꽃이 불긋불긋하게 봉오리를 터뜨리려 한다. 갑자기 길 아래쪽에서 뭔가 퍼덕거리는 소리가 들려왔다. 흠칫하며 고개를 돌려보니 말똥가리 한 마리가 멧비둘기를 채어가고 있었다. 제가 더 놀랐는지 몇 번 퍼덕거리다 그만 다 잡은 먹이를 떨어뜨리고 만다. 일단은 몸을 피하고 보는 것이 상책이라고 생각했던 모양이다. 녀석은 맞은 편 나뭇가지 위에 올라앉아 이쪽을 빤히 노려보았다. 먹이가 앞에

◉ **천주교 흑산교회** 고갯마루에는 천주교 흑산교회가 자리잡고 있었다.

있는데 웬 이상한 놈이 버티고 섰으니 미칠 지경일 것이다. 한참을 걸어 나가 자리를 피해주었는데도 녀석은 내려올 생각을 않는다. 괜히 미안한 생각이 들었다. 고갯마루에는 천주교 흑산교회가 자리잡고 있었다. 신부님을 만나볼 요량으로 이리저리 서성거렸지만 개만 짖어댈 뿐 인기척이 없어 발길을 돌려야 했다.

반지락과 떡조개

진리에 들어서자마자 흑산면사무소를 찾았다. 면사무소 뒷편이 옛 흑산진지터라는 얘기를 들었기 때문이었다. 지방의 관공서는 옛 진지나 관청자리에 그대로 들어서는 경우가 많다. 땅이란 것은 일단 어떤 역사를 갖게 되면 대단한 생명력을 지닌다. 관광을 담당하는 이를 찾았는데 진지터에 대해서는 알지 못한다고 했다. 그러면서 행정상의 고충을 늘어놓는다. 얘기를 듣고 보니 이해할 만도 했다. 예산은 얼마 배정되지 않고 담당실무자의 교체가 잦다보니 자료의 축적이 쉽지 않다는 것이다. 외부용역을 맡겨 봐도 큰 성과는 없다고 했다. 차라리 고장에 흩어져 있는 노인들이나 향토사학자들에게 일을 맡기고 자체적으로 자료를 수집 · 정리해 나간다면 보다 효율적인 작업이 되지 않을까 생각해본다. 면사무소 뒤쪽은 주민들을 위한 공원으로 개발되어 있었다. 예전 같으면 접근하기조차 꺼려지던 관청이

◉ 흑산면사무소 진리에 들어서자마자 흑산면사무소를 찾았다. 면사무소 뒷편이 옛 흑산진지터라는 얘기를 들었기 때문이었다. 면사무소 뒤쪽은 주민들을 위한 공원으로 개발되어 있었다. 예전 같으면 접근하기조차 꺼려지던 관청이 이제는 주민의 심부름꾼 역할을 자청하고 있다. 바람직한 변화다.

이제는 주민의 심부름꾼 역할을 자청하고 있다. 바람직한 변화다.

마을 앞 해변에는 갈매기들이 잔뜩 모여 있었다. 무리 중에 이상한 놈이 한 마리 섞여 있어 쌍안경으로 살펴보니 귀한 철새 아비였다. 어쩌다 혼자만 갈매기 틈에 끼어 있게 된 모양이다. 그런데 녀석은 전혀 어색해하는 기색이 없다. 주변에 동료가 있는 것일까? 둑 밑으로 내려가 보니 여러 가지 해초가 모래사장 위로 밀려 있었다. 다시마와 거머리말 더미를 넘어가자 누가 가지런히 배열해 놓기라도 한 듯 반지락, 떡조개, 꼬막, 우럭, 비단가리비, 전복, 홍합, 댕가리, 큰구슬우렁이, 보말고둥, 갈색띠매물고둥, 비단고둥, 맵사리, 구멍삿갓조개 등 갖가지 조개 껍질들이 띠 모양으로 늘어서 있었다. 파도의 장난이었다.

모래밭에 흩어진 조개껍질 중에서도 가장 많은 수를 차지하고 있었던 것은 정약전이 살이 푸짐하고 맛이 좋다고 표현한 포문합, 즉 반지락의 껍질이었다.

[포문합布紋蛤 속명 반질악盤質岳]

큰 놈은 지름이 두 치 정도이다. 껍질이 매우 엷으며 가로 세로로 미세한 무늬가 나 있어 세포細布*와 비슷하다. 양쪽 볼〔頰〕이 다른 것에 비해 볼록 튀어나와 있으므로 살이 푸짐하다. 껍질의 색깔은 흰 것도 있고 검푸른 것도 있다. 맛이 좋다.

반지락은 백합과에 속하는 조개로 우리 나라 거의 전 해안의 간석지에 서

* 올이 고운 삼베나 무명

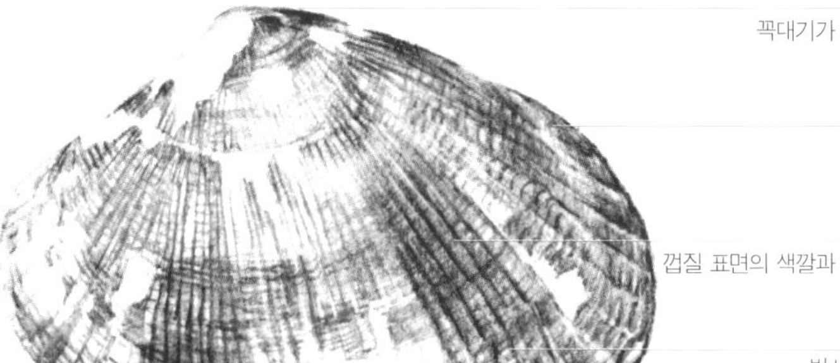

식하며, 곳에 따라 바지락이라고 불리기도 한다. 형태상의 특징은 정약전이 말한 것과 정확하게 일치한다. 껍질은 길이 4~5센티미터의 타원형이며 양면이 볼록하게 튀어나와 있다. 껍질의 표면에는 방사상으로 퍼져 나온 홈과 가로로 나 있는 성장맥이 교차하여 그물무늬를 이루는데, 정약전은 이를 '세포' 무늬라고 표현했다. 연갈색이나 회색인 것이 대부분이지만 무늬와 색채에는 변이가 많다. 껍질 안쪽은 흰색 또는 연한 황색으로 예쁘다.

반지락은 어디를 가나 쉽게 구할 수 있는 조개지만 그 맛과 영양은 어느 조개보다도 뛰어나다. 가을에서 겨울까지 맛이 가장 좋고, 늦봄부터 초여름까지의 번식기에는 중독의 위험이 있으므로 먹을 때 조심해야 한다. 반지락은 갯벌에서 살아가기 때문에 껍질 속에 모래나 뻘이 많다. 때문에 잡자마자 바로 먹기보다는 하룻밤쯤 물에 담가 두어 스스로 이물질을 뱉어내도록

◉ **반지락** *Ruditapes philippinarum* (A. Adams & Reeve)
◉ **반지락의 다양한 무늬** 껍질의 표면에는 방사상으로 퍼져 나온 홈과 가로로 나 있는 성장맥이 교차하여 그물무늬를 이루는데, 정약전은 이를 '세포' 무늬라고 표현했다. 연갈색이나 회색인 것이 대부분이지만 무늬와 색채에는 변이가 많다.

한 뒤에 먹는 것이 좋다. 토사를 제거한 반지락을 석쇠 위에 올려놓고 잠시만 기다리면 곧 구수한 냄새를 풍기면서 입을 쩍쩍 벌린다. 호호 불어가며 살을 발라먹는 재미는 겪어보지 않은 사람은 모를 것이다.

반지락은 어떤 음식에 들어가더라도 맛을 돋운다. 직장가 주변에는 반지락 칼국수집들이 성업중이며 반지락전은 술안주로 제격이다. 때로는 반지락으로 젓갈을 담그기도 한다. 작은 반지락을 소금에 절여서 만든 젓갈은 감칠맛이 일품이다. 싱겁게 담그면 일 주일 정도면 먹을 수 있고, 짜게 담가 놓으면 숙성하기까지 시간은 좀 걸리지만 1~2년까지도 두고두고 먹을 수 있다. 오래된 조개젓은 조갯살의 형체가 녹아 조청처럼 변하면서 독특한 맛을 내게 되는데, 국내 최대의 반지락 산지 선재도에서는 이를 '녹젓'이라 부르며 웃어른이나 귀한 손님상에만 올렸다고 한다.

우리 선조들은 예로부터 미역국, 된장국 등 국물의 맛을 낼 때 반지락을 약방의 감초처럼 이용해 왔다. 반지락 자체가 국의 주재료가 되기도 했다. 『시의전서是議全書』에서는 물에 간장을 치고 모시조개를 넣어 끓인 요리를 소개하며 이를 와각탕蝸角湯이라고 불렀는데, 이 와각탕이 바로 반지락을 넣어서 만든 국으로 생각된다.* 선재도 사람들은 지금도 반지락탕을 와각탕이라고 부르며 즐겨 먹고 있다.**

떡조개의 껍질도 많이 보였다. 조그만 것에서부터 지름이 10센티미터에 이르는 것까지 곳곳에 흩어져 모래밭을 흰색으로 수놓고 있었다. 떡조개는 아마 하얗고 둥글넓적한 모양이 떡처럼 보인다고 해서 붙여진 이름인 듯하

* 모시조개는 반지락의 다른 이름이기도 하다.

** 와각탕은 반지락을 삶을 때 껍질끼리 부딪쳐 와각와각 소리를 낸다는 데서 유래한 이름이다. 반지락을 지역에 따라 바스레기, 바스락, 바지락이라고 부르기도 하는데, 이러한 이름들도 껍질이 부딪치는 소리를 흉내낸 의성어에서 유래한 것일 가능성이 있다.

다. 지역에 따라서는 떡조개를 빗죽이, 마당조개라고 부르기도 하며, 나박조개라고 부르는 곳도 적지 않다. 나박은 나복蘿葍이란 한자어에서 기원한 말로 채소인 무를 가리킨다. 무를 가로로 썰어놓으면 희고 넓적한 것이 꼭 떡조개와 같은 모습이 된다. 신지도의 송문석 씨도 떡조개를 나박이라고 불렀다. 그리고 이와 똑같은 이름이 『현산어보』에도 등장한다.

[세합細蛤 속명 나박합羅朴蛤 —북쪽사람들은 모시합毛枲蛤이라고 부른다.]

큰 놈은 지름이 3~4치 정도이다. 껍질에는 얇고 가는 가로무늬가 빽빽하게 깔려 있다. 빛깔은 청흑색이지만 바래면 희게 변한다.

◉ 떡조개 *Dosinorbis* (*Phacosoma*) *japonicus* (Reeve)
◉ 떡조개 껍질 떡조개의 껍질도 많이 보였다. 조그만 것에서부터 지름이 10센티미터에 이르는 것까지 곳곳에 흩어져 모래밭을 흰색으로 수놓고 있었다.

크기와 무늬가 비슷하고 흑산도에서 많이 나기까지 하니 떡조개가 세합일 가능성은 매우 높다고 할 수 있다. 그런데 껍질이 얇다고 한 것이 문제가 된다. 떡조개의 껍질은 두껍고 단단하기 때문이다. 또한 빛깔이 청흑색이라고 한 것도 떡조개에는 어울리지 않는 표현이다. 떡조개는 흰조개라는 별명을 가질 정도로 껍질 표면이 새하얀 우윳빛을 띤다. 나박조개라는 이름을 보면 흰색이 분명한 듯한데 알 수 없는 일이다. 세합이 가무락조개나 동죽 같은 전혀 다른 종일 가능성도 생각해 봐야 할 것 같다.

소라와 꾸죽

사람들 대여섯이 모여 가두리 조립공사를 하고 있었다. 예전에는 목재로 가두리를 만들었지만 요즘에는 합성수지를 사용해서 간단히 조립하는 경우가 많아졌다. 꽤 높은 수익을 올릴 수 있기 때문에 흑산도에서도 이제 물 잔잔한 포구마다 가두리가 들어차 있는 것이 일반적인 풍경이 되었다. 가두리 앞쪽에서 소라껍질을 하나 주웠다. 뿔이 잘 발달한 놈이었다. 『현산어보』에도 소라로 생각되는 종이 등장한다.

[해리海螺]

큰 놈은 껍질의 높이와 너비가 각각 4~5치 정도이다. 껍질 표면에는 잔 돌기가 나 있어 모양이 마치 오이껍질처럼 보인다. 돌기는 골언덕을 따라 꼬리부터 머리까지 일정한 간격으로 늘어서 있다. 껍질은 황흑색이다. 껍질 안쪽은 적황색이며, 매끄럽고 광택이 있다. 맛이 전복처럼 달아 데쳐 먹어도 좋고, 구워 먹어도 좋다.

◉ **뿔이 발달한 소라** 가두리 앞쪽에서 소라껍질을 하나 주웠다. 뿔이 잘 발달한 놈이었다.

이청의 주 『본초도경』에서는 "해라는 곧 유리流螺이며 염厴은 갑향甲香이다"라고 했으며, 『교주기交州記』에는 가저라假猪螺라고 기록되어 있다. 이것이 곧 해라이다.

해라의 크기나 대략적인 형태는 소라와 유사하다. 옛 문헌들에서도 보통 해라를 소라로 해석하고 있다. 그러나 본문에는 해라를 소라로 보기 힘들게 하는 조건들이 몇 가지 나온다. 우선 정약전은 해라의 껍질 표면에 잔 돌기가 나 있다고 했다. 소라의 껍질에도 돌기가 있긴 하지만 길고 날카롭게 돋아 있어서 잔 돌기라고 부르기에는 무리가 따른다. 물론 반론을 제기할 수도 있다. 소라는 사는 곳에 따라 모양이 조금씩 달라진다. 일반적으로 외양의 파도가 심한 곳에서 서식하는 소라는 뿔이 잘 발달해 있고, 내만의 파도가 약한 곳에 서식하는 종류는 뿔이 퇴화하는 경향이 있다. 정약전이 본 개체가 파도가 없는 곳에 사는 종이었다고 가정하면 소라의 돌기가 작은 이유를 간단히 설명할 수 있다. 그러나 흑산도에서 뿔이 잘 발달한 소라가 많이 난다는 점을 생각해 볼 때 이러한 가정이 얼마나 현실성을 가질지는 의문이다. 또 한 가지 문제는 껍질 안쪽의 빛깔이다. 정약전은 해라껍질의 안쪽을 적황색이라고 밝혔지만 소라껍질의 안쪽은 적황색이 아니라 흰색을 띠고 있다.* 역시 해라와 소라는 별개의 종으로 보는 편이 옳을 듯하다. 그렇다면 과연 해라의 정체는 무엇일까?

학계에서는 소라가 정확히 한 종류를 가리키는 이름이지만 일반인들의 생각은 전혀 그렇지 않은 것 같다. 박도

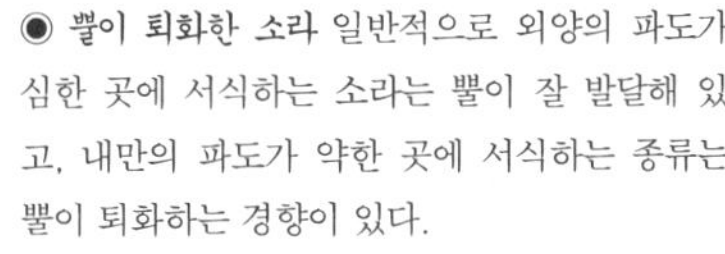

◉ **뿔이 퇴화한 소라** 일반적으로 외양의 파도가 심한 곳에 서식하는 소라는 뿔이 잘 발달해 있고, 내만의 파도가 약한 곳에 서식하는 종류는 뿔이 퇴화하는 경향이 있다.

* 지금의 분류학자들도 고둥류를 나눌 때 껍질 안쪽의 빛깔을 중요한 기준으로 삼는다.

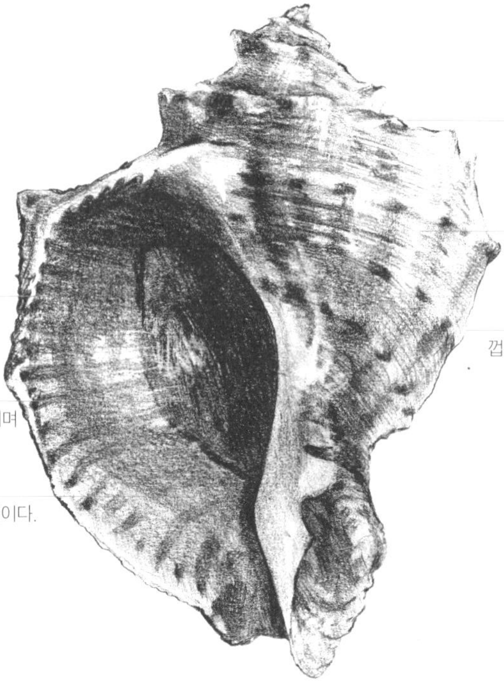

작은 돌기가 나선 모양으로 늘어서 있다.
황갈색 바탕에 암적색 무늬가 흩어져 있다.
입구가 매우 크다.
껍질은 매우 두껍고 단단하다.
뚜껑은 반달 모양이며 가죽질이다.
껍질 안쪽이 적황색이다.

순 씨는 피뿔고둥, 갈색띠매물고둥, 나팔고둥 등 아래위가 뾰족한 형태로 생긴 대형종들을 모두 소라, 또는 호랑으로 분류하고 있었다.

"호랑. 호랑이라 그라제. 호랑을 보고 소라라 그러기도 하고."

서해안에서는 일반적으로 피뿔고둥을 소라라고 부른다. 목포항 앞의 어시장에서 피뿔고둥을 소라라고 파는 할머니를 만난 일이 있다. 제주도에서는 피뿔고둥을 소라, 원조 소라는 따로 뿔소라라고 부른다. 정약전이 본 해

◉ **피뿔고둥** *Rapana venosa* (Valenciennes)
◉ **갈색띠매물고둥** 박도순 씨는 피뿔고둥, 갈색띠매물고둥, 나팔고둥 등 아래위가 뾰족한 형태로 생긴 대형종들을 모두 소라, 또는 호랑으로 분류하고 있었다.

껍질 표면은 갈색 또는 녹갈색을 띠며, 거칠고 광택이 없다.

관 모양의 뿔이 발달해 있다.

껍질 안쪽이 흰색이다.

뚜껑은 단단한 석회질이며
날카로운 가시로 덮여 있다.

라는 바로 이 피뿔고둥이었던 것 같다. 피뿔고둥은 서해에서 가장 흔한 고둥 중의 하나며, 흑산도에도 많이 서식한다. 형태적인 특징도 정약전이 말한 내용과 정확히 일치한다. 껍질 표면에는 오이껍질처럼 잔 돌기가 돋아 있으며, 껍질 안쪽의 빛깔도 흰색이 아니라 선명한 적황색이다.

패류양식업자들은 피뿔고둥을 매우 싫어한다. 피뿔고둥은 다른 패류들을 습격하여 껍질에 구멍을 내고 잡아먹는 대표적인 해적생물이기 때문이다.

◉ **소라** *Batillus cornutus* (Lightfoot)

◉ **피뿔고둥** 피뿔고둥은 서해에서 가장 흔한 고둥 중의 하나며, 흑산도에도 많이 서식한다. 형태적인 특징도 정약전이 말한 내용과 정확히 일치한다. 껍질 표면에는 오이껍질처럼 잔 돌기가 돋아 있으며, 껍질 안쪽의 빛깔도 흰색이 아니라 선명한 적황색이다.

그러나 일반인들에게는 피뿔고둥이 좋은 음식일 뿐이다. 정약전은 데치거나 구워서 먹는다고 했지만 피뿔고둥은 날로 먹어도, 죽을 끓여 먹어도 뛰어난 맛을 낸다. 때로는 피뿔고둥으로 젓갈을 담그기도 한다. 날고둥의 상큼한 향과 발효음식 특유의 감칠맛이 더해지면 보기만 해도 입맛을 돋우는 최고의 찬거리가 된다.

그런데 피뿔고둥을 소라라고 부른다면 진짜 소라는 뭐라고 불러야 할까? 박도순 씨는 이에 대한 답을 들려주었다.

"매물고둥, 피뿔고둥 이런 게 다 소라네요. 뿔 달린 건 못 봤어라. 뿔 달린 건 꾸죽이라 그라지라. 흑산에는 잘 안 나고 가거도나 조도 같은 데 많어라. 수온이 좀 더 따뜻한 곳에 많은데 흑산은 수온이 좀 낮지라. 보통 수심 7~8미터 정도에 사는 것을 해녀들이 손으로 잡아요."

박도순 씨가 말한 꾸죽은 『현산어보』에서도 등장하는 이름이다.

[검성리劍城蠡 속명 구죽仇竹]

큰 놈은 껍질의 높이와 너비가 각각 대여섯 치 정도이다. 구멍 바깥의 나선골이 끝나는 곳에서는 가장자리가 입구 주위를 둘러싸며 성과 같은 구조를 이루는데, 그 끝이 칼날처럼 날카롭다. 구멍 입구에서 바로 하나의 나선골이 시작된다. 안쪽 골언덕〔溝岸〕*은 점점 뾰족해져서 뿔처럼 되는데, 뿔의 끝 역시 날카롭다. 바깥쪽의 골언덕도 모두 높이 솟아 있다. 이것을 잘 갈고 다듬어 술그릇이나 등기燈器를 만든다.

* [원주] 골언덕에는 안팎이 있다.

크기나 형태로 보아 검성라가 소라라는 사실에는 의심의 여지가 없다. 소라의 껍질은 대개 높이 10센티미터, 너비 약 8센티미터에 이르는데, 이는 정약전이 말한 대여섯 치에 근접하는 수치다. 소라의 가장 큰 특징인 뿔 역시 세부적인 형태는 물론 돋아 있는 위치까지 정확하게 묘사하고 있다.

소라는 대형의 복족류로 서해안 남부에서부터 동해의 영일만까지 난류의 영향을 받는 해역에서 많이 나며, 조간대에서 수심 10미터 내외의 바위 부근에서 주로 서식한다. 껍질은 두껍고 견고하며 바깥쪽은 녹갈색, 안쪽은 흰색을 띤다. 표면에는 부착생물이 붙어 있는 경우가 많아 물 속에 있으면 눈에 잘 띄지 않는다. 같은 이름으로 불려 혼동하기 쉽지만 피뿔고둥과 소라는 다른 점이 꽤 많다. 우선 피뿔고둥의 껍질 안쪽이 적황색을 띠는 데 반해 소라껍질의 안쪽은 하얀 진줏빛을 띤다. 또한 피뿔고둥의 입구 주변이 뭉툭하게 무디어 있는 반면 소라껍질의 입구는 날카롭게 날이 서 있다. 검성라라는 이름도 이 때문에 붙여진 것이다. 고둥의 입구를 막고 있는 뚜껑의 형태도 전혀 다르다. 피뿔고둥의 뚜껑은 얇은 가죽질로 되어 있는 데 비해 소라의 뚜껑은 두꺼운 석회질로 되어 있고, 바깥쪽 표면에는 작은 가시가 빽빽하게 돋아 있다. 피뿔고둥이 다른 패류를 잡아먹고 사는 육식성 패류인 데 반해 소라는 갈조류를 뜯어먹고 사는 초식성 패류라는 사실도 두 종류의 중요한 차이점으로 들 수 있겠다.

소라는 전복과 함께 해녀들이 가장 많이 채취하는 해산물 중의 하나다.

◉ **소라의 뚜껑** 피뿔고둥의 뚜껑은 얇은 가죽질로 되어 있는 데 비해 소라의 뚜껑은 두꺼운 석회질로 되어 있고, 바깥쪽 표면에는 작은 가시가 빽빽하게 돋아 있다.

약간 쌉쌀한 맛이 독특한데, 삶아서 술안주로 써도 좋고 살짝 데쳐서 양념에 무쳐 먹거나 젓갈을 담가 먹어도 좋다. 살을 빼먹고 남은 껍질도 쓰임새가 많다. 소라껍질은 그 자체만으로도 훌륭한 장식품이 되며, 정약전이 말한 것처럼 잘 갈아서 술그릇이나 등기로 쓰거나 자개 · 단추 · 기념패 등으로 가공하기도 한다. 박도순 씨는 소라껍질로 만든 '조구' 이야기를 들려주었다.

"꾸죽 껍데기를 조구로 쓰곤 했제. 조구는 등잔기름 붓는 데 쓰이는데… 그래 깔때기 비슷한 거여. 옛날엔 전기가 안 들어와서 다들 어유를 썼어라. 상어기름 말이여. 상어 뱃속에서 기름덩어리를 꺼내 철솥에 넣고 푹 삶으면 기름이 떠. 그 기름을 접시에 담을 때 이 꾸죽으로 만든 조구를 써요."

전설의 고향

모래사장이 끝나는 곳 선착장 뒤쪽에 서 있는 산이 진리의 당산이다. 당산을 오른쪽에 끼고 고갯길을 오르다 보면 길 한편에 서낭당이 있다는 표지판이 나타난다. 어두컴컴한 숲속으로 들어서자 나지막한 담장을 두른 기와집 한 채가 모습을 드러냈다. 서낭당이었다. 진리 서낭당은 흑산도의 본당으로 매년 정월 초 마을의 안정과 풍요를 기원하는 제사를 지내는 곳이다. 전광용의 〈흑산도〉에 나오는 용왕제 장면과 눈앞의 풍경을 가만히 겹쳐본다.

평나무 누릭나무 재빼나무가 우거진 속 용왕당이 버티고 서 있는 당산 기슭에 감아붙어 갯밭에 오금을 고이고 조개껍질처럼 닥지닥지 조아붙은 마을 한 기슭으로 뒷주봉 나왕산 골짜기에 꼬리를 문 개울이 밀물을 함빡 삼켰다가 썰물에 구렁이처럼 갯벌로 꿈틀거리고 흘러내리는 것이 희미한 달빛에 비늘처럼 부서진다. 갯가에서는 마을 장정들의

◉ **진리 서낭당** 어두컴컴한 숲속으로 들어서자 나지막한 담장을 두른 기와집 한 채가 모습을 드러냈다. 서낭당이었다.

흥겨운 노랫소리가 꽹과리, 장구소리에 섞여 당산까지 울렸다가는 숨죽은 듯 고요한 바다 위로 다시 퍼져 흩어진다.

진리의 당제는 예로부터 성대한 규모로 이름이 높았지만, 이제는 제사를 주관할 제관조차 구하기 힘들 정도로 근근이 명맥만 유지하고 있는 형편이다.* 교회나 성당 등의 외래 종교가 들어오면서 이러한 경향은 더욱 심해졌다. 그나마 당제를 챙겨오던 마을 노인들마저 세상을 떠나고 나면 진리 당제는 역사 속의 기록으로만 남게 될 것이다. 전통은 세월에 따라 변하기 마련이다. 당제의 절차가 지금의 현실에 맞지 않는다는 것도 사실이다. 그러나 오래 전부터 내려오던 민속 전통들이 하나둘 사라져 화석문화가 되어 가는 모습에 왠지 씁쓸한 느낌이 드는 것은 피할 수 없다. 전통문화를 잘 가꾸어 주민들을 화합시키고 관광객을 유치하는 외국 관광지의 사례들이 부럽기만 하다.

서낭당에는 당각시와 피리 부는 소년에 대한 전설이 깃들어 있다.

먼 옛날 옹기 배 한 척이 진리에 정박했는데, 선원들 중에 취사와 잔심부름을 하는 젊은 총각 한 사람이 끼어 있었다. 선원들이 옹기그릇을 팔러 마을에 들어갈 때마다 총각은 당 마당의 늙은 소나무 위에 올라가 피리를 불었다. 그런데 가져온 옹기를 다 판 뒤 마을을 떠나려 할 때의 일이었다. 갑자기 역풍이 불어닥쳐 도저히 배를 띄울 수가 없었다. 이상한 것

* 제관이 되기 위한 절차는 매우 까다롭다. 당제 무렵에 개고기를 먹어서도 안 되고, 가족 중 누군가가 임신 · 출산 · 월경을 해서도 안 되며, 집안에 상이 있어도 안 된다. 일단 당에 올라간 후에는 대변 후에 냉수로 목욕하고 옷을 갈아입어야 하며, 소변 후에는 세수를 하고 손을 씻어야 한다. 한겨울에도 이런 불편을 감수해야 하니 선뜻 제관으로 나서겠다는 사람이 나타날 리 없다.

은 총각이 소나무에 올라가 피리를 불면 거짓말처럼 바람이 멈춰버린다는 사실이었다. 이런 일이 여러 차례 되풀이되자 사공들은 점을 쳐보기로 결정했고, 그 결과 총각의 피리소리에 반한 당각시가 그를 붙잡아두기 위해 바람을 일으키고 있는 것이라는 점괘가 나왔다. 사공들은 총각에게 거짓 심부름을 시켜 배에서 내리게 한 다음 자기들끼리 서둘러 출항해 버렸다. 돌아와서 배가 없어진 것을 알게 된 총각은 소나무 위에 올라가 며칠간 미친 듯이 피리를 불어대다가 기진맥진해서 떨어져 죽고 말았다. 마을 사람들은 총각이 숨진 자리에 시신을 묻고, 당 안에는 화상을 걸어 그의 넋을 위로해 주었다.

지나친 집착은 상처만을 남긴다는 교훈일까? 뱃사람으로서 외딴섬에 남겨질지도 모른다는 두려움을 표현한 것일까? 서낭당을 세운 사람이 정약전과 관련이 깊은 번암 채제공이었다는 전설도 전해온다. 그러나 채제공은 흑산도로 귀양온 사실이 없으므로 이는 후대에 만들어진 엉터리 전설임이 분명하다.

서낭당은 내게도 추억이 어린 곳이다. 예전에 흑산도를 찾았을 땐 거의 무전여행에 가까웠다. 교통비 외에는 거의 여유가 없었기에 온갖 수단을 다 써서 돈을 아껴야 했다. 심지어 먹는 것도 낚시나 갯것에 의존했을 정도였다. 배낭기미 해수욕장에서 수영을 하며 낮 시간을 보냈는데 밤이 되자 잠잘 곳이 마땅찮았다. 대둔도에서 노숙을 하다가 워낙 모기 떼의 극성에 시달렸던 터라 지붕 없는 집에서는 잘 엄두가 나지 않았다. 그래서 하는 수 없이 찾아든 곳이 바로 이곳 서낭당이었다. 지금은 깨끗하게 단장해놓았지만 당시에는 상황이 전혀 달랐다. 아무도 손을 보지 않아 담장은 허물어지고 문짝도 바닥에 아무렇게나 나뒹굴고 있었다. 서낭당에 들어가서 문을 대충 끼워 맞추고 신문지로 틈을 막은 후 모기향을 잔뜩 피워놓고 잠자리에 들었다. 당각시의 보살핌 덕인지 모처럼 모기에 시달리지 않고 편안한 숙면을 취할 수 있었다.

서낭당 주변에는 짙푸른 상록수림이 볕이 들지 않을 정도로 우거져 있었다. 땅바닥에는 자금우, 도깨비고비, 석위 등이 융단처럼 깔려 있었다. 당산림이기에 잘 보존될 수 있었던 것이리라. 숲 한구석에 귀신을 불러들인다는 초령목招靈木이 서 있었다. 초령목은 나뭇가지를 부처님전에 공양하면 영을 부른다는 속설 때문에 붙여진 이름이다. 사람들은 이 나무를 귀신나무라고 부르기도 한다. 초령목의 짙은 향기를 맡아보고 싶었지만 때늦은 욕심이었다. 초령목은 이미 말라죽어 박제가 된 지 오래였다. 단지 '천연기념물 369호. 수명 304년, 수고 20미터, 나무둘레 2.3미터, 82년 12월 3일 지정'이라는 표지판만이 덩그러니 서 있고 말라죽은 모습마저도 다른 나무 그늘에 묻혀 잘 보이지 않았다.

◉ **초령목** 초령목의 짙은 향기를 맡아보고 싶었지만 때늦은 욕심이었다. 초령목은 이미 말라죽어 박제가 된 지 오래였다.

밤게의 비밀

고개를 넘어서자 배낭기미 해수욕장이 나타났다. 배낭기미는 옛날에 배를 대던 곳이라고 해서 붙여진 이름이다. 해변에서 휴식을 취하고 있던 청둥오리 세 마리가 놀란 듯 날아올랐다. 정답게 헤엄치고 있던 아비 한 쌍도 같이 날아오른다. 해변을 따라 걷다가 재미있는 것을 발견했다. 집게발의 길이만 해도 20센티미터는 족히 넘을 것 같은 초대형 뿔물맞이게 한 마리가 물가에 떠밀려 있었다.* 뿔물맞이게는 바위가 많은 해안의 해조류 사이에서 흔히 볼 수 있는 종류로 거미처럼 생긴 독특한 모습을 하고 있다. 이 게는 몸 곳곳에 나 있는 갈고리 모양의 털 사이에 스스로 해조류를 꽂아 넣어 자신을 위장하는 것으로도 유명하다. 언젠가 뿔물맞이게의 몸에 꽂혀 있는 해조류를 몽땅 뽑아버리고 어떻게 행동하는지를 관찰한 적이 있다. 지켜볼 때는 가만히 있더니 잠시 자리를 비웠다 돌아온 사이에 녀석은 이미 해조류를 몸에다 덕지덕지 붙여놓고는 투명인간이라도 된 듯 느긋하게 먹이를 집어먹고 있었다.** 보통 게들처럼 옆으로 움

◉ **긴집게발게** 해변을 따라 걷다가 재미있는 것을 발견했다. 집게발의 길이만 해도 20센티미터는 족히 넘을 것 같은 초대형 뿔물맞이게 한 마리가 물가에 떠밀려 있었다.

* 후에 도감을 다시 확인해 본 결과 이 종이 뿔물맞이게가 아니라 같은 물맞이게과에 속하는 긴집게발게라는 사실을 확인할 수 있었다.

** 뿔물맞이게는 이처럼 교묘한 위장술을 가진 데다 몸빛깔이 주위의 바닷말과 비슷하고 행동조차 느릿느릿하여 웬만한 주의력이 아니고서는 찾아내기가 어렵다.

직이는 것이 아니라 앞으로 기어간다는 점도 뿔물맞이게의 특징이다.

갯벌에 대한 관심이 높아지면서 유명해진 게가 있다. 갯벌생태지도자들은 앞으로 걸어가는 게를 찾아보라고 독려하며 사람들의 흥미를 돋운다. 게란 놈이 원래 옆으로 걸어 다니는 동물이라는 관념이 워낙 뿌리 깊은 탓에 앞으로 걷는 게가 주목을 끄는 모양이다. 그런데 뜻밖에도 이들이 찾는 게는 뿔물맞이게가 아니다. 앞으로 걷는 게라고 하면 사람들은 보통 밤게를 떠올린다. 밤게는 모양이 꼭 엎어놓은 밤톨처럼 생겼으며, 가느다란 다리를 앞뒤로 움직여 뒤뚱뒤뚱 앞으로 걸어가는 습성이 있다. 흥미로운 것은 『현산어보』에도 앞으로 걸어가는 게에 대한 이야기가 나온다는 사실이다. 게다가 그 이름마저 율해, 즉 밤게라고 기록되어 있다.

[율해栗蟹 속명을 그대로 따름]

크기는 복숭아씨만 하고, 모양도 이를 반으로 쪼개 놓은 것처럼 생겼다. 뾰족한 곳이 뒤고, 넓은 쪽이 앞이다. 빛깔은 검고 등은 두꺼비와 같다. 다리는 모두 가늘고 길이는 한 자 정도이다. 양쪽 집게발은 두 자 정도이다. 입은 거미를 닮았다. 거꾸로나 옆으로는 가지 못하고 앞으로만 간다. 항상 깊은 물 속에 머문다. 맛이 밤처럼 달콤하므로 이러한 이름이 붙었다.

◉ **해조류로 몸을 위장한 뿔물맞이게** 뿔물맞이게는 바위가 많은 해안의 해조류 사이에서 흔히 볼 수 있는 종류로 거미처럼 생긴 독특한 모습을 하고 있다. 이 게는 몸 곳곳에 나 있는 갈고리 모양의 털 사이에 스스로 해조류를 꽂아 넣어 자신을 위장하는 것으로도 유명하다.

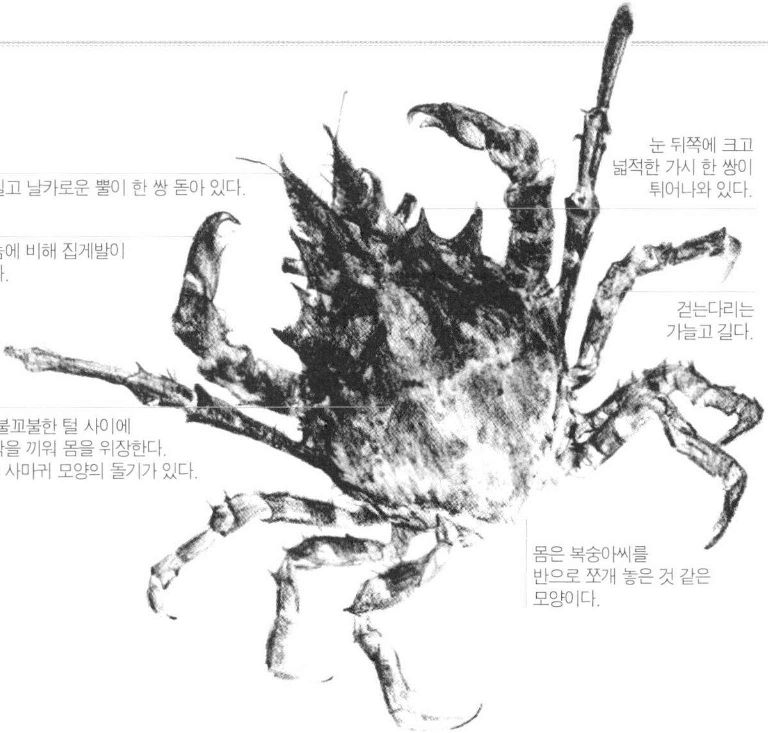

이마에는 길고 날카로운 뿔이 한 쌍 돋아 있다.

수놈은 암놈에 비해 집게발이 크고 억세다.

등에 난 꼬불꼬불한 털 사이에 해조류 조각을 끼워 몸을 위장한다. 등껍질에는 사마귀 모양의 돌기가 있다.

눈 뒤쪽에 크고 넓적한 가시 한 쌍이 튀어나와 있다.

걷는다리는 가늘고 길다.

몸은 복숭아씨를 반으로 쪼개 놓은 것 같은 모양이다.

이름이나 앞으로 걸어가는 습성은 비슷하지만 밤게를 율해로 단정하기에는 석연치 않은 점들이 있다. 정약전은 율해가 항상 깊은 물 속에 머문다고 했다. 그러나 밤게는 보통 얕은 조간대의 모래질 또는 진흙질 바닥에서 살아간다. 밤게는 빛깔도 검지 않다. 몸빛깔에 변이가 많고 때로 거무스름한 무늬를 가진 개체도 있지만 이것을 검다고까지 표현하기는 힘들다. 복숭아씨를 쪼개놓은 것 같다거나 등이 두꺼비같이 우둘투둘하다는 표현도 밤게

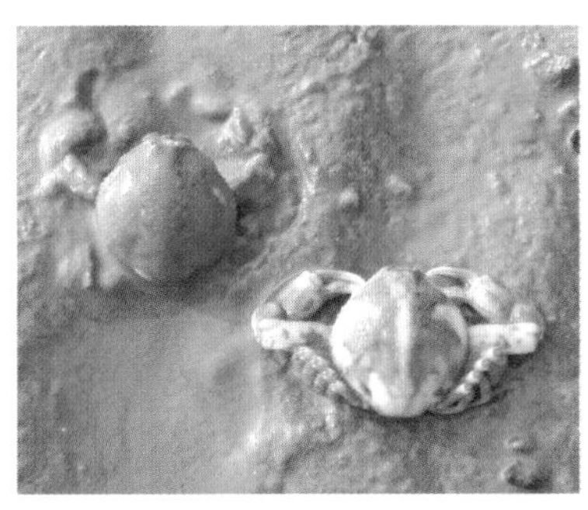

◉**뿔물맞이게** *Pugettia quadridens quadridens* (De Haan)
◉**앞으로 걷는 게** 밤게는 모양이 꼭 엎어놓은 밤톨처럼 생겼으며, 가느다란 다리를 앞뒤로 움직여 뒤뚱뒤뚱 앞으로 걸어가는 습성이 있다.

의 모습과는 어울리지 않는다. 밤게의 등껍질은 거칠다기보다는 매끈한 편이기 때문이다. 『성호사설』에도 율해에 대한 기록이 나온다. 여기에서 이익은 율해의 등에 털이 있다고 밝혔는데, 역시 밤게의 특징과는 일치하지 않는 부분이다.

밤게에게는 아쉬운 일이지만 '원조 앞으로 걸어가는 게'의 영광은 뿔물맞이게에 돌려야 할 것 같다. 밤처럼 생긴 게를 묻자 박도순 씨는 망설임 없이 톳기라고 대답했다.

"응, 톳기. 밤처럼 생긴 거 있어요. 톳밭에 있지. 몰 밭에 가면 몰기, 톳밭에 있으면 톳기라 그래요.* 삐쭉삐죽하니 가시가 많제."

해조류 사이에 살고 가시가 많다면 물맞이게류를 말하는 것이 틀림없다. 물맞이게 종류 중 우리 나라에서 가장 흔한 것은 역시 뿔물맞이게다. 박도순 씨도 사진을 보고 이를 확인해 주었다.

뿔물맞이게는 하조선 근처 혹은 이보다 더 깊은 곳의 바닷말이 많은 암초지대에 서식한다. 이는 '깊은 물 속에 머문다'라고 한 본문의 설명과 정확히 일치하는 사실이다. 또한 뿔물맞이게의 생김새는 복숭아씨를 쪼개놓은 것처럼 생겼다는 표현과 잘 어울린다. 등껍질 표면이 거칠고 울퉁불퉁하며, 사마귀 모양의 돌기가 군데군데 흩어져 있는 모습이 과연 복숭아씨를 연상케 하는 부분이 있다. 정약전이 율해의 등을 두꺼비에 비유한 것도 같은 맥락으로 볼 수 있겠다. 정약전은 율해의 다리가 가늘다고 밝혔다. 실제로 뿔물맞이게의 다리는 가늘고 긴 원통형이며,** 몸체를 지탱해낼 수 있을지 걱

* 송문석 씨는 뿔물맞이게를 우무게라고 불렀다. 톳게와 우무게 모두 해조류 사이에 서식하는 습성 때문에 붙여진 이름으로 생각된다.

** 정약전은 율해의 다리가 한 자, 집게발이 두 자라고 했는데 이는 오기임이 분명하다. 복숭아씨만 한 몸체에 40센티미터나 되는 다리를 가진 게를 상상하기란 힘들다.

정될 정도로 약해 보인다. 이렇게 가는 다리로 둥그스름한 몸체를 떠받치며 슬금슬금 걸어가는 모습은 어딘지 모르게 거미를 떠올리게 하는 바가 있다. 정약전이 율해의 겉모습을 설명하면서 거미를 들먹인 것도 아마 이런 점에 착안했기 때문이 아닐까?

정약전은 율해라는 이름을 밤처럼 맛이 달콤하다는 뜻으로 해석했다. 그렇다면 뿔물맞이게가 맛이 있다는 말인데 생긴 모습을 가만히 들여다보면 도저히 먹고 싶은 생각이 들지 않는다. 몸이 지저분한 가시와 돌기로 뒤덮여 있는 데다 등껍질이 단단해서 이빨도 안 들어갈 것 같은 느낌이다. 그러나 박도순 씨의 말은 달랐다.

"옛날에는 가시 떼버리고 껍질이 단단한데 그냥 날로 씹어 먹었지."

날로 씹어 먹을 정도라면 삶았을 때는 꽤 먹을 만할 것이다. 밤처럼 달콤하다는 정약전의 말이 사실인지 꼭 한 번 먹어봐야겠다.

다시 찾은 사리 마을

망가진 복성재

쿵짝쿵짝 트롯 음악을 울리며 사리행 버스가 출발했다. 승객이 많아서 신이 났는지 운전사는 관광버스 기사처럼 이것저것 안내하기 시작한다. "저기 저 산에 장보고가 세운 성이 있습니다. 반달처럼 생겼다고 해서 반월성이라고 하지요." "길이 좀 흔들리지요? 3년 이내에 370억 들여서 일주도로를 완공한답니다." "이 마을이 비리입니다. 저기 저 바위를 봐요. 구멍이 우리 나라 지도처럼 생겼죠? 그래서 지도바위라고 합니다. 신기하게 딱 여기서 봐야 지도 모양으로 보입니다." 그리고는 차를 앞뒤로 움직여가며 지도 모양을 보여준다. "여기는 심리입니다. 저기 산 너머 마을이 젤 커요. 사리 다 왔어요. 여기 멸치 많이 납니다. 멸치 많이 날 때는 길바닥에 쫙 깔려서 차가 못 지나다녀요." 구수한 설명을 듣다보니 어느새 버스는 종점에 닿아 있었다.

내리자마자 박도순 씨의 집을 찾았

◉ **지도바위** "저기 저 바위를 봐요. 구멍이 우리 나라 지도처럼 생겼죠? 그래서 지도바위라고 합니다. 신기하게 딱 여기서 봐야 지도 모양으로 보입니다."

지만 집에는 아무도 없었다. 급한 일이 없더라도 박도순 씨는 늘 바빴다. 미역을 채취하고 그물을 걷고 마을 대소사에 빠짐없이 관여했다. 겨울이면 비교적 한가한 계절일 텐데 또 무슨 일이 생긴 모양이다. 일단 짐을 풀고 카메라와 메모지만 챙겨 해변으로 나섰다. 바닷가의 풍경은 꽤 많이 변해 있었다. 온통 파래의 푸른빛으로 가득해서 색깔만으로 봤을 땐 오히려 여름보다 더 여름다웠다. 그러나 해변의 주인들은 그 자리에 없었다. 게는 돌틈 깊이 숨고 갯강구도 전혀 눈에 띄지 않았다. 동쪽 선착장까지 둘러본 후 해조류를 촬영하기로 했다. 우이도에서 봤던 불등이가 사리에서는 훨씬 웃자라 있었다. 인기척이 있어 고개를 들어보니 반대편에서 누군가 이쪽을 물끄러미 바라보고 있었다. 잠시 기색을 살피는 듯 하더니 이쪽으로 걸어왔다. 뭘 하냐고 묻기에 해조류를 촬영한다고 대답하자 자신도 생물에 관심이 많다며 미소를 짓는다. 사리 주민 박대진 씨였다. 정약전에 대해 조사한다는 말을 듣더니 직접 복성재를 안내해주겠다고 하기에 두말 않고 따라 나섰다.

5개월 여 만에 다시 찾은 복성재는 안타까운 모습으로 눈앞에 서 있었다. 지난 가을 태풍으로 대문 옆의 돌담 일부가 흉하게 허물어진 상태였고, 초가지붕도 바람에 날려 감지 않아 삐죽삐죽 솟아 있는 머리를 연상케 했다. 문종이는 몽땅 찢겨져 나갔고 방문은 삐거덕거리는 소리를 내며 바람에 흔들리고 있었다. 박대진 씨는 강원도 목재를 쓰고 마을 주민들을 동원하여 힘들게 복원해 놓은 건물이 제대로 관리가 되지 않는다며 답답해했다. 건물이 오래가도록 나무에 방수처리를 하고 유급 보수를 주더라도 관리인을 두

◉ **망가진 복성재** 5개월 여 만에 다시 찾은 복성재는 안타까운 모습으로 눈앞에 서 있었다. 지난 가을 태풍으로 대문 옆의 돌담 일부가 흉하게 허물어진 상태였고, 초가지붕도 바람에 날려 감지 않아 삐죽삐죽 솟아 있는 머리를 연상케 했다.

어 제대로 관리를 해야 하지 않겠느냐는 말이었다. 강진에서 본 영랑생가가 어른거렸다.

박대진 씨에게 박정국 씨 집이 어디냐고 물어 보았다. 박정국 씨가 사리 마을의 전 이장으로 마을 역사에 대해 많이 알고 있다는 얘기를 들었기 때문이었다. 박대진 씨가 일러준 대로 해변 가까이에 있는 빨간 지붕을 인 집을 찾았다. 문을 몇 번 두드리자 박정국 씨가 나타났다. 용건을 말하자 방으로 들어오라고 권한다. 박정국 씨는 자리에 앉자마자 심각한 표정으로 말을 꺼냈다. 박대진 씨와 같은 맥락의 이야기였다.

"우리 집에 교수들도 찾아오고 방송국에서도 찾아오고 했는데 내가 섭섭한 점이 많아. 주민들의 의견이 전혀 반영이 안 된단 말이여. 복성재 만드는 것이 오랫동안 우리 사리주민들의 숙원사업이었어. 비석이라도 세워달라고 수십 년 동안 말했는데도 들은 척도 않다가 지자제 되고 군수 바뀌면서 겨우 복성재 복원해놨는데 관리도 안 되고. 올라가봤응께 알 거여. 관광객 배려해서 초상화나 유물 같은 거라도 갖다놓고 해야 할 텐디. 맨날 예산부족 타령이고 제대로 되는 게 하나도 없어. 되지도 않지만 저기 자산문화도서관도 예리에 만든다고. 뭔가 유적이 남아 있어도 여기 남아 있고 구전이 내려와도 여기에 많이 남아 있는 것이지. 허허. 우리들은 그냥 복성재를 뜯어가라고 그라제."

원칙 없는 관광행정의 문제는 한 해 두 해의 일이 아닌지라 이런 일들이 일상처럼 느껴지는 것이 더욱 안타깝다.

◉ **자산문화도서관** "저기 자산문화도서관도 예리에 만든다고. 뭔가 유적이 남아 있어도 여기 남아 있고 구전이 내려와도 여기에 많이 남아 있는 것이지."

드애 신부의 사목보고서

"혹시 박자 인자 수자 쓰시는 분 들어보셨습니까? 1900년 전후에 사셨던 분 같은데요."

"모르겠는데."

한참을 뒤지고도 결국 함양 박씨 족보에서 박인수라는 이름을 찾아내지 못했다. 이 이름을 물어본 것은 박인수의 집에 정약전이 머물렀다는 말을 들었기 때문이었다. 호남교회사연구소의 김진소 신부는 최근 목포성당의 주임신부였던 프랑스인 드애 신부가 쓴 흑산도 사목보고서(1901. 6~1902. 5)에서 다음과 같은 내용을 발견했다.

> 저는 정약전이 흑산도에 있는 박인수네 집에 귀양 가 있었다는 것을 알아냈습니다. 박인수도 교우가 되었습니다. 정약전은 한국어 성가의 가사를 만들었는데 그것을 받게 되면 곧 주교님께 보내드리겠습니다. 이 최초의 교우에 대한 평판은 존경에 가득찬 것이었습니다. 모든 사람이 그를

겸손과 정결함의 모범으로 이야기하고 있습니다.

이것은 정약전의 정확한 거처와 함께 신앙문제에 대한 내용까지 보여주는 중요한 자료다. 정약전이 머물고 있었던 집주인이 교인이었고, 정약전이 한국어 성가의 가사를 만들었다면 죽을 때까지 그의 신심이 변하지 않았음을 뜻한다.

그러나 드애 신부의 보고서에도 불명확한 점이 많다. 확실한 것은 정약전이 사리 마을의 박인수란 사람 집에 머물렀다는 사실과 그에 대한 평판이 겸손함과 정결함의 모범으로 존경에 가득찬 것이었다는 사실 정도에 불과하다. 정약전이 만들었다는 한국어 성가의 가사는 그 실체가 분명치 않다. 그런 자료가 있었다면 왜 곧바로 구하지 못했을까. 그것이 과연 성가였는지도 불분명하다. 정약용의 아들 정학유가 썼던 〈농가월령가〉처럼 어민들의 월령을 기록한 것일 수도 있고, 단지 흑산도에서 채집한 민요나 시가였을는지도 모른다. 박인수가 교우가 되었다는 것도 정약전의 영향을 받아서 자발적으로 되었다는 것인지 당시 흑산도에 들어가 있었던 신부가 전도한 것인지 불확실하긴 마찬가지다.

박정국 씨는 흑산도에 천주교당이 들어선 것은 해방 이후이며 자신이 어렸을 때는 천주교에 대해 알지도 못했다고 말한다.

"옛날에는 천주교가 없었어. 포교활동도 없었고. 미국 사람들 들어와서 퍼지기 시작했지."

불과 30~40년 사이에 정약전에 대한 대부분의 기억들이 사라져버린 것일까? 정확한 사실이 밝혀지기 위해서는 보다 깊은 문헌조사와 연구가 계속되어야 할 것이다.

박정국 씨로부터 복성재에 대한 새로운 사실도 알아낼 수 있었다.

"왜정 때도 서당이 있었어요. 해방 직후에 헐었어. 2칸짜리 건물이었는데. 그때는 동광학원이라고 불렀제. 이름은 마을에서 지었고 일본 교사를 초빙해서 일본 걸 배웠어. 온돌 뜯어버리고 의자 깔고 칠판 놓고 그렇게 배웠제. 그 전에는 거기서 한문도 배웠어. 저 초등학교, 흑산초등학교 분교가 인가되면서 학교 자리하고 복성재 자리하고 땅을 바꿨어요. 학교 자리가 원래 밭이었는데 그 자리에 학교를 짓고 복성재 자리는 쓸어버리고 고구마밭 보리밭을 만들었어. 위치는 딱 저 위치여."

정약전의 가르침이 일제시대까지도 영향을 미치고 있었던 것이다. 복성재에 대한 자료가 더 없냐고 묻자 박정국 씨는 보여줄 것이 있다며 서류함에서 커다란 종이 한 장을 꺼내어 앞으로 내밀었다.

"이게 서당기여. 우리 종형님한테 원본이 있었는데 이건 사본이여. 천주교회에서 달라고 해도 안 주고 복사도 잘 안 해줬는데 겨우 얻어서 복사했제."

인쇄본으로 본 적이 있는 내용이었다. 박정국 씨의 종형이 원본을 가지고 있었다면 원소장자는 그 위쪽 선조일 테고 정약전의 제자이거나 아주 가까운 사이였을는지도 모른다. 그리고 박정국 씨는 할아버지의 이름을 정약전이 직접 지어주었다는 이야기를 들은 적이 있다고 했다. 박정국 씨의 종형이 살았던 곳이 서당 바로 앞이었다고 하니 이쪽 집안과 박인수와의 관련성을 생각해 볼 만하다.

복성재 앞의 우물

사목보고서에는 정약전이 흑산 사람들에게 어떤 평판을 받고 있었는지가 잘 나타나 있다. 박정국 씨가 전해들었다는 구전에 의하면 정약전은 양반이자 조정에서 벼슬까지 지낸 몸이었는데도 전혀 그런 티를 내지 않았으며, 고기를 잡고 해조류를 뜯는 등 부락 사람들과 똑같이 행동했다고 한다. 아마도 이러한 자세가 주민들로부터 호의적인 평가를 이끌어낸 계기가 되었으리라. 정약전이 실제로 어부를 따라 물고기를 잡으러 다녔다는 사실은 정약용의 글에서도 확인할 수 있다.

아아 경세제민의 재주 지니고도
늙도록 고기잡이 신세라니요
떼나 타리라던 공자 말씀 잘못 배우고
늘 경쇠 치던 사양자를 그리셨나요
가는 곳마다 고래가 나타나고

도깨비들 사람 쫓느라 바쁘다지요
지금도 생각나는 건 정조임금 살아 계실 때
재상감이 틀림없다고 인정하던 일이라오

공자는 "도가 행해지지 않아 뗏목을 타고 바다로 나간다면 나를 따라갈 사람은 아마 유由일 것이다"라는 말을 한 적이 있다. 유는 공자의 제자 자로子路를 말한다. 그리고 사양자는 악사로 노나라의 정치가 어지러워지자 바다로 떠난 인물이다. 정약용은 때를 잘못 만나 바다의 외딴 섬 흑산도로 귀양간 형을 공자나 사양자에 비유하고 있다. 그러나 정약용의 걱정과는 달리 정약전은 결코 바다에서 현실을 도피하거나 한탄만 늘어놓고 있지는 않았다. 배를 타고 어부들과 부대끼며 새로운 학문연구에 몰두하고 있었던 것이다.

정약전이 낮은 신분의 사람들과 스스럼없이 어울리게 된 것은 그의 인품으로 보아 오히려 자연스러운 일이었을는지도 모른다. 정약전은 복암 이기양을 존경하고 따랐다. 그와 관련된 일화 한 조각에서 당시 실학자들의 신분제에 대한 개방적이고도 인간적인 태도를 느낄 수 있다.

충주에서 돌아오던 중 비를 맞으며 단천丹川 초옥에 있던 공을 만나러 갔는데 공이 뵈질 않았다. 동자에게 물어 함께 이웃집으로 찾아갔더니 다 쓰러져가는 초가집 한 칸이 보였다. 오랜 장마에 비가 새어들었는지 부엌까지 흙탕물이 가득했는데, 공은 그 곁에 조그마한 흙솥을 걸어놓고 땔감을 모아 미음을 끓이고 있었다. 땔감까지 습기에 젖어 타지를 않으니 공이 찢어진 부채를 들고 부채질을 하는데 바람소리만 요란했다. 무얼 하고 계시냐고 물었더니 복암은 "인사할 것 없네"라고 하고는 잠시 후 미음을 들고 방으로 들어갔다. 방 안에는 귀신 꼴을 한 노파가 발가벗은 몸으로 누워 있었는데, 대소변을 가리지 못해 악취를 감당할 수 없을 지경이었다. 그러나 공은 이를 아랑곳하지 않고 노파를 부축해 일으켜 미음을 권하며 따뜻한 말로 위로했다. 노파는 한숨을 내쉬어 가며 신세 타령을 늘어놓았다. 공은 그를 달래어 미음을 다 먹이고 자리에 눕힌 다음에야 방에서 나왔다. 초옥으로 돌아와 그 노파가 도대체 누구냐고 물었더니 공은 "예전에 내가 병이 들었을 때 그 노파의 도움으로 살아난 적이 있다네. 이제 노파가 앓아누웠는데, 자식도 친척도 없고 외딴 곳에 살아 돌봐줄 이웃조차 없으니 내가 돌봐줄 수밖에 없지 않겠는가"라고 대답했다.

양반의 몸으로 미천한 노파의 병수발까지 하고 있는 이기양의 인품이 놀랍다. 그리고 이 이야기를 전하고 있는 정약전의 얼굴에서도 따뜻한 미소가 번져나는 듯하다. 실제로 정약전은 이 말을 듣고 나서 이기양과 더불어 서로 크게 웃었고 사람을 만날 때마다 이 이야기를 들려주었다고 한다.

사리 마을 사람들은 자신들과 스스럼없이 어울릴 뿐만 아니라 정성을 다해 자식을 가르쳐주는 정약전에게 존경과 호감을 느끼지 않을 수 없었을 것이다. 『예향』지의 한 인터뷰 기사로부터 당시의 분위기를 엿볼 수 있다.

"정약전 선생이 아이들의 공부를 맡아주니 고마워 지금으로선 학비에 해당하는 것을 해산물로 바치곤 했는디, 바다에서 고기잡이를 하는 어부들도 자기가 잡아온 고기가 뭔지를 모르고 있는 경우가 대부분이었다고 하네, 그래서 못 보던 희한한 고기가 잡히면 신이 나 정약전 선생에게 갖다 바치곤 했는데, 정약전 선생도 물고기의 이름을 잘 모르는 터라 이러한 무지를 깨쳐야겠다 싶어 『자산어보』를 썼다고 하제."

마을 사람들의 입을 통해 전해지는 이야기지만 『현산어보』의 서문에 나와 있는 내용과도 일치하는 바다. 어쨌든 정약전은 마을 사람들의 전폭적인 지원을 등에 업고 학자로서의 탐구열을 불태울 수 있었던 것이다. 정약전에 대한 마을 사람들의 애정과 배려를 짐작해 볼 수 있게 하는 사례가 또 하나 있다. 마을 사람들은 정약전의 편의를 위해서 서당 근처에 우물을 팠다고 한다.

"지금도 물이 잘 나와. 우리는 그 양반(정약전)이 물자리를 잘 봐서 그런가 보다 하제."

섬마을에서 우물은 식수원으로 마을 사람들이 모두 이용하는 가장 중요한 시설인데, 바로 그 우물을 정약전의 처소 앞에

◉ **복성재 앞의 우물** 마을 사람들은 정약전의 편의를 위해서 서당 근처에 우물을 팠다고 한다.

만들었다는 것이다. 실제로 우물을 확인한 것은 다시 계절이 지나 여름이 되어서였다. 내리쬐는 뙤약볕 속에서 언덕을 한참 올라가자 복성재 바로 아래쪽 성당 옆에 서 있는 우물이 눈에 들어왔다. 과연 우물 속에는 200년 전의 그때와 같이 깨끗하고 시원한 물이 샘솟고 있었다. 『현산어보』와 정약전에 대한 잊혀지지 않는 기억들처럼.

소를 닮은 물고기

대화를 나누고 있는 동안 사람들이 찾아왔다. 같은 마을에 살고 있는 조달연 씨와 조복기 씨였다. 물고기를 잡는 어부라는 말을 듣고 몇 가지 질문을 했더니 답이 술술 나온다. 마침 잘됐다 생각하고 박도순 씨 집으로 돌아가 도감을 가지고 왔다.

"혹시 꽃제륙이라고 들어보셨습니까?"

"꽃제루? 꽃제루 들어봤지라. 홍도 앞바다에 꽃제루 잡혔지."

대답이 너무 쉽게 나왔다. 그것도 우이도 박화진 씨의 경우처럼 해변에 밀린 것을 본 것이 아니라 직접 잡아봤다는 것이었다. 어떻게 생겼냐고 묻자 이청의 설명과 거의 유사한 대답이 흘러나왔다.

"꽁치같이 생겼는데 엄청 커요. 몇 백 킬로 나가제. 들도 못해. 고래 종륜데 부리가 삐죽하니 길제."

[우어牛魚 속명 화절육花折肉*]

◉ **우어** "남쪽에 우어가 있는데 이를 인어引魚라고도 부른다. 무게는 3~4백 근 정도이며, 모양은 예어와 같다. 비늘과 뼈가 없으며 등에는 반점이 있다. 배 밑은 청색이다."

* 화절육은 어부들 사이에서 통용되는 '꽃제륙'을 옮긴 말이 틀림없다. 화花를 꽃으로 대체하면 꽃절육 혹은 꽃제륙이 된다.

길이는 2~3장丈 정도이며 아래쪽 부리의 길이는 3~4자에 달한다. 허리는 소만큼 굵고 꼬리는 날카롭게 뾰족하다. 비늘은 없다. 온몸이 모두 살이며 눈같이 희다. 입안에 녹아들 듯 맛이 감미롭다. 때로는 조수를 따라 포구에 들어오는데 부리가 모래나 뻘 속에 박히면 이를 빼낼 수가 없어 죽는다.

(원문에 빠져 있으므로 지금 보충함)

이청의 주 『명일통지明一統志』〈여진편〉에서는 "우어는 혼동강混同江에서 나는데 큰 놈은 길이가 1장 반, 무게는 3백 근에 달한다. 비늘과 뼈가 없으며 살코기는 지방층과 서로 분리되어 있는데 맛이 좋다"라고 했다. 『이물지』에서는 "남쪽에 우어가 있는데 이를 인어引魚라고도 부른다. 무게는 3~4백 근 정도이며, 모양은 예어鱧魚와 같다. 비늘과 뼈가 없으며 등에는 반점이 있다. 배 밑은 청색이다. 맛이 매우 좋다"라고 했다. 『정자통』에서는 『통아通雅』를 인용하여 우어가 북쪽 유鮪 종류라고 밝혔다. 왕이의 『연북록燕北錄』에서는 "우어는 부리가 길다. 비늘은 단단하며 머리에 연한 뼈가 있다. 무게는 백 근 정도이다. 남방에서 심어鱘魚라고 부르는 종이다"라고 했다. 우어는 지금의 화절어花折魚가 분명하다. 심鱘은 유鮪의 일종이며 심어鱏魚라고 부르기도 하는데, 코의 길이가 몸길이와 같으며, 빛깔은 희고 비늘이 없는 물고기다. 이시진 역시 우어는 심鱘에 속한다고 했다. 이는 모두 화절어를 말한 것이다.

이청은 화절육을 중국문헌에 나오는 우어牛魚, 인어引魚, 심어鱏魚, 심어鱘魚 등과 같은 종류라고 생각했다. 이 이름들은 모두 철갑상어를 가리키는 한

◉ 유어 "우어는 부리가 길다. 비늘은 단단하며 머리에 연한 뼈가 있다. 무게는 백 근 정도이다. 남방에서 심어라고 부르는 종이다"라고 했다. 우어는 지금의 화절어花折魚가 분명하다. 심은 유의 일종이며 심어라고 부르기도 하는데, 코의 길이가 몸길이와 같으며, 빛깔은 희고 비늘이 없는 물고기다."

자말이다. 정석조의 『상해 자산어보』에서도 화절육을 철갑상어로 추정하고 있다. 철갑상어는 크기가 크고, 주둥이와 꼬리가 뾰족하며, 고깃살의 맛이 뛰어나다는 점에서 본문의 설명과 일치하는 특성을 보인다. 과연 화절육은 철갑상어를 말한 것일까?

처음 본문을 접했을 때부터 화절육을 철갑상어로 보기에는 몇 가지 석연치 않은 구석이 있었다. 우선 부리가 서너 자, 즉 60~80센티미터나 된다고 했는데, 우리 나라에서 잡히는 철갑상어 중에서 이렇게 부리가 긴 종은 없다. 비늘이 없다고 한 표현도 문제가 된다. 이름에서도 짐작할 수 있듯 철갑상어의 몸 표면은 단단하고 큼직큼직한 비늘로 덮여 있기 때문이다. 아마도 이청은 커다란 덩치에 부리가 길고 비늘이 없는 물고기를 보고 이것이 중국 문헌에 나오는 우어와 같은 종류라고 판단했던 것 같다.* 사실 우어와 형태적인 특징이 거의 일치하는 물고기가 있긴 하다. 백심白鱘(*Psephurus gladius*)은 주둥이가 매우 길어 머리와 몸통의 길이가 거의 같을 정도며, 철갑상어류 중에서는 독특하게도 단단한 비늘을 전혀 가지고 있지 않다.** 그러나 이 물고기는 매우 드물어서 중국의 큰 강에서만 극소수가 발견될 뿐이므로*** 이 종이 흑산도에 나타난다고 본다는 것은 아무래도 무리가 있다. 그런데 백심보다 이청이 말한 우어의 특징에 더욱 근접한 물고기가 있다. 바닷물고기인 새치류가 바로 그 주인공이다.

몸체의 길이가 4미터 이상, 부리가 80센티미터 안팎에다 허리의 굵기를 소에 비유할 만큼 거대한 몸체를 자랑하는 물고기라면 새치류 외에는 별다

* 이청이 인용한 중국 문헌을 살펴보면 『연북록』을 제외하고는 한결같이 우어를 비늘이 없는 물고기로 묘사하고 있다. 이청은 『연북록』의 기록마저 못미더웠던지 이 책에서 심어鱘魚와 같은 종류라고 한 구절을 꼬투리 삼아 심어鱘魚가 비늘 없는 물고기이기 때문에 『연북록』의 우어도 비늘이 없는 물고기일 것이라는 식으로 추론을 전개하고 있다.

** 아마 중국 문헌에 기록된 우어는 대부분 이 백심을 묘사한 것이라고 생각된다.

*** 현재 중국 정부는 이 물고기를 일급보호동물로 지정하여 보호하고 있다.

른 대안이 없다. 새치류는 덩치가 크고, 비늘이 없으며, 맛이 매우 뛰어나다. 게다가 길고 뾰족한 부리를 가지고 있기까지 하다. 만약 이청이 중국 문헌에 나와 있는 우어나 유어의 삽화를 보았다면 틀림없이 새치가 그림 속의 물고기들과 같은 종류라고 확신했을 것이다.

새치는 다랑어류와 함께 먼바다에 서식하는 물고기지만 가끔 먹이를 쫓아 연안으로 접근할 때가 있다. 그러나 흑산도 근해까지 접근하는지 알 수 없어 결론을 보류하고 있던 차였다. 이제 확인할 때가 왔다. 조심스럽게 도감을 내밀었다. 몇 분이나 지났을까. 책장을 넘기던 조달연 씨의 손이 갑자기 멈췄다.

"이거네. 이게 꽃제루여."

조달연 씨가 가리킨 페이지에는 새치류의 그림이 가득 실려 있었다.

◉ **우어라고 불리던 물고기** 백심은 주둥이가 매우 길어 머리와 몸통의 길이가 거의 같을 정도며, 철갑상어류 중에서는 독특하게도 단단한 비늘을 전혀 가지고 있지 않다.

정약전과 헤밍웨이, 그리고 마알린

미국의 대문호 어네스트 헤밍웨이는 낚시를 즐겼다. 그의 대표작 『노인과 바다』도 자신의 경험을 바탕으로 써낸 소설인데 이 소설의 주인공이 바로 새치류다. 늘 궁금하게 생각했던 것 중의 하나는 이 글에 등장하는 거대한 마알린(marlin)이 새치류 중에서 정확히 어떤 종인가 하는 점이었다. 헤밍웨이는 어느 날 부두에 나갔다가 우연히 만난 한 쿠바인 어부의 체험담을 듣고 이 글을 구상했다고 한다. 그렇다면 『노인과 바다』의 주인공도 쿠바 근해에서 나는 새치류일 것이다. 이곳에서 나는 대표적인 새치류로는 블루 마알린(blue marlin: *Makaira nigricans*)과 세일피쉬(sail fish: *Istiophorus platypterus*), 화이트마알린(white marlin: *Tetrapturus albidus*) 등을 들 수 있다. 그러나 이 중에서 어떤 종이 『노인과 바다』에 나오

◉ **헤밍웨이와 『노인과 바다』** 미국의 대문호 어네스트 헤밍웨이는 낚시를 즐겼다. 그의 대표작 『노인과 바다』도 자신의 경험을 바탕으로 써낸 소설인데 이 소설의 주인공이 바로 새치류다.

는 마알린인지는 여전히 불확실하기만 했다. 꽤 많은 자료를 뒤적였는데도 이에 대한 언급은 전혀 찾아볼 수 없었다. 그러던 어느 날이었다. 헤밍웨이의 전기를 뒤적이다가 재미있는 사진을 한 장 발견했다. 헤밍웨이가 자신이 잡은 새치 옆에서 포즈를 취하고 있는 장면이었는데, 작은 눈과 꼬리자루에 돋아난 두 줄의 능선, 전체적인 체형으로 보아 블루마알린을 찍은 것이 분명했다. 마침내 마알린의 정체가 밝혀진 것이다.*

우리 나라 근해에서 잡히는 새치류로는 청새치, 황새치, 녹새치 등을 들 수 있다. 이 중에서 화절육의 후보로 가장 적합한 종은 역시 황새치라고 생각된다. 이청은 화절육의 고깃살을 '눈같이 희다'라고 표현했다. 다른 새치류의 고깃살이 불그스름한 빛을 띠는 것과는 달리 황새치의 고깃살은 짙은

◉ **황새치** *Xiphias gladius* Linnaeus

◉ **흑산도에 새치가 돌아오는 날** 우리 나라 근해에서 3미터를 훌쩍 넘기는 거대한 물고기가 수면 위로 몸을 솟구치는 모습은 상상만 해도 가슴이 벅차오르는 장면이다.

* 블루마알린은 쿠바 연해의 새치류 중 가장 크고 힘이 세어 낚시대상어로 인기가 높다고 한다.

우윳빛으로 이청의 표현과 가장 잘 어울리는 빛깔을 띠고 있다. 몸길이 360센티미터 이상, 몸무게 약 540킬로그램까지 자라므로 덩치도 충분하다.

황새치는 주둥이가 매우 길고* 날카로워 새치류 중에서도 새치라는 이름이 가장 잘 어울리는 종이다.** 칼처럼 생긴 주둥이***를 휘둘러 먹이를 사냥하고 적을 물리치는 것으로 알려져 있는데, 실제로 고래의 지방층에서 황새치의 주둥이 조각이 발견된 사례가 있으며, 심지어 배를 습격하는 일까지 있다고 한다.**** 황새치는 수면 부근을 시속 100킬로미터 이상의 빠른 속도로 헤엄치는 바다의 폭주족이다. 그리고 때로는 돌고래처럼 수면 위로 뛰어오르는 재주를 선보이기도 한다.***** 대둔도 장복연 씨의 말에 의하면 예전에는 흑산도나 홍도 앞바다에서도 공중으로 뛰어오르는 새치들의 모습을 자주 볼 수 있었다고 한다. 우리 나라 근해에서 3미터를 훌쩍 넘는 거대한 물고기가 수면 위로 몸을 솟구치는 모습은 상상만 해도 가슴이 벅차오르는 장면이다.

* 이청은 아래쪽 부리가 길다고 밝혔지만 새치류의 주둥이는 위쪽이 아래쪽보다 훨씬 길게 발달해 있다. 아마도 워낙 드문 종이라 제대로 관찰하지 못했거나 학공치의 주둥이 형태와 착각을 일으킨 것으로 보인다.

** 새치라는 이름 자체가 기다란 부리에 기원을 둔 것으로 생각된다. 기다란 부리는 새의 특징이기 때문이다.

*** 황새치를 영어로는 sword fish라고 부른다. 주둥이가 칼 모양으로 생겼다고 해서 붙여진 이름이다.

**** 대영박물관에는 황새치의 주둥이가 56센티미터 깊이까지 찔려 있는 선재船材가 전시되어 있다. 또 영국의 군함 드레드노트호가 스리랑카로부터 런던으로 항해하는 도중 침수사고를 일으킨 적이 있는데, 구리로 된 배 밑바닥에서 황새치의 주둥이에 의한 것으로 생각되는 지름 2.5센티미터의 구멍을 발견할 수 있었다고 한다.

***** 1988년 8월 20일, 제주도 남쪽 38마일 해상에서 갈치 채낚기 조업을 하고 있던 한 어선에 황새치가 튀어 올라 갑판에 있던 어부의 배를 찔러 중상을 입힌 사고가 발생한 일이 있다.

박도순 씨
작은어머니

정신없이 이야기를 나누다보니 시간이 꽤 흘렀다. 많은 것을 얻을 수 있었던 대화였다. 작별 인사를 하고 나오다가 대문 앞에서 박도순 씨를 만났다. 환한 웃음과 함께 안부를 물어왔다. 힘차게 악수를 나누고 함께 집으로 향했다. 무슨 일로 이렇게 바쁘냐고 묻자 박도순 씨는 마을 앞 방파제를 가리켰다. 지난 태풍에 가두리가 있던 방파제가 부서져 다시 공사를 하는 중이라고 했다. 여름보다는 오히려 겨울이 공사하기에 편하다는 이야기도 나왔다. 사리 마을은 포구가 남동쪽을 향하고 있어 여름에는 파도가 심하지만 겨울에는 뒷산이 세찬 북서풍을 막아주므로 바다가 잔잔한 편이다. 지난 여름 박도순 씨가 들려준 이야기가 생각났다.

"우리 마을 사람들은 이런 얘길 많이 해요. 정약전 선생이 틀림없이 가을 아니면 겨울, 봄에 오셨을 거라고요. 여기는 여름 그러니까 6월에서 9월까지 4개월 동안은 남동계절풍이 심해서 배를 띄워놓을 수도 없고 해초 채취하기도 어렵지라. 가을하고 겨울하고 봄에는 아무리 강풍이 불어도 바다가 잔잔해요. 그래서 정약전 선생도 이때 오셨을 거라 이거여. 아마 여름에 왔으면 절대 여기에 배를 대지도 못했을 거여."

일리가 없는 말은 아니지만 항해 시기를 꼭 사리 마을의 기후와 연관지을 필요는 없을 것 같다. 옛사람들은 먼 거리를 걸어 다니는 데 요즘 사람들만큼 큰 부담을 느끼지 않았다. 사리에 배를 대기 힘들 때는 파도가 잔잔한 다른 곳에 상륙하여 걸어오면 그만이다.

박도순 씨는 인부들과 함께 다시 일을 하러 나갔다. 책을 뒤적이고 있는데 얼마 후 할머니 한 분이 찾아왔다. 박도순 씨의 작은어머니였다. 박도순 씨의 작은어머니는 장도 출신으로 사리 마을에 시집와서 살고 있으며, 방파제 공사를 시작한 이후 인부들의 식사를 준비하기 위해 시간마다 들린다고 했다. 식사준비가 끝나고 잠시 여유가 있는 듯 해서 사리에 나는 생물들에 대해 이야기해줄 수 있느냐고 물었더니 흔쾌히 고개를 끄덕였다. 결과는 기대 이상이었다. 많은 이름과 설명들이 쏟아져 나왔다.

"배말에도 종류가 많제. 납닥배말, 옥배말… 옥배말은 물 젤 위에 있고 참배말은 크고 물각단에 있어라. 흰 거는 시옥배말이라 그라고 가마귀배말은 가에는 까맣고 흰색이고 미끈혀. 가마귀가 따먹는다고 가마귀배말이라고 그랬다던가. 생각이 다 안 나네. 옛날 노인들은 이름을 다 붙여 불렀는디. 바닷가에서 이것저것 막 따오면 이거는 무슨 배말이다. 이거는 무슨 고둥이다 다 가르쳐줬는데. 이제는 다 돌아가셨지."

"명지고둥은 파랗고 예쁘고 매끄러워. 좀 깊은 데 있어라. 감생이(울타리고둥)는 까먹으면 맛은 있는데 살이 찢어져버려. 낚시 걸면 다 풀려버리제. 이거(갈고둥)는 감생이 종류네. 이것(뱀고둥)도 먹어. 안 먹는 거는 없어. 석화처럼 얕은 데서 살지라. 이거(큰구슬우렁이)는 많이 없어. 여그서는 그냥 달팽이라고 불러요. 이거(두드럭고둥)는 참다시리, 이거(대수리)는 거먼다시리. 이것(맵사리)도 다시리 종류, 뿔고둥도 다시리 종류. 다 꼬리가 아릿하고 매워라."

양은 적지만 흑산도에서 조개 종류가 꽤 많이 난다는 사실도 알아낼 수 있었다.

"배낭기미에는 꼬막도 있고 반지락도 있어라. 흑산에서 나는 반지락은 맛이 없어라."

"혹시 흑산에서 백합*도 납니까?"

"여기서는 안 나는데 읍동에서는 나요. 주먹만 하제. 많이는 없고 물이 많이 써야 잡지라. 죽 쒀먹으면 맛있제."

백합의 다른 이름이 대합이다. 정약전도 흑산도에서 대합이 나고 있다는 사실을 밝힌 바 있다.

[비합枇蛤 속명 대합大蛤]

큰 놈은 두 자 남짓 된다. 앞은 넓고 뒤는 뾰족하다. 껍질은 나무주걱을 닮았다. 빛깔은 황백색이다. 거칠고 굵은 가로무늬가 있다. 이것을 주걱으로 쓰기도 한다.

* 백합의 정확한 학명은 *Meretrix lusoria* (Röding)이지만 현재 주변에서 흔히 볼 수 있는 종류는 대부분이 말백합(*Meretrix petenchialis* Lamarck)이다. 두 종은 서식처와 생긴 모습이 비슷해 같은 종으로 오인받는 경우가 많은데, 말백합의 껍질이 좀 더 둥글다는 점, 백합의 껍질에 밤색 나이테가 선명하고 커다란 여덟 '팔八' 자 모양의 방사 무늬가 있는 데 반해 말백합 쪽은 이런 무늬가 없고, 대신 '∧∧∧' 무늬가 빽빽하게 깔려 있는 경우가 많다는 점 등으로 구별할 수 있다. 백합은 말백합에 비해 맛이 뛰어나 고급종으로 여겨지지만 지금은 희귀해져 일반인들은 보통 말백합을 백합이라고 부른다.

백합의 껍질 안쪽은 흰색이지만 바깥쪽 표면은 암갈색에서 회백갈색까지 다양한 빛깔에 무늬도 복잡하여 심한 변이를 보인다.* 흑비합도 백합 중에서 빛깔이 짙은 것을 따로 부르던 이름인 것 같다.

[흑비합黑枇蛤]

모양은 비합과 같지만 빛깔이 검붉은 점이 다르다.

백합은 전형적인 조개의 모습을 하고 있다. 껍질은 둥근 삼각형으로 두껍고 견고하며 길이는 10센티미터 안팎이다. 내해의 조간대에서부터 수심 20미터까지의 모래나 펄에서 서식하고 산란기는 5~11월이다. 어릴 때는 하구 부근에서 살다가 성장하면서 점차 깊은 곳으로 이동하는 습성이 있는데, 이때 점액끈을 1미터 이상 길게 늘어뜨린 다음 그 부력을 이용하여 멀리까지 이동한다.

백합은 살이 많고 맛이 좋아 예로부터 인기 있는 먹을거리였다. '강진 원님 대합 자랑, 해남 원님 참게젓 자랑'이라는 식담은 백합의 인기를 단적으로 보여준다. 얼마나 맛이 있었기에 원님이 자기 고을을 자랑하는데 백합을 내세웠겠는가. 전북 부안에서는 백합을 혼례음식에 빠뜨리지 않고 내놓는

◉ **커다란 조개 백합** 큰 놈은 두 자 남짓 된다. 앞은 넓고 뒤는 뾰족하다. 껍질은 나무주걱을 닮았다. 빛깔은 황백색이다. 거칠고 굵은 가로무늬가 있다.(왼쪽은 말백합, 오른쪽은 백합)

* 백합은 100가지 무늬를 가지는 조개라는 뜻으로 백합百蛤이라고도 불린다.

◉ 말백합 *Meretrix petenchialis* Lamarck

다고 한다. 강한 근육으로 껍질을 앙다물고 아무 때나 입을 열지 않는 백합의 모습에서 여자의 정절을 떠올렸던 모양이다. 일본에서는 또 다른 이유로 백합을 혼례상에 올렸다. 빛깔과 무늬가 아름다운 데다 두 껍질이 짝이 맞으므로 부부의 금슬을 상징한다고 생각했기 때문이다.

백합을 먹다보면 흰 바탕에 가운데 부분이 빨갛게 물든 조그만 게를 발견하게 되는 경우가 있다. 홍합이나 다른 조개류에도 있지만 특히 백합 속에 많이 기생하는 이 게를 대합속살이게라고 부른다. 이청이 해복합이라고 한 것도 다른 종

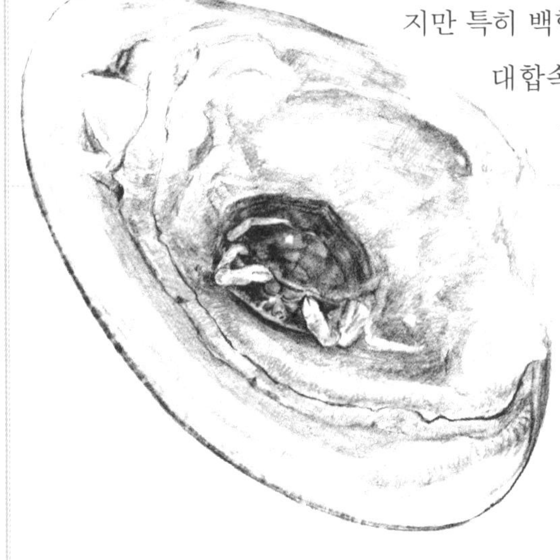

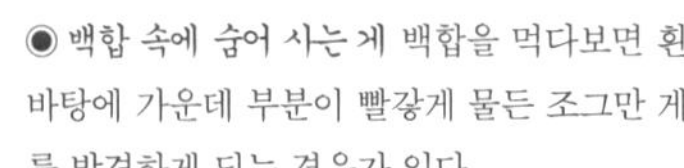

◉ 백합 속에 숨어 사는 게 백합을 먹다보면 흰 바탕에 가운데 부분이 빨갛게 물든 조그만 게를 발견하게 되는 경우가 있다.

류의 백합이 아니라 속살이게가 들어 있는 백합을 말한 것으로 보인다.

[해복합蟹腹蛤]

무늬는 비합과 비슷하고, 빛깔은 검거나 노랗다. 작은 게가 그 껍질 속에 들어 있다. 바닷가에 많다.

(원문에 빠져 있으므로 지금 보충함)

이청의 주 이시진은 조개〔蚌〕의 뱃속에서 사는 게를 여노蠣奴, 또는 기거해寄居蟹라 부른다고 했는데 이 게를 말한 것이다.

박판균 씨도 조개 안에 게가 들어 있는 것을 본 적이 있다고 했다.

"봤지. 많이 봤지. 붉그스름하면서 야리야리한 거, 등그리 하얗고 통통해. 많이 들었더라고."

공작조개와 함박조개

백합과 함께 대합이라고 불리는 종류로 '개조개'라는 것이 있다. 개조개는 이름이나 겉모습에서 풍기는 거친 이미지와는 달리 부드럽게 씹히는 촉감이 좋고, 특유의 감칠맛도 일품이어서 국, 탕, 찌개 등 어떤 요리에도 잘 어울린다. 한 마디로 대합이란 이름이 결코 아깝지 않은 조개다. 그런데 『현산어보』에도 개조개로 의심할 만한 종이 하나 나온다. 길이 10센티미터에 이르는 대형조개 공작합이 바로 그것이다.

[공작합孔雀蛤 속명을 그대로 따름]

큰 놈은 지름이 4~5치 정도이다. 껍질은 두껍다. 앞쪽에는 가로무늬, 뒤쪽에는 세로무늬가 있는데 매우 거칠다. 몸에는 경사攲斜가 없으며 빛깔은 황백색이다. 속은 매끄럽고 윤택하며 홍적색의 광채가 난다.

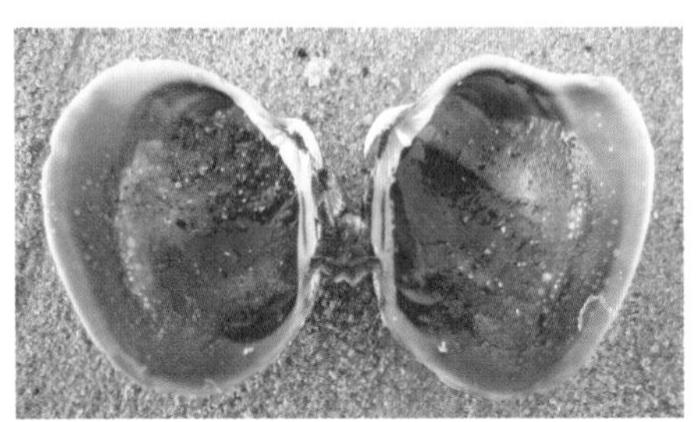

◉ **속이 붉은 내자패** 개조개는 내자패內紫貝라고도 불린다. 내자패는 껍질의 바깥쪽이 회백색을 띠는데 반해 안쪽 면은 붉은색이나 보라색을 띤다고 해서 붙여진 이름이다.

개조개는 여러 가지 측면에서 공작합의 후보로 손색이 없다. 우선 크기가 일치하며, 껍질이 두껍다거나 성장맥이 잘 발달하여 표면이 거칠어 보인다는 점도 본문의 설명과 잘 부합한다. 개조개는 내자패內紫貝라고도 불린다. 내자패는 껍질의 바깥쪽이 회백색을 띠는 데 반해 안쪽 면은 붉은색이나 보라색을 띤다고 해서 붙여진 이름인데, 이는 정약전이 바깥쪽이 황백색, 안쪽이 홍적색이라고 표현한 것과 정확히 대응된다.

흑산도에서 개조개가 난다는 말은 듣지 못했지만 발견될 가능성은 충분해 보인다. 신지도의 송문석 씨는 개조개와 반지락의 서식처가 비슷하다고 했다.

"이거(개조개) 맛있어요. 대합이라고는 안 불러요. 속이 빨갛제. 돌팍에

◉ 개조개 *Saxidomus purpuratus* (Sowerby)

반지락하고 같은 데서 나는데 땅속 깊이 있어라."

반지락과 같은 지대에서 난다면 반지락이 많이 나는 배낭기미에서도 개조개를 찾아볼 수 있으리라 생각된다.

일단 개조개를 공작합으로 놓기는 했지만 100% 확실하다고 말할 수는 없다. 우선 현지에서 공작합이라는 이름을 확인하지 못했고, 본문의 설명 중 앞뒤의 무늬가 다르다거나 몸에 경사가 없다고 한 표현도 무슨 뜻인지 해석하기 힘들다. 이청이 '모양이 커서 박과 같다'라고 한 포자합도 정체가 확실하지 않은 종 중의 하나다.

[포자합匏子蛤 속명 함박조개咸朴雕開]
모양이 크고 박 열매(匏子)처럼 생겼다. 갯벌 깊숙한 곳에서 서식한다.
(원문에 빠져 있으므로 지금 보충함)

◉ **할미조개** *Clementia vatheleti* Mabille
◉ **박을 닮은 조개** 할미조개는 서해의 조간대에서 수심 20미터까지의 진흙바닥에 주로 서식하는데, 크기가 대형인 데다 둥그스름한 껍질이 흰색에 가까워 박과 비슷한 느낌을 주며, 껍질 표면에 나뭇결 같은 성장맥이 새겨져 있어 나무로 만든 바가지처럼 보이기도 한다.

이청은 이 조개의 생김새를 박 열매에 비유했다. 속명으로 밝힌 함박조개의 함박은 나무로 만든 커다란 바가지를 뜻한다. 이를 종합하면 포자합은 박 열매나 나무 바가지를 닮은 대형 조개류라는 결론이 나온다. 이러한 조건들을 어느 정도 만족시키는 종으로 할미조개를 들 수 있다. 할미조개는 서해의 조간대에서 수심 20미터까지의 진흙바닥에 주로 서식하는데, 크기가 대형인 데다 둥그스름한 껍질이 흰색에 가까워 박과 비슷한 느낌을 주며, 껍질 표면에 나뭇결 같은 성장맥이 새겨져 있어 나무로 만든 바가지처럼 보이기도 한다. 무엇보다 지금도 태안 · 화성 · 서산 · 당진 등지에서 함박조개라고 불리고 있다는 사실이 할미조개를 포자합으로 볼 수 있는 가장 중요한 근거가 된다. 배낭기미에서 껍질을 확인한 바 있는 우럭도 포자합의 후보로 놓을 수 있을 것 같다. 우럭 역시 커다란 몸체를 하고 있으며 껍질의 형태와 빛깔, 표면의 재질이 박이나 함지박을 떠올리게 하는 점이 있기 때문이다. 회백색의 껍질을 덮고 있는 암갈색의 거죽이 조금씩 벗겨지면 영락없이 나무를 깎아 만든 함박처럼 보인다.

◉ **우럭** 배낭기미에서 껍질을 확인한 바 있는 우럭도 포자합의 후보로 놓을 수 있을 것 같다. 우럭 역시 커다란 몸체를 하고 있으며 껍질의 형태와 빛깔, 표면의 재질이 박이나 함지박을 떠올리게 하는 점이 있기 때문이다.

넉 자짜리 누비조개

공작합이나 포자합도 대형조개이지만 과피합은 이에 비할 바가 아니다. 정약전은 과피합의 크기가 무려 넉 자, 즉 80센티미터에 이른다고 밝혔다.

[과피합瓜皮蛤 속명 누비조개縷飛雖開]

큰 놈은 지름이 넉 자 남짓 된다. 껍질이 두껍고 세로로 파진 골이 있다. 그 골언덕에는 잔 돌기가 있어 마치 오이껍질처럼 보인다. 누문합에 비하여 약간 가늘다. 이 조개가 변하여 청익작青翼雀이 된다고 한다.

사실 이 정도 크기의 조개가 없는 것은 아니다. 대왕조개의 큰 것은 1미터가 넘고 무게도 300킬로그램에 달한다.* 그러나 대왕조개는 따뜻한 물을 좋아하는 난대성 패류다. 일본에서도 오키나와 남쪽의 산호초가 발달한 따뜻한 바다에서만 서식할 뿐인데, 이런 종이 흑산 근해에서 살고 있을 가능성은 극히 희박하다. 아무래도 넉 자는 단순히 네 치를 잘못 쓴 것으로 보는

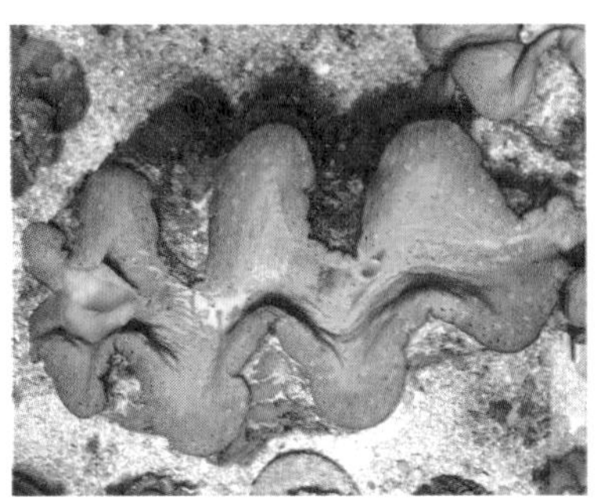

◉ **대왕조개** 대왕조개의 큰 것은 1미터가 넘고 무게도 300킬로그램에 달한다.

* 대왕조개는 이처럼 거대한 몸체를 유지하기 위해 다른 조개들처럼 물 속의 플랑크톤을 걸러 먹는 것 외에 또 다른 전략을 사용한다. 외투막에 단세포조류를 키움으로써 이들이 생산한 광합성 산물을 얻는 것이다. 조류는 안전한 보금자리를, 조개는 조류가 만들어낸 양분을 얻을 수 있으니 양쪽 모두 이익을 얻는 공생관계라고 할 수 있겠다.

편이 옳을 듯하다.

대왕조개가 아니라면 어떤 종류일까? 단서는 방언에 있다. 누비조개는 껍질의 표면에 누비무늬가 있다는 뜻에서 붙여진 이름일 것이다. 누비는 '납의衲衣'에서 유래한 말이다. 납의는 사람들이 내버린 낡은 헝겊들을 모아서 누덕누덕 기워 만든 승려의 옷을 말하며, 납의를 만들 때 천 사이에 솜을 넣고 줄을 죽죽 지게 박는 바느질 방식을 누비라고 부른다. 누벼놓은 듯한 무늬가 있다면 굵은 세로 이랑이 있는 조개를 찾아야 할 것이다. 꼬막, 새꼬막, 새조개 등이 떠올랐지만 다른 항목에서 다룬 종이라 내심 피조개를 염두에 두고 있었는데, 박도순 씨 작은어머니의 말은 이러한 생각에 확신을

◉ 피조개 *Scapharca broughtonii* (Schrenck)

갖게 했다.

"피조개 뉘비꼬막 여기에는 잘 없어라."

"피조개를 뉘비꼬막이라고 합니까?"

"그라제. 껍데기에 보면 이렇게 이렇게 뉘비무늬로 있으니께 뉘비꼬막이라 그라제."

피조개는 수심 5~50미터 사이의 고운 모래펄에 서식하며 진해만 · 충무만 · 벌교 등지에서 많이 난다. 꼬막류 중에서 가장 크고 육질이 연하여 예로부터 인기가 높았으며, 지금도 양식을 통해 대량으로 생산되고 있다.* 피조개는 10센티미터가 훨씬 넘는 것도 있지만 보통은 8센티미터 안팎의 것들이 많아 정약전이 말한 네 치에 가깝다고 할 수 있다. 껍질은 불룩하고 표면에 약 42줄의 세로골이 있어 골의 개수가 그보다 적은 꼬막이나 새꼬막과 구분된다.** 또 껍질의 표면은 흑갈색의 각피殼皮로 덮여 있는데, 이 각피의 모양이나 촉감이 새의 깃털과 유사하여 청익작과 관련된 화생전설이 생겨났으리라 짐작된다. 정약전은 과피합의 골언덕에 잔 돌기가 있다고 했다. 사실 꼬막이나 새꼬막과 비교하면 피조개의 골언덕은 다소 밋밋한 편이다. 그러나 손가락으로 껍질 표면을 가만히 쓸어보면 피조개에도 자잘한 돌기가 있다는 사실을 분명히 확인할 수 있다. 누문합에 비해 가늘다고 한 표현은 어떻게 해석해야 할까? 누문합을 가무락조개로 본다면 둥글넓적하지 않고 껍질 한쪽을 길게 잡아늘인 것 같은 피조개의 모습을 이렇게 표현할 수도 있었으리라는 생각이 든다.

* 피조개는 적혈구 속에 헤모글로빈이 들어 있어 피가 붉게 보인다고 해서 붙여진 이름이다. 『지봉유설』과 『규합총서』에서는 조개에 피가 없다고 밝혔다. 일반인들 중에도 조개에 피가 없다고 생각하는 이들이 많다. 그러나 조개도 분명히 피를 가진 생물이다. 다만 대부분의 조개는 헤모글로빈 대신 헤모시아닌을 가지고 있어 피가 무색투명하게 보이기 때문에 없다고 착각하는 것일 뿐이다.

** 피조개는 앞서 언급한 누비조개, 뉘비꼬막 외에도 새꼬막, 털꼬막, 놀꼬막, 참꼬막 등 지역에 따라 다양한 별명으로 불린다. 이 중 새꼬막이란 이름을 쓰는 곳에서는 조개가 자라서 새가 되어 날아간다는 식의 구전이 전해오는 경우가 많은데, 이 때문에 새꼬막과 피조개의 이름이 혼동되어 불리기도 한다. 신지도로 가는 길에 만난 고금도 사람은 꼬막, 새꼬막, 피조개 중에서 새꼬막이 가장 크고 털이 많으며, 피조개는 꼬막과 새꼬막의 중간쯤 되는 종류라고 이야기했다. 이는 새꼬막과 피조개를 반대로 본 것이 분명하다.

파래 이야기

"감태는 흑산에는 없어라. 매생이 사촌이라고도 하제. 무쳐서 먹으면 맛있지라."

박도순 씨 작은어머니는 감태가 매생이와 비슷하다고 했는데, 이는 『현산어보』에 나오는 내용과 정확히 일치하는 표현이다.

[감태甘苔]
모양은 매산태를 닮았으나 다소 거친 느낌이다. 길이는 수자 정도이다. 맛이 달다. 갯벌에서 초겨울에 나기 시작한다.

송문석 씨도 이와 비슷한 설명을 들려주었다.

"감태도 있어요. 매생이랑 비슷하지라. 색깔이 달러. 매생이는 진초록이고 감태는 좀 열어. 배추색이여. 또 매생이는 아주 가는데 감태는 그 다음으로 가늘어. 길이도 길고."

감태는 갈파래류의 일종인 가시파래일 가능성이 높아 보인다. 크기와 생김새가 일치할 뿐만 아니라 맛이 달다는 점도 본문의 설명 그대로다.* 그리고 무엇보다 완도와 여수 지방에서는 지금도 가시파래를 감태라고 부르고 있다.

계속해서 파래 이야기가 이어졌다. 매생이, 신경파래, 갈파래, 보리파래 등 귀에 익숙한 이름들이 쏟아져 나왔지만 역시 실물을 보지 않고 정확한 종을 동정하기란 쉬운 일이 아니었다. 어떤 종류인지 전혀 짐작조차 할 수 없는 종도 있었다. 정약전이 적태라는 이름으로 기록한 종이 그 대표적인 예다.

[적태赤苔]

모양은 말의 털을 닮았고 약간 길다. 빛깔은 붉다. 감촉은 깔깔하고 맛은 담박하다. 발생하는 시기는 상사태와 같고, 서식하는 수층은 파래류 중에서 맨 위층이다. 빛깔이 푸른 것도 있다.

정약전은 여러 종류의 파래를 설명한 후 전체적인 특징을 다음과 같이 정리한 바 있다.

◉ 가시파래 *Enteromorpha prolifera* (Müller) J.Agardh

몸은 관 모양 또는 납작한 모양이다. 몸 전체에서 곁가지가 갈라져 나오고, 곁가지에서 다시 작은 가지가 갈라져 나온다.

조간대 바위나 죽은 나뭇가지, 또는 다른 해조류에 붙어 자란다.

* 감태의 감甘은 달다는 뜻이다.

이상과 같은 여러 가지 파래〔苔〕는 모두 돌에 붙어서 자라고 돌 위를 덮고 있다. 그리고 빛깔이 푸르다.

한 마디로 파래는 돌에 붙어 자라는 푸른빛의 해조류라고 말할 수 있겠다. 그런데 적태는 파래〔苔〕이면서도 붉은빛을 띠고 있다. 대체 어찌된 일일까? 더욱 이상한 것은 정약전이 적태 중에 푸른빛을 띠는 개체도 있다고 밝힌 점이다. 박도순 씨 작은 어머니는 파래가 햇빛을 지나치게 받거나 상태가 좋지 않으면 붉은빛을 띠게 되는 경우가 있다고 했다. 이 말이 사실이라면 적태를 파래의 일종으로 볼 수 있게 된다. 반대 의견도 가능하다. 적태가 김과 같은 홍조류이며, 푸른 개체가 오히려 변색한 것일 가능성도 전혀 배제할 수는 없다. 발생시기와 서식 수층을 조사하고, 현지인과 더불어 실물을 확인하는 과정을 거친다면 이 종의 정확한 정체가 밝혀지게 될 것이다.

여러 가지 김

정약전은 김을 6종류로 나누고 모두 자채紫菜라는 이름을 붙였다. 김 종류 역시 파래와 마찬가지로 동정이 쉽지 않았다. 그 중 가자채는 가짐이라고 불리는 종으로 생각되는데 참짐에 대비되는 이름인 것 같다.

[가자채假紫菜]

모양은 갱태와 비슷하지만 흩어져 있는 돌에 나고, 석벽에는 나지 않는다는 점이 다르다.

◉ 긴잎돌김과 방사무늬돌김 송문석 씨는 사진을 한참 대조해본 후에 긴잎돌김을 참짐, 방사무늬돌김을 가짐으로 지적했다.

박도순 씨 작은어머니는 '참짐'과 '가짐'을 다음과 같이 구분했다.

"참짐은 곱디고운 것이고 가짐은 불면 날아가요. 펄펄하제."

송문석 씨는 사진을 한참 대조

해본 후에 긴잎돌김을 참짐, 방사무늬돌김을 가짐으로 지적했다.

"참짐은 부드럽고 머리카락같이 길제. 가짐은 좀 빳빳하고 구멍이 많아요."

일반적으로 '참'이라는 말이 붙으면 품질이 뛰어난 것을 의미하지만 송문석 씨는 오히려 가짐이 맛있다고 했다. 박도순 씨 작은어머니도 참짐은 아주 가늘고 맛이 없는 데 비해 가짐은 빳빳하지만 맛이 좋다고 표현했다. 그러나 박도순 씨 작은어머니가 가장 맛있다고 꼽은 종은 따로 있었다.

◉ 방사무늬돌김 *Porphyra yezoensis* Ueda

"바위섭짐은 바위에 붙어 있제. 제일 맛있어. 또 보들보들해서 고운 것 보면 바위섭짐같이 곱다 그라지라."

바위섭짐은 엽자채일 가능성이 있다.

[엽자채葉紫菜 속명 입짐立朕]

길이와 너비는 맥문동麥門冬의 잎을 닮았다. 대청처럼 엷어서 반들반들하게 윤기가 난다. 음력 2월에 나기 시작하며 상사태보다 위층에서 자란다.

대청처럼 엷어서 반들반들 윤이 난다는 표현이 박도순 씨 작은어머니가 말한 '바위섭짐같이 곱다'라는 말과 잘 어울린다.

정약전은 엽자채와 비슷한 종류로 다시 삼짐을 들고 있다.

[조자채早紫菜 속명 삼짐參朕]

엽자채와 같은 종류이다. 음력 9~10월에 나기 시작하며 엽자채보다 위층에서 자란다.

그런데 박도순 씨 작은어머니 말을 들어보면 삼짐이 김이 아닌 다른 종류일 가능성도 엿보인다.

"삼짐은 긴데 바위에 나는 삼 같어. 김하고 같이 돋지라."

송문석 씨는 아예 삼짐을 비단풀처럼 생긴 종류라고 했다. 비단풀은 실처럼 가느다란 몸체에 붉은빛을 띠며 조간대의 바위나 다른 해조류 위에 붙어 자라는 종이다. 정약전은 김 종류의 가장 큰 특징을 붉은 몸빛으로 보았다. 그래서 김 무리를 모두 자채라고 부른 것이다. 당시의 생물학적 지식으로는 김과 비슷한 빛깔에 파래처럼 엷은 종류라면 모두 김의 일종으로 분류할 수밖에 없었을 것이다.

세자채나 취자채도 김이 아닌 다른 종을 가리킨 이름일 가능성이 있다. 비단풀 외에 털처럼 가늘고 바위 위에 빽빽하게 뭉쳐 자라는 보라털이나 기타 유사종들을 그 후보로 생각해 볼 수 있을 것 같다.

[세자채細紫菜]

길이는 한 자 정도이다. 폭이 좁고 의원들이 쓰는 침처럼 가늘다. 조수가 급한 곳에서는 나지 않고 흐름이 없는 물 속의 돌 위에서 자란다. 맛은 담박하고 부패하기 쉽다.

[취자채脆紫菜 속명 물개짐勿開朕]

모양은 엽자채와 같고, 토의채 사이에서 자란다. 부패하기 쉽다. 볕에 쬐어 말리는 시간이 조금만 길어져도 붉게 변색된다. 맛 또한 담박하다.

취자채의 경우는 박도순 씨 작은어머니가 알려준 물개짐의 특성과 놀랄 만큼 정확히 일치하고 있었다.

"물개짐은 톳 위에 붙은 것이여. 바위에 돋은 것과는 다르제. 빨리 상하고 맛이 없어."

물개짐은 잘 물러진다는 뜻에서 붙여진 이름인 것 같다. 앞으로 물개짐을 알고 있는 현지주민들의 확인작업을 거친다면 취자채의 정체는 곧 밝혀지게 될 것이다.

밝혀진 봉에

30여 분 동안 박도순 씨 작은어머니로부터 조개류, 고둥류, 삿갓조개류, 해조류 등에 대해 흥미진진한 이야기를 전해들을 수 있었다. 특히 오랫동안 궁금해했던 봉에의 정체를 알아낸 것은 크나큰 수확이었다. 박도순 씨 작은어머니는 홍합과 봉에의 차이점을 확실하게 구별해주었다.

"흑산에서는 홍합 아니면 봉에여. 홍합은 크고 깊은 데 살고 봉에는 작고 얕은 데 살어. 봉에는 길어봐야 손가락만 하고 모양도 길쭉하게 생겼어. 색깔도 이쁘지. 홍합은 매끈매끈한데 봉에는 울룩불룩하게 골이 나 있어서 훨씬 이쁘지."

모든 설명은 정확히 굵은줄격판담치를 가리키고 있었다. 사진과 실물을 통해서도 굵은줄격판담치가 봉에라는 사실을 확인할 수 있었다. 굵

◉ **굵은줄격판담치** "봉에는 길어봐야 손가락만 하고 모양도 길쭉하게 생겼어. 색깔도 이쁘지. 홍합은 매끈매끈한데 봉에는 울룩불룩하게 골이 나 있어서 훨씬 이쁘지."

은줄격판담치는 우리 나라 전 연안에 분포하는 홍합과의 조개류로 홍합이나 진주담치처럼 족사를 사용해서 조간대의 큰 바위 위에 몸을 다닥다닥 붙이고 살아간다. 껍질 바깥쪽은 검은 보랏빛을 띠며, 박도순 씨 작은어머니가 말한 것과 같은 방사상의 골이 패어 있다. 껍질 안쪽은 짙은 보랏빛을 띠고, 뾰족한 끝부분에는 얇은 격판이 발달해 있다.*

박도순 씨가 돌아와서 함께 식사를 했다. 식사를 마친 후 박도순 씨 작은어머니는 집으로 돌아갔다. 저녁이 깊어가면서 다시 바람이 불기 시작했다. 이젠 바람소리만 들어도 가슴이 섬뜩하다.

"그래, 며칠 있다 가요?"

◉ **굵은줄격판담치** *Septifer (Mytilisepta) virgatus* (Wiegmann)
◉ **홍합(좌)와 봉에(우)** 홍합에 비해 봉에는 폭이 좁고 가늘다.

* 굵은줄격판담치라는 이름은 방사상의 골무늬와 격판이 있다는 데서 유래한 것이다.

"저, 날씨 괜찮을까요? 월요일까지 학교에 가야 해서요. 여기서 며칠 있을 계획이었는데 우이도랑 도초도에서 폭풍주의보로 사흘이나 묶여 있었으니…"

"일단 내일은 괜찮을 것 같소. 모레 가도 될 것 같긴 한데."

"일주도로 한 번 돌아보고 대둔도에도 들렀다 가야 할 것 같은데 시간이 빠듯할 것 같네요."

"하기는 여기는 뭐 내일 날씨 어떻다 말을 못하니께. 일찍 나가는 게 낫겠네. 이것 참."

박도순 씨는 서울에 있는 가족들에게 보낸다며 지난해에 잡아 말린 참조기를 스티로폼박스에 채워 넣기 시작했다.

"옛날에는 큰 게 제법 잡혔는데 요새는 잡히지도 않고 잡혀도 이렇게 씨알이 잘아요. 정말 한참 많이 잡히고 조기파시하고 할 때는 하도 많이 잡아 올려서 배가 가라앉는 사고도 있었어라. 정말이여. 내가 아는 것만 해도 몇 번인데."

한참 동안 파시 이야기를 듣고 또 이런저런 얘기를 나누다 보니 어느새 잠자리에 들 시간이 되었다.

일주도로를 달리며

흑산도 택시 일주관광

이번 여행 중 가장 편히 보낸 밤이었다. 새 이불에 펄펄 끓는 방. 맛있는 식사와 따뜻한 환대. 며칠 더 머무르고 싶은 마음이 굴뚝같았지만 일정이 너무 빠듯했다. 다음날 아침 아쉬움 가득한 마음으로 작별인사를 나누고 예리행 버스에 올랐다. 죽항리에 내리자마자 택시회사를 찾았다. 일주관광을 위해서였다. 빠른 시간 내에 많은 곳을 돌아보려면 어쩔 수 없는 선택이었다. 사장 김성수 씨는 뜻밖에도 부산 사람이었다. 어떻게 흑산도에서 살게 되었냐고 묻자 흑산도에는 자기 말고도 부산 사람들이 많으며, 아직 부산에 남아 있는 가족들도 조만간 모두 이곳으로 데려올 계획이라고 했다. 중간중간에 내려서 촬영하고 살펴봐야 할 것이 있다고 하자 시간제로 계산하는 것이 어떠냐고 제의한다. 비수기라 적당한 가격에 합의를 보았다.

안내는 김성수 씨의 아들 김준모 씨가 맡았다. 아직 이십대로 보였는데 편안한 인상이었다. 따로 가거나 내리고 싶은 곳이 있으면 주저 없이 말하라며 미소를 짓는다. 흑산도 지리에 대해 묻자 이것저것 막히는 것 없이 줄

줄 설명을 늘어놓았다.

“우리도 이 일 하려면 공부 많이 해야 되요. 책도 보고 마을 분들한테 물어도 보고. 몇 년 하다 보면 웬만한 동네사람보다 더 할 얘기가 많아집니다. 하하.”

동네 노인들을 찾아가 옛날 이야기를 전해 듣고 연구차 흑산도를 찾는 이들과 대화를 나누다보면 자연스럽게 준전문가가 된다는 말이었다.

“여기 조선소가 있습니까?”

“여기가 아니구요. 흑산중학교 바로 밑에 있습니다. 흑산비치호텔 쪽에요. 요새는 주로 수리만 합니다. 가볼까요?”

조선소에서 잡혔다는 물고기

조선소를 찾은 이유는 진리조선소 앞 개울에서 어떤 물고기가 잡힌다는 얘기를 들었기 때문이었다. 시기상 물고기를 실제로 관찰하기는 힘들겠지만 대충 어떤 지형인지 정도는 알아두고 싶었다. 학교운동장에 차를 세워놓고 해변에 위치한 조선소로 향했다. 개울은 학교와 조선소 사이에 있었는데, 상상했던 것과는 전혀 다른 모습이었다. 물이 허리께까지 차올랐다던 이야기가 무색하게 바닥을 드러낸 개울에는 잡초만이 무성했다. 아무렇게나 걸쳐놓은 통나무다리를 건너자 작은 규모의 조선소가 나타났다. 여러 척의 폐선이 땅 위로 끌어올려져 있었는데 쓸 만한 것은 별로 보이지 않았다. 개 짖는 소리가 들려오지 않았다면 지금도 운영되고 있다는 사실을 믿을 수 없었을 것이다.

박도순 씨는 조선소 앞에서 '빙어'라는 물고기가 잡힌다고 했다.

"겨울 11월, 12월쯤 되면 하얀 지렁이 같은 것이 낭장망에 들지라. 뭔지는 모르겠고. 빙어라 그러기도 하더만. 이게 잡히면 어장이 다 되어간다 끝났

◉ **진리 조선소** 아무렇게나 걸쳐놓은 통나무다리를 건너자 작은 규모의 조선소가 나타났다.

다 그라지라. 죽으면 하얗게 변하는데 멸치하고 같이 쪄서 먹으면 쫄깃쫄깃 맛있어라. 진리 조선소 있는 곳에서도 잡혀요. 4월, 5월 정도에 잡히는데 물깍딴, 그러니까 해안선에 인접한 부분에 오면 모기장 그물 같은 걸로 떠 버려요. 쪽받이라고 둥그런 뜰채 비슷한 걸로요. 삼각형으로 생긴 밀고 다니는 걸로 잡기도 하고."

빙어는 뱅어를 달리 부르는 이름이기도 하다. 나는 조선소에서 잡힌다는 이 물고기가 이청이 말한 회잔어가 아닌지 알아보고 싶었다.

[회잔어鱠殘魚 속명 백어白魚]
모양은 젓가락과 같고 칠산七山 바다에 많다.
(원문에 빠져 있으므로 지금 보충함)

이청의 주 『박물지』에서는 오왕吳王 합려闔廬가 생선회를 먹다가 남은 것을 물 속에 버렸는데 이것이 변하여 물고기가 되었으므로 회잔鱠殘이라는 이름이 붙었다고 했다. 회잔어는 지금의 은어銀魚이다. 『본초강목』에서는 이를 왕여어王餘魚라고 했고, 『역어유해』에서는 면조어麪條魚라고 기록했다. 그 모양이 닮았다고 해서 붙인 이름이다. 이시진은 "월왕에 관련된 고사*나 『승보지僧寶誌』에 나오는 내용은 모두 작자가 회잔어에 대한 이야기를 견강부회하여 억지로 만들어낸 것에 지나지 않는다. 큰 놈의 길이는 4~5치 정도이며 몸은 둥글어서 젓가락과 같다. 은처럼 깨끗하고 비늘이 없어서 물고기 자체가 회처럼 보인다. 눈에는 검은 점이 두 개 있다"라고 했다. 지금 백어라

* 『회계지』에는 "월왕이 물고기를 먹다가 남은 반쪽을 버렸다. 그 반쪽이 물 속에서 변하여 물고기가 되었는데, 한쪽 면이 없으므로 반면어라고 불렀다"라는 내용이 나온다.

고 불리는 물고기가 바로 이 종류이다.

본문의 설명에 따르면 회잔어는 뱅어임이 분명해 보인다. 뱅어는 뱅어과에 속하는 물고기로 그 형태가 본문의 묘사와 거의 일치한다. 몸은 가늘고 길어서 젓가락과 같다는 표현에 잘 어울리며, 내비칠 듯 투명한 빛깔은 왜 이 물고기에 은어銀魚라는 별명이 붙었는지를 잘 설명해 준다. 뱅어를 백어나 회잔어로 불렀음을 보여주는 기록들도 상당히 많다. 『세종실록지리지』나 『신증동국여지승람』에 기록된 백어는 모두 이 뱅어를 가리킨 것으로 보인다. 『세종실록지리지』의 경기도 양천현 토산조에서는 "한겨울 가장 추운 시기에 서쪽 굴포에서 백어가 나는데, 그 맛이 매우 뛰어나 임금에게 먼저 진상했다"라고 밝혔다. 『송남잡지』에는 "백어는 면조어麪鰷魚, 회잔어, 왕여

◉ 뱅어 *Salangichthys microdon* Bleeker

어 종류이다. 왕기가 있는 곳에서 나므로 한강과 백마강에서만 잡을 수 있다"라는 내용이 기록되어 있으며, 『증보산림경제』에서는 겨울에 백어의 맛이 좋다는 내용과 함께 그 조리법을 소개해 놓았다. 『난호어목지』에서는 빙어氷魚를 한글로 빙어라고 쓰고 다음과 같은 설명을 덧붙였다.

> 길이는 겨우 수촌에 불과하다. 비늘이 없다. 전신이 희고 투명한데, 오직 두 눈만이 검은 점처럼 찍혀 있어 도드라져 보인다. 동지 전후에 얼음을 깨고 그물을 쳐서 잡는다. 입춘 이후에는 몸빛깔이 파랗게 변하면서 점점 드물어지고, 얼음이 녹으면 완전히 사라져버린다고 해서 빙어라고 부른다. 민간에서는 몸빛깔이 희다고 해서 백어라고 부르기도 한다.

『오주연문장전산고』에서도 이와 비슷한 내용을 찾아볼 수 있으며, 압록강 등지에서 겨울밤 얼음에 구멍을 뚫고 횃불을 밝혀 빙어를 유인한 뒤에 초망으로 어획했다는 한말의 조사기록도 눈에 띈다.

먹다 버린 회가 물고기가 되다

이청과 서유구는 모두 뱅어를 백어라고 부르고 있다. 백어는 말 그대로 흰 물고기라는 뜻이다. 그런데 몸빛깔이 흰 물고기는 한두 종이 아니다. 우리나라에서는 뱅어를 백어라고 불렀지만 중국에서는 강준치류를 백어라고 불렀다. 뱅어의 중국식 이름으로는 회잔어, 왕여어 등이 있다.* 이청은 본문에서 이 이름들의 유래를 설명해 놓았는데, 모두 먹다 남긴 회가 물고기로 변한 것이 뱅어라는 내용이다.

동식물에 별다른 손질을 가하지 않고 만든 요리를 회膾라고 부른다. 회의 종류는 매우 다양하다. 소의 살코기를 익히지 않고 갖은 양념을 해서 먹는 육회, 미나리나 파를 데쳐서 상투 모양으로 잡아 초고추장에 찍어 먹는 강회, 두릅을 데쳐서 초고추장에 찍어 먹는 두릅회, 날송이를 참기름이나 소금에 찍어 먹는 송이회. 나열하자면 끝이 없다. 그러나 회 중에서 가장 대표적인 것이라면 역시 물고기로 만든 생선회를 들 수 있다. 생선회를 제대로 뜨기 위해서는 특별한 기술이 요구된다. 피를 빼고 비늘과 껍질을 벗긴 다

* 지금은 은어銀魚를 표준어로 사용하고 있다.

음 결에 따라 살을 얇게 저며낼 수 있어야 한다. 그러나 별다른 기술 없이 그냥 살아 있는 상태 그대로 먹는 물고기도 있는데, 빙어와 뱅어가 그 대표적인 예다. 춘천 소양강에서 빙어회를 먹어본 적이 있다. 회를 주문하니 고추, 깻잎, 상치, 초고추장과 함께 사발 하나만 달랑 나왔다. 사발 속에는 빙어 오륙십 마리가 헤엄치고 있었는데, 그게 바로 회였다. 도망가는 빙어를 젓가락으로 집어 깻잎에 올리느라 진땀을 빼던 기억이 새롭다. 이에 비하면 뱅어회는 얌전한 편이다. 빛깔이 흰 데다 크기가 작아서 아무런 손질을 하지 않아도 회로 엷게 저며 놓은 것 같은 느낌을 준다. 먹다 남은 회가 물고기로 변했다는 회잔어의 전설은 물고기 자체가 회를 닮은 데서 유래한 것이 분명해 보인다.

회잔어에 대한 전설은 중국 사람들이 예로부터 생선회를 즐겨먹었다는 사실을 보여준다. 그러나 옛 문헌들을 살펴보면 중국보다 오히려 우리 나라에서 회를 먹는 문화가 더욱 발달해 있었음을 확인할 수 있다. 『지봉유설』에는 다음과 같은 내용이 실려 있다.

> 지금 중국 사람들은 회를 먹지 않는다. 말린 고기조차도 반드시 익혀서 먹는다. 그들은 우리 나라 사람들이 회를 먹는 것을 괴상하게 여길 뿐만 아니라 비웃기까지 한다.

『어우야담』에서는 이 같은 상황을 더욱 실감나게 묘사하고 있다.

임진왜란 당시 중국 군사 십만 명이 오랫동안 우리 나라에 주둔했는데, 그들은 우리 나라 사람들이 회를 먹는 것에 대해 모두 더럽다고 침을 뱉었다. 우리 나라의 선비 한 사람이 이를 보고 "『논어』에 회는 잘게 썬 것을 싫어하지 않는다는 내용이 나오며, 그 주注에서도 짐승과 물고기의 날고기를 썰어 회를 만든다고 했다. 공자께서도 회를 좋아하신 것이 분명한데 그대의 말이 어찌 그리도 지나친가?"라는 말로 되받아쳤다.

아마 이청이 그 자리에 있었더라면 회잔어 이야기를 들려주었을 것이다. 진순신은 중국에서 회를 먹는 풍속이 사라진 이유를 다음과 같이 설명하고 있다.

회는 11세기의 송대宋代까지 건재했지만 대역병이 유행하자 그 병의 원인이 회에 있다고 보고는 그때부터 먹지 않았던 것 같다. 또한 송대에 석탄이 사용되기 시작하면서 같은 화력을 장시간 유지할 수 있게 되어 불을 쓰는 요리의 기술이 비약적으로 발달했기 때문이라고 주장하는 사람도 있다. 그러나 아무리 불을 쓰는 요리가 일세를 풍미했다 해도 회의 맛이 갑자기 변할 리가 없으니 역시 페스트나 콜레라가 주요한 원인이었다고 생각된다.

회를 먹는 풍습이 사라져버린 중국과는 달리 우리 나라에서는 회가 여전히 인기 있는 음식으로서의 지위를 놓치지 않았다. 다양한 문헌들에서 회의 종류와 요리법에 대한 내용들이 나타나며, 특히 『증보산림경제』에서는 "여름철에 회 접시를 얼음판 위에 놓고 먹는다"라고 하여 회를 즐기는 데 온도와 신선도에까지 신경을 썼다는 사실을 확인할 수 있다.

뱅어와 사백어

뱅어는 담백한 맛과 부드럽게 씹히는 촉감 때문에 오래 전부터 많은 인기를 누려왔다. 이청은 『역어유해』에서 뱅어를 면조어라고 불렀다는 사실을 기록하고 있다. 면조어는 가느다란 형태가 국수를 연상케 한다고 해서 붙여진 이름이다. 허균이 지은 『도문대작』에도 이와 비슷한 설명이 실려 있다.

뱅어는 얼음이 얼 때 한강에서 잡은 것이 가장 좋다. 임한林韓과 임피臨陂 지방에서 정월과 2월에 잡은 것은 희고 국수처럼 가는데 맛이 매우 뛰어나다.

한겨울 잡아 올린 뱅어는 그냥 회로 먹기도 하고, 전유어나 국, 탕으로 요리해 먹기도 했다. 박종화는 뱅어의 맛에 대해 다음과 같이 격찬을 늘어놓고 있다.

원산遠山 · 근산近山의 설경을 바라보면서 술 한 잔을 마시고, 백어를 산 채로 초고추장에 찍어 먹는 맛이란 어찌나 신선한지 형언해 말할 수 없는 좋은 풍류다. 백어는 원체 가시가 연하고 크기가 여자의 작은 손가락만 하다. 그러므로 머리서부터 꼬리까지는 버리는 것 없이 초고추장을 찍어 산 채로 먹는다. 나의 시와 소설에 미인이 거문고를 타는 장면을 묘사할 때 즐겨 쓰는 '백어 같은 흰 손' 이란 것은 이 한강 백어를 항상 연상하고 쓴 것이었다. 백어로 전유어를 부쳐서 먹으면 맛은 더 한층 좋다. 전유어 중에 제일가는 풍미다. '아무개집에서 뱅어 전유어를 먹었네' 하면 그 집 문화수준이 어떻게 높다는 것을 짐작할 수 있었던 것이다. 뱅어로 탕을 끓이면 또 다른 진미다. 얼음에 탱탱 얼어서 대글대글 소리가 나는 뱅어를 찬물에 담가서 얼음을 뺀 후에 달걀을 씌워서 국을 끓여 놓고 초장을 찍어 먹으면 입안의 혀가 녹을 지경이다. 술안주로는 말할 나위도 없거니와 밥반찬으로도 제일가는 음식이다. 여기다가 표고버섯쯤 곁들여서 고명으로 국에 띄워 놓는다면 향기와 연미軟味가 한데 어우러져서 세속의 음식 같지 않다.

화냥기 든 여자를 두고 '뱅어회 맛들였나?' 라고 비아냥댈 정도로 뱅어회의 맛은 뛰어났다. '월하시* 맛에 밤새는 줄 모르고, 뱅어국에 허리 부러지는 줄 모른다' 라는 식담이 보여 주듯 뱅어국의 맛 또한 결코 그에 뒤지지 않았다. 뱅어가 인기를 끌었던 이유는 맛 때문만이 아니었다. 한때 영산강

* 진상품인 토종 홍시감

지역의 여자들 사이에 뱅어를 먹기 위한 계가 유행했던 적이 있다. 초겨울에 뱅어를 먹으면 속살까지 희어진다는 속설 때문이었는데, 이들은 뱅어의 흰 몸빛에서 우윳빛 살결을 떠올렸던 모양이다. 건강을 위해서 뱅어를 먹는 사람들도 있었다. 압록강 지역에서는 뱅어회를 먹으면 몸속의 회충이 죽어 나온다고 해서 뱅어를 구충제로 사용했다고 한다.

여러 가지 측면에서 뱅어의 특징들은 본문의 설명과 잘 일치한다. 그런데 한 가지 의문점이 있다. 위에 나온 자료들을 살펴보면 하나같이 뱅어가 강에서 잡히는 것으로 되어 있다. 서유구도 『난호어목지』에서 뱅어의 산지 여러 곳을 언급한 바 있는데, 이곳들 역시 모두 강이다.

> 한강의 것이 가장 좋고 장단의 임진강과 평양의 대동강의 것이 다음이며, 호서의 금강 상 · 하류 및 호남의 함열 등지와 영남의 김해 등지에도 역시 뱅어가 난다.

뱅어류는 보통 민물고기로 분류된다. 평소에는 해안 가까운 담수나 기수지역에서 살다가 봄철 산란기가 되면 하천 쪽으로 한참 올라와 산란하기 때문이다. 박도순 씨도 뱅어는 민물고기라고 단언했다.

"뱅어는 민물에 나는 거 아닌가? 여긴 없어라."

그러나 이청은 백어가 흑산 바다에서 잡힌다고 밝혔다. 선뜻 백어를 뱅어로 단정 짓지 못한 것은 바로 이런 이유 때문이었다.

그런데 우연히 뱅어와 거의 똑같은 생김새를 하고 바다에서 살아가는 물고기를 발견했다. 경남 남해 미조만에서의 일이었다. 미조는 경남 서남부에 위치한 조그만 어촌마을이다. 바다가 보고 싶어 무작정 길을 나섰는데 시간이 맞는 차편을 구하다 보니 행선지가 미조가 되어버렸다. 해안선을 따라 꼬불꼬불하게 이어진 고갯길을 몇 번이나 넘었을까. 마침내 미조 마을이 나타났다. 조그만 갯마을은 여유 있게 늘어진 뒷산에 안겨 평화로운 분위기를 자아내고 있었다. 논 사이로 난 오솔길을 걸으며 시골의 흥취에 흠뻑 젖어들었다. 길 옆쪽으로 조그만 개울이 하나 흐르고 있었다. 개울을 따라가면 바다가 나오겠구나 생각하며 걸어가고 있는데, 얼핏 물 속에서 뭔가 움직이는 듯한 모습이 보였다. 내가 걸음을 멈추자 움직임도 따라서 멈췄다. 물 속을 살폈지만 아무것도 보이지 않아 다시 길을 걷기 시작했다. 몇 걸음 옮기지 않아 다시 요란한 움직임이 일어났다. 물 속에서 뭔가 요동치고 있는 것이 분명했다. 결국 참지 못하고 개울로 뛰어내렸다. 발이 지면에 닿는 순간 주변의 수면은 온통 어지러운 파동들로 가득 찼다. 그 움직임의 주인공은 뜻밖에도 실처럼 가늘고 투명한 모습의 작은 물고기였다.

자세히 살펴보니 온 개울이 이 물고기들로 가득했다. 이미 죽어버린 물고기의 시체들이 곳곳에서 눈에 띄었는데 모두 하얀색으로 변해 있었다. 살아있는 물고기의 몸은 눈을 제외하고는 거의 완전히 투명했고, 옆구리 쪽에 탁한 점 같은 것들이 줄지어 늘어서 있었다. 몸길이는 십여 센티미터 정도였다. 처음에는 뱅어가 아닌가 생각했지만 손바닥에 올려놓고 자세히 보니 몸에는 비늘이 없다.

살아 있을 때는 투명하지만 죽으면 몸빛깔이 흰색으로 변한다.

등지느러미는 몸의 뒤쪽에 치우쳐 있다.

아래턱이 위턱보다 길다.

좌우의 배지느러미가 합쳐져 빨판 구조를 이룬다.

배 쪽에 자흑색의 점들이 줄지어 늘어서 있다.

생김새가 달랐다. 입이 뭉툭하고 몸꼴은 뱀장어형이었다. 재미있는 것은 이들의 행동이었다. 살며시 다가갔는데도 어떻게 알아차렸는지 일제히 몸을 흔들며 마구 헤엄치는 통에 주변 일대는 광란의 도가니가 되고 말았다. 그리고 한바탕 소동이 끝나고 나면 언제 그런 일이 있었냐는 듯 뻘 군데군데 나 있는 구멍 속에* 머리나 꼬리를 들이민 채 꼼짝도 하지 않았다. 입에서 저절로 가락이 흘러나왔다. 무궁화 꽃이 피었습니다. 도랑 곳곳에는 진수성찬을 노리고 몰려든 백로와 청둥오리 떼가 눈을 잔뜩 부라리고 있었다.

해변을 따라 한참을 더 걸어 들어갔다. 저 멀리 이곳 주민인 듯한 사람들이 그물을 들고 있는 모습이 보였다. 뭔가 잡으려는 모양이었다. 그 중 한 사람이 30미터쯤 되는 그물의 한쪽 끝을 잡고 물 속으로 텀벙텀벙 걸어 들어가더니 커다랗게 호를 그리며 원래의 자리로 되돌아왔다. 그리고는 제자리에 서 있던 사람과 함께 그물을 끌어당기기 시작했다. 무엇을 잡고 있는

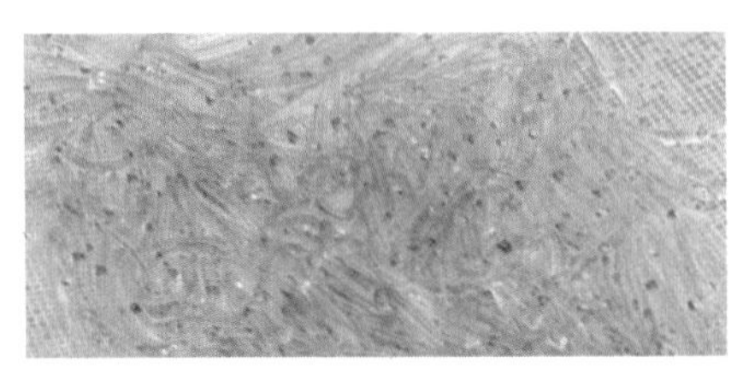

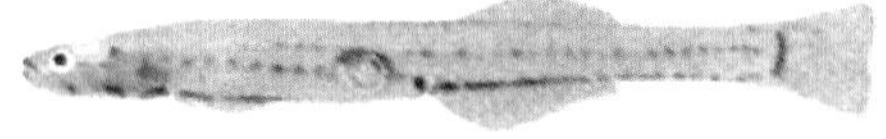

◉ 사백어 *Leucopsarion petersii* Hilgendorf

◉ **그물에 잡힌 사백어** 끌어올린 그물 속에는 조금 전 도랑에서 본 물고기들이 바글거리고 있었다.

* 스스로 뚫어 놓은 것처럼 보였다.

지 궁금해져 가까이 다가가서 살펴보니 끌어올린 그물 속에는 조금 전 도랑에서 본 물고기들이 바글거리고 있었다. 그물눈이 모기장만큼 잘아서 여러 물고기의 치어, 망둑어, 복섬, 새우 등도 함께 걸려들었지만 역시 그 가늘고 긴 물고기들이 대다수였다. 옆에서 기다리고 있던 아주머니는 그물이 올라오자마자 장갑을 낀 손으로 복섬을 일일이 골라내어 옆 갯가에 아무렇게나 던져버렸다. 복섬은 이를 빠드득거리며 진저리를 치더니 곧 바다로 돌아가기 위해 몸을 퉁겨 올리기 시작했다. 녀석들도 아마 이 물고기를 잡아먹으려고 몰려든 것이리라. 물가는 투명한 물고기 떼와 이를 잡으려는 이들이 뿜어내는 투쟁의 열기로 가득했다.

"이것 이름이 뭔가요?"

"빼아리예."

"빼아리라구요. 다른 물고기 새끼인가요?"

"아인데예. 이기 다 큰 놈입니더."

"먹는 물고기인가요?"

"국에도 넣고, 회도 묵는데 거의 잇갑으로 팔아예"

'빼아리'는 매년 이맘 때(5월경)쯤 해변으로 몰려온다고 했다. 현지인들의 말대로 성어가 분명하다면 이 물고기들은 산란을 위해 개울로 올라오는 것일 테고 뻘 속에 굴을 파는 행동도 이해할 수 있게 된다.

도감을 찾아보고 이 물고기가 망둑어과의 사백어라는 사실을 알아낼 수 있었다. 형태와 산란습성이 관찰한 내용과 정확히 일치했다. 사백어는 5센티미터 전후의 길이로 배 아래쪽에는 빨판이 발달해 있으며, 봄철의 산란기에 내만으로 몰려와서 하구의 돌 밑에 산란한다. 암컷은 산란 후 바로 죽지만 수컷은 알이 부화할 때까지 곁에서 보호하다가 죽는 습성이 있다. 사백어死白魚는 죽으면 하얗게 빛깔이 변한다고 해서 붙여진 이름이다. 살아 있을 때는 유리처럼 투명하던 놈들이 죽으면 거짓말처럼 우윳빛으로 빛깔이 변해버린다. 사백어는 볼락낚시의 특효미끼로 쓰이지만, 그 맛을 즐기는 사람들도 많다.

뱅어포에는 뱅어가 없다

죽은 후에 빛깔이 변한다든지 바다에서 살다가 개울 가까이로 몰려드는 습성을 보면 얼핏 사백어가 조선소에서 잡히는 빙어와 같은 종이 아닌가 하는 생각이 든다. 이름*이나 전체적인 생김새가 일치한다는 점도 이러한 추측을 뒷받침한다. 이청도 사백어를 관찰하고 육지의 강에서 잡히는 뱅어와 같은 종이라고 생각하게 된 것이 아닐까? 그러나 사백어는 그리 흔하지 않은 종이다. 흑산도에서 잡혔다는 공식보고도 아직 없다. 아무래도 사백어를 백어로 보기는 힘들 듯하다.

백어의 후보로 내세울 만한 물고기가 또 하나 있다. 실치라고 불리는 물고기가 바로 그 주인공이다. 실치는 베도라치나 괴도라치의 새끼로 투명한 국수 면발 같은 모습을 하고 있다. 회잔어라는 이름에도 잘 어울린다. 3~4월에 갓 잡아올린 싱싱한 실치를 쑥갓이나 깻잎, 미나리 등과 함께 초고추장에 버무리고 참기름을 살짝 쳐서 먹으면 부드러운 실치가 야채와 함께 씹히는 절묘한 맛을 느낄 수 있다. 실치는 사백어처럼 뱅어라고 불리기도 한

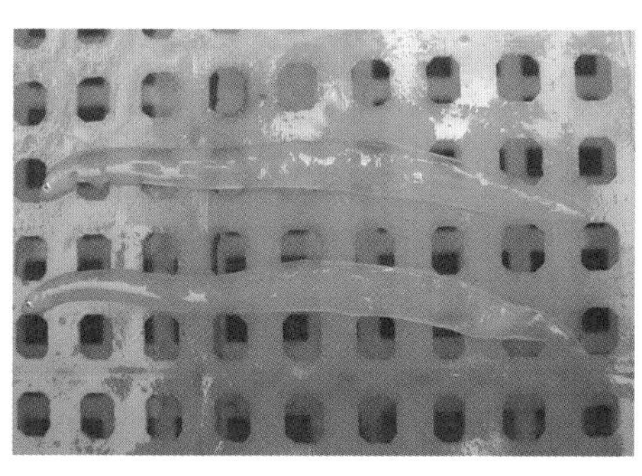

◉ **투명한 물고기** 실치는 베도라치나 괴도라치의 새끼로 투명한 국수 면발 같은 모습을 하고 있다.

* 사백어의 방언인 뺑아리나 방어는 모두 뱅어 혹은 백어가 변해서 된 말이 분명하다.

다. 밑반찬이나 술안주로 쓰이는 뱅어포도 사실은 뱅어가 아니라 실치로 만든 것이다. 그러나 실치를 백어로 놓아도 전혀 문제가 없는 것은 아니다. 박도순 씨는 빙어가 조선소의 개울로 몰려 올라온다고 했지만 실치는 이렇게 개울로 거슬러 오르는 습성이 없다.

여름에 다시 찾아간 우이도에서 회잔어의 정체에 대한 결정적인 단서를 찾을 수 있었다. 진리 포구에 내려 마을로 향해 난 길을 따라 걸어가고 있을 때였다. 길 옆에 쌓아 놓은 그물더미에 새끼손가락보다 작은 물고기들이 노랗게 엉겨 붙어 있는 모습이 눈에 띄었다. 뭔가 하고 몇 마리를 집어든 순간 깜짝 놀라고 말았다. 실치나 사백어와는 달리 뾰족하게 생긴 주둥이, 몸 뒤쪽에 치우쳐 있는 등지느러미, 뒤로 갈수록 넓어지는 납작한 몸꼴. 뱅어가 틀림없었다. 문채옥 씨에게 주워온 뱅어를 내보이며 이 물고기가 언제 잡히느냐고 물었다.

"지금 잡혀. 물 들면 잡고 그라제. 여그서는 그 뱅어 새끼를 냉멸이라 그래."

흑산 근해에 뱅어가 회유한다면 이청이 말한 백어와 박도순 씨가 말한 빙어를 모두 같은 종으로 볼 수 있게 된다. 문득 함성주 씨로부터 들은 뱅애 이야기가 떠올랐다.

"초겨울에 나는 반투명하고 길쭉한 작은 고기 맞죠? 눈도 까맣고.

◉ **뱅어회와 뱅어포** 3~4월에 갓 잡아올린 싱싱한 실치를 쑥갓이나 깻잎, 미나리 등과 함께 초고추장에 버무리고 참기름을 살짝 쳐서 먹으면 부드러운 실치가 야채와 함께 씹히는 절묘한 맛을 느낄 수 있다. 실치는 사백어처럼 뱅어라고 불리기도 한다. 밑반찬이나 술안주로 쓰이는 뱅어포도 사실은 뱅어가 아니라 실치로 만든 것이다.

미끌미끌하고. 새우그물에 많이 걸려요. 대부분 10센티 내외 정도의 크기고 맛은 담백해요. 말려서 간장과 설탕에 조려 먹으면 맛있어요. 그런데 목포 애들은 같은 조림을 도시락 찬으로 싸와도 멸치를 싸오는데 섬놈들은 뱅애 조림 반찬 싸왔지요. 그거 무지 챙피한 일이었습니다."

뱅애가 임금에게 진상되던 물고기 뱅어였다는 사실을 알았다면 오히려 목포 친구들에게 뱅애조림 반찬을 자랑스레 내보일 수 있었을 텐데 아쉽다.

말라붙은 표본만으로 종까지 분류할 수는 없었다. 때를 맞추어 싱싱한 개체를 살펴본다면 정약전과 박도순 씨가 본 뱅어가 어떤 종류인지 알 수 있을 것이다.

멍텅구리배

옛 문헌에는 얼음 아래로 그물을 내려 뱅어를 잡았다는 기록이 나온다. 그러나 근대에 접어들면서부터는 부망敷網이나 안강망을 사용하는 방식이 주를 이루게 된다. 부망은 물 속에 펼쳐두었다가 물고기 떼가 그 위로 모이면 들어올려서 잡는 그물이며, 안강망은 조류가 빠른 곳에서 물살에 밀려오는 물고기 떼를 가두어 잡는 함정 모양의 그물이다. 이렇게 잡아 올린 뱅어는 회, 국, 포, 젓 등의 다양한 음식으로 요리되어 미식가들의 입맛을 다시게 했다. 그러나 뱅어는 점점 전설 속의 물고기가 되어가고 있다. 수질이 오염되고 강하구가 방조제로 막히면서 뱅어 자원은 눈에 띄게 감소했고, 지금은 뱅어를 잡으려는 어부들조차 찾아보기 힘든 지경에 이르렀다. 상큼한 오이향을 자랑하던 뱅어회를 언제나 다시 맛볼 수 있을까?

이제 뱅어회의 명성을 실치회가 대신 차지하고 있다. 식당에서 뱅어회라고 내놓는 것을 봐도 십중팔구가 실치회다. 실치 하면 생각나는 것 중 하나가 멍텅구리배다. 멍텅구리배는 실치잡이에 사용되는 어선인데, 동력장치가 없어 다른 배의 도움 없이는 움직일 수 없다고 해서 이 같은 이름으로 불린다. 멍텅구리배에 동력장치가 달려 있지 않은 이유는 움직일 필요가 없기 때문이다. 대상어종이 실치나 새우처럼 몸이 작고 헤엄치는 능력이 약해 조류에 밀려다니는 것들이다 보니 애써 쫓아다니기보다는 조류의 흐름을 가로막고 서서 가만히 기다리는 편이 훨씬 효율적이다. 따라서 멍텅구리배에는 엔진 대신 아름드리 통나무를 열 십 자 모양으로 얽어서 만든 엄청난 크기의 닻과 배를 가로질러 그물을 넓게 펼치기 위한 20미터 길이의 튼튼한 통나무가 설치되어 있다.* 조업 방식도 매우 간단하다. 배를 한 곳에 고정시킨 다음 그물을 펼치고 있으면 조류에 떠밀려온 실치가 얌전히 들어와서 차곡차곡 쌓인다. 선원들은 가끔씩 그물을 끌어올려 잡힌 물고기를 꺼내주기만 하면 된다.

어법이 간단하다는 사실이 편하게 물고기를 잡을 수 있다는 것을 의미하지는 않는다. 오히려 멍텅구리배 조업은 노동 강도가 높은 것으로 유명하다. 하루에도 몇 번씩 그물을 끌어올려야 하는데, 그물눈이 작은 만큼 이때의 체력소모는 상상을 초월할 정도다. 그뿐만이 아니다. 멍텅구리배의 선원들은 극도로 열악한 생활환경을 견뎌내야 한다. 의식주를 모두 배에서 해결하고 하루 종일 하늘과 바다만 바라보다 보면 정신과 육체가 함께 피폐해지기 마련이다. 생명의 위협도 곳곳에 도사리고 있다. 과로나 졸음에 의한 실족사, 선상폭력에 이르기까지 만만한 것이 하나도 없다. 폭풍우로 날씨가 나빠지면 피할 수가 없어 막대한 인명피해가 발생하기도 한다. 실제로 지난

* 좌우로 펼쳐진 통나무는 마치 비행기의 날개처럼 보이는데, 한국전쟁 당시 오인 폭격을 염려한 주민들이 서둘러 통나무를 잘라내었다는 이야기가 전해온다.

1987년 태풍 셀마로 인해 낙월도에서 조업하던 멍텅구리배 다섯 척이 침몰하고 29명이 수장되는 대참사가 발생하기도 했다.

멍텅구리배를 타는 이들은 대부분 외지에서 온 뜨내기들이었다. 연고자가 없다보니 제대로 된 대우가 이루어질 리 없었다. 계약기간을 채우기 전에 배를 떠나면 한 푼도 건지지 못했고, 그나마 떠나기도 쉽지 않았다. 인원을 유지하기 위해 무자비한 구타와 협박이 행해지는 경우가 많았기 때문이다. 이 같은 소문이 퍼져나가면서 일손을 구하기가 점점 어려워지자 마침내 인신매매까지 등장하게 된다. 한때 사람이 한동안 보이지 않으면 새우잡이 어선에 끌려갔냐고 물어볼 정도로 대단한 악명을 떨치기도 했지만 정부의 어선 동력화 계획 발표와 함께 멍텅구리배의 운명은 순식간에 종말로 치닫게 된다. 그리고 지금은 해변에 아무렇게나 내버려진 멍텅구리배의 잔해에서 그에 얽힌 사연들을 간신히 떠올려 볼 수 있을 뿐이다.

◉ 영화 〈가슴에 돋는 칼로 슬픔을 자르고〉 몇 년 전 '가슴에 돋는 칼로 슬픔을 자르고'라는 제목의 영화가 개봉된 적이 있는데, 멍텅구리배를 둘러싼 인신매매, 인권 문제 등을 다루어 화제가 되었다.

새우 이야기

멍텅구리배는 사라졌지만 요즘은 그 자리를 원리가 거의 유사한 닻배(닻자망)가 대신하고 있다. 멍텅구리배나 닻배나 어차피 눈이 가는 그물을 끌어올려야 하기 때문에 힘들기는 마찬가지다. 족대로 물고기를 잡아보면 그물눈의 크기에 따라 받는 힘이 얼마나 달라지는지 쉽게 느낄 수 있다. 그물눈이 작을 경우 물살이 조금만 빨라도 혼자서 버티기가 힘들다. 더욱 눈이 가는 데다 엄청나게 커다란 그물을 끌어올린다고 생각해보면 그 노동의 강도가 어느 정도일지 짐작할 수 있을 것이다. 다음은 새우잡이 뱃노래의 한 소절이다.

어떤 사람 팔자가 좋아
고대광실 높은 집에
호의호식 잘하는데
이놈 팔자 무슨 팔자로

남 자는 잠 못 자면서
이 고생이 왠 말인가

그물을 끌어올린다고 해서 끝나는 것이 아니다. 그물 속에는 새우 외에도 반지, 갈치새끼, 서대, 갯가재, 해파리 등이 함께 들어 있는 경우가 많으므로 이를 일일이 종류별로 가려 놓아야 한다. 요즘에는 연안이 오염되면서 심할 때는 한 그물 가득 쓰레기만 올라올 때도 있다. 이렇게 올라온 쓰레기를 치우는 것도 예삿일이 아니다. 그 다음에는 새우를 크기와 종류에 따라 나누는 작업이 기다리고 있다. 이렇게 힘들여 잡아 올린 새우는 오래 전부터 우리 선조들의 밥상에서 중요한 자리를 차지해왔다. 『현산어보』에는 새우가 해하라는 이름으로 기록되어 있다.

해하海鰕

[대하大鰕]

길이는 한 자 남짓하다. 빛깔은 희거나 붉다. 등은 굽어 있고 몸에는 껍질이 있다. 꼬리가 넓고 머리는 석해石蟹를 닮았다. 눈이 튀어나와 있으며 두 개의 붉은 수염은 몸길이의 세 배나 된다. 머리 위에 가늘고 단단하며 날카로운 뿔이 두 개 있다. 다리는 여섯 개이고, 가슴 앞에 또 두 개의 다리가 있는데 매미의 부리〔蟬緌〕처럼 생겼다. 배 밑에는 쌍으로 된 판이 세워진 채 다닥다닥 붙어 있다. 이것과 가슴 · 다리 · 배 사이에 알을 품는다. 헤엄을 곧잘 치고 걷기도 한다. 맛은 매우 감미롭다.

◉ 하 길이는 한 자 남짓하다. 빛깔은 희거나 붉다. 등은 굽어 있고 몸에는 껍질이 있다. 꼬리가 넓고 머리는 석해石蟹를 닮았다. 눈이 튀어나와 있으며 두 개의 붉은 수염은 몸길이의 세 배나 된다. 머리 위에 가늘고 단단하며 날카로운 뿔이 두 개 있다.

중간쯤 되는 놈은 길이가 3~4치 정도이고, 흰 놈은 크기가 두 치, 보릿빛인 놈은 크기가 5~6치, 작은 놈은 개미만큼 작다.

이청의 주 『이아』〈석어편〉에서는 호鰝를 대하라고 했고, 진장기는 "바다 속에 사는 홍하紅鰕는 길이가 한 자 정도인데, 수염으로 비녀를 만들 수 있다"라고 했다. 이는 곧 대하를 말한 것이다.

새우는 집게나 게와 같은 갑각류에 속한다. 몸은 가늘고 긴 모양인데, 머리가슴보다 뒤의 배와 꼬리부분이 더 길다. 배는 굽혔다 폈다가 자유로우며, 끝부분은 부채 모양으로 펼쳐진다. 우리 나라에는 약 90여 종의 새우가 알려져 있다. 그 중 경제적 가치가 높은 종으로는 담수산인 가재 · 새뱅이 · 징거미새우, 해산인 도화새우 · 보리새우 · 대하 · 중하 · 꽃새우 · 젓새우 등을 들 수 있다.

새우에 대한 기록은 다양한 문헌에서 등장한다. 『동국여지승람』에는 대하가 경기 · 충청 · 전라 · 황해 · 평안 · 서해 5도, 중하가 경기 · 충청 · 평안, 백하가 경기 · 전라 · 황해, 하鰕가 전라 · 충청 · 평안도의 토산물로 기록되어 있다. 여기에서 백하는 돛대기새우로 추측되며 하는 어떤 종류인지 알 수 없다. 자하는 경상 · 전라 · 충청 · 경기 · 황해 · 평안 · 함경 등 전국적인 분포를 보이는데 새우류가 아닌 곤쟁이류를 말하는 것으로 생각된다. 『재물보』에서는 새우류를 인충鱗蟲에 넣고 그 종류로 미하米鰕 · 강하糠鰕 · 매하

梅鰕 · 해하海鰕를 들었다. 강하는 젓새우를 뜻한다. 『물명고』에서는 새우류를 개충介蟲에 넣고 『재물보』에 나오는 것과 같은 종류를 언급했다. 『전어지』에서는 새우류를 무린류無鱗類로 분류하고 『본초강목』과 『화한삼재도회』에 나오는 십여 종의 새우 이름을 인용한 다음 우리 나라에서 나는 강하, 백하, 홍하 등을 소개했다.*

새우를 음식재료로 썼다는 기록도 곳곳에서 확인된다. 『고려도경』에서는 일반 백성들이 수산물을 많이 먹는다고 전하면서 새우〔蝦王〕를 언급했고, 『세종실록』에는 백하젓, 자하젓 등을 명나라에 진공했다는 기록이 나온다. 『도문대작』에서는 "대하는 서해에서 난다. 알로 젓을 담그면 매우 좋다. 자하 역시 서해에서 난다. 옹강甕康 것은 짜고, 통인通仁 것은 달다. 호서湖西 것은 몸집이 크고 매운 맛이 나며, 의주義州 것은 잘고 단맛이 난다. 도하桃蝦는 부안과 옥구 등지에서 난다. 빛깔이 복숭아꽃과 같은데 맛이 매우 좋다"라고 밝혔다. 『증보산림경제』와 『군학회등君學會騰』에서는 "대하大蝦는 쪄서 볕에 말려 먹고, 중하中蝦는 살을 가루 낸 다음 주머니에 넣어서 장독에 담고, 세하細蝦는 젓갈을 담는 데 쓴다"라고 기록했다. 『규합총서』에서는 생새우 꼬치구이, 새우를 재료로 한 어육장, 대하가 들어가는 열구자탕, 새우를 말려서 붉은빛이 변하지 않게 하는 법 등을 소개해 놓았으며, 『난호어목지』에는 미리 젓을 담글 독과 소금을 어선에 싣고 출어하여 새우가 잡히는 대로 선상에서 새우젓을 담갔다는 내용의 기사가 실려 있다.

새우는 음식뿐만 아니라 약재로도 많이 활용되었던 모양이다. 『동의보감』

* 책마다 새우를 다르게 분류한 것을 보면 옛 사람들이 새우를 어느 분류군에 집어넣어야 할지 몰라 고민했다는 사실을 알 수 있다. 지금 입장에서는 새우를 게나 가재와 같은 개류에 집어넣는 것이 당연해 보이지만 계통에 대한 지식이 없었던 예전에는 이것이 그리 간단한 문제가 아니었다. 『재물보』의 저자 이만영은 새우의 껍질이 연해서 단단한 껍질을 가진 개류介類와는 차이가 있다고 보았던 것 같다. 정약전도 껍질이 연한 새우는 무린류로, 껍질이 단단한 닭새우는 개류로 분류했다. 그러나 이만영은 새우의 등껍질을 비늘의 일종으로 파악하여 인충류로 놓음으로써 정약전이나 서유구와는 다른 견해를 보이고 있다.

〈탕액편〉에서는 "성질이 평하고 맛이 달며 독이 약간 있다. 5가지 치질을 치료한다. 오랫동안 먹으면 풍을 일으킨다. 강이나 바다에서 나는 큰 것은 삶으면 빛깔이 희게 변한다. 개울이나 물웅덩이에서 나는 작은 것은 어린아이의 적백유종赤白遊腫에 쓰는데, 삶으면 빛깔이 붉게 변한다"라고 새우의 약성을 소개하고 있다. '떫은 감을 먹다가 체했을 때 새우를 먹으면 효과가 있다', '여름철 꽁보리밥을 먹다가 체한 데 민물새우로 만든 토하젓이 특효다', '홍역이나 두드러기가 났을 때 먹으면 좋다', '껍질을 볶은 다음 가루로 만들어 환부에 바르면 악성 종기치료에 특효다' 라는 등의 민간처방들도 전해온다.* 실제로 새우는 단백질, 칼슘, 비타민 등의 다양한 영양소를 함유하고 있으며, 각종 성인병과 식욕 부진, 피로, 정력 감퇴 등에도 효과가 있는 것으로 알려져 있다. 그리고 최근에는 새우의 껍질에 함유된 키토산이 항암작용을 비롯한 갖가지 효능을 갖고 있다는 사실이 새롭게 밝혀지면서 이를 상품화하려는 연구가 활발하게 이루어지고 있다.

* 돼지고기를 먹을 때 새우젓을 함께 내놓는 것도 같은 맥락으로 이해할 수 있다.

큰 새우 작은 새우

안옥규는 새우의 옛말이 새비, 사이, 사요, 새오라는 점에 착안하여* 그 어원을 '숿'으로 추정한 바 있다. '숿'은 '사리다'의 옛말이므로 결국 새우는 '몸을 사리는 습성이 있는 동물' 정도의 뜻으로 풀이된다. 중국에서는 수염이 길고 허리가 굽었다고 해서 새우를 해로海老라고 불렀다. 몸을 사리거나 굽히는 것을 약자나 하는 행동이라고 생각했기 때문인지 우리 선조들은 예로부터 새우를 작고 힘없는 동물의 대표격으로 여겨왔다. 이러한 생각은 새우를 주인공으로 한 속담들에서도 잘 드러난다. 약한 사람에게 무리하게 중벌을 준다는 뜻으로 '새우가 벼락 맞은 폭이나 된다'라는 말이 있으며, 몹시 좀스럽고 인색한 사람을 두고 '새우 간을 빼 먹겠다'라고 빈정댄다. '새우도 반찬이다'라는 말은 보잘 것 없어 보이는 것도 나름대로 쓸모가 있다는 뜻이고, '새우로 잉어를 잡는다'라는 말은 적은 밑천으로 큰 이득을 얻는다는 뜻이다. 커다란 덩치를 가진 고래가 새우의 비교대상으로 등장하는 경우도 많은데, '고래싸움에 새우 등 터진다',** '새우를 잡으려다가 고래

* 지금도 그 흔적은 새비, 쇄비, 새오 등의 방언으로 남아 있다.

** '새우싸움에 고래 등 터진다'라고 하여 아랫사람이 저지른 일로 윗사람에게 해가 미침을 풍자하기도 한다.

를 놓친다', '고래 그물에 새우만 잡힌다' 등의 속담들이 대표적인 예다.

그런데 새우 중에서도 그 크기와 가치가 웬만한 바다물고기들을 훨씬 능가하는 것들이 있다. 왕새우라고 불리는 대하가 그 대표적인 예로 큰 놈은 몸길이 26센티미터 이상까지 자라며, 인공양식을 시도할 정도로 경제성도 뛰어나다. 정약전이 해하의 대표종으로 대하를 선택한 이유도 이와 무관하지 않을 것이다. 대하의 몸빛깔은 연한 회색으로 짙은 점무늬가 곳곳에 흩어져 있다. 몸의 아래쪽은 황색 또는 주홍색을 띠고 꼬리 끝은 진한 주홍색에 흑갈색 테두리가 있다. 대하의 머리에는 다른 갑각류들과 마찬가지로 두 쌍의 더듬이가 달려 있다. 이 중 두 번째 더듬이에서 기다란 채찍과 날카로운 가시가 돋아 있는데, 본문에 나온 수염과 뿔은 이 채찍과 가시를 말한 것으로 보인다. 대하의 머리에는 이것 외에도 큼직하고 톱니가 나 있는 이마뿔이 나 있어 훌륭한 방어무기 역할을 한다.

"먼바다에 나가서 자망으로 잡지라. 좋은 손님한테 선물할 때 대하와 전복을 같이 하기도 하고 산모에게 좋다고 미역국하고 같이 끓여서 먹이기도 해요."

박도순 씨는 대하를 전복에 비견할 만한 먹을거리로 평가했다. 이 말은 결코 허언이 아니다. 서해안 지방을 돌아다니다 보면 어디에서나 대하구이 집들을 만날 수 있으며, 곳곳에 널리고 널린 것이 대하양식장이다. 전국 최대의 대하 산지인 안면도에서는 '여름 피서객 가을 대하에 안면도 경기가 흔들린다'라는 말이 나돌 정도로 대하의 경제적 가치가 높은 평가를 받고

◉ **새우를 그린 민화** 동양화에서 새우 그림이 나오면 해로偕老, 즉 부부의 백년해로를 기원한다는 뜻으로 해석해야 한다.

있다. 대하의 인기 비결은 간단하다. 담백한 맛이 일품인 데다 영양가가 높고, 남성의 양기를 돋운다는 소문*까지 돌고 보니 사람들이 찾지 않을 도리가 없는 것이다. 이 밖에도 대하에는 냉증 · 저혈압 · 부스럼 · 가려움증을 치료하고, 고도불포화지방산과 타우린이 많아 성인병을 예방하는 효과가 있다는 사실 등이 알려져 있다.

대하는 어떻게 요리해도 뛰어난 맛을 내지만 가장 대표적인 요리를 꼽으라면 역시 대하구이를 들 수 있겠다. 살이 통통하게 오른 대하가 불판 위에 두툼하게 깔아놓은 왕소금과 함께 노릇노릇 익어 가는 모습은 상상만 해도

◉ **대하** *Fenneropenaeus chinensis* (Osbeck)

* '총각에게는 대하를 먹이지 말라' 라는 속담이 대하의 강정효과에 대한 사람들의 믿음을 잘 보여준다.

절로 군침이 도는 장면이다. 어떤 이들은 대하의 참맛이 회에 있다고 주장하기도 한다. 수족관에서 펄펄 살아 헤엄치는 대하를 뜰채로 건져내어 산 채로 초고추장에 찍어 먹으면 갑각류 특유의 향에 쫄깃쫄깃하게 씹히는 감촉이 혀를 즐겁게 한다. 그리고 대하튀김을 빼놓고는 대하 요리를 논할 수 없다. 싱싱한 대하를 껍질째 튀겨내면 바삭바삭 씹히는 맛과 깊은 감칠맛을 동시에 느낄 수 있다. 이때 주의할 것은 머리 부분을 버려서는 안 된다는 점이다. 머리를 따로 모아 놓았다가 약한 불에 바삭바삭하게 익혀 먹으면 고소한 맛이 일품이기 때문이다. 대하를 맛있게 먹는 또 한 가지 방법은 게장처럼 간장에 절여서 먹는 것이다. 대하장은 밥반찬으로도 좋고 술안주로도 좋은데, 부드럽게 입안을 감치는 맛이 회와 비슷하면서도 회는 아닌 독특한 맛을 낸다. 이 밖에도 대하로 만들 수 있는 요리로는 찜, 탕, 전골 등 여러 가지가 있다.

가장 큰 새우가 있다면 반대로 가장 작은 새우도 있을 것이다. 정약전은 본문에서 개미만 한 새우가 있다고 밝혔는데, 이것은 곤쟁이류를 말한 것으로 보인다. 박도순 씨의 말도 이를 뒷받침한다.

"자하가 가장 작은 것이여. 아주 잘잘해. 머리가 빨가도 안 하고 하야도 안 하고 그런 게 있지라. 보라

◉가장 큰 새우(위.대하)와 가장 작은 새우(아래.자하)

색이라고 말하기도 그런디…"

자하는 연안에 사는 몸길이 1센티미터 안팎의 붉은색 곤쟁이를 가리킨다.*

비인만 일대는 자하 산지로 유명하다. 여름이 깊어 가면 이곳에서는 독특한 광경이 펼쳐진다. 조금을 전후한 시기 수백 명의 사람들이 모여들어 모기장 같은 그물을 매단 쪽대를 끌고 얕은 바닷물 속을 이리저리 훑고 다니는 것이다. 그 이유는 물론 자하를 잡기 위해서다. 이렇게 전통적인 방식으로 잡아낸 자하는 그물로 잡은 것에 비해 신선하고 상처가 적어 높은 값을 받을 수 있다. 자하잡이로 연간 천만 원 가까운 소득을 올리는 어민들도 꽤 있다고 하니 작은 새우라고 해서 얕볼 일이 아니다.

정약전은 이 밖에도 중간쯤 되는 놈과 흰 놈을 언급하고 있다. 말 그대로 해석한다면 중간쯤 되는 놈을 중하, 흰 놈은 백하라고 부를 수 있을 것이다. 그러나 지금도 마찬가지지만 예전에도 새우류는 분류하기가 힘들어 대략 비슷한 시기에 나오는 그만그만한 놈들을 한데 묶어 같은 이름으로 불렀을 가능성이 높다. 따라서 본문의 내용만으로 정확한 종을 동정하기는 힘들 것 같다.

* 엄밀히 말하면 사실 곤쟁이류는 새우가 아니다. 새우류가 갑각류 장미아강長尾亞綱에 속하는 것과는 달리 곤쟁이류는 껍질이 연한 연갑아강軟甲亞綱에 속하는 동물이기 때문이다. 또한 가슴다리가 8쌍이고, 가슴다리의 기부에 아가미가 노출되어 있다는 점에서도 곤쟁이류는 새우류와 분명한 차이를 보인다.

탑영감의 전설

읍동 선착장을 돌아 고갯길로 들어섰다. 길 오른편 산 중턱에 목걸이처럼 걸려 있는 반월성의 모습이 눈에 들어왔다. 반월성은 성벽이 산을 반달 모양으로 둘러싸고 있다고 해서 붙여진 이름이다. 앞은 높은 성벽이 가로막고, 뒤쪽에는 세찬 파도와 깎아지른 듯한 절벽이 버티고 섰으니 그야말로 천혜의 요새라 부를 만하다. 그러나 아무리 정성을 들였다 한들 세월의 흐름을 막을 수 있는 요새란 존재하지 않는 법이다. 몇 백 년의 시간이 흐른 지금 자연석으로 쌓아올린 성벽은 거의가 무너져 내렸고, 성내에는 우물터나 조그만 건물 하나도 남아 있지 않다. 차에서 내려 반월성을 촬영하고 있는데, 골짜기 아래쪽에 커다란 팽나무 한 그루가 서 있는 모습이 보였다. 팽나무 앞에는 조그만 탑과 석등이 하나씩 놓여 있었다. 김준모 씨에게 잠시 기다려달라고 부탁한 후 한참 공사가 진행중인 진입로를 따라 골짜기로 내려갔다.

탑과 석등은 팽나무 뿌리 때문인지 다소 기울어진 모습이었다. 군데군데

◉ **반월성** 반월성은 성벽이 산을 반달 모양으로 둘러싸고 있다고 해서 붙여진 이름이다.

패이고 갈라진 것이 꽤 연륜이 있어 보인다. 최익현은 백 수십 년 전 이곳을 방문하고 다음과 같은 시를 남겼다.

외로운 성 쌓던 그때 생각도 많았겠지
누가 지난 일을 말해 주리
거친 대臺엔 사람 가니 꽃도 주인이 없고
옛 탑엔 구름 비었으니 새만 노래하네
다른 시대 흥망도 이 마음을 설레니
한 구석 요새지라도 어찌 소홀히 하랴*

당시의 풍경도 지금과 그리 다르지 않았던 모양이다. 최익현은 탑과 석등을 불탑이라고 표현했다. 그렇다면 여기가 절터였다는 말이 되는데, 실제로 이곳에서 무심사無心寺라는 명문이 새겨진 기와편이 발견됨으로써 최익현의 추측이 사실이었음이 증명된 바 있다.

읍동 마을 사람들은 탑과 석등을 각각 수탑, 암탑, 혹은 탑영감, 안탑님이라고 부른다. 그리고 이를 반월성, 그 너머의 피받다랭이와 한데 묶어 전설을 만들었는데 그 내용이 상당히 재미있다.

먼 옛날 이곳에 탑영감이라고

◉ **석탑과 석등** 골짜기 아래쪽에 커다란 팽나무 한 그루가 서 있는 모습이 보였다. 팽나무 앞에는 조그만 탑과 석등이 하나씩 놓여 있었다.

* [원주] 성 아래에는 지금도 주춧돌과 불탑 2개가 남아 있다.

불리는 노인이 살았다. 어느 날 해적이 쳐들어와 탑영감과 도술 내기를 벌이게 되었는데, 탑영감은 탑을 깎아 만들고 해적들은 산에 성을 쌓아서 이긴 사람이 진 사람의 목을 베기로 했다. 결국 탑영감이 내기에 이겼고, 해적들은 산 너머 절벽에서 목을 베이게 된다. 탑영감이 깎은 탑은 팽나무 앞의 석탑이고, 해적들이 쌓다 만 성은 반월성이며, 해적들의 목에서 흘러나온 피가 얼룩진 곳이 바로 반월성 뒤 피받다랭이 절벽이다.

『도서문화』 6집에 실린 마리 박동언 씨의 이야기는 더욱 실감이 난다.

그러면 그 배들이 주로 우리가 생각하기에는 요새 같으면 고려자기 청자 비단 같은 것을 실은 기거든. 그런 배가 정박하고 있으면 인자 강도질하기 위해서 아주 도둑놈들 억센 놈들이 들어오는 거죠. 들어와서 인자 그 배들을 못살게 굴고 이런 풍이 있었는데 그것을 듣고 지금 그 장수가 어느 장수라는 것이 지금 아직 나타나지 않는단 말입니다. 희미해서 그래. 그 두 분이 들어왔어요. 흑산을 들어 와 가지고 인제 그 애들하고 결투하게 된 거죠. 그래 거기 가서 한 건데 그 너머 바위가 약 한 7, 8도 내지 6도 정도 경사진 딱 절벽이 있어요. 거기 그 절벽을 우리가 볼 때는 피바구다리라고 해 가지고 거기서 인제 칼 가지고 싸운다든가 안 되니까 뒤에는 그 장수들은 돌을 쌓고 성을 만들고 그 도둑놈들은 돌을 씨루고 없애고, 지금 우리가 알기로는 그 사람들은 이렇게 경쟁을 했는데, 끝내는

진 사람이 거기서 목에 칼을 맞기로 결정됐는가 봅니다. 그래서 끝내는 장수들 돌을 가지고 성을 만든 사람이 이겼어요. 그래서 장수는 인제 더 덕더덕 그 바위에 놓고 목을 쳐서 떠뜨렸는데 그 피가 거기에 바위에 금이 있어요. 흘렀어요. 그래서 그것을 피바구 바위라 하죠.

석탑과 석등은 그 양식으로 보아 모두 고려 초기에 만들어진 것으로 추정된다. 그렇다면 고려 초기에 이 골짜기에는 석탑과 석등을 갖춘 절이 서 있었다는 말이 된다. 그러면 과연 이러한 건축물들이 세워지게 된 배경과 목적은 무엇일까? 그리고 이 절터와 반월성 사이의 관계는 어떤 것일까?

반월성과 장보고

반월성의 유래에 대해서는 여러 가지 설들이 있다. 『조선보물고적조사자료』와 『문화유적총람』에서는 반월성을 외적을 방어하기 위해 고려 시대에 쌓은 성으로 보고 있다. 주민들의 구전이나 고려 양식을 따른 석탑과 석등의 존재도 이 같은 추측을 뒷받침한다. 그러나 이 성이 통일신라 말기 장보고에 의해 지어진 것이라는 주장도 만만치 않다. 흑산도 곳곳에 장보고와 관련된 전설들이 남아 있으며, 무엇보다도 반월성이라는 이름이 신라궁성의 이름과 일치한다는 점이 이러한 주장의 근거가 되었으리라.

흑산도는 예로부터 서해 중국 교통로의 요지였다. 통일신라시대 한반도 서남해안에서 중국에 이르는 길은 영암 덕진 구림지역(영산강)–흑산도–양주–명주로 연결되는 길과 남양만–황해–등주–장안으로 연결되는 길이 있었는데, 이 중 앞의 항로가 주로 이용되었던 것으로 보인다.* 장보고 선단이 이 해로를 이용했고, 흑산도가 그 길목에 있었다는 사실은 일본 승려 엔닌(圓因)의 『입당구법순례행기』에도 잘 나타나 있다. 엔닌은 장보고 선단

* 통일신라 말기의 많은 유학생들이 이 길을 따라 중국을 왕래했다. 최치원은 그 대표적인 인물이다.

의 도움으로 중국을 왕래했는데 다음은 그가 847년 귀국길에 남긴 기록의 일부다.

9월 4일 동쪽을 바라보니 산과 섬들이 겹겹이 늘어서 있었다. 뱃사공에게 물어보니 이곳은 신라 웅주熊州의 서쪽 경계로 본래 백제의 옛땅이었다고 한다. 하루 종일 동남쪽으로 향했는데 동서로 산과 섬들이 줄지어 있었다. 이날 고이도*에서 정박했다. 이 섬은 무주의 서남쪽 경계에 있고 그 서북쪽 100리쯤에 흑산이 있다. 흑산은 지형이 동서로 길게 늘어져 보이고 백제의 셋째 왕자가 도망해 피난한 곳인데, 지금은 300~400가구가 산중에 살고 있다.

흑산도는 중국, 한국, 일본을 연결하는 중요한 길목에 위치하고 있었다. 동북아 국제무역의 지배자였던 장보고가 흑산도의 중요성을 간과했을 리 없다. 그 뒤의 과정은 추측하기가 어렵지 않다. 사람들이 모여들어 400가구에 이르는 큰 마을을 형성하고, 선단의 순항을 기원하는 절과 방어용 성곽도 들어서게 되었으리라.

정약전은 반월성이 지어진 시기를 삼국시대 이전으로 추정하고 있다.

삼국시대 이전에는 임금이 헤아릴 수 없이 많았다. 흑산처럼 작은 섬에도 성과 궁궐터가 있으니 역시 과거에 후국侯國이 존재했음을 알 수 있다.

* 지금의 압해면 고이도로 추정된다.

반월성과 무심사터를 과거 흑산도에 존재했던 군소국가의 성과 궁궐터로 보았던 것이다. 이러한 생각을 전혀 허황된 것으로 몰아붙일 수는 없다. 흑산도는 오늘날의 김포공항이나 인천, 부산항과 같은 국제적인 항구였다. 외부와의 활발한 인적, 물적 교류는 흑산도의 문화를 상당수준까지 끌어올렸을 것이다. 그러나 한편으로는 흑산도 자체의 토착문화가 이러한 발전의 토대가 되었을 가능성도 생각해 봐야 한다. 섬 곳곳에 남아 있는 선사문화의 흔적들은 고대로부터 강한 토착세력이 형성되어 있었음을 보여주며, 백제 왕자가 피난했다는 이야기도 삼국통일 이전부터 흑산도의 토착세력이 어느 정도의 문화적, 경제적 배경을 갖고 있었음을 짐작케 한다.

장보고의 죽음과 함께 청해진이 무너졌지만 그 이후에도 흑산도의 토착세력은 여전히 건재했던 것 같다. 『고려사』에는 신라 말기 흑산도를 비롯한 서남해 연안의 섬들에 강한 토착세력이 남아 있었음을 보여주는 기록이 나온다.

> 여러 섬에서 고기를 잡고 소금을 만드는 이익과 목축의 번성, 해산물의 풍요는 나라에 없어서는 안 될 부분입니다. 우리 태조께서 신라와 백제를 아직 평정하지 못하셨을 때, 먼저 수군을 양성하여 친히 배를 타고 나주에 내려가서 이를 소유하니 여러 섬의 이익이 모두 우리에게로 돌아왔고, 그 재물의 힘을 이용하여 마침내 삼한을 통일할 수 있었습니다.

흑산도는 고려 전기까지 중요한 무역거점으로서의 위치를 유지했다. 『문헌비고文獻備考』에는 고려 초기 흑산도를 경유한 해로가 활발히 이용되고 있었다는 사실이 기록되어 있고, 『고려도경』에서는 고려 중엽까지도 흑산도에 사신접대용 관사가 설치되어 있었음을 확인할 수 있다.*

그러나 고려 중기 이후 흑산도는 쇠락의 길을 걷기 시작한다. 무신정권 시기의 역사를 살펴보면 정계의 거물급 인사들이 집중적으로 흑산도에 유배되었다는 기록이 나타나는데, 유배지로 활용되었다는 것은 당시 사람들에게 이미 흑산도가 변방의 오지로 인식되고 있었다는 사실을 뜻한다. 대몽항쟁이 실패로 막을 내리자 몽고는 공도정책을 내세워 섬을 비울 것을 강요했고, 나라의 혼란을 틈탄 왜구의 노략질은 주민들의 생활근거지를 철저하게 파괴했다.** 조선시대에 이르러서도 왜구의 침탈은 수그러들지 않았다. 정부는 국방상의 이유를 들어 공도정책을 고수했고, 섬사람들은 고향으로 돌아갈 수 없었다. 국가정책이 농본주의로 바뀌고 중국의 수도가 북경으로 옮아감에 따라 무역로가 재가동되는 일도 기대하기 힘들어졌다. 이렇게 흑산도는 과거의 영화를 잃고 점차 육지에서 멀리 떨어진 외롭고 쓸쓸한 섬으로 변해갔다.

* 송나라 때는 중국의 문화 중심이 남방으로 옮겨져 있었기에 흑산도를 경유하는 해로의 중요성이 더욱 컸을 것이다.

** 피받다랭이 전설이 만들어지게 된 것도 이 같은 상황과 무관하지 않을 것이다.

일주도로를 달리다

몇 번이나 오갔던 길이지만 택시를 타고 여유 있게 둘러보는 기분은 또 달랐다. 얼핏 보기에도 인공조림한 흔적이 역력한 동백나무숲에 동백나무 자생림이란 표지판을 붙여 놓은 것도, 털머위 · 원추리 · 엉겅퀴 · 맥문동 · 참나리 · 민들레 · 돌나물 · 뱀딸기 등 주변에서 흔히 찾아볼 수 있는 토종식물들로 꾸며놓은 정겨운 야생화 화단도 지난번에 왔을 때는 전혀 눈에 띄지 않던 것들이다.

정상에 내려서자 짙푸른 상록수림 사이를 뱀처럼 꾸불꾸불 비집고 올라오는 고갯길이 내려다보이고, 몇 발짝을 옮기니 끝 간 데 없이 펼쳐진 바다 위로 대장도, 소장도, 홍도의 실루엣이 꿈결처럼 떠오른다. 반월성 쪽을 바

◉ **전망대에서 바라본 경관** 정상에 내려서자 짙푸른 상록수림 사이를 뱀처럼 꾸불꾸불 비집고 올라오는 고갯길이 내려다보이고, 몇 발짝을 옮기니 끝 간 데 없이 펼쳐진 바다 위로 대장도, 소장도, 홍도의 실루엣이 꿈결처럼 떠오른다.

라보다가 '봉화대 가는 길'이라고 쓰인 푯말을 발견했다. 봉화대라면 서긍이 '밤이 되어 산 정상에서 봉홧불을 밝히면 여러 산들이 차례로 호응하여 왕성까지 이른다'라고 밝힌 그곳이 아닌가. 올라가 보지 않을 수 없었다. 가파른 산길을 얼마간 따라 걷자 산 능선 한쪽으로 봉화대의 모습이 나타났다. 사각형으로 돌을 쌓아 만든 구조물이었는데, 별다른 특징은 없었지만 사방이 탁 트여 다가오는 외적을 감시하기에는 최적의 장소에 자리잡고 있었다. 잠시 주위를 둘러보다 아래로 내려왔다.

다시 차가 출발하여 울퉁불퉁한 비포장도로로 접어들었다. 고개를 넘어서자 깊은 골짜기 속에 들어앉은 자그마한 마을이 나타났다. 산세가 말을 닮았다는 마리였다. 포구의 물빛이 너무도 맑아 바닥까지 훤히 들여다보일 정도다. 마리 마을을 지나 해안선을 타고 다시 몇 굽이를 돌면 지도바위와 간첩동굴로 유명한 비리 마을이 모습을 드러낸다. 마을 입구에 심어놓은 유채와 동백나무가 때 이른 꽃망울을 서로 경쟁이라도 하듯 피워 올리고 있었다. 최고의 드라이브 코스였다. 길 오른편에는 시원한 바다와 기암절벽이 어울려 눈을 즐겁게 하고, 길 왼편으로는 후박나무, 동백나무, 참식나무, 붉가시나무 등 갖가지 상록수들이 우거져 깊은 숲속에 들어온 듯한 느낌을 불러일으킨다. 어디선가

◉ **봉화대(위)** 가파른 산길을 얼마간 따라 걷자 산 능선 한쪽으로 봉화대의 모습이 나타났다. 사각형으로 돌을 쌓아 만든 구조물이었는데, 별다른 특징은 없었지만 사방이 탁 트여 다가오는 외적을 감시하기에는 최적의 장소에 자리잡고 있었다.

◉ **마리(아래)** 고개를 넘어서자 깊은 골짜기 속에 들어앉은 자그마한 마을이 나타났다. 산세가 말을 닮았다는 마리였다. 포구의 물빛이 너무도 맑아 바닥까지 훤히 들여다보일 정도다.

'흑산도 타령' 노랫가락이 들려오는 듯하다.

흑산도라 문암산은 들어갈수록 나무도 많고
흑산도라 바닷가는 경치도 아름답네
가지 많은 소나무 바람 개일 날 없고요
자식 많은 부모 속 편할 날 없어라
싫거든 말어라 너 한 사람뿐이냐
산 너머 산이 있고 강 건너 강이 있다.
흑산도야 백도야 이름난 흑산도야
풍난꽃 내음에 향기가 나는구나
아리랑 영자야 몸단장 하여라
내일 모래니 약혼자 선보러 온다

예전에는 온 섬이 모두 이런 모습이었으리라. 그러나 누런 토사를 드러내고 산중턱을 툭툭 끊어놓으며 달리는 도로는 큰 아쉬움을 던져준다. 흑산도 주민들도 일주도로가 거의 완성되어 가는 지금에 와서야 좀더 계획적으로 길을 놓았으면 환경을 파괴하지 않고 더 좋은 관광도로가 될 수 있었을 것을 하며 후회하는 분위기다.

어느덧 택시는 곤촌으로 접어들었다. '흑산도 유랑기'를 남긴 박봉만이 배를 빌려 타고 흑산 일주여행을 시작한 곳이 바로 이 곤촌 마을이다.

박봉만 시, 준채 퇴고, 옥재 글

사촌천지 생긴 몸이 흑산풍경 보려헐제
곤촌어선 빌려타고 소장도로 건너가
사방을 바라보니 우이도 솟는 해는 홍도를 비추고,
파상에 나는 새는 목청을 높이는구나
비안암도 삼태도요 살기좋은 가거리에
온남풍이 대풍리로다 마촌말을 빌려타고
비리 주봉을 올라서니 사통오달 진리로다
고리성마 읍동이요 노적많은 다물도라
물이 좋은 오정리에 빼어난 경치의 수촌만 허고
물음도 도목리로다
죽항의 대를 짚고 예리를 들어서니
잔잔한 포구의 어선들이 만선을 오래한다
샘골에서 잠깐 쉬어 청촌에 길을 묻고
영산옛김 소사동이요 천촌유수는 세포구로다
심리에 밤이 깊어 암동에도 밤이 오고
샛나리에 날이 새도다

곤촌을 지나 크게 한 굽이를 돌자 흑산도 서쪽 해안에서 가장 큰 마을이

◉ **곤촌리** 어느덧 택시는 곤촌으로 접어들었다. '흑산도 유랑기'를 남긴 박봉만이 배를 빌려 타고 흑산 일주여행을 시작한 곳이 바로 이 곤촌 마을이다.

며, 골이 깊다고 해서 지피미라고도 불리는 심리가 나타났다. 문암산 아랫자락에 옹기종기 모여 앉은 집들의 모습이 정겹다. 최익현은 심리를 방문한 뒤 다음과 같은 시를 남겼다.

> 깨끗한 곳에 집 한 채 지었으니
> 고목 등덩굴 몇 해를 지났는가
> 고마워라 먼 손을 위로하는 촌옹들
> 막걸리 부어 주며 못 가게 만류하네

마을 저편에 버티고 선 봉우리가 선유봉이고, 고개 하나만 넘으면 바로 사리 마을이다. 정약전도 종종 이곳을 찾아 후한 인심의 마을 촌로들로부터 막걸리 대접을 받지 않았을까?

심리 마을을 지나 한다령 고개를 넘는다. 무슨 한이 그리도 많았기에 이런 이름이 붙었을까. 고개 정상부에는 시멘트와 돌로 만든 시비가 하나 서 있었다. 이 시비는 박도순 씨의 작품이다. 박도순 씨는 이런 시비를 일주도로 곳곳에 세워놓았는데, 그 모양이란 것이 한 번 보면 절대로 잊혀지지 않을 정도로 인상적이다. 분홍색 페인트칠을 한 거친 시멘트 면에 삐뚤빼뚤하게 적어 놓은 검은 글씨체는 아무리 봐도 세련됨과는 거리가 멀다. 그러나 글자 하나하나마다 짙게 배어 있을 그의 향토애를 생각하면 유치하다기보

◉ **심리** 곤촌을 지나 크게 한 굽이를 돌자 흑산도 서쪽 해안에서 가장 큰 마을이며, 골이 깊다고 해서 지피미라고도 불리는 심리가 나타났다.

다는 왠지 흐뭇하고 정겹다는 느낌이 들어 절로 미소가 머금어진다.

마을을 촬영한 다음 사리를 지나 소사리 쪽으로 넘어갔다. 고개를 넘고 나니 멀리 영산도가 보인다. 김준모 씨는 영산도에서 벵에돔이며 줄돔(돌돔)을 낚아 올렸던 얘기를 들려준다.

정약전과 최익현

천촌리에 도착하자마자 최익현의 유허비를 찾았다. 최익현은 고종 13년(1876) 일본 군함이 강화도에 들어와 수호조약을 요구하자 도끼를 차고 광화문에 나가 조약체결의 불가함을 호소하는 〈오불가척화의소五不可斥和議疏〉를 올렸다가 4년간의 흑산도 유배생활을 시작하게 된다. 그가 흑산도에서 마지막으로 머물던 곳이 천촌리였고, 그의 제자들이 스승의 뜻을 기리기 위해서 세운 비석이 바로 이 적려유허비謫廬遺墟碑다. 유허비 뒤편 암벽에는 최익현이 직접 새긴 여덟 글자가 남아 있다.

기봉강산 홍무일월箕封江山 洪武日月

김준모 씨는 글씨가 새겨진 바위벽에 부처님 손바닥 무늬가 나타난다며 자세히 살펴보라고 일러준다. 지의류로 덮이고 습기에 변색된 모습이 손바닥처럼 보이는 것 같기도 하다.

◉ **면암 최익현** 최익현은 고종 13년(1876) 일본 군함이 강화도에 들어와 수호조약을 요구하자 도끼를 차고 광화문에 나가 조약체결의 불가함을 호소하는 〈오불가척화의소五不可斥和議疏〉를 올렸다가 4년간의 흑산도 유배생활을 시작하게 된다.

최익현은 위정척사운동에 몸담으며 민족의 자주성을 주창했다. 외세의 침략에 항거하고 민족정신을 일깨우는 것을 평생의 목표로 삼았다. 그런데 이상한 점이 있다. 최익현은 바위벽에 글을 새기면서 우리 나라가 유구한 역사를 가진 독립국가였음을 강조하고 싶었겠지만 문장을 풀어보면 오히려 정반대의 결론이 도출된다. '기봉강산'이란 중국에서 건너온 기자가 봉한 영토라는 뜻이다. 은나라의 현인 기자는 주나라 무왕이 나라를 빼앗자 조선으로 건너와 단군조선을 잇는 기자조선을 세웠으며, 팔조금법八條禁法과 정전제井田制를 시행하여 이상국가를 건설했다고 전해지는 인물이다. 지금은 기자조선의 실재 여부에 대해서도 의문이 제기되고 있는 상황이지만* 사대모화사상에 젖어 있던 당시의 선비들은 중국 사람인 기자가 우리 나라의 임금이 되었다는 사실을 오히려 영광스럽게 여겼다. 중국의 고대 황금기가 기자조선으로 이어졌고, 명나라가 만주족이 세운 청나라에 멸망당해 버렸으니 중화문명을 계승한 나라는 당연히 우리가 될 수밖에 없다는 것이 이들의 생각이었다.** 최익현도 이러한 선비들의 범주에서 벗어나지 않았다. 그는 우리 나라를 자랑스러워했지만 그것은 중화문명의 계승자로서였다. 우리 나라를 단군이 아니라 기자가 세웠다고 표현한 이면에는 이와 같은 배경이 숨어 있었던 것이다.

정약전과 최익현은 같은 장소에서 유배생활을 했지만 유배살이를 하게 된 이유는 전혀 달랐다. 정약전은 서양 학문을 배웠다는 이유로 배척을 당했지만 최익현은 오히려 서학을 반대한다고 해서 쫓겨난 것이었다.

◉ **적려유허비** 김준모 씨는 글씨가 새겨진 바위벽에 부처님 손바닥 무늬가 나타난다며 자세히 살펴보라고 일러준다.

* 기자가 우리 민족이었다고 주장하는 학자들도 있다.

** 17, 18세기 우리 전통문화의 황금기는 상당 부분 이러한 자부심을 배경으로 한 것이었다.

내가 제주도에서 해배되어 돌아온 이듬해 2월, 왜놈을 양놈과 같다고 말했다는 죄로 다시 우이도로 유배길을 떠나게 되었다.

외세가 물밀 듯 밀려들고, 개화론자들은 하루 빨리 서양 문물을 받아들여 부국강병을 이루자며 목청을 드높였다. 그러나 전통적인 유교문화에 젖어 있던 대부분의 사람들은 여전히 서양을 멀리하고 배척해야 할 대상으로만 여겼다. 유교에는 이단을 배격하고 정학을 높이는 벽이숭정闢異崇正의 논리가 있었다. 정학은 물론 정통유학이며, 이단은 이 유교적 가치질서를 어지럽히는 모든 조류를 뜻한다. 최익현을 포함한 유생들의 눈에는 서양의 문화가 유교적 가치질서를 송두리째 부정하는 이단 중의 이단으로 보였고, 이는 곧 정학과 정도를 지키고 사학과 이단을 물리치자는 위정척사衛正斥邪운동으로 이어지게 된다.*

실학자, 개화론자, 척사론자들이 내세우는 이론은 각각 달랐지만 나라를 위하는 마음은 매한가지였다. 실학자나 개화론자들은 서양문물을 받아들여 부강한 나라를 건설하려 했고, 척사론자들은 외세의 침탈로부터 나라를 지키기 위해 몸 바쳐 투쟁했다. 척사론자들의 주장이 대세의 흐름을 무시한 외골수들의 외침처럼 들리기도 하지만 이들도 아무 생각 없이 척사를 주장한 것은 아니었다. 최익현이 쓴 〈오불가척화의소〉를 읽어보면 그들이 누구보다도 외세의 제국주의적 속성을 잘 꿰뚫어 보고 있었다는 사실을 확인할 수 있다.

* 최익현의 입장은 개화운동가이며 『서유견문』의 저자로 유명한 유길준에게 쓴 편지에서도 잘 드러난다. "삼강오상三綱五常과 중화를 높이고 오랑캐를 물리치는 것과 같은 대경대법은 근본이고, 부국강병하는 일과 기예와 술수는 말엽입니다. 근본을 중하게 여기고 말엽을 가볍게 여기는 것은 동서고금을 통하여 바꿀 수 없는 진리입니다."

강화가 저들의 애걸에서 나온 것이라면 이는 강함이 우리에게 있는 것이니 우리가 저들을 넉넉히 제어할 수 있을 것이므로 그 강화를 믿을 수 있겠으나, 강화가 우리의 약함을 보인 데서 나온 것이라면 이는 주도권이 저들에게 있는 것이니 저들이 도리어 우리를 제어할 것이므로 그러한 강화는 믿을 수가 없습니다. 신은 감히 알 수 없습니다. 이번에 맺은 강화가 저들의 애걸에서 나온 것입니까, 우리가 약함을 보인 데에서 나온 것입니까? 이제껏 평화를 누려온 탓에 마땅한 방비가 없고, 그저 두려운 마음으로 눈앞의 위기를 모면하기 위해서 강화를 청한다는 사실을 모든 사람들이 알고 있으니 이제 숨기려 해도 숨길 수가 없는 상황입니다. 저들이 우리가 약하다는 사실을 알고 강화를 맺는다면 앞으로 저들의 무한한 욕심을 어떻게 채워주실 생각입니까? 우리의 물자와 재화는 한정되어 있는데 저들의 요구는 끝이 없습니다. 한 번이라도 맞추어 주지 못하게 되면 사나운 노기가 뒤따라 침해하고 약탈하고 유린하여 전에 쌓은 공로를 다 버리게 될 것입니다. 이것이 강화가 난리와 멸망을 가져오는 첫 번째 이유입니다.

저들의 욕심은 곧 물자와 재화를 교역하는 데 있습니다. 저들의 물화가 지나치게 사치스럽고 수공으로 한없이 생산할 수 있는 것들인 데 반해 우리의 물화는 대개가 백성들의 생존을 좌우하는 것들로서 땅에서 자라므로 생산하는 데 한정이 있는 것들입니다. 백성들의 피땀과 기름진 땅으로부터 얻은 소중한 재화를 간단히 만들어낼 수 있을 뿐만 아니라 비싸고 풍속을 해치기까지 하는 저들의 물화와 맞바꾼다면 반드시 엄청난 손해가 발생하게 될 것이니, 몇 년 못 가 우리 수천 리 강토는 메마른 땅과 쓰러져 가는 집들조차 지탱할 수 없을 정도로 가난해져서 결국 멸망에 이르게 되고 말 것입니다. 이것이 강화가 난리와 멸망을 가져오는 두 번째 이유입니다.

저들이 비록 왜인이라고는 하지만 실은 서양 외적이나 마찬가지입니다. 일단 강화가 이루어지면 사학의 서책과 천주의 초상까지 섞여 들어오게 될 터이니 얼마 후에는 전도사와 신자가 온 나라에 가득하게 될 것입니다. 포도청에서 살피고 검문하여 잡아다 죽이자니 저들의 사나운 노기가 발동하여 강화할 때 맺은 맹세가 허사로 돌아가게 될 것이고, 그렇다고 가만히 내버려두자니 온 백성들이 사학에 빠져들어 아들이 아비를 아비로 여기지 않게 되고, 신하가 임금을 임금으로 여기지 않게 되고, 예의는 시궁창에 내던져지고, 인류는 변하여 금수가 되어버릴 것입니다. 이것이 강화가 난리와 멸망을 가져오는 세 번째 이유입니다.

정약전은 외국의 문명을 경이로 가득 찬 눈으로 바라보면서도 결코 우리 것에 대한 자부심과 애정을 버리지 않았으며, 최익현도 만년에는 왜양을 무조건 배척하던 시각에서 벗어나 이들을 공존의 대상으로 인정하고 서양의 앞선 기술문명을 도입해야 한다는 견해를 갖게 된다.

세계화에 대한 논의가 뜨겁게 달아오르고 있다. 외국과의 교류는 자국의 사상과 문화를 심각하게 교란할 수 있지만 교류를 하지 않으면 자국을 지켜낼 수 있는 힘을 잃게 된다. 이 같은 딜레마 속에서 우리는 어떤 선택을 해야 할 것인가. 정약전과 최익현의 삶은 우리에게 많은 시사점을 던져준다.

촬영을 마치고 나서 천촌리 옆에 있는 새께 해수욕장을 찾았다. 새께는 골짜기 사이에 형성된 갯가, 샛개의 변한 말일 것이다. 좁은 길을 따라 내려가자 이름처럼 예쁘고 조그만 해수욕장이 나타났다. 밀물이라 이 정도지만 썰물이 되면 멀리까지 물이 빠져서 꽤 넓은 백사장이 드러난다고 한다. 모래사장을 거닐다가 이상한 흔적을 발견했다. 자세히 살펴보니 수달의 발자국이었다. 종종걸음으로 모래사장을 누비다가 자리에 멈춰 물고기를 뜯어먹고, 돌틈으로 사라졌다가는 다시 엉뚱한 곳에서 불쑥 나타난다. 수달의 귀여운 몸짓이 눈앞에서 그대로 펼쳐지는 듯하다. 김준모 씨도 흑산도에 수달이 산다는 사실은 알고 있었지만 발자국을 본 것은 처음이라며 신기해했다.

◉ **새께 해수욕장과 수달 발자국** 좁은 길을 따라 내려가자 이름처럼 예쁘고 조그만 해수욕장이 나타났다. 밀물이라 이 정도지만 썰물이 되면 멀리까지 물이 빠져서 꽤 넓은 백사장이 드러난다고 한다. 모래사장을 거닐다가 이상한 흔적을 발견했다. 자세히 살펴보니 수달의 발자국이었다.

홍어의 고향

흑산홍어는 홍어가 아니다

"여기에 홍어요리 잘 하는 집 없나요? 맛을 한 번 보긴 봐야 할 것 같은데."

"왜 없어요. 있지요. 우리일반음식점이라고 기사들이 잘 가는 데 있어요. 손금순 씨라고 홍어만 한 삼십 년 하셨다던데."

"홍어 맛이 어때요?"

"좀 이상하죠. 암모니아 냄새 같은 게 납니다. 그런데 삭혀 먹는 음식들이 다 그렇잖아요. 처음 먹을 때는 이상한데 한참 먹다보면 중독이 되는 것 같아요."

예리항에 도착한 후 김준모 씨가 소개해 준 식당을 찾았다. 간판도 크지 않고 허름한 가게 안에는 홍어를 삭히는 옹기와 탁자 몇 개가 전부였다.

"홍어회 1인분 주세요."

"좀 비싸요."

"얼마나 하는데요?"

"4만원이요. 막걸리도 드시나?"

"네. 같이 주세요."

손금순 씨는 주방 귀퉁이에 가지런히 놓인 단지들 중 하나에서 홍어 살코기 한 덩어리를 꺼냈다. 불그스레한 살코기는 얼핏 보기에도 연한 느낌이었다. 도마에다 살을 올려놓고 큼직큼직한 조각으로 썰어냈다. 홍어에 대해 몇 가지라도 알아볼 요량으로 다시 질문을 던졌다.

"이것 진짜 흑산홍어 맞습니까?"

"아닌 것 갖고 팔것소? 진짜니께 흑산홍어라고 팔제."

"흑산홍어가 비싸죠?"

"이것이 7킬로짜린데 어판장에서 50만 원 주고 샀어라."

"홍어잡이하는 배가 아직 많습니까? 언제 어판장에 나가면 볼 수 있을까요?"

"댓 척 정도 되제. 작업 나갔는데 며칠 있으면 들어올 거여."

흑산도는 홍어의 본고장이다. 많이 잡히는 데다 품질이 좋아 예로부터 이곳에서 잡히는 홍어를 '흑산홍어'라고 부르며 최고로 쳐 왔다. 사람들은 흑산홍어 맛의 비밀을 뻘밭에 살아 몸에 끈끈한 점액질이 많으며 살이 단단하고 차지기 때문이라고 풀이한다. 이유야 어찌됐든 흑산홍어의 인기가 높다 보니 대도시의 홍어집에서는 언제나 흑산홍어를 들먹이며 손님을 끈다. 그러나 흑산홍어는 남획, 환경오염, 중국 저인망 어선들의 싹쓸이 조업 등으로 보기 힘들어진 지 이미 오래다. 상황이 이렇게 되자 진짜 흑산홍어는 부르는

◉ **홍어회 써는 모습** 손금순 씨는 주방 귀퉁이에 가지런히 놓인 단지들 중 하나에서 홍어 살코기 한 덩어리를 꺼냈다. 불그스레한 살코기는 얼핏 보기에도 연한 느낌이었다. 도마에다 살을 올려놓고 큼직큼직한 조각으로 썰어냈다.

게 값일 정도로 그 가치가 폭등해 버렸다. 비쌀 때는 마리당 칠팔십만 원을 호가하며, 2000년 12월 크리스마스를 맞아 서울의 한 백화점에서는 4.5킬로그램 홍어 한 마리에 90만 원이란 기록적인 가격표를 내달았다. 서민들이라면 맛보기는커녕 구경하기조차 힘들 지경이다. 눈치 빠른 상인들이 이런 기회를 그냥 넘길 리 없다. 중국이나 포클랜드, 칠레에서 들여온 수입 홍어를 흑산홍어로 속여 팔아 네다섯 배의 폭리를 취하는 일이 빈번하게 일어나고 있다. 뾰족하게 솟아난 코를 둥글게 구부려 보아 쉽게 부러지지 않고 부드럽게 구부러지는 놈이 흑산홍어, 딱딱하고 거센 놈이 외국산이라는 이야기가 있지만 일반인들의 입장에서는 역시 구별하기가 쉽지 않다. 솜씨를 부려 조리해 놓은 홍어라면 더더욱 그렇다. 아예 흑산홍어라는 말을 믿지 말 일이다.

전라도 사람들은 홍어라고 하면 보통 흑산홍어를 떠올린다. 그런데 돌아다니면서 확인해 본 결과 횟집 수족관을 채우고 있는 종은 모두 간재미였다. 간재미는 홍어새끼, 나무쟁이 등으로 불리는 것으로 어시장에서 가장 흔히 볼 수 있는 종류다. 이상한 점은 어류도감을 아무리 뒤적여 봐도 간재미란 이름이 나오지 않는다는 사실이다. 단지 홍어나 몇몇 물고기의 방언으로 간재미가 기록되어 있을 뿐이다. 그토록 흔한 물고기가 도감에 나오지 않는다니 도대체 어찌된 일일까? 여행 중 만난 이들은 대부분 홍어와 간재미를 확실하게 구별하고 있었다.

"홍어는 빼족하게 생겼고. 간재미는 홍어같이 생겼는데 앞쪽이 좀 덜 나왔지라. 뭉툭하제."

◉ **홍어 위판장** 흑산홍어는 남획, 환경오염, 중국 저인망 어선들의 싹쓸이 조업 등으로 보기 힘들어진 지 이미 오래다. 상황이 이렇게 되자 진짜 흑산홍어는 부르는 게 값일 정도로 그 가치가 폭등해 버렸다.

"홍어는 뻘겋고 간재미는 누렇제."

"홍어는 크고, 간재미는 조그마제."

이들이 말하는 홍어는 모두 흑산홍어를 뜻한다. 그렇다면 흑산홍어도 간재미도 아닌 일반홍어는 또 어떤 종인가? 도감에 나와 있는 홍어가 흑산홍어를 말하는 것일까?

홍어류 분류에 대한 정충훈 박사의 논문을 읽고 나서야 모든 의문이 풀렸다. 결론적으로 말하면 홍어(*Okamejei kenojei*)는 간재미의 공식적인 이름이었고, 흑산홍어(*Raja pulchra*)는 참홍어를 달리 부르는 이름이었다. 간재미가 홍어고, 홍어가 참홍어였으니 흑산홍어를 찾으려고 도감을 뒤질 때마다 간재미 사진만이 나타났던 것이다.

그러나 학술적으로야 어찌 됐든 사람들은 여전히 흑산홍어를 홍어, 홍어를 간재미라고 부른다. 흑산 홍어가 워낙 맛이 있고 유명하기 때문이리라. 간재미의 입장에서는 억울하다고 생각할 수도 있겠지만 따지고 보면 애초에 간재미에 홍어라는 이름을 붙인 것 자체가 잘못된 일이었다. 『현산어보』의 다음 기록을 통해 200년 전의 흑산 사람들도 빛깔이 누렇고 비쩍 마른 이 물고기를 홍어가 아닌 간재미라고 부르고 있었다는 사실을 확인할 수 있다.*

[수분瘦鱝 속명 간잠어間簪魚]

너비가 한두 자에 불과하다. 몸이 몹시 야위고 얇다. 빛깔이 노랗고 맛이 담박하다.

* 편의상 앞으로 참홍어를 홍어, 홍어를 간재미로 부르기로 한다.

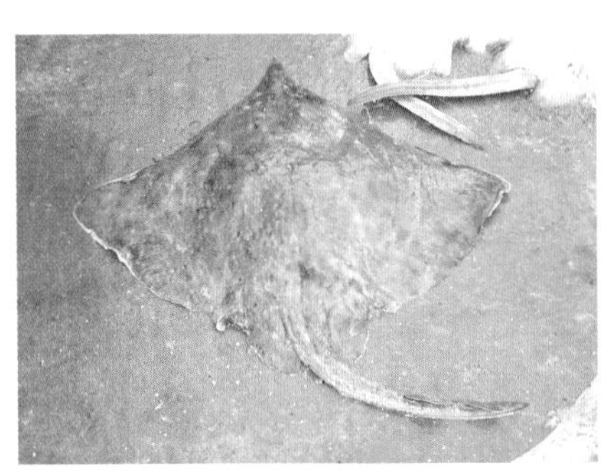

◉ **참홍어** *Raja pulchra* liu

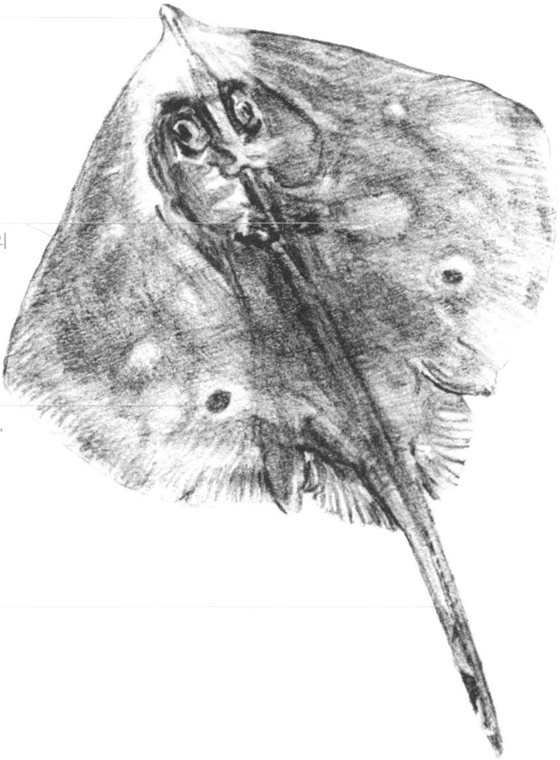

주둥이가 짧고 약간 뾰족하다.

등 쪽은 담갈색 바탕에 크고 작은 담색의 둥근 반점이 불규칙하게 흩어져 있다. 배는 흰색이다.

가슴지느러미 양쪽에 둥근 반점이 있고, 그 반점 안에 하나 또는 몇 개의 흑갈색 점 무늬가 있다.

꼬리에는 독가시가 없다.

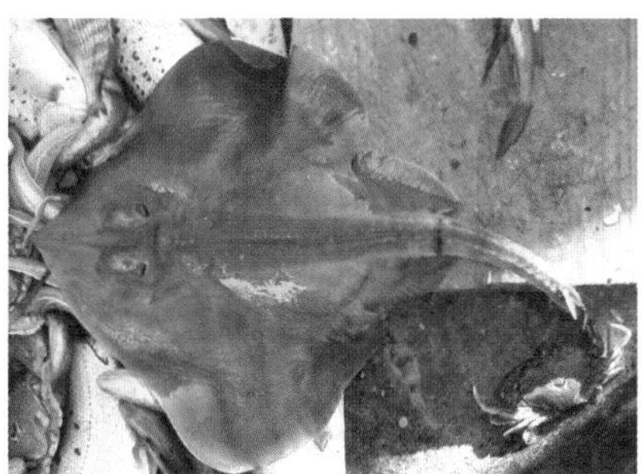

◉ 홍어(간재미) *Okamejei kenojei* Müller et Henle

홍어 맛의 비밀

마침내 홍어회가 식탁에 올랐다. 붉은빛이 은은하게 도는 살코기를 두툼하게 썰어 신김치, 막걸리와 함께 내놓았다. 여기에 돼지편육만 곁들이면 홍어회의 쏘는 맛과 돼지 편육의 고소한 맛, 잘 익은 배추김치의 시원한 맛이 묘하게 어울린다는 그 유명한 홍탁삼합이 된다. 돼지편육이 없는 것이 아쉬웠다.

홍어의 독특한 맛과 향에 대해 이야기를 많이 들었던 터라 바짝 긴장이 되었다. 가장 작은 조각 하나를 집어 들고 초장을 듬뿍 묻혀 입안에 넣었다. 처음에는 초장 탓에 별다른 맛이 느껴지지 않고 다만 싸아 하는 자극적인 감각만 느껴졌다. 이번에는 초장을 조금만 찍었다. 지릿한 뭔가가 입안 가득 맴돌더니 혓바닥과 입천장을 쏘아대며 콧구멍 사이로 시원하게 빠져 나온다. 오랫동안 청소를 하지 않은 화장실 변기에서 풍기는 듯한 암모니아 냄새와 입안의 얼얼한 감각. 자극적이었다. 그러나 '눈물이 찔끔 솟고 숨이 막힐 것 같은' 그런 느낌은 아니었다. 홍어회가 몸에 맞는 것일까? 옆에서

◉ **홍어회** 마침내 홍어회가 식탁에 올랐다. 붉은빛이 은은하게 도는 살코기를 두툼하게 썰어 신김치, 막걸리와 함께 내놓았다.

지켜보고 있던 손금순 씨가 묻는다.

"괜찮아요?"

"네. 괜찮네요. 그런데 이거 얼마나 삭힌 겁니까?"

"한 오 일 된 거여. 팍은 안 삭고. 팍 삭힌 것은 먹기 힘들제. 요새 한 열흘 정도 삭히면 다 삭아라."

관광객을 위한 배려였다. 차라리 팍 삭힌 것을 먹어봐야 했는데 하는 아쉬움에 이젠 초장을 찍지 않고 그냥 먹어본다. 조금씩 홍어 본래의 맛이 느껴지는 듯하다. 신김치와 막걸리는 홍어의 맛을 더한다. 세 가지 발효음식이 어울려 독특한 남도의 맛을 내는 것이다. 발효음식은 처음에는 적응하기 힘들지만 한 번 맛을 들이게 되면 계속해서 입맛을 끌어당기는 묘한 중독성이 있다. 서양 사람들이 치즈와 요구르트 없이 살 수 없는 것이나 우리 나라 사람들이 김치와 된장국 없이 살기 힘든 것도 모두 같은 이유로 설명할 수 있다.

"서울 같은 데서는 수입산 쓰는 집들이 많다 그러던데 흑산홍어는 어떻게 다릅니까?"

"흑산홍어 달브죠. 칠레 거는 검고 크고 이건 흐하지. 맛도 달러요. 차진기가 있고 달콤하고 담백스럽죠. 익어도 안 물러지고. 수입산은 물이 찍찍 올라 맛이 없어라."

"홍어는 어떻게 해먹는 게 가장 맛있나요?"

"다 맛있제. 찜도 좋고, 간재미겉이 무쳐먹어도 맛있는데. 무쳐먹기는 아

◉ **홍탁삼합** 막걸리에 돼지편육만 곁들이면 홍어회의 쏘는 맛과 돼지 편육의 고소한 맛, 잘 익은 배추김치의 시원한 맛이 묘하게 어울린다는 그 유명한 홍탁삼합이 된다.

깝제. 초장 때문에 홍어맛이 그대로 안 나니께."

과연 연골과 함께 씹히는 살이 매우 차진 느낌이다. 아주 쫄깃쫄깃하지도 않고 그렇다고 물컹하니 쉽게 뭉그러지지도 않아서 쫀득쫀득 독특한 감촉을 즐길 수 있었다.

"흑산홍어는 물을 안 섞어요. 섞으면 안 되고 그대로 넣어야제."

흑산홍어 요리법의 중요한 특징 중 하나는 잡아온 홍어를 씻지 않고 그대로 삭힌다는 점에 있다. 홍어의 몸에서도 다른 가오리류와 마찬가지로 진득진득한 점액이 분비되는데, 이 점액이 특별한 맛을 낸다고 한다.

잔칫상에 홍어가 빠지면 '별로 차린 것 없다' 라는 핀잔을 듣기 일쑤일 정도로 홍어는 남도 지방에서 절대적인 인기를 누려왔다. 문장가들의 표현에서도 홍어의 카리스마를 느낄 수 있다. 송수권은 '맵고 지릿하고 그로테스크한 맛' , 김주영은 '콧등을 톡 쏘는 내음과 곰삭은 고기맛' 이라는 표현으로 홍어의 맛을 요약했고, 황석영은 '참으로 이것은 무어라 형용할 수 없는 혀와 입과 코와 눈과 모든 오감을 일깨워 흔들어버리는 맛의 혁명이다' 라고 말하며 홍어맛에 대해 칭찬을 아끼지 않았다.

이처럼 독특한 홍어맛의 비밀은 홍어라는 물고기 자체의 성질과 삭혀서 먹는 특별한 요리법에 있다. 홍어의 몸에는 사람의 오줌 속에 들어 있는 성분인 요소가 다량으로 함유되어 있다.* 홍어를 단지에 담아두면 미생물에 의해 몸속에 들어 있던 요소가 암모니아로 분해되면서 자극적인 맛과 냄새를 만들어내게 되는 것이다. 밖을 돌아다니다 보면 가끔 참을 수 없을 정도

* 바다 속 생물들은 늘 수분손실의 위험에 직면하며 살아간다. 김장배추에 소금을 뿌리면 물이 빠져나가면서 금세 시들어버리는데, 염분농도가 높은 바닷물 속에서도 이와 똑같은 현상이 발생하게 된다. 홍어는 이러한 위험을 극복하기 위해 몸속의 요소 농도를 과감하게 높이는 전략을 선택했다. 수분의 이동은 농도가 낮은 곳에서 높은 곳으로 일어나므로 체내의 농도가 주변 바닷물의 농도와 비슷해지면 자연히 몸속의 수분이 바깥으로 빠져나가는 일도 사라지게 된다.

로 역한 냄새를 풍기는 화장실을 만날 때가 있다. 이런 화장실의 소변기는 누런빛의 지저분한 오줌때로 덮여 있는 경우가 대부분이다. 오줌때는 오줌 속에 녹아 있던 요소가 변기의 벽면을 타고 내려오다 결정화해 굳어진 것인데, 여기에 미생물이 번식하게 되면 요소가 암모니아로 변하면서 지독한 악취를 내게 된다. 이는 홍어단지 속에서 일어나는 것과 완전히 동일한 과정이다. 상황과 장소에 따라 눈살을 찌푸리게 하는 악취가 입맛을 당기는 향기가 될 수도 있다는 사실이 재미있다.

삭힌 홍어는 맛과 영양, 소화율 등이 처음보다 월등히 좋아진다고 한다. 우리 옛 식문화의 맛깔스러움과 과학성을 함께 느낄 수 있는 대목이다. 그러나 삭힌 홍어의 참맛을 이해하기란 그리 만만한 일이 아니다. 아무 생각 없이 입안에 넣었다가는 코에서 불이 나고, 입천장이 홀랑 벗겨지는 듯한 느낌에 질겁을 하기 일쑤다. 홍어를 먹느냐 못 먹느냐로 남도 토박이인지의 여부를 판단하고, '서울 사람들은 돔배젓은 알아도 홍어맛은 모른다'라는 말이 횡행하는 것도 모두 삭힌 홍어의 자극적이고 독특한 맛 때문이다.

홍어의 제맛을 느끼려면 회로 먹는 것이 가장 좋다고들 하지만 회 외에도 홍어로 만들 수 있는 요리의 목록은 매우 다양하다. 말린 홍어에 갖가지 양념을 넣고 쪄서 먹는 홍어찜은 오돌오돌 씹히는 맛과 탁 쏘는 향이 일품이며, 홍어를 가자미처럼 잘게 썰어 갖은 양념, 채 썬 무, 미나리 등과 버무린 홍어무침도 경조사 음식으로 인기가 높다. 차범석은 홍어애 보리국을 가장 토속적인 풍미를 가진 음식으로 꼽은 바 있고, 유한철은 홍어구이를 어물 음식 중의 최고봉으로까지 치켜세웠다.

특히 한겨울에 홍어내장을 넣어서 끓인 보리국을 세 번만 먹으면 더위를 먹지 않는다는 말이 나돌 정도이고 보면 홍어내장의 보리국은 각별한 음식이자 가장 토속적인 풍미를 주는 내 고장의 맛이기도 하다.

어물 음식으로서는 역시 홍어구이가 제일이다. 원래 홍어란 껍질이 두꺼워서 앞쪽 잔등에서 목 앞으로 구멍을 뚫고 긴 끈을 잡아매어 어린아이들에게 길가를 질질 끌고 다니게 하면 거센 껍질이 벗겨지게 되고 드러난 살이 굳은 땅에 좌상挫傷마저 입게 되는데, 이것으로 구이요리를 만들게 되어 있다. 요사이는 세상이 개화가 되어서 어시장에서 말끔히 껍질을 벗겨 서비스하기 때문에 사다가 싱싱한 놈을 토막쳐서 기름에 지져 석쇠에 굽는데, 바르는 양념은 가급적 맵게 해야 하기에 간장 고추장 등 조미료가 짙게 섞여진다. 그러나 내가 즐기는 홍어구이는 좌상 입은 약간 상한 것으로 코를 푹 찌르는 암모니아 비슷한 이상한 냄새가 자극적이어서 유난히 식욕을 돋운다.

홍어는 이 밖에도 죽, 탕, 전, 조림, 볶음, 찌개, 고추장지짐이 등 갖가지 요리의 재료로 사용되어 미식가들의 입맛을 다시게 한다.

연잎을 닮은 물고기

홍어의 본고장 흑산도에 머물렀던 정약전이 이 물고기를 다루지 않았을 리 없다. 『현산어보』 2권 무린류無鱗類의 첫 번째 항목으로 홍어를 놓은 것도 그만큼 홍어를 중요한 물고기로 보았기 때문일 것이다. 정약전은 이 항목에서 홍어의 해부학적인 구조에서부터 요리법, 약성에 이르기까지 해박한 지식과 경험을 아낌없이 쏟아 붓고 있다.

[분어鱝魚 속명 홍어洪魚]

큰 놈은 너비가 6~7자 정도이다. 모양은 연잎과 같은데 암놈은 크고 수놈은 작다. 검붉은 색을 띠고 있다. 머리 부분에 있는 주둥이는 끝으로 갈수록 뾰족해진다. 입은 주둥이 아래쪽의 가슴과 배 사이에 일자로 벌어져 있다. 등 위의 주둥이가 시작되는 부분에 코가 있으며, 코 뒤에 눈이 있다. 꼬리는 돼지꼬리처럼 생겼고, 위쪽에는 가시가 어지럽게 돋아나 있다. 수놈의 생식기는 두 개인데, 뼈로 이루어져 있으며 굽은 칼 모양이다. 그 아래쪽에는 고환이 달려 있다. 양 날개에는 갈고리 모양의 잔가시가 돋아 있어 교미할 때 암놈의 몸을 고정시키는 역할을 한다. 암놈이 낚싯바늘을 물면 수놈이 달려들어 교미를 하다가 낚시를 들어올릴 때 함께 끌려오는 경우가 있다. 암놈은 먹이 때문에 죽고 수놈은 색을 밝히다 죽는 셈이니 지나치게 색을 밝히는 자에게 교훈이 될 만하다.

암놈의 산문産門*은 상어와 마찬가지로 바깥에서 볼 때는 하나지만 몸 속으로 들어가면 세 갈래로 갈라진다. 이 중 가운데 것은 창자로 연결되고, 양쪽 가의 것은 태보〔胞〕를 형성한다. 태보 위에는 알 같은 것이 붙어 있는데, 알이 없어지면서 태가 형성되고 새끼가 만들어진다. 태보 하나당 네다섯 마리씩의 새끼가 생겨난다.

동지 후에 잡히기 시작하나 입춘 전후에 가장 살이 찌고 맛이 뛰어나다. 음력 2~4월이 되면 몸이 마르고 맛도 떨어진다. 회, 구이, 국, 포에 모두 적합하다. 나주 가까운 고을에 사는 사람들은 홍어를 썩혀서 먹는 것을 좋아하니 지방에 따라 음식을 먹는 기호가 다름을 알 수 있다. 가슴이나 배에 오랜 체증으로 인해 덩어리가 생긴 지병을 가진 사람들도 썩힌 홍어를 먹는다. 국을 만들어 배부르게 먹으면 몸 속의 나쁜 기운을 몰아내며, 술기운을 다스리는 데도 효과가 크다. 뱀은 홍어를 꺼리는 습성이 있으므로 홍어의 비린 물을 뿌려두면 감히 인가 근처로 접근하지 못한다. 또한 뱀에 물린 곳에 홍어 껍질을 붙여 두면 좋은 효험이 있다.

이청의 주 『정자통』에서는 "분어鱝魚는 커다란 연잎을 닮았다. 입은 배 밑에 있고, 눈은 머리 위에 있다. 기다란 꼬리에는 가시가 있어 사람을 쏜다"라고 했다. 『본초강목』에서는 해요어海鷂魚를 소양어邵陽魚,** 하어荷魚, 분어鱝魚, 포비어鯆魮魚, 번답어蕃蹹魚,

* 새끼를 낳는 산도의 입구

** [원주] 『식감食鑑』에는 소양少陽이라고 기록되어 있다.

석려石蠣라고 기록했다. 이시진은 이 물고기의 형태를 쟁반과 연잎에 비유한 다음 "큰 놈은 몸 둘레가 7~8자에 이르며 비늘이 없다. 살 속에는 뼈마디가 줄줄이 늘어서 있는데, 연해서 먹을 수 있다"라는 설명을 덧붙였다. 이는 모두 지금의 홍어를 가리킨 것이다. 『동의보감』에서는 공어䱋魚라는 이름으로 기록해 놓았는데, 공䱋은 홍어가 아니라 물고기의 새끼를 가리킬 때 쓰는 말이다. 아마도 오류인 듯하다.

정약전은 홍어의 크기와 형태적 특징을 비교적 정확하게 묘사하고 있다. 너비가 6~7자 정도라면 120~140센티미터 정도에 해당한다. 물고기의 몸집으로는 지나치게 커 보이지만 예리항에 가면 지금도 이 정도 크기의 홍어를 심심찮게 구경할 수 있다. 이 밖에도 물감을 풀어놓은 듯 붉은 몸빛, 연잎처럼 넓적한 몸체, 끝으로 갈수록 뾰족해지는 주둥이, 주둥이 아래쪽에 일자로 벌어진 입, 돼지꼬리와 비슷하게 생긴 꼬리 등 홍어의 특징적인 모습들이 정약전의 붓끝에서 살아 움직이듯 생생하게 펼쳐진다. 홍어 암수의 생식기 구조를 설명한 부분도 그 수준이 예사롭지 않다. 이처럼 세밀한 묘사를 위해서는 직접 해부를 하고 구석구석 뜯어보는 과정이 필요했을 것이다. 정약전은 상어 항목에서도 이에 못지않은 관찰기록을 남긴 바 있는데, 여기에서는 상어와 홍어 두 종류의 해부학적 유사성을 지적해 놓기까지 했다. 당시의 학문 풍토와 수준을 생각한다면 놀라운 일이 아닐 수 없다.

그러나 정약전의 말 중에는 한 가지 중대한 오류가 있다. 본문의 설명과는 달리 홍어는 새끼를 낳는 물고기가 아니다. 홍어과 어류들은 모두 알을

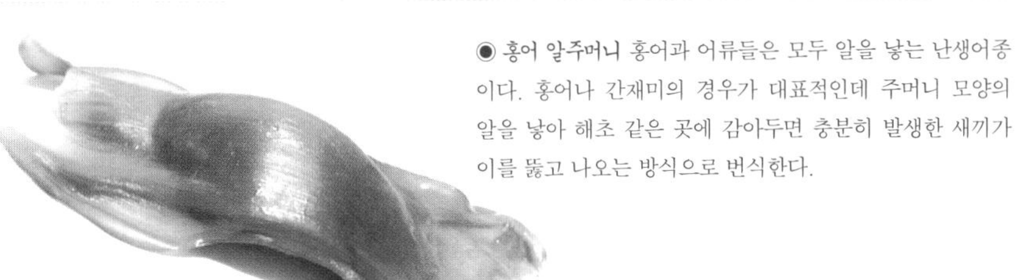

◉ **홍어 알주머니** 홍어과 어류들은 모두 알을 낳는 난생어종이다. 홍어나 간재미의 경우가 대표적인데 주머니 모양의 알을 낳아 해초 같은 곳에 감아두면 충분히 발생한 새끼가 이를 뚫고 나오는 방식으로 번식한다.

낳는 난생어종이다. 홍어나 간재미의 경우가 대표적인데 주머니 모양의 알을 낳아 해초 같은 곳에 감아두면 충분히 발생한 새끼가 이를 뚫고 나오는 방식으로 번식한다. 정약전은 홍어가 아니라 다른 가오리류*를 해부하고 이를 홍어의 내부구조로 착각한 것 같다. 흑산도에서 만난 사람들 중에도 홍어가 새끼를 낳는다고 말하는 이들이 많았다. 물고기가 새끼를 낳는다는 사실이 너무나 인상적이었던 나머지 이러한 착각을 일으키게 된 것인지도 모르겠다.

* 노랑가오리나 청달내가오리 등 색가오리과 어류들은 알 대신 새끼를 낳아 번식한다.

만만한 게 홍어좆

옛 문헌들을 살펴보면 오래 전부터 우리 선조들이 홍어를 식용해왔다는 사실을 확인할 수 있다. 정약전은 홍어를 회, 국, 포, 구이에 모두 적합한 생선으로 평가했고, 『증보산림경제』에서는 뜨거운 물로 점액을 씻어내고 고깃살을 조각낸 다음 감장즙甘醬汁에 쪄서 먹는 홍어 요리법을 소개했다. 『전어지』에서는 "홍어는 국을 끓여도 좋고 구워도 좋다. 우리 나라 사람들은 이를 도미 등과 함께 즐겨 먹는다"라고 밝혔으며, 『한국수산지』에서는 우리 나라 사람들이 홍어류를 명태나 조기 다음으로 좋아하고 상식한다고 기록했다.

홍어는 약재로도 쓰였다. 정약전은 홍어국이 뱃속의 더러운 것을 씻어주고 술기운을 다스리는 데 효과가 있다고 밝혔다. 실제로 홍어는 숙취를 풀어주는 음식으로 이름이 높으며, 지금도 남도에서는 술을 마시고 난 후에 홍어찜을 찾는 모습을 흔히 접할 수 있다. 또한 홍어의 비린 물을 버린 곳에는 뱀이 접근하지 않고, 뱀에 물린 자리에 홍어 껍질을 붙이면 좋은 효험이 있다고도 했는데, 이는 당시 민간에서 떠돌던 속설을 옮긴 것으로 보인다.*

* 이 밖에 '소변의 빛깔이 탁한 사람, 소변을 볼 때 요도가 아프고 이물질이 나오는 사람에게 홍어국이 최고다', '성질이 차므로 몸에 열이 많은 사람이 여름을 날 때 먹으면 좋다', '가래를 없애주는 효과가 있어 남도 창을 하는 사람이 홍어를 즐겨 먹는다' 라는 등의 이야기가 예로부터 전해온다.

'여름철 홍어는 개도 안 먹는다', '날씨가 차면 홍어생각, 따뜻하면 굴비생각'이란 말이 있듯이 홍어의 제철은 역시 겨울이다. 정약전도 '동지 후에 잡히기 시작하나 입춘 전후에 가장 살이 찌고 맛이 뛰어나다. 음력 2~4월이 되면 몸이 마르고 맛도 떨어진다'라고 하여 홍어의 제철이 겨울이라는 사실을 밝힌 바 있다. 송수권의 말을 들어보자.

여름 내내 겨우 홍어 몇 마리로 기근을 면치 못하다가 겨울이 되면 호마가 북풍을 타듯 신바람이 난다. 겨울 바람이 불고 파고가 높아지면 흑산 근해에서 잡아온 홍어의 물동량이 급격히 증가하기 때문이다.

추운 겨울밤 집채만 한 파도가 일고, 문 밖에서 바람이 칠 때, 흑산도 사람들은 이불을 뒤집어쓰고 잠들어도 바다 밑 뻘밭을 헤집고 뒤채는 홍어의 울음소리가 들려 온다고 한다. 날이 밝으면 주낙배들이 그 파도를 헤치고 바다로 나간다.

홍어철이 돌아오면 어김없이 홍어배가 뜬다. 홍어를 잡는 전통적인 어법은 주낙이다. 기다란 낚싯줄에 여러 개의 바늘을 달고, 여기에 볼락이나 고등어, 가자미 등의 미끼를 끼워서 던져 놓았다가 끌어올리면 홍어가 미끼를 물고 줄줄이 올라온다. 그러나 이러한 방법은 일일이 미끼를 꿰는 것이 힘든 데다 비용도 만만치 않게 들어서 요즘은 거의 '걸낚수(걸낚시)'를 이용하는 어법으로 대체된 상태다. 걸낚수는 '걸어서 잡는 낚시'라는 뜻이다.

길이 100미터 가량의 줄에 두세 치 간격으로 낚싯바늘을 달고 홍어가 다니는 길목에 던져 놓으면 그 위를 지나가던 홍어가 이를 건드리게 된다. 낚싯바늘을 매단 간격이 워낙 촘촘한 탓에 하나만 건드려도 주변의 바늘까지 함께 엉겨 붙어 홍어는 꼼짝없이 사로잡힌 신세가 되고 만다.

홍어를 잡다 보면 재미있는 장면을 목격할 때가 있다. 바늘에 걸린 것은 암놈인데 수놈이 암놈을 끌어안고 같이 올라오는 경우가 종종 관찰되는 것이다. 현지에서는 다음과 같은 노래로 이를 묘사하고 있다.

나온다
나온다
홍애가 나온다
암놈 수놈이
불 붙어 나온다

홍어는 여느 물고기들과는 달리 교미를 하고 체내수정을 한다. 홍어 수놈의 몸에는 이를 증명이라도 하듯 막대기 모양으로 잘 발달한 생식기가 두 개씩이나 달려 있다. 교미를 할 때는 배를 맞대고 꼬리를 꼰 자세를 취하는데, 억지로 떼 놓으려 해도 잘 떨어지지 않을 정도

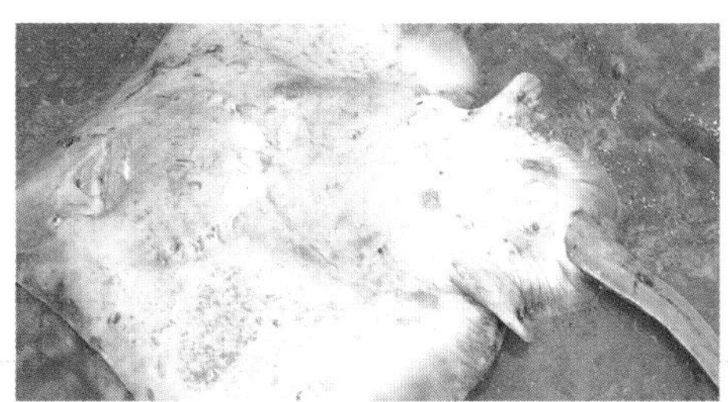

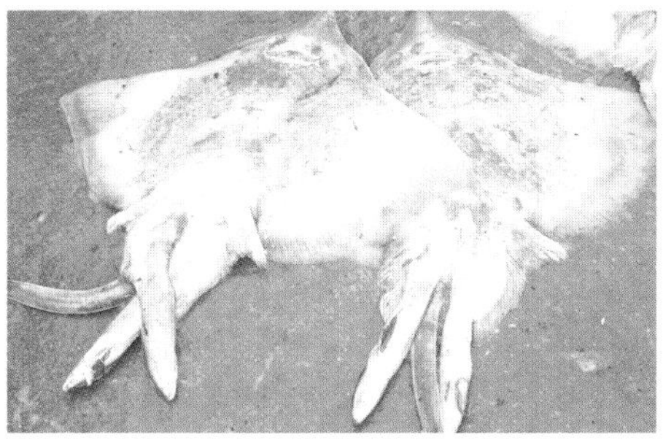

◉ **홍어의 암놈(위)과 수놈(아래)** 홍어는 여느 물고기들과는 달리 교미를 하고 체내수정을 한다. 홍어 수놈의 몸에는 이를 증명이라도 하듯 막대기 모양으로 잘 발달한 생식기가 두 개씩이나 달려 있다.

로 암놈을 강하게 끌어안는다. 홍어의 수놈은 결국 이러한 습성 때문에 애꿎은 목숨을 잃게 된다. 번식기를 맞아 짝을 찾느라 혈안이 된 수놈에게 낚시에 걸려 꼼짝도 못하고 있는 암놈은 잘 차려진 밥상이나 다름없다. 그러나 무작정 달려들어 암놈을 끌어안고 사랑을 즐기다 보면 어느새 갈고리에 찍혀 갑판 위에 내던져지는 신세가 되고 만다. 홍어의 입장에서는 횡액이고, 어부의 입장에서는 더할 나위 없는 횡재다. 정약전도 이 같은 장면을 목격했던 것 같다. 그리고 홍어의 이러한 습성을 색을 너무 밝히면 난처한 지경에 이르게 된다는 교훈적 의미로 해석하고 있다.

홍어는 암수의 가치가 확연히 차이 나는 것으로 유명하다. 수놈은 암놈에 비해 크기가 작을 뿐만 아니라 고기맛도 한참 떨어진다. 암놈의 맛이 차진데 비해 수놈은 왠지 퍽퍽한 느낌이고, 부드럽고 쫄깃한 맛이 없을 뿐만 아니라 가시가 억세어 먹기도 힘들다. 따라서 암치(암놈)는 수치(수놈)보다 훨씬 높은 가격에 거래된다. 상황이 이렇다 보니 일부 악덕상인들이 일반 사람들이 홍어의 암수를 쉽게 구별하지 못한다는 점을 악용하여 홍어 수놈의 생식기를 잘라내고 암놈으로 속여서 파는 일이 빈번하게 발생하고 있다. 자손번식이라는 생의 목표를 훌륭히 수행해온 수놈의 생식기가 사람들 앞에서는 아무짝에도 쓸모없는 천덕꾸러기로 전락해버리고 말았으니 '만만한 게 홍어좆'이라는 말도 여기에서 유래한 것이다. 앞으로 홍어를 먹을 때는 홍어좆을 떼어 낸 자국이 있는지 잘 살펴보고 먹을 일이다.

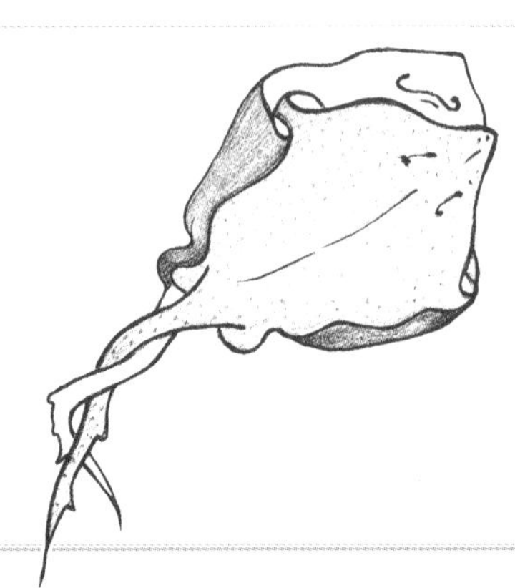

◉ **홍어의 교미** 교미를 할 때는 배를 맞대고 꼬리를 꼰 자세를 취하는데, 억지로 떼 놓으려 해도 잘 떨어지지 않을 정도로 암놈을 강하게 끌어안는다.

가오리연이 아니라 홍어연

흑산도 사람들은 홍어나 간재미 등 대표적인 몇 종을 제외하고는 색가오리과의 몸꼴이 오각형인 종류들을 모두 묶어서 가오리라고 불렀다. 즉, 체형이 마름모꼴인 것을 홍어류, 오각형인 것을 가오리류로 나누는 것이다. 이렇게 따지자면 우리가 가오리연이라고 부르는 연도 실제로는 홍어연이라고 부르는 것이 옳다. 가오리연은 오각형보다는 마름모꼴에 더 가깝기 때문이다. 가오리류를 나누는 또 한 가지 중요한 기준은 꼬리에 송곳 모양의 가시가 나 있는지를 살피는 것이다. 홍어류의 꼬리에는 자잘한 가시만이 돋아 있는 데 비해 색가오리류, 매가오리류, 쥐가오리류의 꼬리에는 길고 날카로운 독침이 달려 있는 경우가 많다. 정약전도 홍어를 묘사할 때는 꼬리 위쪽에 가시가 어지럽게 돋아나 있다고만 말했지만 다른 가오리류의 경우에는 송곳 모양의 독가시가 있다고 분명히 밝혀 놓았다.

옛 문헌들에 나오는 홍어·가오리류의 정체를 규명하기 위해서는 위와 같은 사실에 유의해야 할 필요가 있다. 『세종실록 지리지』와 『신증동국여지

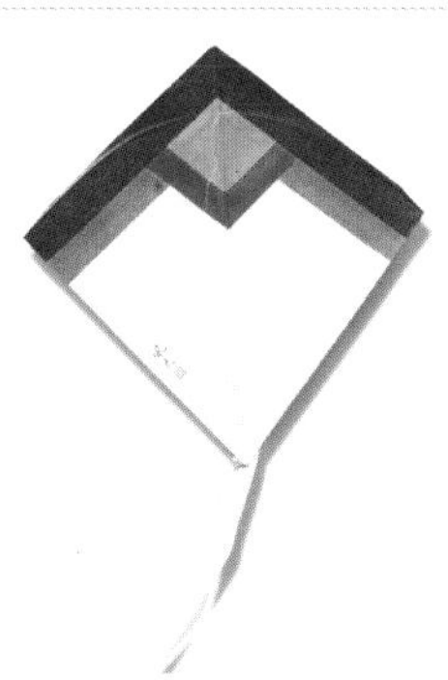

◉ **홍어연** 흑산도 사람들은 홍어나 간재미 등 대표적인 몇 종을 제외하고는 색가오리과의 몸꼴이 오각형인 종류들을 모두 묶어서 가오리라고 불렀다. 즉, 체형이 마름모꼴인 것을 홍어류, 오각형인 것을 가오리류로 나누는 것이다. 이렇게 따지자면 우리가 가오리연이라고 부르는 연도 실제로는 홍어연이라고 부르는 것이 옳다. 가오리연은 오각형보다는 마름모꼴에 더 가깝기 때문이다.

승람』에는 홍어洪魚가 여러 지방에서 산출된다고 나와 있는데, 이것은 진짜 홍어를 가리킨 것인지 다른 가오리류를 함께 이른 것인지 분명하지 않다. 물고기의 특징에 대해 구체적으로 언급한 부분을 전혀 찾아볼 수 없기 때문이다. 이익은 『성호사설』에서 전분鱄鱝을 가올어라고 밝히고, "공䲲과 비슷하지만 맛이 그만 못하고, 꼬리 끝에 독기가 심한 가시가 있어 사람을 쏜다. 그 꼬리 가시를 잘라 나무뿌리에 꽂아두면 시들지 않는 나무가 없다"라고 설명했다. 여기에서 맛이 좋은 공䲲은 홍어, 독가시가 있는 전분은 색가오리류를 가리킨 것으로 생각된다. 그런데 『동의보감』에는 공어䲲魚를 한글로 가오리라고 표기하고, "2자나 되는 꼬리에는 독이 많고 살로 된 지느러미가 있다. 꼬리에 가시가 있는데 이 가시에 찔렸을 때는 수달의 껍질과 고기 잡는 발을 만들었던 참대를 달여 먹어야 독이 풀린다"라는 기록이 나온다. 이때의 공어는 꼬리에 가시가 있는 것으로 보아 홍어류가 아닌 색가오리과의 어류를 말한 것이 분명하다. 서유구는 『전어지』에서 해요어海鷂魚를 가오리, 홍어를 '무럼'이라고 기록하고 꼬리 가시의 유무로 두 종류를 구분해 놓았다. 옛 문헌들을 통틀어 홍어류와 가오리류를 나누는 가장 명확한 구별법이라 하겠다.

가오리의 독가시

"빨강가오리, 황가오리, 검은가오리 이런 게 있어라."

대둔도의 장복연 씨는 가오리의 종류에 대해 묻자 빛깔에 따라 세 종류로 나눈다고 대답했다. 정약전도 몸빛깔을 기준으로 가오리를 분류하고 있는데 그 중 첫 번째로 든 것이 청가오리다.

[청분靑鱝 속명 청가오靑加五]

큰 놈은 너비가 십여 자에 달한다. 모양은 홍어를 닮았으며, 주둥이는 넓고 편평하다. 등은 푸른빛이다. 꼬리는 홍어보다 짧고, 4분의 1 지점에 5푼 정도 되는 송곳 모양의 가시가 나 있다. 이 송곳가시에서 다시 잔가시가 거꾸로 돋아나 낚시 미늘과 같은 구조를 이루므로 한 번 찔리면 잘 빠지지 않는다. 또한 여기에는 큰 독이 있다. 흑분, 황분, 나분, 응분도 모두 이와 같은 가시를 가지고 있다. 적이 자신을 공격하려 하면 꼬리를 회오리바람 속에 흩날리는 나뭇잎처럼 세차게 흔들어 물리친다.

이청의 주 『본초습유』에서는 "해요어海鷂魚는 동해에서 잡히는 물고기다. 이빨이 석판石版과 같다. 꼬리에 큰 독이 있는데, 먹잇감을 만나면 꼬리로 후려쳐서 잡아먹는다. 사람이 찔렸을 경우 심하면 죽을 수도 있다. 사람의 요도에 가시를 꽂으면 음부가 붓고 아픈데, 가시를 뽑으면 곧바로 낫는다. 어부들은 독가시에 찔렸을 때 어호죽魚扈竹이나 해달피海獺皮를 써서 이를 해독한다"라고 했다. 지금의 청분, 황분, 흑분, 나분 등 여러 가오리류는 모두 꼬리에 송곳 모양의 가시가 있다.

청가오리의 너비는 무려 십여 자에 달한다. 지금의 길이로 따지자면 거의 2미터에 해당하는 수치다. 청가오리라는 이름은 『우해이어보』에도 등장한다. 김려 역시 청가오리를 초대형 어종으로 묘사하고 있다.

> 청가오리는 가오리류 중에서 가장 큰 것이다. 길이가 1장 반,* 넓이가 2장으로 말 한 마리에 실을 만하다. 등은 짙은 청색이며 맛이 좋다.

몸길이 3미터, 폭이 4미터에 이르는 이 괴물 가오리는 대체 어떤 종을 말하는 것일까?

정문기는 『한국어도보』에서 청달내가오리(*Dasyatis zugei*)를 청가오리로 지목했다. 청달내가오리는 제주 근해에서 많이 잡히며, 몸길이보다 너비가 더 넓고 주둥이가 홍어처럼 뾰족하게 튀어나온 것이 특징인 어종이다. 『난호어목지』에는 청달내가오리와 이름이 비슷한 또 한 종류의 물고기가 등장

* 원문에는 1척 반이라고 되어 있지만 1장 반의 오기임이 분명해 보인다.

한다. '청장니어青障泥魚' 라는 물고기가 그것이다.

가오리와 유사하며 몸꼴이 정방형이다. 눈과 꼬리가 각각 모서리에 위치한다. 서남해에서 난다. 큰 것은 가로 세로가 각각 1~2장丈이며, 두께는 1~2척이다. 고깃살이 희고 뼈가 단단하다. 등은 푸르고 배는 회백색이다. 어부들은 그 모양이 말안장의 장니와 같다고 해서 이 물고기를 청장니어라고 부른다.

서유구는 청장니어의 한글 이름을 '청다릐' 라고 기록했다. 청다릐는 청달내와 같은 계통의 말이 분명하며, 장니는 곧 말다래로 말안장 양쪽에 늘어뜨려 땅바닥의 흙이 튀지 않도록 하는 장비다. 결국 청다래나 청달내는 물고기의 형체가 말의 다래처럼 넓적하다고 해서 붙여진 이름으로 풀이할 수 있겠다. 청장니어는 크기나 몸빛으로 보아 청가오리의 후보로 손색이 없어 보인다. 그러나 뼈가 단단하다는 말이 눈에 거슬린다. 가오리는 연골어류로 뼈가 무르기 때문이다. 다음의 설명은 청장니어를 청가오리로 보는 것을 더욱 어렵게 한다.

일본인들은 이 물고기를 포방어蒲方魚 혹은 사어楂魚라고 부른다. 『화한삼재도회』에서는 "포방어는 성질이 둔하고 미련하며, 항상 물 위를 떠다니는 습성이 있다. 어부들이 기다란 갈고리 같은 것으로 등을 찍으면 마른 나무토막처럼 한 곳에 머물러 도망갈 줄을 모르기 때문에 이름을 사어라고 붙였다"라고 했다.

항상 물 위를 떠다니고 갈고리로 찍어도 도망갈 줄 모른다면 아무래도 가오리류를 묘사한 것으로 보기는 힘들어진다. 대부분의 가오리류는 물 밑바닥에서 생활하기 때문이다.

그런데 마침 이러한 설명에 딱 맞아떨어지는 물고기가 있다. 세상에서 가장 많은 알을 낳는 물고기* 개복치가 바로 그 주인공이다. 개복치는 몸길이 4미터, 몸무게 140킬로그램까지 자라는 대형 어종으로 서유구가 말한 것처럼 거의 정방형에 가까운 체형을 하고 있다. 몸은 좌우로 납작하고, 등지느러미와 뒷지느러미 뒤쪽은 칼로 싹둑 잘라낸 것 같은 모습이다. 눈과 꼬리가 모서리에 있다는 것도 아마 이를 두고 한 말로 생각된다. 서유구는 청장니어가 물 위를 떠다니는 습성이 있으며, 어부들이 기다란 갈고리 같은 것을 이용해서 이 물고기를 잡아낸다고 밝혔다. 실제로 개복치는 하늘이 맑고 파도가 잔잔한 날이면 물 위에 떠올라 천천히 헤엄치거나 잠을 자는 습성이 있다. 또한 성질이 둔해서 어선이 가까이 다가가도 도망갈 줄 모르므로 어부들이 종종 갈고리로 찍어서 잡아 올리곤 한다. 『난호어목지』의 청장니어는 청달내가오리가 아닌 개복치를 가리킨 이름이 분명하며, 단지 넓적한 몸이 말다래처럼 생겼다는 공통점 때문에 같은 이름으로 불리게 된 것으로 추측된다.

◉ **개복치** 개복치는 몸길이 4미터, 몸무게 140킬로그램까지 자라는 대형 어종으로 서유구가 말한 것처럼 거의 정방형에 가까운 체형을 하고 있다. 몸은 좌우로 납작하고, 등지느러미와 뒷지느러미 뒤쪽은 칼로 싹둑 잘라낸 것 같은 모습이다.

* 개복치가 한 번에 낳는 알의 개수는 약 3억 개 정도로 알려져 있다.

일단 청달내가오리를 청가오리로 놓기는 했지만 이 또한 문제가 없는 것은 아니다. 정약전과 김려는 한결같이 청달내가오리를 초대형종으로 묘사하고 있다. 그러나 실제의 청달내가오리는 몸길이가 기껏해야 30센티미터 정도의 소형종에 불과하다. 게다가 주둥이는 넓고 편평한 것이 아니라 뾰족하고 날카롭게 튀어나왔고, 몸빛깔은 회갈색으로 푸르다기보다는 오히려 붉은빛을 띠고 있으며, 꼬리도 무척 길어서 '홍어보다 짧다' 라고 한 정약전의 말과는 전혀 상반되는 특징을 보인다. 그렇다면 청가오리의 진정한 실체는 과연 무엇일까?

본문의 내용을 종합하면 청가오리가 색가오리과 물고기의 일종임은 분명해 보인다. 색가오리과 물고기들은 몸이 검정, 노랑, 파랑 등 선명한 빛깔을 띠고 있는 경우가 많으며, 그 중에는 청가오리처럼 푸른빛을 띠는 종류도 드물지 않다. 또한 정약전은 청가오리의 주둥이를 '넓고 편평하다' 라고 표현했다. 색가오리과 어류는 대개 5각형 모양의 몸꼴을 가지며 앞부분이 뒷부분에 비해 둔각을 이루고 있어 주둥이가 넓적해 보이는 특징이 있다. 송곳처럼 생긴 독가시의 존재도 청가오리가 색가오리과 물고기라는 사실을 말해준다. 억센 독가시는 색가오리과 물고기의 중요한 특징이다. 우리 나라에는 노랑가오리, 청달내가오리, 꽁지가오리 등 3종의 색가오리과 물고기가 서식하는 것으로 알려져 있는데, 이들은 모두 꼬리에 강한 독가시

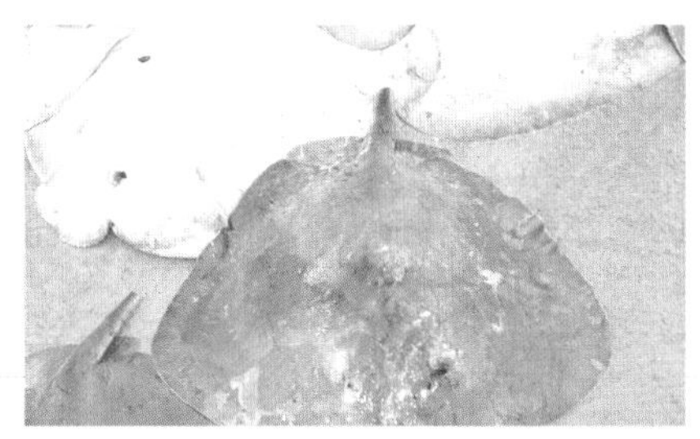

◉ **꼬리 잘린 가오리** 색가오리과 물고기를 잡아올리면 이처럼 미리 꼬리나 꼬리의 독가시 부분을 제거하는 것이 일반적이다.

를 지니고 있어서 자칫 잘못해서 찔리기라도 하면 출혈과 함께 극심한 통증이 일어나게 되므로 다룰 때는 각별한 주의가 필요하다.

정약전은 청가오리를 찾는 데 결정적인 단서가 될 만한 기록을 본문에 남겨 놓았다. 청가오리의 독가시가 꼬리의 4분의 1 위치에 있다고 한 대목이 바로 그것인데, 현지에서의 지속적인 채집과 탐문작업을 통해 대형종이면서 등면이 푸른빛을 띠고, 정확한 지점에 가시가 나 있는 색가오리과 물고기를 추적하다 보면 언젠가는 청가오리의 정확한 정체가 밝혀질 것으로 기대된다.*

정약전과 이청은 가오리의 독가시에 대해 깊은 관심을 보였다. 가시의 위치, 표면의 미늘 구조, 독성, 해독법을 세밀하게 묘사했을 뿐만 아니라 적이 자신을 공격하면 꼬리를 세차게 흔들어 방어한다거나 먹잇감을 만나면 꼬리로 후려쳐서 잡아먹는다는 등 그 사용 방법까지 일일이 밝혀 놓고 있다. 그리고 이들이 가오리의 독가시에 대해 느꼈던 감정은 찔리면 죽을 수도 있다는 표현에서 짐작할 수 있듯 공포에 가까운 것이었다. 이러한 사실은 '사람의 요도에 가시를 꽂으면 음부가 붓고 아프다'라고 한 대목에서 더욱 잘 드러난다. 원래 성기는 매우 민감해서 상처를 입으면 극심한 고통이 따르는 곳이다. 굳이 프로이트의 거세콤플렉스를 언급하지 않더라도 도랑에서 목욕하다 요도에 거머리가 들어간 아이의 이야기나 성기를 따먹는 갖가지 짐승들의 이야기가 어린 시절 얼마나 큰 두려움을 안겨주었는지를 회상해 보면 독가시의 위력을 설명하는 데 요도를 등장시킨 이유를 충분히 이해할 수

* 예를 들면 색가오리과 어류 중 *Taeniura melanospila*라는 종은 등면이 회청색을 띠고, 2미터 이상 자라는 대형 가오리로 본문의 설명과 일치하는 속성들을 가지고 있다. 그러나 가시가 꼬리의 중간 부분에 위치하고 있으므로 청가오리의 후보에서 탈락시킬 수밖에 없다.

있을 것이다.

이 대목을 읽으면서 문득 남미 아마존강에 살고 있다는 메기를 닮은 물고기 칸디루 이야기가 떠올랐다. 칸디루는 몸길이 3센티미터 안팎의 조그만 물고기인데, 다른 물고기의 아가미 속을 파고들어 주둥이의 빨판과 콧등 주변의 가시로 몸을 고정시킨 다음 끌처럼 생긴 이빨로 살을 파먹는 습성이 있다고 알려져 있다. 그런데 가끔 이놈이 물 속에서 헤엄치는 사람의 요도 속을 파고드는 일이 발생한다고 한다. 그렇지 않아도 민감한 요도에 조그만 물고기가 들어가 날카로운 가시를 펼친다면 얼마나 고통스러울까? 생각만 해도 소름이 끼친다. 한술 더 떠 물가에서 오줌을 누면 칸디루가 오줌 줄기를 따라 헤엄쳐 올라와 요도로 들어간다는 황당한 설까지 떠돈다. '냇물에 오줌을 누면 고추 끝이 부어 올라 감자 고추가 된다'라는 우리 속담을 떠오르게 하는 대목이다. 이 이야기 또한 성기의 손상에 대한 인간의 원초적인 두려움을 보여주는 좋은 사례라 하겠다.

소가 변한 물고기

정약전은 청가오리와 비슷하지만 색깔이 검은 종을 흑분으로 명명하고, 그 속명을 묵가오리라고 기록했다.

[흑분黑鱝 속명 묵가오墨加五]

모양은 청분과 같지만 빛깔이 검은 점이 다르다.

흑분은 검은 가오리를 말하며 속명인 묵가오리 역시 같은 뜻으로 풀이할 수 있다.

"아, 먹가오리는 시커매요, 시커매."

박도순 씨는 먹가오리의 등이 거의 새까만 빛깔이라고 했다. 그 특징이나 흑산 근해에서 산출된다는 점 등을 생각하면 정약전이 말한 묵가오리와 동일 종으로 판단된다.

정문기는 『한국어도보』에서 *Raja fusca*라는 종을 묵가오리라고 명명하고 이를 『현산어보』의 묵가오리와 같은 종으로 보았다. 그러나 현재 학자들 중에는 묵가오리를 간재미와 같은 종으로 보는 견해가 많다. 묵가오리가 간재미와 같거나 적어도 비슷한 생김새를 하고 있다면 정문기가 말한 묵가오리를 『현산어보』의 흑분으로 보기는 힘들어진다. 정약전은 묵가오리와 청가오리의 모양이 같다고 했는데, 청가오리의 몸꼴은 오각형으로 마름모꼴인 간재미와는 분명한 차이를 보이기 때문이다. 이어서 등장하는 황분 항목에서도 청가오리와 모양이 같다는 표현이 나온다.

[황분黃鱝 속명 황가오黃加五]

모양은 청분과 같지만 등이 노랗고 간에 기름이 매우 많다.

황가오리라고 하면 누구나 노랑가오리를 떠올리게 될 것이다. 노랑가오리는 아크릴 물감을 칠해놓은 듯 선명한 노란빛을 띠고 있는 모습이 이름과 잘 어울리는 어종이다. 박도순 씨의 말도 이러한 추측을 뒷받침한다.

"모양이 딱 그런 모양이여. 노랑가오리 우리는 황가오리라 그래요. 맞어. 색깔이 노랍니다. 노랑가오리는 이십 킬로 삼십 킬로 나가지라. 문짝 반절 정도는 되제. 노랑가오리 맛있어라."

노랑가오리가 황분이라면 이와 모양이 비슷하다고 한 청분이나 흑분도 모두 같은 색가오리과 물고기일 가능성이 높아진다.

『우해이어보』에 등장하는 귀공鬼魟도 노랑가오리를 말한 것으로 보인다.

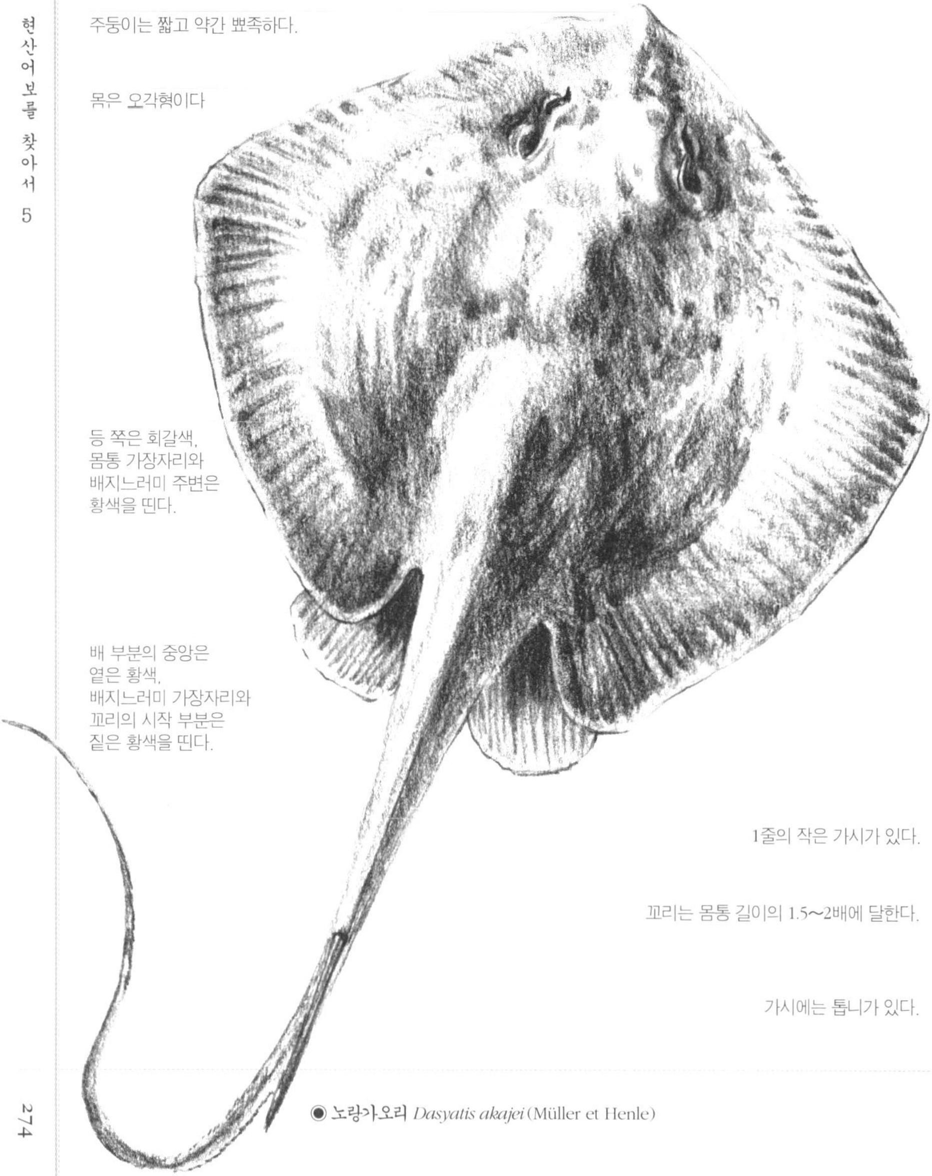

주둥이는 짧고 약간 뾰족하다.

몸은 오각형이다

등 쪽은 회갈색,
몸통 가장자리와
배지느러미 주변은
황색을 띤다.

배 부분의 중앙은
옅은 황색,
배지느러미 가장자리와
꼬리의 시작 부분은
짙은 황색을 띤다.

1줄의 작은 가시가 있다.

꼬리는 몸통 길이의 1.5~2배에 달한다.

가시에는 톱니가 있다.

◉ **노랑가오리** *Dasyatis akajei* (Müller et Henle)

공어䲔魚와 매우 비슷하지만 빛깔이 노란색이다. 수레에 가득 찰 정도로 큰 놈도 있다. 비린내가 나고 독이 있으므로 먹어서는 안 된다.

그러나 김려의 말 중에는 한 군데 잘못된 부분이 있다. 노랑가오리는 위험한 독가시를 가지고 있지만 먹는 데는 전혀 문제가 되지 않는다. 오히려 노랑가오리는 가오리류 중에서도 가장 뛰어난 맛을 내는 것으로 알려져 있다. 아마도 노랑가오리의 위험을 지나치게 두려워한 나머지 잘못된 결론을 내리게 된 것으로 보인다.

함성주 씨는 아버지로부터 전해 들었다는 재원도 전설을 이야기해 주었는데, 그 내용이 상당히 재미있다.

"조물주에게 대들던 소가 벌을 받아서 가오리가 되었답니다. 밟혀서요. 납작하게. 그런 이유로 색깔이 황소 같잖아요. 노란 게."

겁 없이 조물주에게 대드는 소나 당장 열을 받아 발로 밟아버리는 조물주나 꾸밈없는 모습이 섬사람들을 닮은 것 같아 절로 미소가 머금어진다.

◉ **노랑가오리** 황가오리라고 하면 누구나 노랑가오리를 떠올리게 될 것이다. 노랑가오리는 아크릴 물감을 칠해놓은 듯 선명한 노란빛을 띠고 있는 모습이 이름과 잘 어울리는 어종이다.

매를 닮은 가오리

노랑가오리를 닮은 종으로 정체를 알 수 없는 종이 하나 있다.

[나분螺鱝 속명 나가오螺加五]

모양은 황분을 닮았다. 이빨이 사치사처럼 목구멍〔喉門〕 쪽에 울퉁불퉁하게 돋아 있다. 뾰족한 돌기가 둥그렇게 벌려 서 있는 모양이 소라의 목〔螺頸〕처럼 보인다.

나분의 가장 큰 특징은 독특한 구강구조에 있다. 정약전의 표현을 정확히 이해하기는 힘들지만 여하튼 여느 가오리와는 다른 특징적인 구조를 가졌음에는 틀림없는 것 같다. 국립수산진흥원에 문의했더니 다음과 같은 답변이 돌아왔다.

구강구조 이빨이 특징적인 가오리는 한국 남쪽 연해와 일본, 중국의 남부 연해와 태평양 및 대서양의 온대와 열대지방에 분포하는 '매가오리' 가

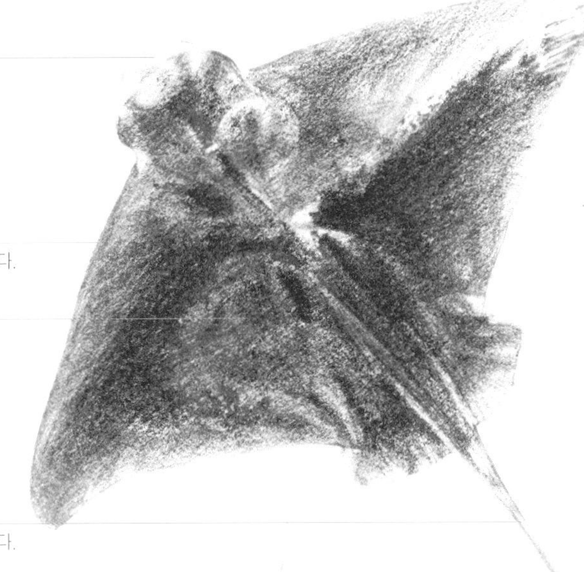

있습니다. 이 종의 이빨은 육각형의 부석상으로 7열이 있으며 그 중앙열의 이가 특히 커서 한 개의 폭은 그 길이의 4~6배 정도입니다.

매가오리라는 이름은 머리의 모습이 매를 닮았다고 해서 붙여진 것이다. 매가오리는 다른 가오리류와는 달리 머리 쪽이 불룩하게 튀어나와 있는 모습이 묘하게도 매의 머리 부분과 닮아 있다. 박도

◉ **매가오리** *Myliobatis tobijei* (Bleeker)
◉ **매가오리** "매개오리 있지라. 커요. 입이 쫑긋한데 정말 매처럼 생겼어요. 노란 거도 있고 검은 거도 있어요."

순 씨도 매가오리의 특징적인 모습을 정확히 기억하고 있었다.

"매개오리 있지라. 커요. 입이 쫑긋한데 정말 매처럼 생겼어요. 노란 거도 있고 검은 거도 있어요. 매개오리도 새끼 낳더만. 옛날에는 가끔 잡혔는데 요새는 거의 안 잡혀요."

일단 매가오리를 나가오리로 놓기는 했지만 매가오리를 다룬 항목이 따로 존재한다는 사실이 다시 문제가 된다.

[응분鷹鱝 속명 매가오每加五]

큰 놈은 너비가 수십 장丈에 달한다. 모양은 홍어를 닮았다. 가오리류 중에서 가장 크고 힘이 세다. 용기를 내어 어깨를 세울 때면 새를 낚아채는 매처럼 보인다. 뱃사람들이 닻을 내리다가 잘못해서 몸을 건드리게 되면 화가 난 응분은 어깨를 쫑긋 세운 채 어깨와 등 사이에 패인 홈에 닻을 걸고 앞으로 내닫는다. 배는 나는 듯 끌려가고, 닻을 올리려 해도 뱃전으로 따라 올라오는 것이 두려워 뱃사람들은 아예 닻줄을 잘라 버린다.

이청의 주 『위무식제魏武食制』에서는 "번답어蕃蹹魚의 큰 놈은 모양이 키와 같고, 꼬리의 길이는 몇 자나 된다"라고 기록했고, 이시진은 "해요어海鷂魚의 큰 놈은 몸 둘레가 7~8자에 이른다"라고 밝혔다. 그러나 누구도 응분만큼 큰 종류는 보지 못한 것 같다. 응분은 성이 나면 꼬리의 송곳가시를 마구 휘두르는데 고래도 갈라놓을 수 있다고 한다.

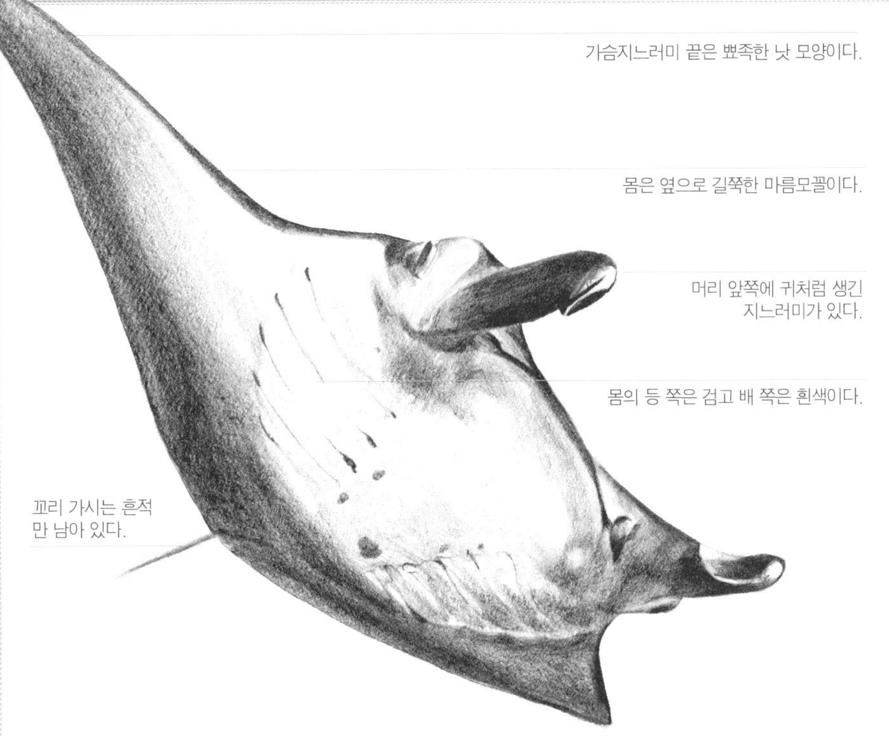

◉ **대왕쥐가오리** *Manta birostris*

응분이라면 매처럼 생긴 가오리를 뜻한다. 매가오리의 형태적인 특징을 잘 반영한 이름이다. 정약전은 응분의 속명을 매가오리라고 밝혀 놓기까지 했다. 역시 나분보다는 응분을 매가오리로 봐야 하는 것이 아닐까? 그러나 매가오리를 응분으로 단정 짓기에는 몇 가지 석연치 않은 점이 있다.

정약전은 응분의 너비가 수십 장에 달한다고 밝혔다. 수십 장은 수십 척의 오기로 보이는데,* 그렇다손 쳐도 수십 척(최소 4~5미터 이상)이라면

* 길이 40~50미터에 달하는 가오리가 현실에 존재할 리 없다.

매가오리라고 하기에는 지나치게 덩치가 크다. 또한 '어깨를 쫑긋 세운다', '어깨와 등 사이에 패인 홈에 닻을 걸고 앞으로 내닫는다'라고 한 표현도 문제가 된다. 매가오리의 몸에서는 이렇게 표현할 만한 신체 구조가 전혀 발견되지 않기 때문이다. 배를 장난감처럼 끌고 다닐 정도로 거대한 가오리가 과연 우리 나라에 존재하기나 하는 것일까?

실제로 너비가 4미터를 훌쩍 넘고 몸길이 6미터, 몸무게 1.5톤까지 나가며 배를 끌고 다닐 정도로 힘이 센 가오리가 있다. 바다의 괴물 쥐가오리가 바로 그 주인공이다.* 쥐가오리는 매를 닮았다는 조건도 훌륭히 만족시킨다. 넓적한 가슴지느러미를 펴고 천천히 유영하는 모습은 마치 거대한 맹금류가 공중을 활강하는 듯한 느낌을 주며, 때로는 몸을 수면 위로 몇 미터씩이나 솟구쳐 공중제비를 넘는 기막힌 재주를 선보이기까지 한다.** 형태적인 특징도 본문의 내용과 잘 일치한다. 쥐가오리의 머리 양쪽에는 넓적한 머리지느러미가 귀 모양으로 튀어나와 있다. 분문에서 어깨를 세운다고 한 표현은 이 머리지느러미를 세우는 행동을 묘사한 것으로 해석할 수 있으며, 어깨와

◉ **매를 닮은 가오리** 쥐가오리는 매를 닮았다는 조건도 훌륭히 만족시킨다. 넓적한 가슴지느러미를 펴고 천천히 유영하는 모습은 마치 거대한 맹금류가 공중을 활강하는 듯한 느낌을 주며, 때로는 몸을 수면 위로 몇 미터씩이나 솟구쳐 공중제비를 넘는 기막힌 재주를 선보이기까지 한다.

* 쥐가오리과 물고기의 대표종으로는 쥐가오리(*Mobula japonica*)와 대왕쥐가오리(*Manta birostris*)를 들 수 있다. 우리 나라에 주로 서식하는 종은 쥐가오리이지만 편의상 두 종류 모두를 쥐가오리라고 부르기로 한다(추자도 근해에서 대왕쥐가오리가 관찰된 기록도 있다). 앞 페이지의 삽화도 쥐가오리와 모양이 거의 흡사한 대왕쥐가오리를 그린 것이다.

** 이러한 행동은 기생충이나 적을 피하기 위한 것으로 알려져 있다.

등 사이에 패인 홈에 닻을 걸고 내달린다는 표현도 머리지느러미 사이에 벌어진 입에 닻이 걸렸을 때의 행동으로 풀이하면 별 무리가 없다.

흑산도에 쥐가오리가 서식한다는 사실은 한 다큐멘터리 프로그램을 통해 이미 확인한 바 있었다. 전설의 물고기 돗돔을 추적하는 프로그램이었다. 취재팀은 흑산도 앞바다에 돗돔이 출몰한다는 제보를 입수하고 당장 현지를 방문하여 낚시를 시도했다. 채비를 내리자마자 엄청난 입질이 전해져왔고, 한참 동안의 실랑이 끝에 족히 3미터는 될 듯한 쥐가오리가 온몸에 빨판상어를 주렁주렁 매단 채 수면 위로 떠올랐다. 우리 나라에 쥐가오리와 빨판상어가 살고 있다는 사실에 충격을 받았던 기억이 지금도 생생하다. 그리고 대둔도의 장복연 씨는 초대형 쥐가오리가 동네 앞에서 잡힌 적이 있다는 이야기를 들려주었다.

"겁나게 큰 놈도 있어라. 전에 요 앞에 누가 가오리를 한 마리 걸었는데 (주낙)망줄을 막 끌고 가더라고. 어떻게나 큰지 배에 끌어올리지도 못하고 그대로 예리 판장까지 가서 겨우 끌어올렸어라. 대가리 튀어나온 데. 그래 귀 사이에 망줄이 탁 걸렸응께 빼지도 못하고 걸려 다닌 거여. 몸뚱이에 고둥 같은 것들이 붙어 있고 하여튼 이상하게 생긴 놈이었제."

끌어올리지도 못할 만큼 거대한 몸집, 머리지느러미 사이에 망줄을 걸고 내달리는 모습이 정약전이 묘사한 장면 그대로가 아닌가. 이영일 씨는 매가오리라는 이름까지 확인해 주었다.

"매가오리라고 무지하게 큰 놈이 있어요. 입이 이렇게 쭉 찢어졌는데 사

◉ **영화에 등장한 쥐가오리** 커다란 몸집이나 기괴한 생김새가 던져주는 무서운 이미지와는 달리 사실 쥐가오리는 미세한 부유생물을 먹고 살아가는 양순한 물고기다. 이러한 사실이 밝혀지면서 쥐가오리를 바라보는 사람들의 시선에도 많은 변화가 일고 있다.

람이 들어갈 만큼 커요. 그것 끌어올려 놓으면 물고기들이 붙어 있어요. 몸에 딱딱 달라붙는 물고기요. 네, 빨판상어 맞아요."

정약전과 이청이 쥐가오리를 묘사해 놓은 것을 보면 거대한 물고기에 대한 두려움의 감정을 읽을 수 있다. 서양에서도 쥐가오리를 악마의 물고기라고 부르며 공포의 대상으로 여겼던 역사가 있다. 그러나 커다란 몸집이나 기괴한 생김새가 던져주는 무서운 이미지와는 달리 사실 쥐가오리는 미세한 부유생물을 먹고 살아가는 양순한 물고기다. 이러한 사실이 밝혀지면서 쥐가오리를 바라보는 사람들의 시선에도 많은 변화가 일고 있다. 미지의 동물에 대한 두려움은 곧 호기심과 신기한 생물을 직접 만나보고 싶다는 열망으로 바뀌었고, 이제는 스쿠버다이버나 수중사진 촬영가들이 쥐가오리가 유영하는 모습을 보기 위해 멀리 동남아까지 원정을 떠나는 장면도 그리 낯설지 않은 세상이 되었다. 쥐가오리를 관광상품화하여 커다란 수익을 올리는 나라까지 등장하고 있는 지금, 우리 나라 흑산 앞바다에서도 공중으로 몸을 솟구치며 뛰어오르는 쥐가오리의 위용을 감상할 수 있게 될 날을 기대해 본다.

◉ **쥐가오리와 스킨스쿠버** 미지의 동물에 대한 두려움은 곧 호기심과 신기한 생물을 직접 만나보고 싶다는 열망으로 바뀌었고, 이제는 스쿠버다이버나 수중사진 촬영가들이 쥐가오리가 유영하는 모습을 보기 위해 멀리 동남아까지 원정을 떠나는 장면도 그리 낯설지 않은 세상이 되었다.

이상한 가오리들

홍어류 중에서 정체를 규명하는 데 가장 애를 먹은 종은 소분이었다.

[소분小鱝 속명 발내어發乃魚]

모양은 홍어를 닮았지만 크기가 작아서 너비가 불과 두세 자 정도에 불과하다. 주둥이는 짧으며 아주 뾰족하지는 않다. 꼬리는 가늘고 짧다. 고깃살이 매우 많다.

정약전은 소분이 홍어를 닮았지만 크기가 작다고 했다. 홍어 바로 다음 항목에 실려 있다는 점을 생각해 봐도 소분은 홍어와 가까운 종임이 분명하다. 그러나 그 다음 말은 소분이 홍어와는 또 다른 형태를 하고 있음을 보여준다. 주둥이가 짧고 별로 뾰족하지 않다면 홍어의 가장 중요한 특징 중의 하나를 포기해야 한다. 소분의 속명도 수수께끼 같기는 마찬가지다. 흑산 주민들을 만날 때마다 물어보았지만 발내어라는 이름을 아는 이는 한 사람도 없었다. 그러던 중 흑산 내연발전소에 근무하는 이영일 씨를 만나게 되였다. 인터넷에서 만나 온라인상으로만 알고 있다가 처음으로 만나는 자리였다. 이런저런 얘기 끝에 대화의 주제는 자연스럽게 『현산어보』에 등장하는 물고기에 대한 것으로 넘어갔다.

"발급어*가 펄랭이인 것 같아요. 홍어하고 거의 비슷하게 생겼는데 크기가 작아요."

홍어와 비슷하지만 크기가 작다는 말이 본문의 설명과 정확히 일치하고 있었다. 펄랭이, 곧 팔랭이**의 발음이 발내어와 비슷하다는 점도 의미심장하다. 아마도 정약전이 당시 펄랭이 혹은 팔랭이라고 불리던 어종을 한자로 옮기는 과정에서 발내어란 이름으로 기록하게 된 것이 아닌가 생각된다.

지금도 서해안 일대 특히 경기 · 인천 지역에서는 팔랭이라는 이름이 통용되는 곳들이 많다. 수산진흥원에 문의한 결과 이들 지역에서 팔랭이라고 불리는 어종이 다름 아닌 간재미라는 사실을 확인할 수 있었다. 『현산어보』에는 간재미와 발내어 항목이 따로따로 실려 있다. 그렇다면 당시 흑산도 사람들은 간재미를 간재미와 팔랭이의 두 가지 이름으로 불렀던 것일까? 사실 간재미는 워낙 변이가 심해 한 종을 다른 종으로 착각하기가 쉽다. 생김새가 홍어와 비슷하지만 크기가 작고 주둥이가 덜 튀어나왔다는 점 역시 본문의 설명과 정확히 일치하며, 흑산도에서 많이 잡히므로 정약전이 관찰한 종일 가능성도 매우 높다.

인터넷을 검색하다가 팔랭이에 대한 새로운 해석을 발견할 수 있었다. 홍어는 암놈이 수놈보다 훨씬 맛이 있다. 암놈 중에서도 특히 교미나 산란을

* 정문기 역 『자산어보』와 정석조 저 『상해 자산어보』에는 모두 발급어發及魚로 기록되어 있다.
** 사람이나 장소에 따라 펄랭이, 팔랭이, 폴랭이의 세 가지 이름이 혼용되고 있었다.

하지 않은 것으로 막 잡아 올려 싱싱한 놈이 최고로 꼽히는데, 이를 폴랭이라고 부른다는 것이었다. 이 말을 따르면 발내어는 별개의 종류가 아니라 홍어의 어린 암놈을 가리키는 말이 된다. 어린놈이니 만큼 크기가 작고 꼬리도 짧을 것이다. 어린 홍어는 주둥이도 어미만큼 뾰족하게 튀어나와 있지 않다. 가시가 딱딱해서 먹기 힘든 수놈에 비해 암놈의 살은 차지고 부드러워 몸통이든 꼬리든 전체적으로 살지다는 느낌을 주었을 것이다. 그러나 이영일 씨의 의견은 또 달랐다.

"홍어보다는 맛이 없고, 간재미보다는 맛있어라. 크기도 중간쯤 되지라. 홍어 새끼를 펄랭이라고 부른다는 사람들도 있던디…"

박도순 씨도 이 의견에 동의하며, 팔랭이가 자라서 홍어가 된다고 자신있게 증언했다. 두 사람의 말이 옳다면 팔랭이는 암수에 관계없이 홍어 새끼를 가리키는 이름으로 봐야 할 것이다. 주민들이 펄랭이라고 부르는 종을 현지에서 직접 확인하는 과정을 거친다면 발내어의 정체가 더욱 명확하게 밝혀지리라 생각된다.

『현산어보』에 나타난 홍어와 가오리류 중에는 이처럼 그 정체를 명확하게 규명할 수 없는 것들이 많다. 본문의 묘사가 소략한 탓도 있겠지만 옛날에 통용되던 이름과 그 이름을 알고 사용하던 사람들, 그리고 어종 자체가 사라져가고 있다는 현실 또한 어종을 판별하는 데 중요한 장애요소로 작용한다. 박도순 씨는 흑산 근해에서 많이 잡히던 '등태'에 대한 이야기를 들려주었다.

"가오리 종륜데 등태는 맛이 없어라. 간재미가 더 크제. 옛날에는 말려서 찢어먹곤 했는데 요새는 안 잡혀요."

그런데 도감을 아무리 뒤져봐도 등태라는 이름은 눈에 띄지 않았다. 하는 수 없이 수산진흥원에 문의했더니 다음과 같은 답변이 돌아왔다.

"등태(혹은 등태기)는 전남 완도 수협 어판장에서 주로 볼 수 있으며, 서식지역도 우리 나라의 추자 해협에만 국한되어 있는 어종입니다. 본종은 1997년도 『일본어류학회지』에 정충훈 박사와 나카보 박사가 신종으로 보고한 종으로 당시 표본이 1마리밖에 없었기 때문에 향후 분류학적 재검토가 요망되는 종입니다."

연구 역사가 일천한 데다 표본도 한 마리밖에 없었다고 하니 도감에 실려 있지 않은 이유를 짐작할 만하다. 흑산 바다를 누비던 등태는 모두 어디로 사라진 것일까?

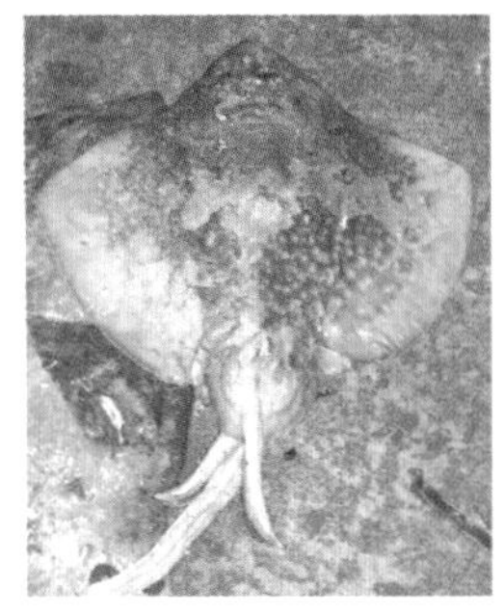

◉ **가오리 친척 등태** "가오리 종륜데 등태는 맛이 없어라. 간재미가 더 크제. 옛날에는 말려서 찢어먹곤 했는데 요새는 안 잡혀요."

장창대와의 만남

창대를 찾아서 2

"대둔도 가는 배 어디서 탑니까?"

"대둔도 어디요?"

"오리 가려구요."

"저기 한번 가보쇼."

부둣가에 옹기종기 모여 앉은 노인들의 모습이 눈에 들어왔다. 짐을 한두 보따리씩 끼고 앉은 품이 배를 기다리고 있는 것이 분명했다.

"대둔도 배 여기서 탑니까?"

"그라제."

"언제 출발합니까?"

"선주만 오면 바로 출발하제. 아 올 때가 되았는디."

"배값은 얼마입니까?"

"쩌그 가까운께 그냥 공으로 갑니다."

장일남 씨가 소개해 준 대둔도 오리 장복연 씨를 만나볼 작정이었다. 『현산어보』 저술의 숨은 공로자 장창대. 장창대에 대해서는 『현산어보』 서문에 기록된 간단한 소개말 외에는 어떠한 기록도 남아 있지 않았다. 그는 과연 어떤 인물이었으며, 어떤 인생을 살았던 것일까? 그에 대한 정보를 수집하러 나선 길이긴 하지만 큰 기대는 하지 않았다. 별다른 벼슬을 한 것도 커다란 업적을 쌓은 것도 아닌 200년 전의 보통 사람을 이름 하나에 의지해서 찾아 나선다는 것은 아무리 봐도 무모한 일이었다. 다만 운이 좋기만을 바랄 뿐이었다.

선주가 나타나자 사람들의 움직임이 갑자기 부산해졌다. 할아버지 할머니들이 짐 내리는 것을 도운 다음 갑판 한쪽 구석에 가만히 자리를 잡고 앉았다. 출발신호와 함께 5.62톤 소형 어선은 덩치에 걸맞지 않은 굉음을 울리며 대둔도를 향해 힘차게 물살을 가르기 시작했다. 바다로 나서자 조금 전에 먹었던 홍어맛보다 더 알싸한 바닷바람이 온몸을 휘감는다. 외투가 풍선처럼 부풀어오르고, 몸은 새라도 된 듯 가볍기만 하다. 마침 가마우지 한 마리가 뱃전을 스치며 날아간다. 배도 나도 그 뒤를 따른다.

"오리에는 누구 찾아가는 거요?"

"예, 장복연 씨 댁에요."

"아, 근동 씨 댁에. 장근동 씨가 장복연 씨여."

"아, 장복연 씨 댁을 아십니까?"

"이따가 내리면 따라오소."

해안선을 따라 한참을 달리자 바위섬 사이를 막아놓은 조그만 방파제와

◉ **대둔도** 출발신호와 함께 5.62톤 소형 어선은 덩치에 걸맞지 않은 굉음을 울리며 대둔도를 행해 힘차게 물살을 가르기 시작했다. 바다로 나서자 조금 전에 먹었던 홍어맛보다 더 알싸한 바닷바람이 온몸을 휘감는다.

그 안쪽으로 빽빽하게 들어선 가두리 양식장이 보이기 시작했다. 오리 마을이었다. 배에서 내리자마자 장복연 씨 집을 찾아 나섰다. 마을을 가로질러 좁은 오르막길을 걸어 오르다 보니 장복연 씨의 집이 나타났다. 마당 곳곳에 주낙이며 그물이 널려 있는 것이 전형적인 어부의 집이었다. 장복연 씨는 중키에 탄탄한 체구를 하고 있어 나이보다 훨씬 젊어 보였다.

"사람을 한 분 찾으러 왔습니다. 아마 인동 장씨 집안 같은데 장덕순이나 장창대라는 성함을 가진 분입니다. 한 이백 년 전쯤에 사신 분 같습니다. 혹시 알아볼 수 있을까요? 여기 인동 장씨 족보가 있다는 말을 듣고 찾아왔습니다."

"족보, 내가 가지고 있제. 그런데 여기는 어떻게 알고 왔소?"

"죽항리 장일남 씨라는 분이 소개해주셨습니다."

"어디 한번 찾아보지요."

장복연 씨는 족보 몇 권을 꺼내 놓으며 과거 신안군 일대를 돌아다니며 자료를 모으던 시절의 이야기를 들려주었다. 더듬더듬 내뱉는 한 마디 한 마디에서 가문과 핏줄에 대한 깊은 자부심과 열정을 느낄 수 있었다.

"어디 살던 분이라고?"

"사실 그것도 확실하지는 않습니다. 아마 흑산 부근인 것 같은데 사리 마을에 계셨던 것 같기도 하구요."

"사리에는 장씨가 없는디. 진리하고 예리하고 영산도에 얼마썩 있제."

"예전에 계셨던 것 같구요. 확실한 것은 저도 잘 모르겠네요."

◉ **장복연 씨** 그는 족보 몇 권을 꺼내 놓으며 과거 신안군 일대를 돌아다니며 자료를 모으던 시절의 이야기를 들려주었다.

"흑산에는 처음에 비금도에서 삼 형제가 들어왔지라. 우리 할아버지가 큰 아들이었는데 여기 오리로 들어왔어."

"그때가 언제쯤인가요?"

"글쎄, 한 이백 년쯤 되았을 텐디. 옳지 여기 계시네. 입도조 할아버지는 장자 두자 우자. 계유생이시네. 그리고 그 찾는 사람 성함 한자가 어떻게 된다고?"

"네. 덕 덕德자, 순할 순順자입니다."

입도조가 들어온 때가 200년 남짓하다면 장창대는 입도조의 아들이나 손자뻘이 될 터였다. 장복연 씨는 책장을 이리저리 넘겨가며 몇 번씩이나 살펴보다가 결국 발견하지 못한 듯 맨 앞에서부터 다시 책장을 넘겨 나가기 시작했다. 그리고 10여 분의 시간이 흘렀다.

"아, 여기 있네. 덕자 순자… 임자생, 정월 8일에 돌아가셨네."

가슴이 뛰었다. 장복연 씨가 가리킨 곳에는 '덕순'이라는 이름이 또렷하게 씌어 있었다. 200년의 세월을 뛰어넘어 장창대라는 인물이 책 속에서 걸어 나오는 순간이었다.

"우리 입도조 할아버지가 맏이고 장덕순 이 분 할아버지가 둘째 동생이었네. 오리로 들어오셨고, 저 수리 장호선 씨의 5대 조부가 되는구만."

연대를 맞춰보니 입도조가 계유년 1753년생, 장덕순은 임자년 1792년생이었다. 그렇다면 과연 장복연 씨의 말처럼 입도조가 대둔도로 들어온 시점은 200년이 약간 넘을 정도가 된다. 또한 정약전이 흑산도에 머물렀던 시간

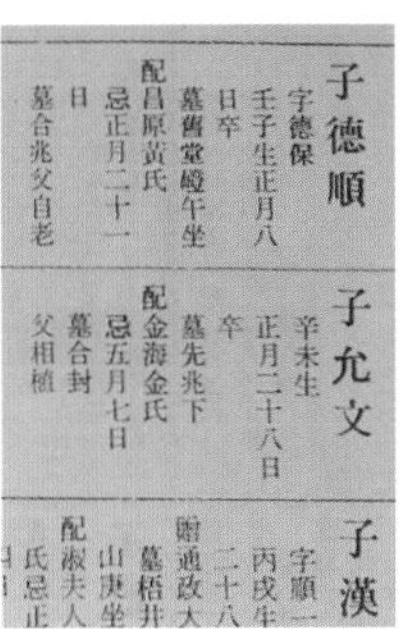

子 德順
字德保 壬子生正月八日卒
墓舊堂峙午坐
配昌原黃氏
忌正月二十一日
墓合兆父自老

子 允文
辛未生 正月二十八日卒
墓先兆下
配金海金氏
忌五月七日
墓合封
父相植

子 漢
字順一
丙戌生
二十八
贈通政大
墓梧井
山庚坐
配淑夫人
氏忌正

◉ **인동 장씨 족보** 장복연 씨가 가리킨 곳에는 '덕순'이라는 이름이 또렷하게 씌어 있었다. 200년의 세월을 뛰어넘어 장창대라는 인물이 책 속에서 걸어 나오는 순간이었다.

을 1807~1814년까지라고 보면 정약전과 만났을 때 장창대의 나이는 16~23세* 정도였을 것으로 추정된다. 자연에 대한 놀라운 감수성과 과학적인 사고능력을 동시에 갖춘 정약전의 연구파트너 장창대는 놀랍게도 흑산 군도의 조그만 섬에서 태어난 앳된 시골청년이었던 것이다.

총명한 시골 소년과 귀양온 대학자와의 만남. 왠지 범상치 않은 분위기가 풍긴다. 장창대가 정약전에게 해양생물들에 대한 지식을 주었다면 반대로 정약전은 장창대에게 무엇을 주었을까? 그가 가진 학식이나 인품으로 보아 정약전도 한 소년의 인생을 바꿔버릴 만큼 중대한 영향을 미치지 않았을까? 장복연 씨는 족보에 대한 설명을 마친 후 흥미로운 이야기를 들려주었다.

"어른들로부터 그런 말씀을 들은 적이 있지라. 우리 5대조 어르신의 사촌이 문장이었다 그래. 공부를 많이 해서 흑산 문장이라고 불렸다고. 그런데 고모네 아들이. 아 그러고 보니 장덕순 그 어른과 딱 맞네. 고모네 아들이 흑산 문장이랑 같이 공부했다는 말이 있지라. 젊었을 적에 공부를 겁나게 했다고 그라더만. 사서삼경을 잠 안 자고 보면 담날 다 외운다는 말이 있잖어. 그런데 나중에는 뭔 일인지 편지도 남의 손으로 빌려 썼다고 그라제."

장창대로 추정되는 인물이 젊어서 뛰어난 재능을 가졌는데 나이가 들어서는 무슨 이유에선지 학문을 그만두어 버렸다는 것이다. 갑작스런 정약전의 죽음이 심경의 변화를 불러온 것은 아닐까? 의문은 꼬리를 문다. 장창대가 대둔도 오리에서 살았다면 사리에 살았던 정약전과는 어떤 계기로 만나게 된 것일까? 정약전은 장창대가 두문불출하고 집에서 책만 읽었다고 했

* 『현산어보』의 저술기간을 생각하면 아마도 20세 이전일 것으로 생각된다.

는데, 그 집은 오리에 있었을까, 사리에 있었을까?

우선 정약전이 오리를 방문했을 가능성을 생각해볼 수 있다. 뭍사람은 바로 앞에 있는 섬에 대해서도 큰 거리감을 느끼지만 일상적으로 배를 타고 이동해야 하는 섬사람들에게 눈앞에 보이는 섬이란 단지 옆 마을에 있는 이웃일 뿐이다. 흑산 주민들이 장도, 영산도, 대둔도, 홍도, 가거도까지 흑산으로 묶어 부르며 서로의 안부를 묻고 집안의 대소사까지 꿰고 있는 것을 보면 정약전이 대둔도를 드나들거나 일정기간 머물렀으리라는 추측도 지나친 비약은 아닐 것 같다. 그리고 장복연 씨의 이야기는 또 다른 가능성을 보여준다.

"여기가 작은 부락이니께 사리까지 왔다갔다할 수도 있었겠제. 글 아는 분들은 서로 얘기도 하고 그랬응께. 어디 글 하는 사람 있다 그라면 찾아가서 배우기도 하고 짐 싸들고 가서 살기도 하고 그랬겠제. 다 흑산도잉께."

장창대의 묘

"그 분 묘소도 여기 있는디."

귀가 번쩍 뜨였다. 장창대의 묘를 찾는다는 것은 상상조차 못했던 일이었다.

"묘소가 여기에 있다구요? 오리에요?"

"있제. 수리 넘어가는 데. 가서 성묘도 하고 그랬는디."

"어디쯤입니까?"

점점 숨이 가빠왔다.

"찾기가 힘들 것인디. 비석도 하나 없고. 저기 보이는 고갯마루에서 도목쪽으로 가다보면 묘가 두 개 있어. 그 뒤쪽에 있는 묘가 기여. 앞에 참나무가 쭉 늘어서 있지라. 참도토리 열리는 참나무 알아요? 그게 다섯 그룬가 여섯 그룬가 있는데 거기가 그분 묘소여."

당장 장창대의 묘를 찾아보기로 했다. 작별인사를 하고 집을 나섰다. 날씨가 좋지 않아 일단 예리항까지라도 나가 있어야 다음날 첫배를 탈 수 있

◉ 오리 장창대가 태어나고 자란 마을이다.

을 것 같았다. 이제 오리에서는 더 이상 나가는 배가 없으니 수리나 도목리에 가면 배편을 구할 수 있을지도 모르겠다는 말을 듣고 수리로 넘어가는 길에 장창대의 묘를 찾아보기로 한 것이다.

숨을 헐떡이며 가파른 고갯길을 올랐다. 그러나 묘소를 찾기란 정말 막막하기 짝이 없는 일이었다. 도목리 쪽으로 넘어가는 길목에는 수십 기의 무덤이 곳곳에 흩어져 있었다. 또 일렬로 늘어서 있다던 참나무는 보이지도 않았다. 그 사이에 누가 베어버린 것일까? 이 무덤을 보면 이것인 듯 했고, 저 무덤을 보면 또 저것인 듯 했다. 일단 사진이나 찍어두자는 생각으로 닥치는 대로 촬영했다. 멀리 도목리가 내려다보이는 곳에 이르자 여기에도 무덤 몇 기가 드문드문 흩어져 있었다. 거의 자포자기하는 심정으로 풀밭에 주저앉았다. 저 무덤 중에 어떤 것이 장창대의 묘일까? 한두 세대만 더 지나면 누가 찾아주기라도 할까. 기억이라도 할까?

배낭을 내려놓고 긴장을 풀었다. 주위에는 동백나무, 패랭이꽃, 냉이, 제비꽃, 산국이 군데군데 꽃을 피워 남도의 이른 봄기운이 물씬 풍겨나고 있었다. 어디선가 곤충의 날갯짓 소리가 들려올 것만 같다. 조그만 새 한 마리가 포르르 경쾌한 날갯짓 소리를 내며 날아와 바로 앞 잡목림 덤불 위에 앉는다. 쌍안경을 들여다보니 풀빛 몸체와 눈 둘레의 하얀 선이 시야에 들어왔다. 동박새였다. 동백꽃을 한참 헤집고 다녔는지 부리 주위에는 노란 꽃가루가 잔뜩 묻어 있었다. 동박새는 누구와 만날 약속이라도 있는 듯 한참 동안 깃털을 가다듬더니 갑자기 반대편 산능선 쪽으로 날아올랐다. 나도 모르게 동박새가 날아가는 쪽으로 고개를 돌렸다. 그 순간 나무 몇 그루가 눈에 들어왔다. 배낭도 챙기지 않고 급히 달려 올라간 그곳에는 과연 장복연 씨가 말한 대로 참나무 대여섯 그루가 일렬로 늘어서 있었다. 그리고 참나무 너머에 장창대의 묘가 있었다. 봉분의 형태가 잘 남아 있고 잔디도 제대로 덮여 있는 것으로 보아 최근까지 누군가가 손질을 한 모양이었다. 눈시울이 뜨거워졌다. 그 후손들은 자신들의 선조가 어떤 사람이었고 어떤 일을 했는지 알고나 있을까? 그가 우리 나라 최초의 해양생물학서적을 만들어내는 데 지대한 공헌을 했다는 사실을 짐작이라도 하고 있을까? 장창대는 그 흔한 묘비 하나 없는 무덤 속에 그렇게 가만히 누워 있었다.

◉ **장창대의 묘** 잡초로 뒤덮인 장창대의 묘(위)와 그 앞에 한 줄로 심어져 있는 참나무 다섯 그루(아래)

두 사람의 덕보

인동 장씨 족보에는 장창대의 자字가 '덕보德保' 라고 기록되어 있었다. 흥미롭게도 덕보는 담헌 홍대용의 자이기도 하다. 같은 자를 썼기 때문일까. 홍대용의 저서를 읽다보면 자꾸 장창대의 삶이 떠오르게 된다. 묘한 인연의 끈이 사람들 사이를 연결하고 있다.

홍대용은 신분이나 학벌보다는 능력이 앞서는 사회를 구상했다. 그는 『임하경륜林下經綸』이라는 자신의 저서에서 시골 구석구석까지 학교를 세워서 양반의 자식이든 평민의 자식이든 배우고 싶은 사람이면 누구나 제대로 된 교육을 받을 수 있게 하고, 그 중에서 재주와 학식이 뛰어난 사람을 골라 관계에 등용토록 할 것을 제안했다. 그가 보기에 하는 일 없이 게으름만 피우는 양반은 사회의 기생충 같은 존재였고, 나라가 가난한 것도 놀고먹는 이들의 탓이었다. 학문에 재주가 없다면 고관대작의 자식이라도 농업이나 상업에 종사해야 하며, 이도 저도 힘들다면 남의 하인이 되어서라도 사회에 기여하는 길을 택해야 했다. 홍대용은 게으른 사람들에게 형벌을 가하거나

◉ **홍대용의 초상화** 홍대용의 저서를 읽다보면 자꾸 장창대의 삶이 떠오르게 된다. 묘한 인연의 끈이 사람들 사이를 연결하고 있다.

사회의 지탄을 받도록 해야 한다는 극단적인 의견을 내놓기까지 했다. 요는 노력의 문제였다. 사람마다 인품이나 재주에 차등이 있게 마련이지만 누구나 한두 가지씩은 쓸모 있는 재주를 가지고 있다. 자신의 재주에 따라 적당한 자리에서 열심히 노력하고, 그 정도에 따라 상벌을 명확히 한다면 나라가 부강하게 되리라는 것이 그의 생각이었다.*

사회제도와 교육제도에 대한 개혁의지는 과거제도에 대한 강도 높은 비판으로 이어졌다. 그럴 만도 했다. 재능 있는 사람들은 모두 과거에 합격하겠다는 일념으로 쓸모없는 학문에만 열중하고 있었고, 과거에 합격하여 벼슬자리에 오른 이들 역시 공리공담을 되풀이하고 파벌싸움에만 골몰할 뿐 나라의 부강과 민생의 안정에는 관심을 기울이지 않았다. 홍대용은 이를 허학虛學, 즉 헛된 학문으로 규정하고 일평생 경세학, 군사학, 자연과학 등 실제적인 학문연구에 온 힘을 기울였다. 어려서부터 '장구章句를 외우며 과거시험 공부나 하는 속된 유학자는 되지 않겠다'라고 다짐했던 그로서는 당연한 결론이었으리라. 그리고 이런 생각을 가진 사람은 홍대용만이 아니었다. 개혁을 꿈꾸던 젊은 학자들 사이에서는 과거의 폐해를 비판하고 실용적인 학문을 선호하는 분위기가 날로 무르익어 가고 있었다. 과거공부를 외면한 채 서학 탐구에 열을 올렸던 정약전의 모습에서 당시의 이러한 세태를 읽을 수 있으며, 과거를 통해 벼슬을 얻고 명예를 누린 정약용도 자신의 등용문이었던 과거제도를 격렬하게 비판한 바 있다.

* 이는 사농공상의 차별을 반대하고, 장애인들에게 적당한 일자리를 주자는 주장을 펼친 것에서도 잘 드러난다.

실용성이 없는 말들을 남발하고, 허황하기 짝이 없는 내용의 글을 지어 자신의 풍부한 식견을 자랑함으로써 급제의 영광을 따내는 것이 과거학이다. 과거학을 하는 이들은 성리학을 하는 사람에게는 엉터리라고 꾸짖고 훈고학을 하는 사람에게는 괴벽하다고 질타하는가 하면 문장학을 하는 사람에게는 비루하다고 손가락질을 한다. 그러나 스스로 하는 것을 보면 모두가 문장학에 다름 아니다. 자기들의 격식에 맞게 지은 것은 잘 지었구나 칭찬하고 격식에 어긋난 것은 이것도 글이냐 꾸짖는가 하면 공교하게 지은 것은 신선처럼 떠받들고 졸렬하게 지은 것은 노비처럼 멸시한다. 어쩌다 요행으로 과거에 합격하여 명성을 얻게 되면 아버지는 효자를 두었다고 대견해 하고 임금은 좋은 신하를 얻었다며 경하한다. 일가친척들이 사랑하고 친구들도 존대한다. 그러나 역경에 빠져 과거에 합격하지 못한 사람은 증삼曾參과 미생尾生 같은 행실이 있어도, 저리자樗里子와 서수犀首 같은 지혜를 지녔다 해도 거개가 실의에 빠져 초췌한 모습으로 가슴에 슬픈 한을 안은 채 죽음을 맞고 만다. 아, 이 얼마나 고르지 못한 일인가.

정약용은 젊은 시절 하찮은 문장학에 머리를 썩인 것을 스스로 한탄했다. 자신의 아들에게도 '폐족 중에 왕왕 기재들이 많은데, 이는 그들이 과거 공부에 얽매이지 않기 때문이다'라고 일러주며 과거학의 폐해를 엄중하게 경고한 바 있다. 당시의 과거제도는 나라의 발전을 가로막는 해악일 뿐이었다.

천하의 총명하고 슬기로운 자들을 모조리 끌어 모아 과거라는 절구 속에 일률적으로 집어넣고는 본인의 개성은 아랑곳없이 마구 짓이겨 한 덩어리로 만들어버리니 이 어찌 서글픈 일이 아닐 수 있겠는가.

정약용은 과거의 폐해를 극복한 나라로 이웃의 일본을 들고 있다. 그는 이미 일본의 국력이 우리를 능가하고 있다는 사실을 제대로 인식하고 있었던 것이다.

일본은 해외의 작은 나라지만 그곳에는 과거학이 없으므로 문학은 구이에서 으뜸이고 무력은 중국과 맞먹는다. 또한 나라를 이끌어 가는 규모規模와 기강紀綱이 정제되어 문란하지 않고 조리가 있으니 이것이 과거제도가 없음으로 해서 나타난 효험이 아니겠는가.*

장창대는 주변생물에 대해 깊은 지식과 통찰력을 가지고 있었지만, 능력을 제대로 펼치지 못하고 세상 사람들에게 알려지지도 않은 채 쓸쓸히 잊혀져갔다. 조선시대를 통틀어 장창대와 같은 사람은 수도 없이 많았을 것이다. 우리 민족은 세계 어느 민족보다도 학문을 숭상하는 민족이었다. 병인양요에 참전했던 프랑스 해군 장교 주베는 강화도 한 마을의 초라한 집에서 학문에 열중하고 있는 조선 선비의 모습을 접하고 받은 충격을 다음과 같이 묘사한 바 있다.

* 정약용은 일본을 칭찬하자는 의도보다는 새로운 인재등용책이 필요하다는 사실을 역설하고 싶었을 것이다.

조선이라는 먼 극동의 나라에서 우리가 경탄하지 않을 수 없었던 것은 아주 가난한 사람들조차 어김없이 책을 소유하고 있었다는 사실이며, 이는 선진국이라고 자부하는 우리의 자존심마저 겸연쩍게 만든다. 조선 사회에서 문맹자들은 심한 천대를 받기 때문에 글을 배우려는 애착이 강하다. 프랑스에서도 조선과 같이 문맹자들을 가혹하게 멸시한다면, 경멸을 받게 될 사람이 수도 없이 많을 것이다.

영국의 선교사 언더우드는 저명한 언어학자이며 역사학자인 존스 박사의 말을 인용하여 중국인이나 일본인과 비교되는 조선인의 특징을 다음과 같이 정의해 놓았다.

조선인은 지식욕이 강하고 학자가 되는 것이 모든 사람들의 이상이다. 이에 반해 중국은 상업적인 기질이 강한 상인의 나라, 일본은 군국주의적인 색채가 강한 무사의 나라인 것 같다. 조선은 학문을 지향하는 학자의 나라라는 인상을 준다.

장창대가 홍대용이 꿈꾸던 세상을 만났다면 어떤 일이 벌어졌을까? 세밀한 관찰력과 자연의 원리를 꿰뚫는 식견, 과학적이고 합리적인 사고방식에 주위의 지원까지 뒷받침되었더라면 아마도 당대의 위대한 과학자나 교육자로 이름을 떨치지 않았을까?

◉ **정선의 〈독서여가도〉** 조선인은 지식욕이 강하고 학자가 되는 것이 모든 사람들의 이상이다. 조선은 학문을 지향하는 학자의 나라라는 인상을 준다.

홍대용이 과거제의 폐단을 비판하고 개방적인 인재등용책을 주장하게 된 계기 중의 하나는 조선 땅 곳곳에 장창대처럼 뛰어난 재능을 가진 사람들이 무수히 숨어 있다는 사실을 몸소 체험했기 때문이었다. 그 대표적인 예로 호남의 숨은 선비 나경적과의 교류를 들 수 있다. 전남 화순 지방에 살고 있던 나경적은 기계, 천문 등 서양학문에 조예가 깊은 일흔 살의 노인이었다. 그는 일찍부터 혼천의를 복원하려는 노력을 계속해 왔지만 집안이 가난하여 뜻을 이루지 못하고 있었는데, 홍대용의 집안에서 자금을 지원하여 자신의 연구를 마무리 지을 수 있었고, 홍대용의 시골집에 우리 나라 최초의 사설 천문대인 농수각을 만드는 데도 결정적인 역할을 하게 된다. 장창대의 상황도 이와 비슷했다. 재능과 노력은 발군이었으나 외딴섬에서 태어나 제대로 된 교육을 받지 못했고, 집안이 가난하여 책 한 권 마음대로 구해 볼 수 없는 형편이었다. 정약전을 만나지 못했더라면 그의 놀라운 재능은 그대로 사장되고 말았을 것이다.

과학의 발전은 개개인의 순수한 노력만으로 쉽게 이루어질 수 있는 성질의 것이 아니다. 개인이 제아무리 뛰어난 자질을 갖추고 있더라도 환경이 이를 뒷받침해주지 않는다면 그의 능력은 발휘될 기회도 잡지 못한 채 묻혀 버리고 말 것이다. 생활고에 찌들려 시간이나 경제적 여유가 부족한 상황에서 제대로 된 연구가 이루어질 리 없지 않은가.* 과학의 발전을 위해서는 이와 같이 뛰어난 자질을 가진 사람들에게 능력을 제대로 발휘할 수 있는 기회와 조건을 갖추어주는 일이 필수적이지만 아쉽게도 우리는 이를 제대

* 실학의 일가를 이룬 학자들의 면면을 살펴보면 거개가 과거에 얽매이지 않아도 될 만큼 사회적 신분이 확고하거나 집안이 어느 정도 넉넉하여 책을 쉽게 구해 읽을 수 있는 위치에 있었다는 사실을 확인할 수 있다.

로 해내지 못했다. 홍대용의 아버지는 거금을 투자하여 재능 있는 과학자 나경적의 연구 활동을 도왔다. 그러나 이처럼 재력가가 과학자의 연구 활동을 지원하는 것은 조선조 전체를 통틀어 봐도 극히 이례적인 일이었다. 중인계층은 수학, 의학, 천문학 등 과학과 관련된 직업을 가진 데다 경제적으로도 어느 정도 여유가 있었지만 과학발전보다는 일신상의 안위에 온 힘을 기울였고, 지배층들 역시 이들의 학문적 욕구를 북돋우고 연구 활동을 지원하기보다는 자신의 위치를 넘보지 않을까 견제하기에만 급급했다. 나라의 과학 경쟁력이 떨어질 것은 불을 보듯 뻔한 일이었다.

르네상스기 유럽의 상황은 이러한 점에서 우리에게 시사하는 바가 크다. 문예부흥의 물결이 도래하면서 유럽에서는 뛰어난 예술적, 학문적 역량을 지닌 천재들이 역사상 유래를 찾아보기 힘들 정도로 거침없이 쏟아져 나오기 시작했다. 더욱 놀라운 것은 이들 대부분이 이탈리아의 조그만 도시 피렌체 출신이거나 이곳에서 활동하던 인물이었다는 사실이다. 피렌체가 수많은 르네상스 영웅들의 온상이 된 데는 메디치라는 거대한 가문의 역할이 결정적이었다. 메디치 가문은 상업과 금융업을 통해 벌어들인 막대한 부의 상당 부분을 예술과 학문에 투자했다. 대학의 설립과 운영을 지원하고 훌륭한 교수를 초빙했으며, 엄청난 장서를 갖춘 도서관을 건립하고 재능 있는 예술가와 학자들에게 격려와 경제적 지원을 아끼지 않았다. 만약 이들의 도움이 없었더라면 레오나르도 다 빈치나 갈릴레이 같은 과학자들이 뜻을 펼치지 못하고, 르네상스나 서양의 근대화 과정 자체가 지체되는 상황이 벌어

◉ **피렌체** 문예부흥의 물결이 도래하면서 유럽에서는 뛰어난 예술적, 학문적 역량을 지닌 천재들이 역사상 유래를 찾아보기 힘들 정도로 거침없이 쏟아져 나오기 시작했다. 더욱 놀라운 것은 이들 대부분이 이탈리아의 조그만 도시 피렌체 출신이거나 이곳에서 활동하던 인물이었다는 사실이다.

졌을는지도 모른다. 그만큼 메디치 가문이 서양사에 미친 영향은 지대했다. 이러한 전통이 이어졌기 때문인지 지금도 서양 선진국에서는 카네기나 록펠러 재단과 같이 기업의 이익을 사회의 복지와 학문발달에 되돌리는 사례들을 흔히 접할 수 있다. 그런데 우리의 상황은 어떠한가. 예나 지금이나 학문을 위한 투자는 인색하기만 하다. 입만 열었다 하면 노벨상과 빌게이츠를 외치지만 천재는 늘 태어나며, 천재가 없는 것은 천재를 천재로 자랄 수 없게끔 하는 이유가 존재하기 때문이라는 간단한 사실을 생각하지 않는다. 장창대는 탁월한 과학적 재능을 지녔고, 그 열의 또한 대단했지만 끝내 자신의 능력을 맘껏 펼쳐보지도 못한 채 지금은 찾아오는 이 하나 없는 남해의 외딴섬에서 이렇게 쓸쓸히 잠들어 있다. 오늘날의 한국이 또 다른 장창대들을 만들어내고 있는 것은 아닌지 뒤돌아봐야 할 때다.

◉ **로렌초 데 메디치** 메디치 가문은 상업과 금융업을 통해 벌어들인 막대한 부의 상당 부분을 예술과 학문에 투자했다. 대학의 설립과 운영을 지원하고 훌륭한 교수를 초빙했으며, 엄청난 장서를 갖춘 도서관을 건립하고 재능 있는 예술가와 학자들에게 격려와 경제적 지원을 아끼지 않았다.

파래의 고향

수리에는 배가 없었다. 도목리도 마찬가지일 것 같아 어쩔 수 없이 다시 장복연 씨 댁을 찾았다. 장복연 씨는 그냥 자기 집에서 묵고 내일 아침 일찍 나가는 게 좋겠다며 방으로 들어올 것을 권했다. 선택의 여지가 없어 하룻밤 신세를 지기로 했다. 짐을 풀어놓고 밖으로 나왔다. 장창대가 거닐었던 해변을 구석구석 둘러보고 싶었다.

동네 아주머니들 서넛이 모여 파래를 뜯고 있었다. 그러고 보니 주변 갯바위며 큼직큼직한 자갈 위는 온통 파래의 물결이다. 사실 장창대 문제가 아니더라도 대둔도에는 꼭 한 번 와 보려고 마음먹고 있었는데, 그 이유는 박도순 씨 어머니가 던진 다음의 말 한 마디 때문이었다.

"이상하게 대둔에 많던 상사포래, 신경포래, 보리포래가 여긴 없어."

상사포래, 신경포래, 보리포래는 모두 『현산어보』에 등장하는 해조류다. 도감에 동일한 이름이 없어 단지 갈파래 무리의 일종이겠거니 추측만 하고 있던 세 가지 이름이 한꺼번에 쏟아져 나왔던 것이다.

◉ **파래의 물결** 동네 아주머니들 서넛이 모여 파래를 뜯고 있었다. 그러고 보니 주변 갯바위며 큼직큼직한 자갈 위는 온통 파래의 물결이다.

궁금해하던 파래의 정체를 확인할 수 있는 좋은 기회라고 생각하여 다가가서 물어보려 하는데 오히려 저쪽에서 먼저 관심을 보인다.

"어디서 오셨소?"

"서울에서요."

"누구 집에 왔소?"

"아, 장복연 씨 댁에요. 뭘 좀 조사할 게 있어서요."

"그 집에서 뭘 조사하나?"

"네, 인동 장씨에 대해서 알아보려구요."

거의 취조하는 기세다. 그리고 이번에는 태도를 바꾸어 농담을 던져가며 키득키득 웃어댄다.

"그럼, 장녹수 쓰시나?"

"이 여자도 좀 연구해보쇼."

"파래 뜯으시나 봐요."

"예에."

"지금 뜯으시는 파래는 뭐라고 부르는 종류입니까?"

"파래 이름은 알아서 뭐 하시려고? 다 먹는 파래지."

"그래도 이름이 있잖습니까. 보리포래, 상사포래하는 식으로요."

"다 알면서 뭘 물어."

몇 번을 끈질기게 묻고 나서야 겨우 몇 마디 대답이 흘러나온다.

"여기 이것, 까실까실한 것이 국 끓여 먹는 거. 저기 길쭉길쭉한 것이 김치 담아 먹는 거."

김치를 담아 먹는다는 파래는 나는 시기나 자라는 장소, 맥태와 비슷한 모습까지 저태 항목과 잘 들어맞았다.

[저태菹苔]

모양은 맥태와 비슷하다. 초겨울에 나기 시작하는데 조수가 밀려가도 메마르지 않는 조수웅덩이에서 번식하는 것이 특징이다.

우이도의 박화진 씨는 봄에 나는 파래를 김치로 담아 먹는데 모양이 가느다랗다고 했다. 송문석 씨는 갈파래과에 속하는 잎파래를 실포래라고 부르며 김치를 담글 때 쓴다고 했다. 잎파래는 가늘고 긴 모양을 하고 있을 뿐만 아니라 실제로 물김치를 담가 먹는 경우가 많으므로 저태의 후보로 손색이

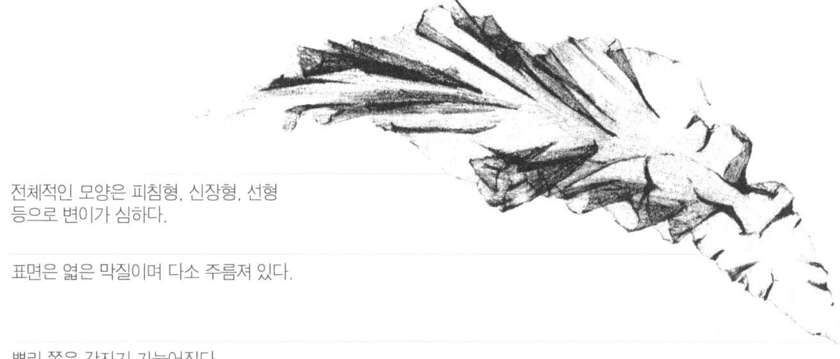

전체적인 모양은 피침형, 신장형, 선형 등으로 변이가 심하다.

표면은 엷은 막질이며 다소 주름져 있다.

뿌리 쪽은 갑자기 가늘어진다.

◉ **잎파래** *Enteromorpha linza* (Linné) J. Agardh

없다.

국을 끓여 먹는다고 한 것은 다소 두껍고 깔깔한 느낌이었다. 국을 끓여 먹는 파래라면 당연히 갱태가 되어야 하겠지만 정약전이 설명한 내용은 이 파래의 특징과는 거리가 멀었다.

[갱태羹苔]

잎이 둥글게 모여 있는 것이 꽃처럼 보인다. 옆 가장자리가 오그라들어 있으며, 감촉은 연하고 매끄럽다. 국을 끓이기에 적당하므로 이런 이름이 붙여졌다. 상사태와 같은 때에 나고, 서식하는 수층 역시 같다.

'잎이 둥글게 모여 있는 것이 꽃처럼 보인다', '감촉은 연하고 매끄럽다.' 동네 아주머니가 가르쳐준 파래에서는 전혀 찾아볼 수 없는 특징들이다. 정약전이 말한 갱태는 오히려 장도 출신인 박도순 씨 작은어머니가 이야기한 종류에 더 가까운 것 같다.

"국포래는 장도에 많은데 이것(갈포래)처럼 넓고 매끄럽고 얇지라."

신지도의 송문석 씨도 이와 비슷한 의견이었다.

"국태는 부들부들하게 넓은데 아주 부들부들해요."

갈파래와 모양이 비슷하면서 두께가 얇고 감촉이 매끄럽다면 단연 홑파래를 꼽을 수 있다. 게다가 홑파래는 가장자리가 심하게 주름잡혀 있어 어찌 보면 꽃송이 같은 느낌을 주기도 한다.

◉ **참홑파래** 잎이 둥글게 모여 있는 것이 꽃처럼 보인다. 옆 가장자리가 오그라들어 있으며, 감촉은 연하고 매끄럽다.

상사태는 정약전이 파래 중에서 맛이 최고라고 꼽은 종이다.

[상사태常思苔]

잎의 길이는 한 자가 넘는다. 부추잎처럼 좁고 대청처럼 엷은 모양을 하고 있다. 반드르르하게 윤기가 흐르며, 빛깔은 짙은 푸른색이다. 맛은 감미로와 태 종류 중에서 제일이다. 음력 2월에 나기 시작하여 4월에 줄어든다. 맥태보다 위층에서 자란다.

상사태는 잎파래류의 일종으로 보이는데, 그 중에서도 맛이 뛰어난 가시파래나 납작파래를 유력한 후보로 꼽을 수 있을 것 같다. 가시파래는 조간대의 바위나 나뭇가지, 다른 해조류 위에 붙어 자라며, 김양식장에서도 흔히 발견되는 종이다. 10~30센티미터 정도의 것이 보통이지만 때로는 1미

◉ 참홑파래 *Monostroma nitidum* Wittrock

터 이상까지 자라기도 한다. 몸 전체에서 가지가 돋는다. 납작파래는 외해의 영향을 받는 조간대에서 잘 자란다. 길이는 10~40센티미터 정도이며, 가시파래와는 달리 몸의 아랫부분에서만 가지가 갈라지는 특징이 있다.

◉ **납작파래** *Enteromorpha compressa* (Linnaeus) Nees

창대 일가와의 저녁식사

집으로 돌아와 보니 푸짐한 저녁상이 마련되어 있었다. 장복연 씨가 어서 먹어보라며 식사를 권한다.

"이게 자연산 우럭이여. 도시에서는 먹어보기도 힘들제. 이거는 뽈딱기. 이거는 참고둥무침. 장어도 먹어봐요."

"여기선 우럭이 많이 잡힙니까? 도초도 쪽에서는 요새 우럭 안 잡힌다고 난리던데요."

"우럭 많이 잡히제. 조수 때문에 그런지는 모르겠지만 어종이 자꾸 바뀌는 것 같어요. 옛날에는 조구가 많이 났어. 요 앞에서도 조구 많이 낚고 그랬는데 싹 없어지고 나더니 그 다음부터는 부서가 많이 잡혀. 다시 부서가 안 잽히더니 우럭이 막 올라와. 예전에는 우럭이 많지 않았거든. 몇 마리 잡으면 제상에다 올릴 정도였는데. 그래서 요새는 우럭 다음에는 뭐가 올라올까 하제. 또 은상어, 청어가 요새 많이 날 땐데 안 잡히고, 등태도 4~5월달에 잡히는데 요새는 종자가 없어."

"흑산도에서 배말무침 먹어봤는데 참고둥도 이렇게 무쳐 먹네요."

"배말도 종류가 많아. 옥배말은 뾰족하고 잘고, 이배말은 속이 붉은데 이빨 아플 때 먹지라. 사각배말은 사각에서 나라. 물 써면 풀 안 나고 하는 데를 사각이라 그래라."

장복연 씨의 흥미로운 이야기는 식사 후에도 계속 이어졌다.

"맞어, 물개는 옥보이라고 하는데 인제는 거의 없어. 해달피는 지금도 많어. 우리는 해달피라 그러는데. 수달. 어, 수달 맞어. 그물 안 걷으면 양식장에 들어가 다 잡아먹어 버리제. 노래미, 우럭 이런 거 잘 먹는데, 아 이놈이 먹으면 그냥 가지 않고 지가 먹었다고 표시를 해 놔. 가두리 가생이에 머리만 남겨둬."

우이도 성촌 마을의 박동수 씨도 비슷한 말을 했었다. 알래스카 해역에서 해달이 그물에 걸린 물고기와 해산물을 마구 잡아먹어 문제가 심각하다는 이야기를 들은 적이 있는데, 우리 나라에서도 같은 일이 벌어지고 있었던 것이다. 그러나 우선은 멸종위기의 수달이 아직 많이 남아 있고, 이를 부양할 만한 하부 생태계가 곳곳에 건재하다는 사실에 안도감을 느낀다.

철문으로 입구를 막다

고둥을 분류할 때 가장 먼저 시선이 가는 곳은 역시 탑처럼 생긴 단단한 껍질이다. 그러나 껍질은 단지 겉으로 드러난 외면일 뿐 그 속에는 언제나 달팽이와 같은 특징적인 몸체가 숨어 있다는 사실을 기억해야 할 필요가 있다. 부산하게 휘저어대는 촉수와 탄력 있게 파동 치는 몸뚱이를 관찰하다 보면 고둥의 몸체도 중요한 분류기준이 될 수 있다는 사실을 깨닫게 될 것이다. 고둥 몸체의 한쪽 끝에는 둥근 모양의 뚜껑이 붙어 있다. 위험을 느꼈을 때 고둥은 달팽이처럼 온 몸을 껍질 속으로 집어넣고 입구를 뚜껑으로 단단히 틀어막는다. 이러한 뚜껑 역시 고둥을 분류하는 데 중요한 기준이 된다. 뚜껑은 가죽처럼 질긴 막질인 경우가 대부분이지만 때로는 단단한 석회질로 되어 있는 것들도 있다. 우리가 즐겨먹는 소라가 그 대표적인 예인데, 소라의 뚜껑은 두껍고 단단할 뿐만 아니라 바깥면에 잔가시가 촘촘하게 돋아난 독특한 모양을 하고 있다.

소라과에 속하는 종류로 눈알고둥이라는 종이 있다. 소라과 고둥답게 뚜

꼭대기가 밋밋하다.

껍질 표면에 거친 베 무늬가 있다.

입구 안쪽 면은 희고 매끄럽다.

뚜껑은 단단한 석회질이며 둥근 콩을 반으로 쪼개 놓은 것 같은 모양이다.

껍질은 달걀 모양이다.

껑이 단단한 석회질로 되어 있지만, 바깥면에 돌기가 없어 매끈하게 보인다는 점에서 소라와 구별된다. 눈알고둥은 반구형으로 생긴 뚜껑이 눈알처럼 보인다고 해서 붙여진 이름이다.* 제주도에서는 눈알고둥을 문다드리, 혹은 문다닥지라고 부르는데, 단단한 뚜껑이 입구를 꽉 막고 있는 모습에서 유래한 이름으로 생각된다. 살을 빼먹기 힘들게 입구를 철통같이 막고 있는 뚜껑이 꽤 인상적이었던 모양이다. 『현산어보』에 나오는 철호라도 문다드리와 통하는 이름이다.

[철호라鐵戶螺 속명 다억지라多億之螺]

명주라의 일종이지만 껍질의 무늬가 약간 거칠다. 빛깔은 황흑색이다. 고둥류의 둥근 뚜껑은 종이처럼 얇고 마른잎처럼 무른 것이 보통이다. 그런데 유독 철호라의 뚜

◉ 눈알고둥 *Lunella coronata coreensis* (Récluz)

* 정약전은 이 뚜껑을 쪼개진 콩과 같다고 묘사했는데 꽤 적절한 표현이다.

껑만은 가운데가 볼록하고 가장자리도 두꺼워 콩을 반으로 쪼개놓은 것처럼 생겼고, 쇠처럼 단단하다는 점이 특이하다.

정약전은 눈알고둥의 특이하게 단단한 뚜껑에 깊은 인상을 받았던 것 같다. '쇠와 같이 단단한 뚜껑을 가진 고둥'이란 뜻의 철호라나 '두꺼운 딱지를 가진 고둥'이란 뜻의 다억지라 역시 눈알고둥의 단단한 뚜껑에 주목한 이름이다. 장복연 씨는 지금도 눈알고둥을 딱지고둥이란 이름으로 부르고 있었다.

"딱지고둥이라고 있제. 반지나 보석 만들면 좋겠더라구. 오리에도 귀해. 예리에 많았는데 지금은 없어라. 거그 매립하고 공사하면서 다 없어졌제."

장복연 씨는 눈알고둥의 뚜껑을 보석과 같다고 표현했다. 가만히 들여다보면 매끈하게 윤기가 흐르는 데다 마노와 같은 무늬가 박혀 있어 과연 보석으로 활용해도 손색이 없을 것 같다는 생각이 든다.

"아, 이상한 고둥도 있던데…"

장복연 씨 부인이 뭔가 생각난 듯 얘기를 꺼냈다.

"참고둥 중에서 알이 기로 된 것도 있어라."

집게를 이르는 말이라는 것을 알아채고 슬며시 미소를 짓는데 장복연 씨의 호통이 이어졌다.

"아. 이 사람아 그게 아니라 그거는 고동이 죽었을 때 기가 기어 들어간 거여."

◉ **눈알고둥** 고둥류의 둥근 뚜껑은 종이처럼 얇고 마른잎처럼 무른 것이 보통이다. 그런데 유독 철호라의 뚜껑만은 가운데가 볼록하고 가장자리도 두꺼워 콩을 반으로 쪼개 놓은 것처럼 생겼고, 쇠처럼 단단하다는 점이 특이하다.

200년 전 장창대의 목소리가 환청처럼 들려왔다.

'이것은 게가 고둥을 먹고 변하여 그 껍질 속에 들어가 사는 것입니다. 고둥의 기가 다했기 때문에 썩은 껍질을 업고 가는 놈도 있는데, 만약 원래 껍질 속에 있는 것이라면 육신이 죽지 않고 껍질이 먼저 썩는 일이란 없을 것입니다.'

양경을 닮은 생물

"오만동이 알제."

흑산도 근해에 오만동이가 서식한다는 사실이 확인되는 순간이었다. 오만동이라는 이름을 처음 들은 것은 다른 여러 종들과 마찬가지로 『현산어보』를 통해서였다.

[음충淫蟲 속명 오만동五萬童]

모양은 남자의 성기를 닮았다. 입이 없고 별다른 구멍도 없다. 물에서 나와도 죽지 않는데, 볕에 말리면 쪼그라들어 빈 주머니같이 된다. 손으로 어루만지면 잠시 후 부풀어 오른다. 그리고 액체를 내기 시작하는데 마치 털구멍에서 땀을 흘리는 것처럼 보이며, 실이나 머리카락처럼 가는 것을 사방으로 뿜어낸다. 머리 쪽이 크고 꼬리 쪽은 뾰족한데, 꼬리로 돌 위에 달라붙을 수 있다. 빛깔은 회색이거나 누렇다. 전복을 채취하는 사람들이 때때로 이것을 잡는다. 큰 놈은 양기를 돋우는 데 좋으며, 정력을 높이려는 사람은 말린 것을 약에 넣어 먹으면 좋다. 또 한 종류가 있는데 모양이 호두

◉ **낭군자** 모양은 남자의 성기를 닮았다. 입이 없고 별다른 구멍도 없다. 물에서 나와도 죽지 않는데, 볕에 말리면 쪼그라들어 빈 주머니같이 된다. 손으로 어루만지면 잠시 후 부풀어 오른다. 그리고 액체를 내기 시작하는데 마치 털구멍에서 땀을 흘리는 것처럼 보이며, 실이나 머리카락처럼 가는 것을 사방으로 뿜어낸다.

와 같다. 어떤 이는 이것을 음충의 암컷이라고 말한다.

이청의 주 『본초강목』에 낭군자郞君子라는 놈이 나온다. 여기에서 말한 음충과 모양이 대략 일치하지만 확실하지는 않다.

이 항목을 읽자마자 머릿속에 떠오른 종이 하나 있었다. 충남 천리포 해변에서 생물상을 조사할 때의 일이었다. 당시 내 관심사는 해변 곳곳에 흩어져 있는 각양각색의 구멍들에 대한 것이었는데, 그 구멍들 속에 어떤 생물이 어떤 모습으로 살아가고 있을까 하는 문제에 마음을 온통 빼앗긴 상태였다. 후배들 몇과 함께 삽을 들고 해변을 누비면서 닥치는 대로 구멍을 팠다. 처음에는 헛심만 잔뜩 들였을 뿐 별 소득이 없었으나 차츰 요령이 붙으면서 구멍의 주인들이 하나둘 모습을 드러내기 시작했다. 해변의 구멍들 속에서는 집갯지렁이, 밀집벌레, 흰해삼, 빛조개, 달랑게, 엽낭게 등 갖가지 생물들이 저마다의 독특한 삶을 꾸려가고 있었다. 조사가 막바지에 다다랐을 무렵 문득 여태껏 한 번도 보지 못했던 형태의 구멍이 눈에 띄었다. 분화구 형태의 구멍이 모래밭 이곳저곳에 흩어져 있었는데, 아무리 파헤쳐도 도통 집주인의 모습이 나타나질 않아 궁금증이 더했다. 한참을 고민하고 다시 한 번 주위를 찬찬히 살핀 끝에 구멍이 꼭 두세 개씩 짝을 이루고 있다는 사실을 알아낼 수 있었다. 한 마리당 세 개씩의 구멍을 판다면 세 개의 구멍 중 어딘가에는 놈이 숨어 있다는 뜻이 된다.* 우선 근접한 구멍 세 개의 바

* 실제로는 마리당 두 개씩의 구멍을 뚫는다.

깥쪽에 커다란 동그라미를 그리고, 후배 둘과 함께 세 방향에서 동시에 구멍을 파헤치기 시작했다. 조심스럽게 흙을 파내길 몇 분, 세 구멍의 중간쯤 깊이 30센티미터 정도 되는 곳에서 물컹한 뭔가가 손에 닿았다. 탄성을 지르며 녀석을 꺼내 든 순간 상상도 하지 못했던 모습에 그만 입이 딱 벌어지고 말았다. 기다란 풍선에 물을 반쯤 채운 듯 기묘하게 생긴 동물이 딸려 나왔던 것이다. 놀라서 땅바닥에 내려놓았더니 놈은 부풀렸다 오므렸다 내장의 연동운동을 연상케 하는 몸짓을 반복하며 끊임없이 몸을 뒤척였다. 피부는 까끌까끌했고, 빛깔은 연한 황적색을 띠고 있었다. 눈이나 다리 같은 부속기관은 전혀 보이지 않았으며, 앞부분이 약간 넓적하게 돌출되어 촉각 구실을 하는 듯했다.

이놈을 숙소로 가지고 와 동정을 시도했는데 도대체 어떤 종류의 생물인지 감을 잡을 수 없었다. 체절이 없는 데다 속도 거의 비어 있는 것 같고, 체제가 하등한 동물임은 분명했지만 평소에 알고 있던 어떤 생물군과도 일치하지 않았다. 하는 수 없이 동물분류학 책을 처음부터 쭉 살펴보기로 했다. 책장을 얼마나 넘겼을까. 눈에 확 들어오는 그림이 있었다. 체절이 없는 것이며 기다란 원통 모양의 몸매가 내가 잡아온 놈과 놀라울 정도로 비슷했다. 도감을 더 뒤져본 결과 그 동물의 정체가 개불이라는 사실을 알아낼 수 있었다. 그런데 더욱 놀라운 일은 조사를 마치고 집에 도착했을 때 벌어졌다. 가족들과 마주 앉아 천리포에서 있었던 일들을 이야기하며 이렇고 저렇고 희한하게 생긴 놈이 있더라는 말을 꺼내는 순간 어머니의 한 마디. "그

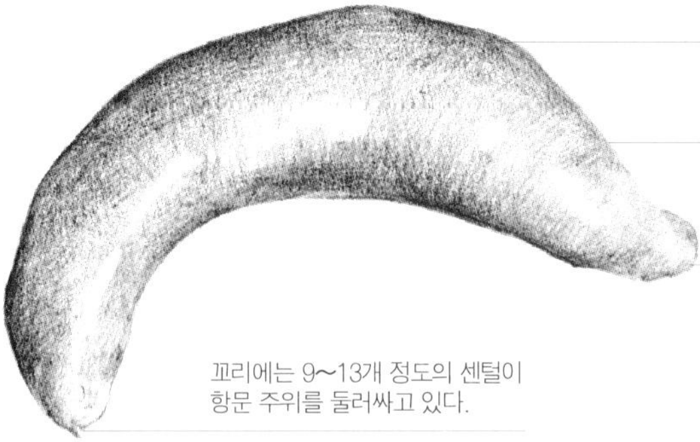

거 개불 아니냐?" 할 말을 잃고 말았다. 개불은 그렇게 희귀하지도 특별하지도 않은 종이었던 것이다. 며칠 후 어머니를 따라 어시장에 나가보니 과연 개불을 파는 사람들을 곳곳에서 발견할 수 있었다.*

개불은 의충동물문 개불과에 속하며, 계통적으로는 갯지렁이 같은 환형동물에 가까운 동물이다. 주둥이는 원뿔형, 몸통은 원통형이다. 몸은 황갈색이며, 전체가 유두라고 부르는 작은 돌기로 덮여 있다. 입 뒤쪽과 항문 주변에는 굵은 강모가 늘어서 있다. 몸길이는 10~30센티미터 정도다. 개불은 바다 밑 모래 속에 U자 모양의 구멍을 파고 살아간다. 모래굴치, 모래지네 등의 방언은 모두 개불의 이러한 습성에서 유래한 것들이다. 개불은 봄 · 가을 · 겨울 동안 얕은 곳에서 머물지만 여름에는 땅속을 1미터 이상 깊이 파고들어 여름잠을 잔다. 따라서 여름철에는 개불을 잡기가 힘들다.

개불을 잡는 방법에는 여러 가지가 있다. 우선 물이 썬 후 땅을 파서 잡는

◉ 개불 *Urechis unicinctus* (von Drasche)

* 개불은 흉측한 생김새와는 달리 맛이 달짝지근하고, 오돌오돌 씹히는 촉감이 좋아 의외로 찾는 이들이 많으며, 바다낚시의 미끼로도 쓰인다.

방법을 들 수 있는데, 이러한 방식은 들이는 노력에 비해 수확이 미미하다는 것이 약점이다. 개불을 대량으로 잡아내기 위해서는 보다 전문적인 도구와 방법이 필요하다. 일부 지역에서는 물이 빠져나가기 전 그것도 한밤중에 개불잡이가 이루어진다. 배를 타고 바다에 나가 적당한 장소를 찾으면 곧 개불사냥이 시작된다. 방법은 매우 간단하다. 괭이로 물 밑바닥을 마구 휘저으면 흙탕물과 함께 개불이 떠오르는데, 이것을 키(챙이)로 건져 올리기만 하면 된다. 이 방법을 사용하면 짧은 시간 안에 꽤 많은 수확을 올릴 수 있다. 개불걸이를 사용하면 더욱 효과적인 사냥이 가능하다. 개불걸이란 끝이 뾰족한 철봉을 갈고리 모양으로 휘어 개불을 걸어낼 수 있게 만든 도구를 말한다. 배가 어장에 도착하면 조류의 위쪽에는 개불걸이를, 아래쪽에는 낙하산 모양으로 생긴 물보를 내린다. 물보가 조류에 밀리면서 배를 끌어당기면 배에 연결된 개불걸이가 땅을 긁으면서 땅속에 숨어 있던 개불을 걸어내게 된다.

개불은 모양이 개의 성기를 닮았다고 해서 붙여진 이름이다. 성기를 뜻하는 이름과 남자의 성기를 닮은 생김새, 볕에 말리면 쪼그라들어 빈 주머니같이 된다고 한 점이나 손으로 만졌을 때 부풀어 오르며 점액을 내뿜는다고 한 표현 등 음충에 대한 본문의 묘사는 모두 개불의 특성과 놀랄 만큼 일치하고 있었다. 그래서 처음 이 항목을 보았을 때 주저 없이 개불을 떠올리게 되었던 것이다. 그러나 개불을 음충으로 단정 짓기에는 몇 가지 석연치 않은 구석이 있다. 정약전은 음충이 뾰족한 꼬리로 돌 위에 달라붙을 수 있다고 밝혔지만 우선 개불에는 꼬리라고 부를 만한 구조가 없다. 몸체가 늘어났을 때 가늘어지는 부분을 억지로 꼬리라고 부른다 해도 이것으로는 돌에 달라붙지 못한다는 점이 또한 문제다. 꼬리가 없고 돌 위에 달라붙을 수도 없다면 아무래도 개불을 음충으로 보기는 힘들어진다. 과연 음충이란 어떤 생물을 가리킨 것일까?

수산시장의 오만동이

형태나 생태적인 특징을 원문과 비교하는 방식에서 오만동이라는 속명을 통해 음충의 정체를 규명하는 쪽으로 접근방식을 바꿨다. 그러나 꽤 많은 종류의 사전들을 뒤졌는데도 오만동이라는 표제어는 눈에 띄지 않았다. 오만둥이, 오만댕이, 오만대기 등으로 불렸으리라 짐작은 되었지만 이들 단어 역시 사전에는 나와 있지 않았다. 문제 해결의 실마리는 전혀 다른 곳에서 찾아왔다. 어느 날 고향 친구와 만나 이런저런 이야기를 나누던 중 화제가 『현산어보』에 이르게 되었다. 꽤 많은 종들을 밝혀냈지만 몇 가지 잘 안 풀리는 종이 있다고 말하자 친구는 호기심을 보이며 그게 어떤 종이냐고 물어왔다.

"오만동이라고 들어본 적 없냐? 사투리 같은데 어쩌면 오만댕이나 그 비슷한 이름으로 불릴지도 몰라."

"아, 그것 혹시 오만디 아냐? 바다에 가보면 그물이나 밧줄 같은 데 많이 붙어 있는데."

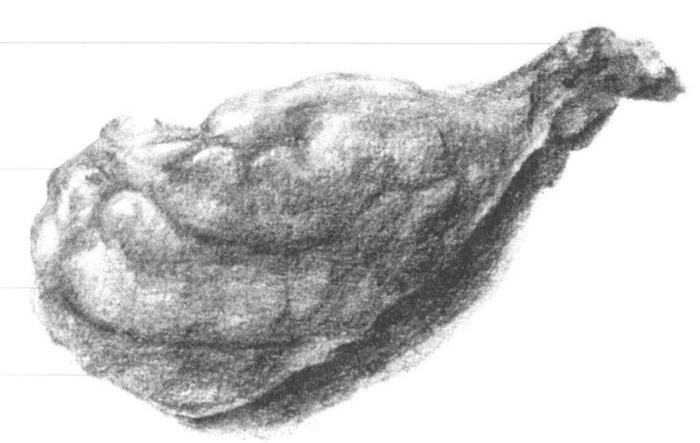

"오만디? 응 경상도에서는 오만디라 부를 수도 있겠다. 혹시 그것 미더덕 아니냐?"

"아니, 미더덕 말고 오만디라는 게 있어. 도감 가져와 봐."

친구가 한참동안 도감을 뒤진 끝에 찾아낸 것은 주름미더덕이란 종이었다. 미더덕과 같은 무리에 속하지만 표면이 무르고 다소 옅은 빛깔을 띤다는 설명도 확인할 수 있었다. 음충 오만동의 정체가 밝혀지는 순간이었다.

일단 음충의 정체가 밝혀지고 나자 그토록 찾아 헤매어도 보이지 않던 자료들이 책을 통해 TV를 통해 마구 쏟아져 나오기 시작했다. 『청장관전서』, 『지도군지』 등과 같은 옛 문헌에서 오만동이라는 이름을 확인했고, 오만동

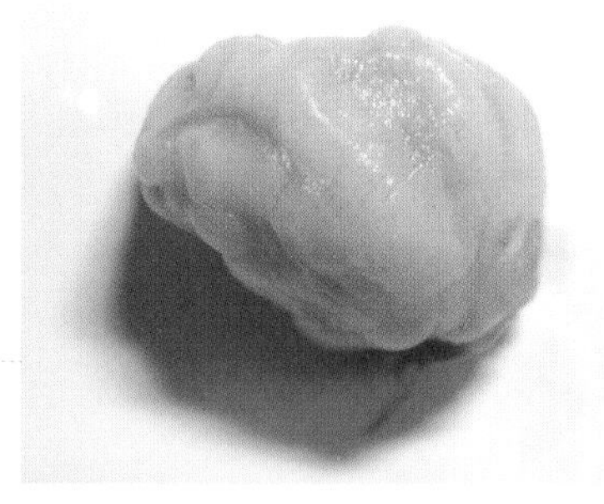

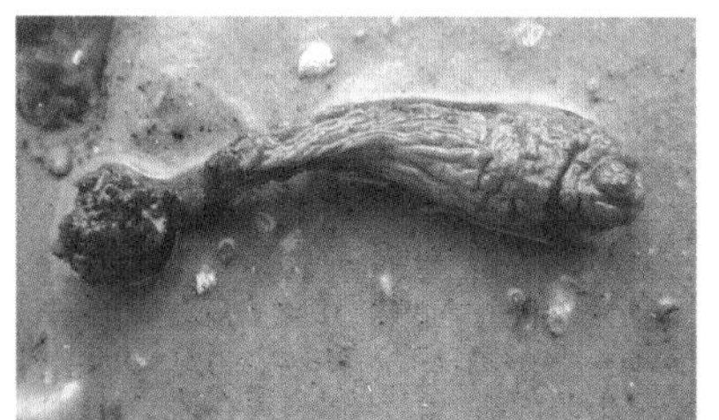

◉ **주름미더덕** *Styela plicata* (Lessueur)

◉ **오만동이(위)와 미더덕(아래)** 두 종류를 구별하는 방법은 의외로 간단하다. 우선 오만동이는 몸이 그냥 둥그스름한 덩어리 모양인 데 비해 미더덕의 몸에는 길쭉한 꼬리가 달려 있다. 그리고 오만동이는 미더덕에 비해 껍질 표면의 돌기가 굵고 빛깔도 다소 옅은 편이다.

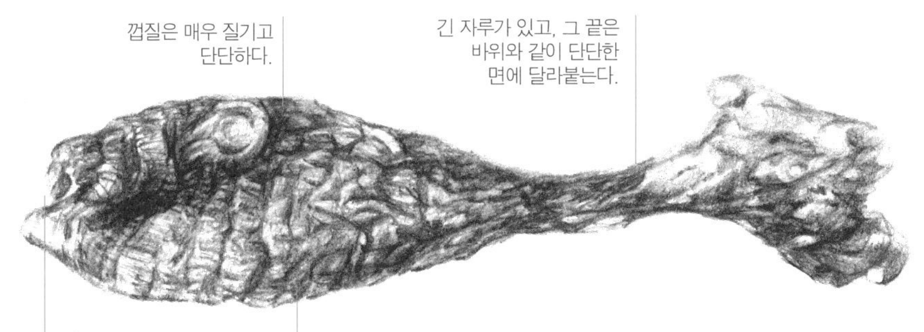

이를 다루는 공중파 프로그램이 방영되었으며, 우연히 들른 수산시장에도 주름미더덕이 오만동, 오만동이, 만득이, 만디기라는 이름으로 진열되어 있었다. 그리고 마침내 장창대의 고향인 대둔도 오리에서 오만동이라는 이름을 확인하게 된 것이다.

장복연 씨는 더욱 자세한 설명을 들려주었다.

"오만동이 물 많이 써면 나오제. 바위 위에 붙어 있기도 하고 낚싯줄에 걸려나오기도 해. 사람 젖꼭지 비슷하게 올록볼록 하지라. 빨갛고. 아, 이렇게 빨갛지는 않고 희덕스레하게 빨가. 정력제로 먹는다 그라제."

정력제로 먹는다는 말이 정약전의 설명을 떠올리게 한다. 신지도 송문석 씨의 이야기도 인상적이었다.

"오만동이 많이 있제. 줄에 엉켜 가지고 오줌 찍 깔기는 거. 원대로 있어

◉ 미더덕 *Styela clava*

요. 맛도 없더만."

물 밖에서 오만동이를 건드리면 물총을 쏘듯 물을 찍찍 뿜어대는 모습을 관찰할 수 있는데, 오줌을 깔긴다는 송문석 씨의 표현이나 '실이나 머리카락처럼 가는 것을 사방으로 뿜어낸다'라고 한 정약전의 표현은 모두 같은 장면을 묘사한 것으로 보인다.

주름미더덕이란 이름에서 알 수 있듯 오만동이와 미더덕은 매우 가까운 친척이다. 모양, 빛깔, 생태가 쌍둥이처럼 닮았으며, 미더덕찜이나 아구찜 등의 음식에도 두 종류가 같이 사용된다. 그러다 보니 오만동이와 미더덕을 구별하는 데 어려움을 겪는 사람들이 많은데, 사실 두 종류를 구별하는 방법은 의외로 간단하다. 우선 오만동이는 몸이 그냥 둥그스름한 덩어리 모양인 데 비해 미더덕의 몸에는 길쭉한 꼬리가 달려 있다. 그리고 오만동이는 미더덕에 비해 껍질표면의 돌기가 굵고 빛깔도 다소 옅은 편이다. 요리를 해 놓았을 때도 둘은 분명한 차이를 보인다. 어린 시절 미더덕찜을 먹을 때 어머니는 오만동이를 '물티'라고 부르며 따로 골라 주시곤 했다. 오만동이는 미더덕에 비해 껍질이 연하고 물을 많이 포함하고 있어 잘못 터뜨릴 경우 뜨거운 물이 튀어나와 입을 델 위험이 높기 때문이었다.

그런데 여기에서 한 가지 의문이 생긴다. 정약전은 음충이 돌에 달라붙을 수 있는 꼬리를 가진다고 밝혔다. 그렇다면 오만동이보다는 오히려 미더덕이 음충에 가깝다고 봐야 하는 것이 아닐까? 이러한 의문을 풀기 위해 흑산 주민들에게 미더덕을 뭐라고 부르는지 물어보았다.

"미더덕 그거는 남해에 있는 거지 여기는 없어라. 여긴 오만동이뿐이여."

대답은 한결같았다. 흑산 근해에는 미더덕이 살지 않는다는 것이었다. 그러나 이는 사실과 달랐다. 비록 몇 개체에 지나지 않았지만 파도에 떠밀려온 미더덕을 분명히 확인한 일이 있었다. 개체수가 적어서일까? 식습관이 달라서일까? 어찌됐든 분명한 것은 흑산 근해에 미더덕이 서식하지만 대부분의 사람들은 그 존재조차 알지 못한다는 사실이었다.

모든 정보를 종합하여 대략 다음과 같은 결론을 내릴 수 있었다. 미더덕과 오만동이는 이곳에서 흔한 생물이 아니며,* 식용으로 쓰이는 경우가 드물다. 그러다 보니 아예 이런 생물이 있다는 사실 자체를 모르거나 알더라도 따로 구별할 필요를 느끼지 못하는 경우가 많다. 전복을 채취하는 이들이 가끔 잡을 뿐이라는 본문의 설명으로 보아 예전에도 상황은 비슷했을 것이다. 미더덕이나 오만동이를 아는 주민들은 두 종을 구별하지 않고 오만동이라는 이름으로 묶어 불렀을 테고, 정약전도 이를 그대로 받아들여 음충이란 항목에서 두 종류를 함께 다루어 놓은 것이다. 정약전은 음충에 꼬리가 긴 것과 호두를 닮은 것의 두 가지 종류가 있다고 밝혔다. 이 중 꼬리가 긴 놈을 미더덕으로, 호두를 닮은 놈을 오만동이로 보면 대충 앞뒤가 들어맞는다. 미더덕의 꼬리에 대해서는 앞에서 이미 설명한 바 있고, 오만동이의 생김새를 호두에 비유한 것도 그리 문제될 것은 없어 보인다. 오만동이는 생김새가 둥글둥글하고, 표면이 우둘투둘하여 호두알을 연상시키는 부분이 있기 때문이다.

* 오만동이를 알고 있는 사람들도 드물긴 마찬가지였다.

세계적으로 미더덕이나 오만동이를 즐겨 먹는 나라로는 우리 나라가 거의 유일하지 않나 생각된다. 겉모양으로 봐서는 전혀 입맛을 당기는 구석이 없지만, 일단 맛을 들이고 나면 다시 찾지 않고는 못 배기게 만드는 그 독특한 맛의 세계를 우리만이 제대로 평가해주고 있다는 사실에 자부심을 느껴도 좋을 것 같다. 미더덕으로 만들 수 있는 요리는 매우 다양하다. 껍질을 벗기고 물을 빼낸 다음 살짝 씻어서 날것으로 초고추장에 찍어 먹으면 멍게류 특유의 짙은 맛과 향을 느낄 수 있는 미더덕회가 되며, 이것을 갖은 양념, 채썬 야채와 함께 무쳐 놓으면 미더덕회무침, 밥 위에 얹어 놓으면 미더덕회덮밥이 된다. 된장국이나 해물탕에 미더덕을 넣으면 시원함과 개운함으로 맛의 차원을 한 단계 높여주며, 조림, 튀김, 부침, 볶음 등으로 요리해도 미더덕 고유의 토속적인 풍미를 마음껏 즐길 수 있다. 그러나 미더덕 요리의 최고봉으로는 단연 미더덕찜이 손꼽힌다. 알이 꽉 들어찬 미더덕을 준비하고 칼집을 내어 물을 잘 빼낸 다음 콩나물, 조갯살, 미나리, 대파, 고사리 등을 한꺼번에 넣어 뚜껑을 덮고 끓인다. 콩나물이 익으면 다진 마늘과 고춧가루로 양념을 한다. 여기에 찹쌀가루나 녹말가루를 넣어 걸쭉해질 때까지 저어준다. 기호에 따라 들깨가루를 넣기도 한다. 마지막으로 미나리를 넣고 뜸을 들이면 마침내 미더덕과 각종 야채류가 절묘하게 조화를 이룬 미더덕찜이 완성된다. 오만동이는 미더덕보다 하품으로 취급받으며, 주로 된장국이나 해물탕의 재료로 이용된다. 껍질을 벗겨내지 않고 통째로 먹을 수 있는 데다 미더덕과 비슷한 맛을 내므로 점점 인기를 넓혀가고 있는 추세다.

전라도 사람들에게 미더덕이나 오만동이를 먹어본 적이 있느냐고 물어보면 하나같이 '먹지 않는다', '그런 걸 무슨 맛으로 먹는지 모르겠다'라는 식의 반응을 보였다. 그러나 음식문화는 상대적이고 충분히 바뀔 수 있는 것이다. 삭힌 홍어를 앞에 놓고 코를 감싸 쥐던 경상도 사람들도 일단 적응이 되고 나면 전라도 사람들 이상으로 그 맛을 음미할 수 있게 되는 것처럼 시간과 기회만 충분히 주어진다면 전라도 사람들도 미더덕의 독특한 맛을 충분히 즐길 수 있게 될 것이다. 더욱이 정약전의 말을 들어보면 전라도에서도 오래 전부터 미더덕이나 오만동이를 식용해온 역사가 있지 않던가. 미더덕에는 타우린과 같은 생리활성물질과 각종 성인병을 예방해주는 불포화지방산이 많이 함유되어 있다고 한다. 여기에 미더덕이 정력제로 쓰였다는 사실까지 알려져 전국적으로 인기를 끌게 된다면 양식업자들에게는 좋은 소식이 될 것이다.

사람을 삼키는 새

사실 대둔도는 초행이 아니었다. 7년 전 흑산도행 뱃길에서 환상적인 바다 풍경에 흠뻑 취해 있다가 승무원의 말을 잘못 알아듣고 아무 생각도 없이 내려버린 곳이 바로 이곳 대둔도였다. 여비와 시간은 빠듯한데 일정마저 차질을 빚고 보니 한동안 허탈감에 빠져 아무 일도 할 수가 없었다. 그러다 이왕 이렇게 된 것 섬구경이나 실컷 하자는 생각으로 고갯길을 올랐는데, 그것이 기대 이상이었다. 허리께까지 자란 풀밭 수풀을 헤칠 때마다 형형색색의 나비들이 다투기라도 하듯 떼 지어 날아올랐고, 주변 곳곳에는 아름다운 야생화들이 흐드러지게 피어 광활한 화원을 이루고 있었다. 그리고 마침내 고갯마루에 올라섰을 때 눈앞에 펼쳐진 광경이란 정말 대단한 것이었다. 깎아지른 듯 솟아 있는 해안 절벽 사이로 대양의 거친 물마루가 쉼 없이 부딪쳐오고, 하얗게 부서진 포말들은 섬 뒤편의 대기를 가득 메우고 있었다. 막 탄성을 내지르려는 찰나 바로 앞 절벽에서 갑자기 시커먼 그림자 하나가 튀어 올랐다. 뺨에 바람이 느껴질 정도로 가까운 거리였다. 문득 정신을 차리

고 하늘을 올려다보니 두세 마리의 흰꼬리수리가 조용히 하늘을 맴돌고 있었다. 이것이 대둔도의 첫인상이었다.

장복연 씨에게 독수리 종류를 본 적이 없냐고 질문을 던졌다. 흰꼬리수리 같은 대형의 맹금류가 정약전이 말한 수조일 가능성이 많다고 생각했기 때문이었다.

◉ **흰꼬리수리** *Haliaeetus albicilla* (Linnaeus)

[수조水鵰]

유지에서 나는 놈과 다를 바 없지만 발 하나는 매를 닮고 다른 하나는 오리를 닮았다.

"물독수리라고 있제. 꼴랑지가 하얀 것. 어릴 때 없었는데 갑자기 많이 나타났다가 다른 곳으로 펴졌는가 다시 없어졌어라."*

꼬리가 흰 놈이라면 흰꼬리수리를 말하는 것이 분명했다.** 그러나 흑산도에서는 흰꼬리수리 외에도 뿔매, 물수리, 황조롱이, 말똥가리 등 다양한 종류의 맹금류들이 관찰된다. 수조가 이들 중의 일부일 가능성도 배제할 수는 없었다.

"독수리 종류 중에 물독수리 말고 다른 것도 보신 적이 있습니까?"

"매도 있고 솔갱이(솔개)도 있어라. 삐유삐유 하면서 날아댕기는 거. 옛날엔 많았는데 지금은 없어라. 옛날에 우리는 노래도 부르고 했제. 병아리 감촤라 솔갱이 떴다. 뺑뺑 돈다…"

그러나 수조의 후보로는 역시 가장 덩치가 큰 흰꼬리수리가 적격이라고 생각된다. 대형의 맹금류는 누구에게나 높은 관심을 끌기 마련이기 때문이다. 실제로 현지인들 모두가 흰꼬리수리를 맹금류의 대표종으로 여기고 있었다.

사리 마을에서도 흰꼬리수리에 대한 목격담을 여러 차례 확인한 바 있었다. '물 위에 뜬 물고기를 낚아챈다', '둥지가 까치집을 크게 해 놓은 것 같

* 흰꼬리수리는 천연기념물 243호로 지정된 멸종위기종으로 전 세계에 천 마리도 남지 않은 희귀한 새다. 이토록 귀한 새가 난바다의 외딴섬에서조차 제대로 된 안식처를 찾지 못하고 우리 곁을 떠나버렸다는 사실이 아쉽기만 하다.

** 흰꼬리수리는 그 동안 겨울에만 월동을 위해 우리 나라로 남하하고, 날씨가 따뜻해지면 다시 북쪽으로 이동해 번식하는 대표적인 겨울철새로 알려져 왔다. 그러나 최근 흑산도 근해에서 새끼를 치고 있는 흰꼬리수리의 모습이 발견되면서 이제까지의 학설이 잘못된 것이었다는 사실이 밝혀졌고, 그 번식장면은 자연다큐멘터리작가 염기원 씨에 의해 촬영되어 '흰꼬리수리의 비행' 이란 제목으로 TV에 방영되었다.

더라', '집 밖에 매어 놓은 염소를 채어간다' 등 갖가지 이야기들이 전설처럼 전해오고 있었다. 박도순 씨는 더욱 재미있는 이야기를 들려주었다.

"서산 끝에 일 년 내내 있지라. 배 타고 가다가 보는데 숭어가 떠 있을 때 그걸 잡아먹어요. 그런데 이상한 것이 염기원 씨가 이 흰꼬리수리가 물고기를 잡아오는 거를 망원경으로 보니까 열 번에 여덟 번은 장어더라는 거여. 또 우럭 같은 것도 가끔 물고 온다고 하더만."

붕장어나 조피볼락은 물 속 깊은 곳에 사는 물고기인데 흰꼬리수리는 잠수를 하지 못한다. 대체 어떻게 물고기를 잡은 것일까? 염기원 씨는 흰꼬리수리가 직접 사냥을 한 것이 아니라 부근 통발어선에서 내다버린 붕장어를 그냥 주워온 것일지도 모른다는 추측을 내놓았다. 일리 있는 설명이다. 조피볼락의 경우에는 가두리 양식장과 관련이 있을 것 같다. 양식장에서 사료를 던져 줄 때면 가두리 안이나 주변에 있던 물고기들이 모두 먹이를 받아먹기 위해 수면 쪽으로 몰려드는 모습을 관찰할 수 있다. 이때를 노린다면 잠수를 하지 않고도 쉽게 조피볼락을 잡아낼 수 있을 것으로 생각된다.

정약전과 동시대 사람인 이덕무는 『청장관전서』에서 호랑이 무늬를 가진 새 호문조虎紋鳥에 대한 이야기를 언급한 일이 있다.

> 영조 임금 때 비변랑을 보내어 나주 남쪽에 있는 섬 홍의도(홍도)의 실정을 살펴보게 한 일이 있었다. 배가 무인도에 정박했을 때, 큰 새 한 마리가 숲속에 앉아 있었는데, 머리는 커다란 옹기와 같았고, 날개는 호랑

ⓒ 김현태

◉ **흰꼬리수리** 사리 마을에서도 흰꼬리수리에 대한 목격담을 여러 차례 확인한 바 있었다. '물 위에 뜬 물고기를 낚아챘다', '둥지가 까치집을 크게 해 놓은 것 같더라', '집 밖에 매어 놓은 염소를 채어간다' 등 갖가지 이야기들이 전설처럼 전해오고 있었다.

이 무늬를 하고 있었다. 이를 본 뱃사공은 사람들에게 손짓하여 소리를 내지 말고 가만히 있으라며 주의를 주었다. 일행은 모두 그물과 자리로 몸을 덮은 채 죽은 듯 엎드려 있었다. 잠시 후 새는 매우 느리고 무거운 몸짓으로 날개를 퍼득이며 하늘로 날아올랐다. 뱃사공은 그제서야 몸을 일으키며, "저 새는 종종 사람을 잡아먹곤 한답니다. 그래서 제가 여러분들께 피하라고 말씀드렸던 것입니다"라고 말했다. 이 일화는 당시 일행 중의 한 사람이었던 화가가 정석치에게 직접 들려준 이야기다.

홍도라면 흑산군도에 속해 있는 섬이다. 호문조 역시 흰꼬리수리와 동일종이었던 것은 아닐까?

오리발을 가진 독수리

흰꼬리수리를 수조의 유력한 후보로 놓긴 했지만 본문 중에는 아무리 생각해도 해석이 되지 않는 부분이 한 군데 있었다.

"발 하나는 매를 닮고 다른 하나는 오리를 닮았다."

정약전은 갖가지 생물들을 묘사함에 있어 줄곧 사실주의적인 입장을 견지해 왔지만 이 부분에 있어서만은 전혀 예외적인 모습을 보여주고 있다. 매의 발과 오리의 발, 마치 온갖 종류의 괴수들이 등장하는 『산해경』을 읽는 듯한 느낌이다. 어떻게 해석해야 할지 한참을 고민하다가 결국 정약전이 수조의 모습을 가까이에서 직접 관찰한 것이 아니라 주민들의 말을 그대로 옮겨 적었기 때문에 이 같은 기록을 남기게 되었으리라는 결론으로 생각을 마무리 지었다.

그런데 옆방으로 자리를 옮겨 장복연 씨의 아들과 대화를 나누던 중 귀가 번쩍 뜨일 만한 이야기가 튀어나왔다.

"요 앞 가두리 양식장 그물에 이상한 새 한 마리가 걸려 죽은 적이 있습니다. 발톱이 날카롭게 갈고리져서 물고기 잘 잡아먹게 생겼는데, 발에 오리 물갈퀴 같은 게 있었어요. 뭐가 뜯어먹었는지 목은 없었습니다. 흰꼬리수리를 우리는 물독수리라고 부르는데 그건 아닌 것 같았습니다. 크기는 꽤 컸구요."

수리 종류인데 발에 오리 물갈퀴 같은 게 달렸다면 정약전의 묘사와 뭔가 통하는 것이 있다. 오리나 가마우지류를 착각한 것일 수도 있겠지만 장복연 씨의 아들은 이를 구별하지 못할 정도로 둔감하지 않았고, 오히려 새에 대해 꽤 많은 지식을 갖추고 있었다. 게다가 날카로운 발톱을 지녔고, 몸길이가 60~70센티미터 정도는 되어 보였다고 하니 대형 맹금류로 판단할 수밖에 없다. 그래도 의심스러워 다시 한 번 물어보았는데, 대답은 역시 마찬가지였다. 자기 눈으로 똑똑히 보았고, 발 모양이 너무 인상적이어서 지금까지도 생생하게 기억하고 있다는 것이었다. 그가 관찰한 종이 맹금류가 분명하다면 실제로 오리발을 달고 있을 가능성은 전무하다. 아마도 발가락 사이의 피막이 넓게 발달한 것을 보고 한 말이 아닌가 생각되는데, 정약전도 주민들로부터 이와 비슷한 말을 듣고 오리발을 가진 맹금류 이야기를 기록하게 된 것으로 보인다.

어쨌거나 목이 떨어져 나간 채 가두리 양식장 그물에 걸려 있던 새가 '오리발을 가진 수리'의 가장 유력한 후보라는 것만은 분명한 사실이다. 과연 어떤 종이었을까? 가장 먼저 용의선상에 올릴 만한 종으로는 물수리를 꼽을 수 있

◉ **물수리** 물고기를 주식으로 하는 물수리는 가두리 양식장을 습격하는 것으로 악명이 높다.

날개는 길고 폭이 좁다.

등면은 어두운 갈색을 띤다.

머리, 목, 배가 희다.

발가락에는 길고 날카로운 발톱이 돋아 있다.

꼬리는 짧은 편이다.

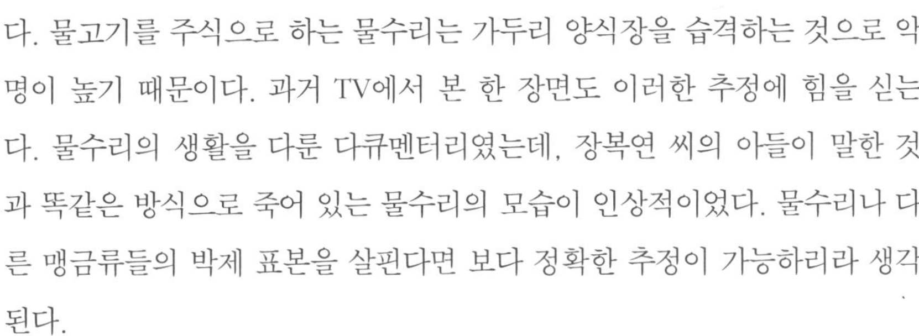

다. 물고기를 주식으로 하는 물수리는 가두리 양식장을 습격하는 것으로 악명이 높기 때문이다. 과거 TV에서 본 한 장면도 이러한 추정에 힘을 실는다. 물수리의 생활을 다룬 다큐멘터리였는데, 장복연 씨의 아들이 말한 것과 똑같은 방식으로 죽어 있는 물수리의 모습이 인상적이었다. 물수리나 다른 맹금류들의 박제 표본을 살핀다면 보다 정확한 추정이 가능하리라 생각된다.

◉ 물수리 *Pandion haliaetus* (Linnaeus)

하루살이 존지락

『현산어보』에 등장하는 조류의 수는 모두 5종이다. 그러나 이들 중 가마우지를 제외한 나머지는 그 정체를 규명하기가 매우 힘들다. 그 이름이 오늘날과 다른 데다 설명이 지나치게 개략적이기 때문이다. 다음의 작연 항목도 마찬가지다.

[작연鵲燕 속명 존지락存之樂]

크기는 메추라기만 하다. 모양은 제비를 닮았지만 꼬리와 날개가 모두 짧다. 등이 검고 배가 흰 것은 까치와 비슷하다. 달걀만 한 알을 낳는데 때로는 난산하다가 죽는 놈도 있다. 물새들은 수심이 얕은 곳에 있는 것이 보통인데, 이 작연은 수심이 깊은 큰바다에 머물면서 물 속으로 잠수하여 새우를 잡아먹는다. 항상 무인도의 돌틈에 숨어 있다가 동이 트기도 전에 바다로 나온다. 만약 조금이라도 늦게 나오면 맹금류의 습격을 받을까 두려워하여 하루 종일 숨어서 지낸다. 알을 먹을 수 있으며, 고기는 기름이 많고 맛이 매우 좋다.

◉ **바다쇠오리** 크기는 메추라기만 하다. 모양은 제비를 닮았지만 꼬리와 날개가 모두 짧다. 등이 검고 배가 흰 것은 까치와 비슷하다.

작연을 이름 그대로 풀이하면 까치제비라는 뜻이 된다. 이 이름은 정약전 스스로가 밝혔듯 몸빛깔이 까치를 닮았다고 해서 붙여진 것이다. 모양이 제비와 비슷하다고 한 표현 역시 흰색과 검은색이 뚜렷하게 대비를 이룬 몸빛깔에서 유래한 것이 아닌가 생각된다.

장복연 씨는 작연을 쫀지래기라고 불렀다.

"쫀지래기. 쬐끄만 거 있어. 하루 사는 쫀지래기라 그라는데 그거는 속설이겠제. 많이는 없어. 물가에 있는데 참새만 해. 까매. 쏙 들어갔다 나왔다 그래라."

조달연 씨와 박도순 씨의 설명은 좀 더 자세했다.

"쫀지래이. 갈매기하고는 다르요. 사리 앞바다에도 있어라. 크기도 조그

◉ 바다쇠오리 *Synthliboramphus antiquus* (Gmelin)

맞고. 등은 꺼멓고 배는 희제. 물에서만 거의 떠다니는데 헤엄은 잘 칩디다. 물 속에도 들어가고."

"오리 새끼만 해요. 주먹만 하지라. 조그만 게 애처로울 정도여. 진한 회색인데 배는 희지라. 잠수질만 하제. 물 위에 떠대니다가 쏙 들어가는데 물 속에 오래 있도 못해. 많이씩은 안 다니고 서너너댓 마리씩 보여요."

쫀지래기라고 불리는 작은 새, 작연의 정체는 과연 무엇일까? 본문의 내용과 주민들의 증언을 종합해보면 바다오리과의 바다쇠오리가 가장 유력한 후보로 떠오른다. 바다쇠오리는 메추라기와 덩치가 비슷할 뿐만 아니라 부리가 뾰족하고 등 쪽이 검은빛, 배 쪽이 흰빛을 띠고 있어 까치나 제비와 유사한 느낌을 준다. 작은 물고기, 연체동물, 갑각류(특히 새우) 등을 즐겨먹으며, 먹이를 사냥하기 위해 물 속 깊이 잠수하는 습성이 있다. 봄철 번식기가 되면 대집단을 이루어 외딴섬으로 몰려드는데, 이때의 산란습성 또한 본문의 설명과 정확히 일치한다. 정약전은 작연이 무인도의 돌틈에서 달걀만 한 알을 낳으며, 가끔 난산으로 죽는 놈도 있다고 밝혔다.* 바닷새들은 보통 산란수가 적다. 바다쇠오리도 한 배에 1~2개씩의 알만을 낳는데, 알을 적게 낳는다는 것은 상대적으로 알 하나의 크기가 크다는 것을 의미하고, 당연히 난산의 위험은 높아질 수밖에 없다.**

정약전은 작연의 겉모습과 생태적 습성을 바로 옆에서 들여다본 것처럼 세밀하게 묘사하고 있다. 어떻게 이런 일이 가능했을까? 이 문제에 대한 해답은 '알을 먹을 수 있으며, 고기는 기름이 많고 맛이 매우 좋다'라는 표현

* 흑산도 인근에 위치한 비금도와 칠발도가 바다쇠오리의 대표적인 번식지로 알려져 있다.
** 메추라기 정도의 몸집에 달걀만 한 알이라면 당연히 난산의 위험이 클 수밖에 없다.

속에 함축되어 있다. 번식기가 되면 한곳에 몰려드는 습성이 있는 데다 먹을 수 있기까지 하니 사냥감으로는 최고의 조건이다. 당시 사람들은 알을 채취하기 위해, 혹은 고기를 얻기 위해 해마다 연례행사처럼 바다쇠오리를 사냥했을 것이다. 이들의 지식과 경험이 작연 항목을 기술하는 데 큰 보탬이 되었으리라는 사실에는 의심의 여지가 없다. 한 가지 안타까운 것은 계속되는 밀렵과 알 채취로 인해 바다쇠오리의 개체수가 점점 줄어들고 있다는 사실이다. 다음은 최성민이 쓴 『섬, 오메 환장허겄네』의 내용 중 일부를 옮긴 것이다.

남쪽 지방에서 '쫀졸이'*라고 부르는 이 새는 예전에는 10여 만 마리씩 칠발도를 찾아왔으나 사람들의 밀렵과 알 훔쳐가기로 그 수가 급격히 줄어들었다.

서식지 보존을 위한 적극적인 관심과 노력이 필요할 때다.

◉ **바다쇠오리의 사체** 남쪽 지방에서 '쫀졸이'라고 부르는 이 새는 예전에는 10여만 마리씩 칠발도를 찾아왔으나 사람들의 밀렵과 알 훔쳐가기로 그 수가 급격히 줄어들었다.

* 쫀지래기와 같은 계열의 말로 보인다.

물고기잡이의 풍흉을 점치는 합작

"쫀지래기랑 비슷한 종류 중에 그 새가 많으면 물고기가 많이 잡히고 적으면 안 잡힌다고 하는 것도 있습니까?"

내친 김에 물고기잡이의 풍흉을 점친다는 합작에 대해서도 물어보았다.

[합작蛤雀 속명을 그대로 따름]

크기는 제비만 하다. 등이 푸르고 배는 희다. 부리는 붉은빛이다. 큰바다의 물 속으로 들어가 물고기를 잡아먹는다. 어부들은 이 새가 많은지 적은지를 보고 물고기잡이의 풍흉을 점친다.

그러나 장복연 씨로부터 돌아온 대답은 다소 실망스러운 것이었다.

"그런 이름은 못 들어봤는디. 상어새라고는 있어라. 상어새는 오지(가마우지)식으로 목이 조금 길제. 쫀지래기보다 조금 큰데 오리새끼보다는 훨씬 작어라. 상어새가 있으면 상어가 있다 그라제. 고기 따라다닌다는 말은 못 들었어라."

상어의 위치를 알려준다고 했으니 물고기잡이의 풍흉을 점친다는 조건은 어느 정도 만족시킨다 하더라도 바다쇠오리보다 몸집이 크다면 '제비만 하다' 라고 한 합작의 후보로 놓기에는 아무래도 무리가 있다.

본문을 읽었을 때 가장 먼저 머릿속에 떠오른 종은 붉은부리갈매기였다. 갈매기를 보고 물고기 떼의 위치를 살피는 것은 동서양을 막론하고 오래 전부터 내려오는 전통이다. 갈매기 중에서 크기가 비교적 작고 부리가 붉은 종을 찾다 보니 붉은부리갈매기에 생각이 미쳤던 것이다. 그러나 붉은부리갈매기를 합작으로 단정 짓기에는 몇 가지 석연치 않은 구석이 있다. 우선 정약전은 합작의 크기가 제비만 하다고 했는데, 붉은부리갈매기는 그보다 덩치가 훨씬 크다. 큰바다의 물 속으로 들어가 물고기를 잡아먹는다고 한 부분도 의심스럽다. 붉은부리갈매기는 주로 해변과 가까운 곳에서 생활하며, 수면 위를 떠다니기만 할 뿐 잠수실력이 형편없기 때문이다.

그렇다면 합작의 정체는 과연 무엇일까? 합작 또한 작연과 마찬가지로 바다오리과 조류일 가능성을 생각해봐야 할 것 같다.* 바다오리류 중에는 몸길이 30센티미터 안팎의 소형종들이 많다. 번식기에만 육지를 찾고 한 해의 대부분을 먼바다에서 생활한다거나 발가락에 물갈퀴가 있어 헤엄을 잘 치고 잠수에 능하다는 점 역시 본문의 설명과 정확히 일치한다. 흑산도 근해에 서식하는 바다오리류의 목록을 작성한 다음 그 중에서 크기가 작고 부리가 붉은 놈을 선별하여 현지인들에게 사진을 보여주고 방언을 대조하는 과정을

ⓒ 김현태

◉ **붉은부리갈매기** 본문을 읽었을 때 가장 먼저 머릿속에 떠오른 종은 붉은부리갈매기였다.

* 바다쇠오리가 존지락이 아닌 합작일 가능성도 무시할 수 없다.

거친다면 머지않아 합작의 정체가 밝혀지리라 기대해 본다.

합작을 말 그대로 풀이하면 조개새가 된다. 얼핏 조개를 즐겨 먹는 바다오리류의 식성을 떠올리게 하는 이름이다. 그러나 정약전은 본문에서 합작이 조개를 먹는다는 이야기를 한 마디도 하지 않았고, 바다오리류의 주식도 조개보다는 오히려 물고기나 갑각류 쪽에 가깝다. 합작을 조개새로 해석하기보다는 합작이, 합조기, 합죽이 등의 방언을 한자로 옮겨 놓은 것으로 보는 편이 어떨까? 종이 다르긴 하지만 할미새를 합쭉새라고 부르는 것을 보면 합죽이라는 이름도 새 이름으로 전혀 어색할 것이 없다. 바다오리류와 합죽이라는 말을 잇는 연결고리도 발견된다. 국어사전에서는 합죽이를 '이가 빠져 볼과 이 부분이 오목한 사람', 합죽거리다를 '이가 빠진 사람이 입을 오물거리는 행동'으로 풀이해 놓았다. 흰눈썹바다오리는 번식기에 구애행동을 할 때 입을 벌렸다 닫았다 하며 합죽거리는 행동을 보인다. 또한 바다오리류 중의 상당수가 잡은 물고기를 바로 삼키지 않고 일단 부리에 가로 걸치는 습성이 있는데, 이때 부리를 놀리는 모습이 이빨 빠진 사람이 합죽합죽 입을 다시는 모습을 연상케 했는지도 모르겠다.

◉ **흰수염바다오리** 바다오리류 중의 상당수가 잡은 물고기를 바로 삼키지 않고 일단 부리에 가로 걸치는 습성이 있는데, 이때 부리를 놀리는 모습이 이빨 빠진 사람이 합죽합죽 입을 다시는 모습을 연상케 했는지도 모르겠다.

흑산도를 떠나며

"내일 빨리 나가야것네. 바람이 많이 불겄어. 일기예보는 못 믿어. 섬사람들은 3일 천기 본다 그라제. 해질 때 천기를 보면 겁나게 알아맞춰버려. 라디오가 생기는 바람에 요새는 일기예보만 보게 되었지만. 가짜 일기예보보다는 옛날 사람들이 훨씬 더 잘 알았제."

장복연 씨의 예상대로 저녁부터 불기 시작한 바람은 밤이 깊어가면서 점점 폭풍으로 변해가고 있었다. 일기예보를 들어보니 걱정했던 대로 오후에 폭풍주의보가 발령될 예정이라고 한다. 오전 중에 목포행 배를 타지 못하면 다시 며칠을 더 갇혀 있어야 할지 몰랐다. 이집 저집 수소문해 봤지만 추운 날씨에 파도까지 크게 일어 예리항으로 나가는 배편을 구하기가 쉽지 않았다. 걱정을 해 봐야 해결될 일도 아니고 해서 그만 인사를 하고 잠자리에 들었다.

"배 구했어. 빨리 짐 챙겨요."

새벽부터 몇 번씩이나 선창을 들락대더니 마침내 배편을 구한 모양이었다. 고맙다고 인사를 하며 방값을 계산하려 하자 질색을 하면서 손을 내젓는다.

“에이 무슨 소리여. 큰일 날 소리 하고 있어. 우리 아들도 객지 나가면… 그라지 말고 다음에 또 놀러 오시오.”

여행 중에 이런 사람을 만나면 가슴속 깊은 곳까지 따뜻해진다. 그리고 그 따뜻함은 일상으로 돌아온 후에도 오랫동안 지속되며, 때로는 다른 사람에게 전염되기도 한다.

마당에 나서자마자 차갑고 무거운 바람이 사납게 부딪쳐와 옷깃을 단단히 여몄다.

“정월 이월에 이 바람(북북동풍) 불면 돌에서 눈물난다 그라제. 고드름 맺힌단 말이여.”

장복연 씨의 말이었다. 옆을 지나가던 마을 주민 한 사람도 “아따 늦바람 쎄게 분다”라며 한 마디를 덧붙인다.

장복연 씨의 배웅을 받으며 배가 출발했다. 바다는 난장판이었다. 수면은 파도가 뱉어놓은 지저분한 거품들로 가득했고, 커다란 너울이 밀려올 때마다 배는 바람에 날리는 가랑잎처럼 사납게 흔들렸다. 이렇게 바다가 뒤집어지면 홍어가 날뛴다고 한다. 여느 해보다 홍어가 많이 잡히는 것도 연일 계속되는 폭풍과 파도 때문이리라. 시간이 얼마 남지 않았다. 시계를 힐끗힐끗 보아가며 배가 빨리 닿기만을 기도했다. 배가 항구에 도착한 때는 정확히 출발 시간 10분 전이었다. 여객선터미널은 주의보가 내리기 전에 섬을 떠나려는 사람들로 발 디딜 틈 없이 북적이고 있었다. 억지로 표를 끊고 배에 오르긴 했지만 파도가 워낙 심해 중간에서 다시 뱃머리를 돌리는 것은 아닌지 목포항에 도착하기까지 내내 가슴을 졸여야 했다. 천신만고 끝에 서울에 도착하고 보니 뉴스에서 폭풍주의보로 전 해안의 배편이 끊겨버렸다는 보도가 흘러나온다. 그리고 다음날부터는 전국적으로 폭설이 내려 도로까지 막혀버렸다. 정말 긴박감 넘치는 여행이었다.

거인이 잠든 곳

마재 마을 가는 길

청량리에서 올라탄 조안행 8번 일반버스는 팔당댐 옆을 스쳐 지나가고 있었다. 이제 봄은 한껏 무르익어 햇살이 제법 따갑게 느껴질 지경이다. 겨우내 우중충하기만 했던 풍경도 어느새 노랑, 분홍, 초록 등 갖가지 화려한 빛깔로 옷을 갈아입고 있었다. 사람들이 유채색을 무채색보다 아름답다고 느끼는 이유를 알 만하다. 십중팔구 그 화려한 색상이 따뜻하고 생명력 넘치는 봄을 연상케 하기 때문이리라.

정약용 생가로 잘 알려져 있지만 정약전의 생가이기도 한 마재 마을 유적지를 찾아 나선 길이었다. 〈다산21〉이란 모임에서 정약용의 직계 후손과 함께 생가와 마을을 돌아보기로 약속이 되어 있었다. 〈다산21〉은 인터넷을 통해 알게 된 모임이다. 편리한 세상이다. 난생 처음 보는 이들과도 쉽게 만나고, 대화하고, 정보를 나눌 수 있다. 잘 발달한 통신체계가 깊은 인간관계를 방해한다는 말도 있지만 멀리 떨어져 있는 다수의 사람들을 한데 묶어주는 순기능을 한다는 것 또한 부인하기 힘든 사실이다.

◉ **능내역** 이런저런 생각에 잠겨 있다가 그만 능내역을 지나칠 뻔했다. 황급히 내려서 주위를 둘러보았다. 사람 하나 개 한 마리 보이지 않는 조용한 마을이었다.

이런저런 생각에 잠겨 있다가 그만 능내역을 지나칠 뻔했다. 황급히 내려서 주위를 둘러보았다. 사람 하나 개 한 마리 보이지 않는 조용한 마을이었다. 역사를 잠시 서성이다 근처 가게에 들러 길을 물었다. 가게 아주머니가 일러준 대로 철길을 건넌 다음 울타리를 왼쪽으로 끼고 조그만 오솔길을 따라 걸었다. 길가엔 봄꽃들이 가득했다. 꽃다지, 냉이, 뽀리뱅이, 개나리, 제비꽃, 양지꽃, 왕벚나무, 이스라지, 광대나물, 진달래, 꼭두서니 온갖 푸나무들이 쑥쑥 자라나 꽃대를 올리고 꽃봉오리를 맺는다. 갈참나무와 신갈나무의 싱그러운 새 잎사귀도 고개를 내밀었다. 자연은 해야 할 일을 잊거나 그냥 넘기는 법이 없다.

나지막한 고개를 산보하듯 걸어 오르니 고갯마루에 커다란 돌비석이 하나 서 있다.

"천하의 재사들이 문밖 제일 마재라 일컫던 고장이다. 어찌 경관뿐이랴."

어찌 경관뿐이랴. 마재 마을이다. 정약전이 태어난 곳, 동생과 함께 물고기를 잡으며 뛰놀던 곳. 그토록 돌아오기를 그렸으나 끝내 돌아오지 못한 곳, 그의 고향마을이다.

고갯길을 내려가니 꽤 큰 규모의 유적지가 나타났다. 다산 생가였다. 유적지 안은 아직 이른 시간이라 그런지 한산한 분위기였다. 일단 사람들과 만나기로 약속한 여유당으로 향했다. 멀리서 조망한 여유당은 새 건물인 듯

◉ **마재 마을 입구** 나지막한 고개를 산보하듯 걸어 오르니 고갯마루에 커다란 돌비석이 하나 서 있다. "천하의 재사들이 문밖 제일 마재라 일컫던 고장이다. 어찌 경관뿐이랴."

고풍스러움과는 전혀 거리가 멀어 보였다. 사실이 그랬다. 원래의 건물은 1925년 을축 대홍수 때 불어난 강물에 완전히 쓸려가 버리고 집터만 방치된 채 남아 있던 것을 1987년 후손들과 몇몇 독지가들이 힘을 모아 복원한 것이 바로 현재의 여유당이다. 그런데 막상 가까이 다가가서 살펴보니 여유당은 복원이란 말이 무색할 정도로 몹시 퇴락한 모습이었다. 마루 위에 어지럽게 찍힌 발자국, 창호지에 뚫어놓은 손구멍, 휑댕그렁하게 사람의 온기가 하나도 느껴지지 않는 방안을 들여다보고 있으려니 문득 복성재의 안타까운 모습이 떠올라 가슴이 답답해져 왔다. 그나마 높이 평가받고 국민적인 관심을 끌고 있는 정약용의 유적지가 이럴진대 정약전의 경우에 있어서랴.

아직 아무도 나오지 않은 듯해서 여유당 뒤편 언덕에 있는 정약용 묘소를 둘러보기로 했다. 묘소까지 이어진 돌계단을 따라 올라가다가 정약용에 관해 이야기를 나누고 있는 중년 부부 한 쌍과 마주쳤다. 무심코 지나치려는 순간 반가운 이름 하나가 튀어나왔다.

"정약전이라던가 모르겠네. 이 양반(정약용) 형인가 동생인가도 유명한 학자였어요."

가만히 귀를 기울이고 있으려니 재미있는 이야기가 이어진다.

"이 사람도 천주교 믿다가 흑산도로 귀양 갔는데 거기서 물고기를 연구해서 『자산어보』라는 책을 썼다고

◉ **여유당** 멀리서 조망한 여유당은 새 건물인 듯 고풍스러움과는 전혀 거리가 멀어 보였다. 사실이 그랬다. 원래의 건물은 1925년 을축 대홍수 때 불어난 강물에 완전히 쓸려가 버리고 집터만 방치된 채 남아 있던 것을 1987년 후손들과 몇몇 독지가들이 힘을 모아 복원한 것이 바로 현재의 여유당이다. 그런데 막상 가까이 다가가서 살펴보니 여유당은 복원이란 말이 무색할 정도로 몹시 퇴락한 모습이었다.

하지. 그런데 나중에 책 있는 데 가보니까 글쎄 그 집 종들이 그게 그렇게 중요한 책인지도 모르고 다 벽지로 발라버렸다는 거야."

황인경의 『소설 목민심서』를 읽은 모양이다. 소설에 나온 내용을 곧이곧대로 믿는 사람이 많다는 것은 그만큼 정약전에 대한 연구와 이를 대중화하려는 노력이 부족했음을 의미한다. 언젠가 단편적이고 과장 섞인 일화보다는 정약전의 삶, 사상, 『현산어보』의 내용을 이야기하며 감명받는 사람들의 수가 많아지는 날이 오길 기대해 본다.

정약용의 묘소 앞에 섰다. 500권이 넘는 저서를 남긴 대학자, 1,000편이 넘는 시를 남긴 대시인, 그 어떤 수식어를 갖다 붙여도 지나치지 않을 희대의 천재가 내 앞에 누워 있었다. 그러나 마음의 준비를 하지 않은 탓인지, 정약전에 대해서만 너무 몰입해 있어서인지 그리 큰 감흥은 일어나지 않았다. 뒤를 돌아다보니 언제 올라왔는지 참배객 몇몇이 조용히 묵념을 올리고 있었다. 그들은 또 어떤 목적으로 이곳에 왔으며, 어떤 생각을 하고 있는 것일까? 잠시 상념에 젖어 있다가 반대쪽으로 난 계단을 따라 아래로 내려왔다.

길 아래쪽에서 아까 마주쳤던 중년 부부를 다시 만났다. 여유당이란 이름이 새겨진 비머리돌을 보며 대화를 나누던 중이었는데, 여유당이란 말의 뜻이 무엇인지 궁금해 하기에 알고 있는 바를 간단히 설명해주었다.

"여유라는 것은 동물의 이름입니다. 여與는 의심이 많은 동물이고 유猶는 겁이 많은 동물이니 여유당이란 만사에 조심해가면서 살아가겠다는 뜻으로 붙인 이름이겠지요."

◉ **정약용의 묘** 정약용의 묘소 앞에 섰다. 500권이 넘는 저서를 남긴 대학자, 1,000편이 넘는 시를 남긴 대시인, 그 어떤 수식어를 갖다 붙여도 지나치지 않을 희대의 천재가 내 앞에 누워 있었다.

"다산 같은 양반이 왜 그런 이름을 붙였을까요? 의심 많고 겁 많고. 더 좋은 이름도 많았을 텐데."

정약용은 한때 정조의 총애를 받으며 좋은 시절을 보내기도 했지만 정적들의 공격으로 인해 일생의 대부분을 한시도 마음 편히 지낸 적이 없었다. 이러한 상황에서 하고 싶은 말, 하고 싶은 행동을 마음대로 표출한다는 것은 오히려 명을 재촉하는 일일 뿐이었다. 〈여유당기與猶堂記〉에는 여유당이라는 이름의 유래와 함께 뜻을 감추고 살아가야 했던 조선조 한 선비의 고뇌와 설움이 절절이 담겨 있다.

노자는 『도덕경』에서 과거의 훌륭한 선비들을 일컬어 "신중하기〔與〕는 겨울에 내를 건너는 듯 하고, 삼가기는〔猶〕 사방의 이웃을 두려워하듯 한다"라고 묘사한 바 있다. 아, 이 두 마디 말〔與猶〕이 바로 내 병을 고치는 약이 아닌가. 무릇 겨울에 내를 건너는 사람은 차가움이 뼈를 에듯 하므로 아주 부득이한 일이 아니면 건너려 하지 않으며, 사방의 이웃을 두려워하는 사람은 다른 사람이 자신을 엿보지나 않을까 염려하여 부득이한 일조차도 감히 행하려 하지 않는다.

남에게 편지를 보내어 경서와 예법을 토론하고 싶은데 다시 생각해보니 꼭 그렇게 하지 않더라도 해로울 것이 없다. 하지 않더라도 해로울 것이 없다면 부득이한 경우가 아니니 부득이한 경우가 아닌 일은 마땅히 그만두어야 한다. 상소를 올려서 조정 신하들의 잘잘못을 따지고 싶지만 다시 생각해보니 이는 남이 알지 못하게 하는 편이 좋은 경우다. 남이 알지 못하게 하려는 일은 마음속으로 크게 두려워하는 일이니 마음속으로 크게 두려워하는 일은 마땅히 그만두어야 한다. 진귀한 골동품을 널리 수집하여 감상하고 싶지만 이 또한 그만둔다. 관직에 있으면서 공금을 농간하여 남은 돈을 훔치겠는가? 이 또한 그만둔다. 마음에서 일어나고 뜻에서 싹트는 모든 일은 아주 부득이한 일이 아니면 그만둔다. 아주 부득이한 일이더라도 남이 알지 못하게 하려는 일은 그만둔다. 참으로 이렇게만 한다면 세상에 무슨 변이 있겠는가.

내가 이렇게 뜻을 세운 지가 이미 육칠 년이 되었다. 이러한 마음가짐을 당에 편액으로 달려고 했다가 얼마 후 생각이 바뀌어 이를 그만두어버렸다. 고향 소내로 돌아와서야 문 위 처마에다 이를 써서 붙이고, 아울러 이를 붙인 까닭을 기록하여 아이들에게 보인다.

가슴속에 넘치는 학문연구와 사회변혁을 향한 정열을 밖으로 터뜨리지 못하고 감추어야 했던 정약용의 비애가 나라의 운명을 그대로 대변해주는 듯하다.

열수 가에서

약속 시간이 될 때까지 강변을 둘러보기로 했다. 유적지 뒤편으로 난 길을 따라 몇 걸음 옮기자 부들이 빼곡이 들어차 있는 조그만 연못 하나가 나타났다. 뿌옇게 흐린 물 속에서는 논우렁이가 기어다니고 사람 그림자에 놀랐는지 피라미 몇 마리가 물살을 헤치고 달아난다. 어디선가 갈고리나비 한 마리가 날아와 길앞잡이 노릇을 자청하고 나선다. 앞서거니 뒤서거니 길을 따라 걷다보니 커다란 강줄기가 모습을 드러낸다. 한강이었다.

한강은 긴 역사의 흐름 속에서 그 거대한 규모만큼이나 다양한 이름으로 불려왔다. 한사군 시대나 삼국시대 초기에는 대수帶水, 고구려에서는 아리수阿利水, 백제에서는 한수漢水, 욱리하郁里河, 신라에서는 상류를 이하泥河, 중류를 한산하漢山河, 하류를 왕봉하王逢河, 전체를 북독北瀆이라고 불렀다. 고려시대에는 열수洌水, 사평도沙平渡, 사리진沙里津 등으로 불렸으며, 조선시대에 접어들면서부터 옛 이름은 하나둘 사라지고 점차 한수漢水, 한강漢江, 한강수漢江水, 경강京江* 등의 이름으로 불리게 된다. 또한 이때부터 한강의

◉ **생가 앞 강변 풍경** 앞서거니 뒤서거니 길을 따라 걷다보니 커다란 강줄기가 모습을 드러낸다. 한강이었다.

* 서울 부근의 한강

이름은 지역에 따라(특히 한양을 중심으로) 세분화하는 경향을 보이기 시작하는데, 『신증동국여지승람』의 기록은 이 같은 사실을 잘 보여주고 있다.

> 광주 땅에 이르러 도미진이 되고 광진이 되고 삼전도가 되고 두모포가 되며, 경성 남쪽에 이르러 한강도가 된다. 그리고 여기에서부터 서쪽으로 흘러 노량이 되고 용산강이 되며, 또 다시 서쪽으로 흘러 서강이 된다. 금천 북쪽에 이르러 양화도가 되고, 양천 북쪽에서 공암진이 되며, 교하 서쪽에 이르러 임진강과 합한 다음 통진 북쪽에서 조강이 되어 바다로 흘러 든다.

『현산어보』 서문의 말미에는 '열수 정약전이 쓰다洌水丁銓著'라는 글귀가 나와 있다. 정약용도 자신의 저서에 열수라는 표현을 즐겨 썼으며, 자식에게까지 이렇게 할 것을 권유한 바 있다.

> 너희들은 이제부터 책을 짓거나 초서抄書를 할 때 열수 정 아무개라고 칭하도록 하여라. 열수라는 두 글자는 천하 어디에다 내놓아도 구별하기에 충분하고 자기가 사는 고향을 알 수 있게 해주니, 아주 친절한 일이 되지 않겠느냐.

열수란 다름 아닌 한강의 별칭이다. 정약전과 정약용 형제는 당시 통용되던 한수, 한강, 한강수 등의 이름을 놓아두고 왜 하필 옛 이름인 열수를 고집했던 것일까? 그 이유는 정약용이 지은 『아언각비』에 잘 나타나 있다.

한수漢水는 중국의 찬황산贊皇山에서 발원하여 사독四瀆으로 갈라지는 강의 이름이다. 그런데 어찌 우리 나라에 한수가 또 있을 수 있겠는가. 우리 나라에 있는 한수(한강)는 마땅히 열수라고 불러야 한다. 『양자방언揚子方言』에는 "조선에 열수라는 강이 있는데, 이는 열구列口(강화)와 탄열呑列(풍덕)을 함께 부르는 이름이다"라는 내용이 나온다. 『한서』에서도 한수의 본 이름이 열수임을 확인할 수 있다. 한 무제는 위만을 멸망시킨 다음 열수 이북에 사군을 설치했다. 당시 열수 이남에는 삼한이 있었다. 그 후 광무제는 다시 사신을 파견하여 살수薩水 이남 열수 이북의 땅을 한의 영토로 복속하게 하는데, 이때 역시 열수 이남은 삼한의 영토였다. 결국 삼한 사람들은 열수가 우리 나라와 중국의 경계를 이룬다는 뜻에서 한수라는 이름을 지어내게 된 것이다.

실학자로서의 엄밀한 고증정신이 빛나는 대목이다. 그러나 그가 열수라는 이름의 정당성을 주장한 배경에는 또 하나의 중요한 이유가 숨어 있었을 것으로 짐작된다. 정약전과 정약용이 살았던 시대는 몇몇 선진적인 학자들을 중심으로 중국 중심의 세계관에서 조금씩 벗어나기 시작하던 때였다. 서양과학서 등을 통해 도입된 자연과학적 지식은 중국 중심의 세계관을 탈피

하는 데 결정적인 역할을 했다. 정약용의 다음 글은 이러한 시대상을 잘 보여주고 있다.

> 만리장성의 남쪽, 오령五嶺의 북쪽에 있는 나라를 중국이라 하고 요하의 동쪽에 있는 나라를 동국이라 부른다. 동국 사람 가운데 중국에 유람하는 것을 찬탄하고 자랑하고 부러워하지 않는 사람이 없다. 그러나 나는 이른바 중국이란 나라가 왜 중앙의 나라가 되는지, 동국이란 나라가 왜 동쪽의 나라가 되어야 하는지 그 까닭을 도무지 알 수가 없다.
>
> 해가 정수리 위에 있을 때를 정오라고 부른다. 그러므로 정오를 기준으로 해서 해가 뜨고 지는 시각이 같다면 내가 서 있는 곳이 바로 동쪽과 서쪽의 정중앙임을 알 수 있다. 북극은 지상에서 몇 도 높은 곳에 있고, 남극은 지상에서 몇 도 낮은 곳에 있으니 전체를 절반으로 나누면 내가 서 있는 곳이 바로 남북의 정중앙임을 알 수 있다. 이렇게 동서남북의 중앙을 구한다면 어디를 가든 중국이 아닌 곳이 없는데, 어찌 우리 나라를 동국이라 부르며, 중국만을 따로 중국이라 부른단 말인가.

지구가 둥글다는 지식은 중국 중심의 사고를 해체했고, 우리 것에 대한 자부심과 애정을 키우게 하는 중요한 계기가 되었다. 스스로의 것을 힘써 내세워도 모자랄 판에 과거 우리 나라를 침공한 한나라의 흔적을 담은 한수라는 이름이 마뜩하게 여겨졌을 리 없다. 정약전 정약용 형제가 굳이 한강

대신 열수라는 이름을 고집했던 이유는 바로 이 때문이 아니었을까?

약속시간이 다 된 것 같아 다시 여유당으로 돌아왔다. 그러나 아직 회원들의 모습은 눈에 띄지 않았다. 나지막한 마루에 앉아 건물 앞에 서 있는 느티나무 거목을 바라보았다. 언제부터 서 있던 나무일까? 정약용도 이 나무를 보았을까? 십여 분쯤 지난 후, 〈다산21〉 모임을 이끄는 정겨운 씨가 나타났다. 나만 약속장소를 잘못 안 것인지 회원들은 모두 다산문화관에 모여 있었다. 간단히 인사를 나누고 본격적인 유적지 답사를 위해 정약용의 6대 손인 정해운 씨를 따라 나섰다. 가장 먼저 던진 질문은 정약용의 생가에 대한 것이었다.

"여유당이 진짜 생가가 맞습니까? 정약용 선생님이 태어나신 곳인가요?"

"태어난 곳은 아니지요. 꼭 태어난 곳만 생가인가요? 그곳에서 살았으니 생가지요. 여유당은 분가한 곳입니다. 원래는 저기 왼쪽 산기슭에 건물 보이죠? 거기에 건물 세 채가 있었는데 두호정사라구요. 거기에서 태어나셨죠. 우리 11대조 할아버지께서 이곳에 두호정사를 지으면서 촌락이 생겼다고 해요. 제일 큰 형님 약자 현자 쓰시던 분이 두호정사에 사셨고 약용 할아버지는 여유당에 사셨어요.* 두호정사가 88간인데 옛날엔 집이 100칸을 못 넘겼으니 이곳에 여유당 30칸을 만들어 분가한 겁니다. 옛날에는 건축규제가 지금보다 심했지."

"그럼 정약전 선생님이 태어나신 곳도 거기겠네요?"

"그렇겠죠."

◉ 두호정사 "여유당은 분가한 곳입니다. 원래는 저기 왼쪽 산기슭에 건물 보이죠? 거기에 건물 세 채가 있었는데 두호정사라구요. 거기에서 태어나셨죠."

* 정약전도 한때 정약용과 함께 여유당에서 거처했다고 한다.

정약전과 정약용이 태어난 실제 장소가 사람들의 무관심 속에서 유적지 밖으로 밀려나 홀대받고 있다는 사실이 안타깝게만 느껴진다.

다시 묘소에 올라 묵념을 하고 묏자리에 대한 설명을 들었다. 정해원 씨의 이야기는 끝도 없이 이어졌다.

"여기 이 앞을 열수라고 했습니다. 팔당댐 생기기 전에는 물빨이 세었는데. 견지낚시 같은 것도 하고 그랬지요. 바로 요 앞에가 괴내나루였구요. 느티나무가 있다고 해서 괴내나루라고 했지. 그리고 저 앞에 섬같이 보이는 데가 소내나루였습니다. 지금은 물에 다 잠기고 조금밖에 안 남았지만 거기까지 마을이 있었어요. 옛날에는 지금하고 많이 달랐지. 원래는 물에 잠긴 저 부분이 전부 백사장이었어요. 무지하게 넓은. 그리고 물이 이렇게 휘어져 흘러 그 하회 마을 같은 그런 지형이었지요."

책을 통해서만 접했던 지명들이 그림처럼 눈앞에 펼쳐지고 있었다.

서둘러 고향 마을 이르고 보니
문 앞엔 봄 강물이 흐르는구나
흐뭇하게 약초밭 내려다 보니
예전처럼 고깃배 눈에 들어와
꽃 만발한 숲속 고요한 산가
솔가지 늘어진 그윽한 들길
남녘 땅 수천 리를 노닐었으나

◉ **정약용 묘에서 내려다본 풍경** "여기 이 앞을 열수라고 했습니다. 팔당댐 생기기 전에는 물빨이 세었는데. 견지낚시 같은 것도 하고 그랬지요. 바로 요 앞에가 괴내나루였구요. 느티나무가 있다고 해서 괴내나루라고 했지. 그리고 저 앞에 섬같이 보이는 데가 소내나루였습니다."

어디서도 이런 곳 찾지 못했네

정약용은 소내라는 이름을 매우 아꼈다. 유배생활 중에도 항상 자신의 고향 마을을 소내라고 부르며 그리워하고 또 그리워했다. 정약전도 마찬가지였을 것이다. 배를 타고 고기를 낚던 일, 서울을 오가며 시를 읊던 일, 이벽을 통한 천주교와의 만남. 정약전의 일생은 소내와 풀리지 않는 실타래처럼 단단하게 얽혀 있었다.

정해원 씨의 설명이 다시 이어졌다.

"요 앞에 보이는 산이 정암산, 저기 멀리 보이는 게 무갑산, 그 바로 왼쪽이 앵자봉이지요. 천진암이 있는. 소내나루를 건너서 가죠."

천진암은 정약전이 묻혀 있는 곳이다. 바다를 사이에 두고 그토록 그리워했던 두 형제는 지금도 강을 사이에 둔 채 서로를 그리워하고 있다.

두미협을 바라보며

회원들과 이야기를 나누며 마을 이곳저곳을 둘러보았다. 정약전이 어린 시절 야생마처럼 뛰어다녔을 마재 마을은 이제 가족이나 연인들이 즐겨 찾는 유원지로 변해버렸다. 언제나 시끌벅적한 소음이 끊이지 않고 유적지 주변에는 까페와 음식점, 민박집들이 가득하다. 유적지라면 좀 더 유적지다운 모습을 갖춰야 하지 않을까? 관광객들을 위한 편의시설과 위락시설도 꼭 필요하겠지만, 그에 앞서 이 마을을 선인들의 뜻을 기리고 우리들의 자세에 대해 다시 한 번 생각해 볼 수 있게 하는 사색의 공간으로 가꾸어 나가려는 노력이 선행되어야 하는 것이 아닐까? 정약전과 정약용이 태어나 자랐고, 머나먼 유배지에서도 끊임없이 그리워했던 이 마을. 언제까지나 아름다운 모습으로 남아 있길 기원하고 또 기원해 본다.

〈다산21〉 모임 회원이며 현직 교사인 이덕 씨의 집을 방문했다. 이곳에서도 정약용에 대한 이야기는 끝없이 이어졌다. 그러던 중 9대째 이 마을에서 살아왔다는 정청진 씨의 입에서 흥미로운 이야기가 흘러나왔다.

"창 밖에 팔당호 보이시죠? 오른쪽으로 조금만 더 가면 팔당댐 나오구요. 눈앞에 보이는 저곳이 바로 두미협입니다. 정약용 선생님이 배 위에서 이벽 선생님으로부터 천주교 교리를 처음으로 전해듣던 곳이지요."

두미협은 지금의 팔당댐 부근을 가리키는 이름이다. 팔당댐 상류 쪽에 살았던 정약전은 서울을 오르내릴 때마다 항상 이 길목을 지나다니곤 했다. 그리고 1784년 음력 4월 15일, 정약전의 운명을 결정짓는 중대한 사건이 발생한 곳도 바로 여기 두미협이었다. 당시 정약전은 동생 정약용, 사돈 이벽과 함께 배를 타고 서울로 향하던 중이었다. 배가 두미협斗尾峽을 지날 무렵 이벽은 두 형제에게 천주교 교리를 소개하며 관계서적을 전해주었고, 새로운 사상에 이끌린 이들 형제는 한동안 열심히 천주교활동에 몸담게 된다. 두미협에서의 대화가 자신의 발목을 잡아끌고 가족을 죽음으로 몰아넣고 기나긴 유배생활과 비극적인 죽음을 불러올 것이라는 사실을 당시에는 짐작조차 하지 못했으리라.

◉ **두미협** 두미협은 지금의 팔당댐 부근을 가리키는 이름이다.

천진암 가는 길

2001년 가을, 퇴촌면 308번 국도를 따라 천진암을 향해 달리고 있었다. 청어람미디어 대표 정종호 씨와 함께 정약전의 묘소를 찾아 나선 길이었다. 사실 이전에도 같은 시도를 한 적이 있었다. 그러나 당시에는 천진암이 아니라 충주 하담이 목적지였다. 사전 정보도 없이 정약전의 묘지명에 나온 글귀 하나만 달랑 믿고 무작정 길을 나섰는데, 지금 생각해봐도 무모한 시도였던 것 같다.

> 공의 관을 나주에서 옮겨와 충주 하담에 있는 선산의 동쪽 옛 무덤 옆 자좌子坐 언덕에 장사지냈다.

거의 반나절을 돌아다녔지만 결국 정약전의 묘소를 찾지 못했다. 그러나 남한강변의 풍취에 흠뻑 취할 수 있었던 것만으로도 후회 없는 여행이었다. 게다가 이곳은 정약전이 배를 타고 선영과 고향마을 사이를 수없이 오르내리던 곳이 아닌가. 언젠가 나도 한번 보트를 타고 이 물길을 따라가 보리라 다짐하던 기억이 새롭다. 정약전의 묘소가 이미 십여 년 전에 천진암으로 이장되었다는 사실을 알게 된 것은 그로부터 꽤 시간이 흐르고 난 후였다. 묘소를 지척에 두고 괜히 엉뚱한 곳을 헤매고 다녔던 것이다.

맑은 물이 흐르는 우산천 계곡은 생각보다 깊었다. 가로수가 잘 조성된 아스팔트 도로를 따라 한참을 달리고 나서야 천진암 입구가 서서히 그 모습을 드러냈다. 깊은 골짜기 속에 상상하기 어려울 정도로 엄청난 규모의 성지가 조성되어 있었다. 천진암이라는 글자가 새겨진 커다란 돌 사이를 지나 주차장에 차를 세웠다. 잠시 지도를 확인한 다음 경사가 급한 오르막길을 천천히 걸어 오르기 시작했다. 언덕 위에 서 있는 흰색의 초대형 십자가가 무척 인상적이었다.

정약전과 정약용은 천진암을 자주 찾았다. 그러나 당시의 천진암길은 지금과는 전혀 다른 분위기였을 것이다. 다행히 당시의 이곳 풍경을 생생하게 묘사한 기록이 정약용의 문집 중에 남아 있다. 때는 1797년 여름이었으며, 물론 정약전도 함께였다.

> 산속에 들어가자 초목은 이미 울창하였고, 갖가지 꽃들이 흐드러지게 피어 있어서 꽃향기가 코를 찔렀으며, 온갖 새들이 서로 다투듯 울어대는데 울음소리가 맑고 아름다웠다. 한편으로 길을 가면서 한편으로 새소리를 듣고 서로 돌아보며 매우 즐거워하였다. 절에 도착한 뒤에는 술 한 잔

◉ **천진암 입구** 잠시 지도를 확인한 다음 경사가 급한 오르막길을 천천히 걸어 오르기 시작했다. 언덕 위에 서 있는 흰색의 초대형 십자가가 무척 인상적이었다.

에 시 한 수를 읊으면서 하루하루를 보내다가 3일이 지나서야 돌아왔다. 이때 지은 시가 모두 20여 수나 되었고, 먹은 산나물도 냉이, 고사리, 두릅 등 모두 56종이나 되었다.

십자가가 서 있는 고갯길을 넘어서자 드넓은 공터가 펼쳐졌다. 꽤 많은 사람들이 모여 있었다. 안내문을 보니 한꺼번에 3만 명을 수용할 수 있는 대성당을 지을 계획이 진행중이라고 하는데, 아마 그 행사에 참여한 사람들로 보인다. 대성당 부지를 지나 천진암터로 가는 산길을 올랐다. 조그만 개울을 왼쪽으로 끼고 얼마간을 걷자 커다란 비석이 하나 나타났다. 한국천주교회 창립 200주년 기념비였다. 남포 오석으로 만들었다는 비석의 뒷면에는 권철신 묘지명과 정약전 묘지명에서 발췌한 205글자의 한문이 빽빽하게 새겨져 있었다.

천진암터로 오르는 길은 최고의 산책로였다. 숲이 우거져 시원한 그늘을 이룬 데다 어디선가 들려오는 물소리와 새소리, 길가에 늘어선 갖가지 야생화들의 물결이 산길을 오르는 피로를 말끔히 씻어주었다. 그리고 그 산책로의 끝에 천진암터가 있었다.* 천진암터는 상상했던 것과는 전혀 다른 모습을 하고 있었다. 고즈넉한 분위기의 산사를

◉ **한국 천주교회 창립 200주년 기념비** 남포 오석으로 만들었다는 비석의 뒷면에는 권철신 묘지명과 정약전 묘지명에서 발췌한 205글자의 한문이 빽빽하게 새겨져 있었다.

* 천진암은 한때 300여 명의 승려가 수행을 하던 거대 사찰이었다. 그러나 그 세가 점점 약해져 정약전이 출입하던 즈음에는 10여 명만이 자리를 지키고 있었다. 권철신을 중심으로 한 남인 출신 유학자들이 모여 강학회를 열었던 것도 바로 이 무렵이었다. 당시 강학한 내용이 천주학이었는지 유학이었는지에 대해서는 지금도 논란이 분분하지만, 현재 천주교 측에서는 전자를 사실로 간주하여 천진암터를 한국 천주교 신앙의 발상지로 여기고 있다. 어찌됐든 당시 천진암을 찾았던 사람들 중 대다수가 결국 천주교를 신봉했다는 죄목으로 목숨을 잃거나 유배를 당했으니 종교적으로 의미 있는 장소인 것만은 분명해 보인다.

기대하고 올라왔는데, 눈에 보이는 것은 잔디로 덮인 드넓은 공터와 봉분 몇 기가 전부였다. 언덕 위에 자리잡은 봉분, 중앙에 놓인 돌계단과 사열한 병사를 연상케 하는 조경, 권위와 위세만을 앞세우는 것이 다른 역사 유적지와 별반 다를 바가 없어 보인다. 유적지를 복원한다면 과장이나 여과 없이 당시의 모습과 분위기, 그리고 그 속에 담긴 선조들의 정신을 그대로 재현하는 데 가장 큰 역점을 기울여야 하는 것이 아닐까? 천진암의 법당터는 편평하게 닦여 묏자리가 되었고, 주변에 위치하고 있던 영통사와 회령사도 천주교 측의 성화에 밀려 쫓겨난 지 오래다. 성역화 도중 발견된 조선시대 가마터 역시 천진암의 흔적과 함께 완전히 사라져버리고 말았다. 천주교 측에서 의미 있는 장소를 정성 들여 가꾸려는 의도는 충분히 이해할 만하다. 그러나 산 속에 위치한 천진암을 있는 그대로 복원하지 않고 멋대로 변형해 버린 것은 아무래도 좋은 선택이 아닌 것 같다. 무덤에 모셔진 성조들의 영혼은 과연 어느 쪽을 바라고 있을까?

◉ **천진암 묘역** 고즈넉한 분위기의 산사를 기대하고 올라왔는데, 눈에 보이는 것은 잔디로 덮인 드넓은 공터와 봉분 몇 기가 전부였다.

빙천에서 얼음을 깨고

묘소를 둘러보았다. 정약종, 이승훈, 이벽, 권철신, 권일신이 차례로 누워 있었다. 정약종은 정약전의 바로 아래 동생이다. 이승훈은 정약전의 누이와 결혼했으며, 이벽의 누나는 정약전의 형수다. 권철신은 정약전의 스승이고, 권일신은 그 아우다. 모두 정약전과 깊은 관계를 맺고 있었던 동시에 한국 천주교회사에 뚜렷한 족적을 남긴 인물들이다. 정약전이 환난을 피해갈 수 없었던 것은 어찌 보면 당연한 일이었다.

묘소를 내려오다 보니 공터 한쪽에 자리잡은 조그만 샘물 하나가 눈에 띄었다. 1779년 겨울 강학회를 위해 천진암을 찾은 정약전이 매일 새벽 양치질과 세수를 하던 곳, 빙천氷泉이었다.

> 녹암(권철신)공은 손수 규정을 만들어 지키게 하셨다. 새벽에는 얼음을 깨고 냉수로 양치질과 세수를 한 다음 숙야잠夙夜箴*을 외었으며, 해가 뜨면 경재잠敬齋箴**을 외었고 정오에는 사물잠四勿箴***을 외었다.

◉ 천진암 성인 묘역

* 새벽에 일어나서 밤에 잠자리에 들 때까지 조심하고 경계해야 할 일을 적은 글

** 유학자가 갖추어야 할 몸가짐에 대한 글

*** '사물'은 공자가 제자 안회에게 가르친 네 가지 삼가해야 할 일로, 예가 아니면 보지 말라, 듣지 말라, 말하지 말라, 움직이지 말라는 가르침을 말한다.

학문연구에 매진중인 한 젊은 유학자의 단정한 모습이 떠오른다. 이로부터 5년 후 이벽을 통해 새로운 종교를 접함으로써 정약전의 인생은 큰 전환기를 맞게 된다. 종교활동에 힘쓰다 을사추조적발사건을 겪었고, 벼슬길에 올랐으나 큰 뜻을 펼치기도 전에 과거답안과 천주교 경력이 문제가 되어 정적들로부터 모진 탄압을 받아야 했다. 정약용과 함께 다시 천진암을 찾았던 때*는 이 모든 일을 경험하고 난 이후였다. 정약용이 지은 '절밤'이란 시에서 당시의 정경을 그려볼 수 있다.

지는 해 긴 나무 끝에 숨고
잔잔한 연못 물빛 사랑스러워
새로 난 부들 물 위에 누웠고
듬성한 버드나무 연기를 머금은 듯
멀리서 홈대를 타고 온 방울물이
차고 남아 잠잠히 밭으로 흘러드네
누가 이 좋은 언덕과 골짜기를
몇몇 중들에게만 남겨 주었나

초생달 바람에 흔들리는 숲에 걸리고
그윽한 샘 노천 방아확 가에 숨었네
바위도 산도 기색이 잠잠하고

* 1797년의 어느 여름날이었다.

울과 둑은 운연에 싸여 있네
종소리 맞춰 중들은 죽을 먹고
향은 꺼져 객과 함께 잠들었구나
슬픈 일이지 옛 현달들도
중 되기 좋아한 자 더러 있었지

그리고 얼마 지나지 않아 한바탕 피바람이 휘몰아쳤고 정약전과 정약용은 머나먼 유배길을 떠나게 된다. 정약전이 외딴섬에서 목숨을 잃고 정약용만 홀로 고향에 돌아와 늙은 몸으로 다시 천진암을 찾았을 때 이미 천진암은 옛 모습이 아니었다. 정약용은 이때의 심정을 다음과 같이 토로하고 있다.

천진사에서 하룻밤을 묵었는데 절이 퇴락해서 옛 모습을 찾아볼 수 없었다. 대략 삼십 년 만에 이곳을 다시 찾은 것이다.

지난 자취 희미하여 다시 찾을 길 없는데
그윽한 녹음 속 꾀꼬리 울어대어 애를 끊누나
썩은 홈통엔 물방울 끌어 졸졸 흘러내리고
기와 조각은 이어진 밭두둑에 갈아 뒤집혔네
덧없는 곳 연연하여 오래 머물지 말지어다
명산이란 한 번 노닐기에 합당할 뿐이라오

새삼 보건대 백발이 모두들 이와 같으니
가는 세월이 진정 여울 내려가는 배와 같구나

하얗게 새어버린 머리, 묘지로 변해버린 절터, 30년 전 함께 찾았던 형 약전은 이미 이 세상 사람이 아니었다. 단지 썩어 가는 나무 홈통만이 예전과 같이 물을 실어 나르고 있을 뿐이었다. 정약용의 입에서도 덧없다는 표현이 절로 흘러나온다. 지금은 그 낡은 홈통마저도 썩어 없어져버렸겠지만 왠지 어디선가 물방울 떨어지는 소리가 들려오는 듯하다.

거인이 잠든 곳

정약전의 묘소를 찾아 나섰다. 천진암터까지 왔으니 쉽게 찾을 수 있으리라 생각했지만 그것은 착각이었다. 정약전의 묘소가 있다는 표지는 어디에도 없었고, 천진암 입구에서 받은 안내도도 전혀 무용지물이었다. 한참을 헤매다가 겨우 잡초와 관목으로 뒤덮인 표지판 한 무리를 발견했다. '하상로'* 라는 이름이 먼저 눈에 들어왔고, 그 옆에서 '한국천주교 창립 선조가족묘역' 이라는 표지판도 확인할 수 있었다. 정약전의 가족묘역으로 가는 길이 분명했다.

인적이 드문 길이었다. 찾는 사람이 없다는 것이 다소 쓸쓸하긴 했지만 마음은 무척이나 편안했다. 서늘한 산들바람이 불어와 이마에 맺힌 땀을 쓸어가고, 주변 길섶에서는 개미취, 까실쑥부쟁이, 영아자, 물양지꽃, 미역취, 왕고들빼기, 나도송이풀, 산박하, 거북꼬리, 광대싸리, 그늘돌쩌귀, 참취, 꽃향유, 오이풀 등 온갖 야생화들이 꽃을 피워 무료함을 달래준다. 옷에 줄창 달라붙어 걸음을 방해하던 진득찰이 자취를 감추고 인가 주변에 많이 나

◉ **정약전 묘 가는 길** 한참을 헤매다가 겨우 잡초와 관목으로 뒤덮인 표지판 한 무리를 발견했다. '하상로' 라는 이름이 먼저 눈에 들어왔고, 그 옆에서 '한국천주교 창립 선조가족묘역' 이라는 표지판도 확인할 수 있었다. 정약전의 가족묘역으로 가는 길이 분명했다.

* 정약전의 조카이며, 천주교에서 천주교조선교구 설립자로 받드는 정하상의 이름을 딴 길이다.

는 질경이가 땅바닥에 깔리기 시작했다. 이제 거의 다 왔겠군 하며 표지판을 살펴보니 아직 500미터나 더 남았다고 적혀 있다. 흑산도와 우이도를 헤매던 일에 비하면 아무것도 아니라고 자위하며 다시 발걸음을 옮겼다.

고개를 넘어선 후에도 묘소의 모습은 보이지 않았다. 다시 한참을 헤매고 나서야 수풀 속에 파묻힌 안내판을 간신히 찾아낼 수 있었다. 안내판에 그려진 화살표를 좇아 눈을 돌리자 골짜기 오른쪽 넓은 부지에 들어선 6기의 봉분이 시야에 들어왔다. 왼쪽의 3기는 정약전 부부, 부모, 조부모의 묘소였고, 오른쪽 3기는 이벽 집안 사람들의 묘소였다. 묘비석을 확인하고 정약전의 묘소 앞에 섰다. 정해원 씨로부터 들은 이장할 때의 일화가 떠올랐다.

"무슨 관이 이렇게 큰 게 있나 했지. 다른 관하고 그렇게 차이가 나더라니까. 이장을 하려고 하는데 진짜 크더라고. 그 옆에 있는 할머니관이 반쪽이야. 약자 전자 할아버지가 키가 9척이라고 신체가 무척 컸대요. 180도 넘은 거지. 아, 또 집안에서 구전으로 내려오는 이야기가 있어. 그 할아버지가 술을 그렇게 좋아하셨다더구만. 말술이 아니고 섬술을 자셨대요."

미리 챙겨간 막걸리를 꺼내놓고 절을 했다. 술을 그토록 즐겼다던 정약전이다. 사리 마을의 막걸리도 유명하긴 하지만 기나긴 유배생활 동안 얼마나 고향의 막걸리를 그리워했을까. 정종호 씨가 구석구석 돌아가며 술을 뿌렸다. 그의 자취를 좇아 헤맸던 지난 7년간을 돌아보니 온갖 감회가 한꺼번에 밀려든다.

누구보다도 정약전의 죽음을 슬퍼하고 안타까워했던 이는 정약용이었을

◉ **정약전의 묘** 그의 자취를 좇아 헤맸던 지난 7년간을 돌아보니 온갖 감회가 한꺼번에 밀려든다.

것이다. 정약용은 우이도에서 충주의 하담으로 정약전의 시신을 이장한 뒤 다음과 같은 묘지명을 지어 형을 추모했다.

아아, 한 배에서 태어난 형제로서 지기知己까지 되어 준 이는 이 세상에서 형님 한 분뿐이셨다. 내가 독부獨夫*로서 외롭고 쓸쓸하게 지내온 세월이 이미 7년째에 접어들고 있으니 이 어찌 슬픈 일이 아니겠는가.
(중략)

인가 총총하고
땅은 농사짓기 알맞으니
쟁기로 갈게 되면
이 명이 먼저 드러나리
이 묘는 철인哲人의 뼈가 묻힌 곳이니
드러나게도 말고 손대지도 말라
일찍이 주공과 공자를 사모하여
우리들과는 벗도 하지 않았으나
비천한 무리들과 교유하며
고관을 대하듯 하였도다
과거에 합격하여 벼슬길도 열렸건만
가로막는 사람들 때문에 큰 벼슬도 못하고

* 부모 형제 없이 아무도 믿어주거나 따라주지 않는 외로운 사람

마침내 난리를 만나
먼 섬으로 유배되니
정밀한 지식과 지혜로운 식견을
묵묵히 마음속에만 간직했도다
이곳이 선영의 고장이라
먼 곳에서 모셔와 옮겨 묻노라

정약용에게 있어 정약전은 누구보다도 따뜻하게 대해주는 혈육인 동시에 학문의 동반자였으며 훌륭한 조언자이기도 했다. 정약용이 유배생활 중에 쓴 글들을 일일이 정약전에게 보내어 조언을 구한 것만 보더라도 형에 대한 존경과 신뢰가 어느 정도였는지 쉽게 짐작할 수 있다. 『주역심전周易心箋』은 정약용이 5년에 걸쳐 다섯 번을 고쳐 쓰고 책의 분량이 네 배로 늘어날 정도로 혼신의 힘을 다해 저술한 필생의 역작이다. 그는 항상 자신을 격려하고 지켜봐 준 형에게 책의 서문을 맡겼고, 정약전은 기쁘고 대견한 마음으로 이를 받아들였다.

하늘과 땅 사이에 이 책을 읽은 자는 손암이요, 이 책을 지은 자는 약용이다. 만약 약용이 편안히 부귀를 누리며 존귀한 자리에 올라 영화롭게 살았더라면 이 책은 이루어지지 못했을 것이다.

서로에 대한 사랑과 믿음이 이와 같았기에 형이 죽은 후 정약용의 외침은 처절하기까지 하다.

6월 6일은 우리 약전 형님이 세상을 버리신 날이다. 아아, 어지신 분께서 이처럼 곤궁하게 세상을 떠나시다니 원통한 죽음 앞에 나무나 돌멩이도 눈물을 흘릴 지경인데 다시 말을 해서 무엇 하겠느냐. 외로운 천지 사이에 약전 형님만이 나의 지기였는데 이제는 그 분마저 잃고 말았구나. 앞으로는 비록 터득하는 바가 있다 하더라도 누구에게 상의를 하겠느냐. 사람이 자기를 알아주는 지기가 없다면 이미 죽은 목숨보다 못한 것이다. 네 어미가 나를 제대로 알아주랴, 너희 자식들이 이 아비를 제대로 알아주랴, 형제나 집안 사람들이 나를 알아주랴. 나를 알아주던 분이 돌아가셨으니 어찌 슬프지 않겠느냐. 경서에 관한 240책을 새로 장정하여 책상 위에 놓아 두었는데, 이제 나는 불사르지 않을 수 없겠구나.

집으로 돌아오는 내내 앵자산 기슭에 누워 있는 거인의 모습이 머릿속에서 지워지지 않았다. 굴곡 많은 삶을 살았던 것도 부족해 죽어서까지 수천 리를 떠돌아야 했던 기구한 인생이었다. 그러나 정약전은 불운에 굴복하지 않고 당당히 맞섰다. 외딴섬에서의 유배라는 최악의 상황을 해양생물연구의 호기로 삼은 것은 누구도 흉내내지 못할 발상의 전환이었다. 그리고 피땀어린 연구 결과 정약전은 우리에게 『현산어보』라는 조선 후기의 타임캡

숲을 남겨주었다. 앞으로 그의 일생과 업적들이 하나둘 조명되어 정약용과 더불어 조선 후기를 빛낸 위대한 인물들 중 한 사람으로 평가받게 될 날을 기대해 본다.

찾아보기

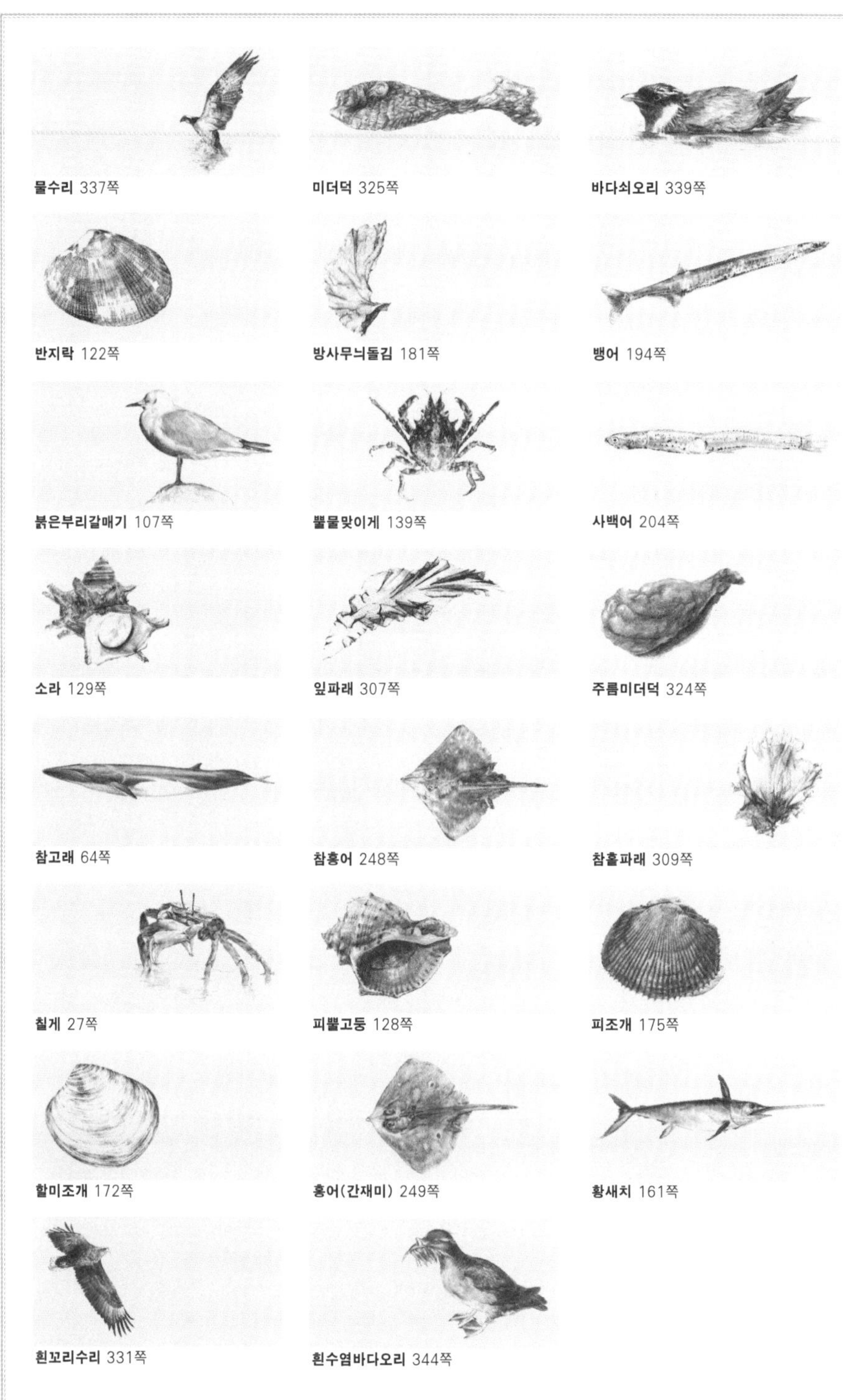

물수리 337쪽
미더덕 325쪽
바다쇠오리 339쪽
반지락 122쪽
방사무늬돌김 181쪽
뱅어 194쪽
붉은부리갈매기 107쪽
뿔물맞이게 139쪽
사백어 204쪽
소라 129쪽
잎파래 307쪽
주름미더덕 324쪽
참고래 64쪽
참홍어 248쪽
참홑파래 309쪽
칠게 27쪽
피뿔고둥 128쪽
피조개 175쪽
할미조개 172쪽
홍어(간재미) 249쪽
황새치 161쪽
흰꼬리수리 331쪽
흰수염바다오리 344쪽

부록

원서 목록

접어鰈魚
접어鰈魚 속명 광어廣魚 2권 393
소접小鰈 속명 가잠어加簪魚 2권 407
장접長鰈 속명 혜대어鞵帶魚 3권 237
전접羶鰈 속명 돌장어突長魚 3권 241
수접瘦鰈 속명 해풍대海風帶 3권 242
우설접牛舌鰈 속명을 그대로 따름 3권 238
금미접金尾鰈 속명 투수매套袖梅 3권 245
박접薄鰈 속명 박대어朴帶魚 3권 234
소구어小口魚
소구어小口魚 속명 망치어望峙魚 2권 410
도어魛魚
도어魛魚 속명 위어葦魚 2권 144
해도어海魛魚 속명 소어蘇魚 또는 반당어伴倘魚 2권 139
망어蟒魚
망어蟒魚 속명을 그대로 따름 1권 312
황어黃魚 속명 대사어大斯魚 1권 309
청익어青翼魚
청익어青翼魚 속명 승대어僧帶魚 1권 131
회익어灰翼魚 속명 장대어將帶魚 1권 130
비어飛魚
비어飛魚 속명 날치어辣峙魚 1권 26
이어耳魚
이어耳魚 속명 노남어老南魚 1권 121
서어鼠魚
서어鼠魚 속명 주노남走老南 1권 121
전어箭魚
전어箭魚 속명을 그대로 따름 3권 89
편어扁魚
편어扁魚 속명 병어甁魚 3권 43
추어鯫魚
추어鯫魚 속명 멸어蔑魚 2권128
대추大鯫 속명 증얼어曾蘖魚 2권 130
단추短鯫 속명 반도멸盤刀蔑 2권 138
수비추酥鼻鯫 속명 공멸工蔑 2권 134
익추杙鯫 속명 말독멸末獨蔑 1권 239
대두어大頭魚
대두어大頭魚 속명 무조어無祖魚 3권 167
철목어凸目魚 속명 장동어長同魚 3권 227
석자어螫刺魚 속명 수염어瘦髥魚 4권 147

현산어보玆山魚譜 권卷 2

2. 무린류無鱗類

분어鱝魚
분어鱝魚 속명 홍어洪魚 5권 255
소분小鱝 속명 발내어發乃魚 5권 283
수분瘦鱝 속명 간잠間簪 5권 247
청분青鱝 속명 청가오青加五 5권 265
흑분墨鱝 속명 묵가오墨加五 5권 272
황분黃鱝 속명 황가오黃加五 5권 273
나분螺鱝 속명 나가오螺加五 5권 276
응분鷹鱝 속명 매가오每加五 5권 278
해만리海鰻鱺
해만리海鰻鱺 속명 장어長魚 1권 325
해대리海大鱺 속명 붕장어弸長魚 1권 335
견아리犬牙鱺 속명 개장어介長魚 1권 330, 341
해세리海細鱺 속명 대광어臺光魚 1권 342
해점어海鮎魚
해점어海鮎魚 속명 미역어迷役魚 4권 139
홍점紅鮎 속명 홍달어紅達魚 2권 386
포도점葡萄鮎 속명을 그대로 따름 2권 382
장점長鮎 속명 골망어骨望魚 2권 388
돈어魨魚 속명 복전어服全魚
검돈黔魨 속명 검복黔服 1권 380
작돈鵲魨 속명 가치복加齒服 1권 368, 376
활돈滑魨 속명 밀복蜜服 1권 356
삽돈澀魨 속명 가칠복加七服 1권 383
소돈小魨 속명 졸복拙服 1권 355, 359
위돈蝟魨 1권 385
백돈白魨 1권 354
오적어烏賊魚
오적어烏賊魚 3권 176
유어鰇魚 속명 고록어高祿魚 3권 184
장어章魚
장어章魚 속명 문어文魚 2권 212
석거石距 속명 낙제어絡蹄魚 4권 60
준어蹲魚 속명 죽금어竹今魚 4권 66
해돈어海豚魚
해돈어海豚魚 속명 상광어尙光魚 4권 336
인어人魚

3. 개류介類 4권 118

현산어보玆山魚譜 권卷 3

4. 잡류雜類 4권 85

전체 찾아보기

ㄱ

ㄴ

ㄷ

ㄹ

ㅅ

○

ㅈ

ㅋ

ㅌ

ㅎ